Catherine Bybee
Bis Sonntag verführt

Aus der Reihe:
Eine Braut für jeden Tag

AF177851

Montlake
Romance

Das Buch

In ihrem Job kann Meg Rosenthal romantische Verwicklungen nicht gebrauchen und sie hält sich ohnehin für weitgehend immun gegen männlichen Charme. Sie ist Heiratsvermittlerin und unterwegs, um die auf einer Privatinsel gelegene sehr exklusive Anlage für ihre Kunden unter die Lupe zu nehmen. Und natürlich ist sie viel zu professionell, um sich von dem attraktiven Geschäftsführer des schicken Resorts beeindrucken zu lassen. Doch so leicht lässt Valentino Masini sich nicht aus ihren Gedanken und ihrem Herzen verbannen, denn der Mann ist nicht nur attraktiv wie die Sünde, er geht ihr auch auf die Nerven wie kein zweiter.

Die Autorin

New-York-Times-Bestsellerautorin Catherine Bybee sagt über sich selbst: Zuerst und vor allem bin ich Ehefrau und Mutter. Danach kommt das Schreiben – über alles, was prickelnd und romantisch ist. Wenn es kein Happy End hat, will ich nichts damit zu tun haben. Seien wir ehrlich: Das Leben ist voller ... na ja ... Leben. Nach einem Jahrzehnt als Krankenschwester in städtischen Notaufnahmen möchte sie in eine schönere Welt abtauchen, wenn sie ein Buch in die Hand nimmt. Inzwischen erschafft sie selbst solche Welten, solche kleinen Fluchten vom Alltag.

Catherine Bybee

Bis Sonntag verführt

Roman

Aus dem Amerikanischen
von Lotta Fabian

 Montlake
Romance

Die amerikanische Ausgabe erschien 2015 unter dem Titel »Seduced by Sunday« bei Montlake Romance, Seattle.

Deutsche Erstveröffentlichung bei
Montlake Romance, Amazon Media E.U. S.á r.l.
5 Rue Plaetis, L-2338, Luxembourg
Juli 2017
Copyright © der Originalausgabe 2015
By Catherine Bybee
All rights reserved.
Copyright © der deutschsprachigen Ausgabe 2017
By Lotta Fabian

Die Übersetzung dieses Buches wurde durch AmazonCrossing ermöglicht.

Umschlaggestaltung: bürosüd⁰ München, www.buerosued.de
Umschlagmotiv: © Trinette Reed / Getty; © KYTan / Shutterstock; © Travel
landscapes / Shutterstock
Lektorat: Agentur Libelli
Printed in Germany
By Amazon Distribution GmbH
Amazonstraße 1
04347 Leipzig, Germany

ISBN: 978-1-542-04569-8

www.montlake-romance.de

Für Meg – warum zum Teufel nicht?

KAPITEL 1

»Wenn ich mich je entscheide, aus dem Eheanbahnungsgeschäft auszusteigen, werde ich wohl in Erwägung ziehen, als Hochzeitsplanerin zu arbeiten.« Meg Rosenthal hob ihr schlankes Sektglas und lächelte der vorbeigehenden Braut zu.

»Wenn du diese kleine Party geplant hättest, würdest du nicht neben mir stehen und Champagner trinken.« Eliza Billings, First Lady von Kalifornien, legte sich eine Hand auf den Babybauch. Sie war im sechsten Monat und trug ihre Schwangerschaft mit der Anmut und Eleganz, die einer Frau in ihrer Stellung entsprach. Langes, glattes schwarzes Haar fiel ihr über den Rücken und bildete einen starken Kontrast zu Megs kurzem blonden Bob und den bernsteinfarbenen Augen. »Du würdest hinter Shannon herlaufen und sie an das Anschneiden der Torte und das Werfen des Brautstraußes erinnern müssen.«

Shannon Redding, nun Shannon Wentworth, war die Braut des heutigen Tages. Sie hatte Paul Wentworth geheiratet, den republikanischen Kandidaten für den Gouverneursposten. Elizas Ehemann Carter Billings würde besagten Posten in knapp einem halben Jahr räumen.

Paul und Shannon Wentworth hatten eine Ehevereinbarung für zwei Jahre, weniger, falls Paul nicht gewählt werden würde. Die Wähler wünschten sich Politiker, die verheiratet und sesshaft waren, solide wirkten. Da Paul zwar bereit war, sich um das Amt zu bewerben, aber nicht für die Ehe, hatte er Alliance angeheuert, ihm eine passende Braut zu finden. Mit etwas Glück würden die Menschen in Kalifornien, nachdem er das Amt vier Jahre innegehabt hatte, genug Vertrauen in seine Fähigkeiten haben, um ihm zu glauben, auch als geschiedener Mann ein guter Gouverneur zu sein.

Eliza hatte recht. Meg arrangierte lieber zeitlich begrenzte Ehen wie die zwischen Paul und Shannon, als Hochzeitsfarben und Mottos auszuwählen. Dieser Job war viel einfacher und wesentlich einträglicher.

Paul war der jüngste Spross einer Politikerfamilie mit langer Tradition. Er verfügte über Geld, Einfluss und Charme. Leider hatte sein Geschmack in Bezug auf Frauen ihn oft auf die Titelseiten der Regenbogenpresse gebracht statt auf die des *Wall Street Journal*.

Shannon hingegen entstammte einer Familie von Anwälten und aufstrebenden Politikern. Sehr zum Kummer ihrer Familie war jedoch Jura kein Fach, das sie studieren wollte. Ihre Leidenschaft galt der Fotografie. Aber Bilder zahlten keine Rechnungen, und ihre Familie war nicht bereit, ihr ihren Treuhandfonds zu überlassen, solange sie ihr Leben mit dem Knipsen von Schnappschüssen verschwendete.

Shannon war genau die Klientin, die Alliance am liebsten war: intelligent, hübsch, mit einer Haltung und einem Auftreten, das einem in die Wiege gelegt sein musste, aber entschlossen, nach ihren eigenen Regeln zu leben. Ein Ehevertrag gepaart mit einem weiteren Vertrag, von dem nur Alliance und Pauls Anwälte wussten, hatte die beiden lange vor dem Hochzeitstag aneinander gebunden. Paul würde Shannon heiraten, sich um alle ihre Bedürfnisse während der Ehe kümmern, und wenn sie nach zwei Jahren getrennte Wege gingen, würde Shannon sechs Millionen Dollar auf der Bank haben.

Sie würde nicht mehr auf den Treuhandfonds ihrer Familie angewiesen sein.

Meg machte einen Schritt zur Seite, als Carter zu seiner Frau trat und ihr den Arm um die Taille legte. »Die hübscheste Frau hier und heute«, sagte er laut genug, dass Meg es hörte.

Eliza schmiegte sich an ihren Ehemann, und ihre Wangen färbten sich rot. Man würde denken, nach sechs Jahren Ehe und schwanger würde eine Frau nicht mehr bei einem Kompliment ihres Ehemannes erröten, aber offenbar irrte sich Meg da.

Jemand klopfte gegen ein Glas, und die Aufmerksamkeit der Gäste wandte sich dem Paar zu, das sich küssen musste, wann immer dieses Geräusch erklang.

Meg verfolgte interessiert, wie Paul seinen Sektkelch absetzte und nach seiner Braut griff. Mit Ausnahme von ihr selbst und den Billings dachten alle hier, das Paar hätte aus Liebe und für immer und ewig geheiratet. Der Kuss in der Kirche war kurz gewesen. Süß, aber kurz. Wie würde der hier ausfallen?

Paul nahm Shannon ebenfalls den Sektkelch aus der Hand und lächelte lausbubenhaft, ehe er seine Lippen auf ihre senkte.

Meg begann im Geist zu zählen. *Einundzwanzig, zweiundzwanzig, dreiundzwanzig* ... Shannon fasste seine Jackettaufschläge ... *vierundzwanzig* ...

»Interessant«, flüsterte Eliza, als sie bei sechsundzwanzig aufhörten.

Shannons Wangen waren tief rosa angelaufen, und Paul lehnte sich zurück und betrachtete sie mit reichlich Hitze in den Augen.

Meg beugte sich zu Carter vor. »Vielleicht möchtest du deinen Freund an die Regeln erinnern.«

Carter schüttelte den Kopf und hob beide Hände. »Das ist nicht meine Aufgabe.«

Die Regeln waren einfach. Alliance arrangierte Ehen, keinen Sex. Wenn der zeitlich begrenzte Vertrag zu echten, dauerhaften – oder auch nur vorübergehenden – Gefühlen führte, hatte Alliance nichts mit dem Sorgerecht zu schaffen. Ende. Wie Samantha, oder Sam, wie ihre Freunde sie nannten, die Besitzerin von Alliance, es ausdrückte: Wenn das Paar beschloss, die Ehe über den zeitlichen Rahmen des Vertrages fortzuführen, dann sollten sie ihr Happy End genießen und ihr erstes Kind nach ihr benennen. Oder in diesem Fall Meg … Denn sie war diejenige gewesen, die diese Ehe arrangiert hatte.

Carter zog Eliza auf die Tanzfläche, und Meg ging zur Braut. Sie wusste, dass sie heute Abend nicht viel Gelegenheit haben würde, mit ihr zu sprechen.

»Das wirkte sehr intim«, flüsterte Meg, sobald sie Shannon an eine Stelle gezogen hatte, wo niemand sie belauschen konnte.

Shannon fächelte sich frische Luft zu, aber das Lächeln, das sie den ganzen Tag schon zeigte, geriet nicht ins Wanken. »Bevor er Politiker wurde, war er schon Playboy.«

Meg legte ihr eine Hand auf den Arm. »Vergiss das nur nicht.«

»Das musst du mir nicht sagen. Gewisse Dinge werden hier erwartet. Unsere Flitterwochen werden einfacher sein.«

»Wohin fliegt ihr?«

»Es gibt da ein abgelegenes Resort in den Keys, sehr exklusiv. Jede Menge Berühmtheiten und Leute, die ihr Privatleben privat halten wollen, wählen diese Anlage als Urlaubsziel. Security wird dort großgeschrieben, und alle Gäste werden vorab auf Herz und Nieren überprüft.«

»Überprüft auf was?« Und wer würde dafür bezahlen, irgendwo Urlaub zu machen, wo einen jemand vorher überprüfte?

»Kontakt zu Reportern, die am Ende Informationen an die Öffentlichkeit weitergeben würden, wer dort ist und mit wem … Solche Sachen. Wir haben eine Villa mit zwei Schlaf-zimmern am Strand. Ganz abgeschieden. Es wird da keine Paparazzi geben, die irgendetwas – oder eben gerade nichts – mitbekommen.«

Interessant.

»Wieso habe ich von diesem Resort noch nie gehört?« Es klang genau nach der Sorte Urlaubsziel, um Klienten zu finden oder um ihren gegenwärtigen Kunden die Möglichkeit zu bie-ten, ungestört von neugierigen Reportern Zeit miteinander zu verbringen.

»Keine Ahnung. Es scheint wie für dich und deine Branche gemacht«, antwortete Shannon.

Es war allerdings wie gemacht für ihre Zwecke, oder etwa nicht? Alliance brauchte Resorts wie dieses überall auf der Welt.

Paul fand die Damen. Sein Schlips hing über seinem Kra-gen, sein charmantes Lächeln, bei dem schon viele Frauen den Kopf verloren hatten, galt Shannon. »Ich dachte schon, du hät-test mich bereits verlassen.«

Shannon verdrehte die Augen und zuckte nicht mit der Wimper, als er ihr eine Hand auf den Rücken legte.

Paul blickte Meg an und zwinkerte ihr zu.

Er lachte, als sie warnend die Augen zusammenkniff und die Stirn runzelte.

»Wir werden für das Anschneiden der Hochzeitstorte gebraucht«, teilte er seiner vorübergehenden Braut mit.

Ehe sie gehen konnten, hob Meg mahnend einen Finger und sagte zu Paul: »Benehmen Sie sich.«

Er zwinkerte ihr ein zweites Mal zu.

Meg wusste, dass »benehmen« kein Wort war, das zu Paul Wentworths Wortschatz gehörte.

* * *

Sapore di Amore Villen und Suiten war verdammt viel mehr als ein Hotel.

Es war eine Insel. Eine Privatinsel, die zwischen zwei größeren Keys lag. Um dorthin zu gelangen, benötigte man ein Privatflugzeug oder musste mit dem Charterboot vom Festland aus übersetzen. Helikopter waren die bevorzugte Transportart für diejenigen, die sich in der karibischen Sonne aalen wollten, ohne sich dem Blitzlichtgewitter der Paparazzi auszusetzen.

Von den Bildern fasziniert, die Shannon geschickt hatte, nachdem sie mit Paul aus dem Resort heimgekehrt war, bemühte sich Meg seither täglich darum, ihre eigene Reise dorthin zu arrangieren.

Sie hatte die Finanzierung für den Besuch auf der Insel durch Sam abgeklärt und sich für den Flug Sams und Blakes Privatjet gesichert.

Jetzt war alles, was sie noch brauchte, eine Begleitung.

Und das war wirklich schwierig.

Bis ihr Michael Wolfe einfiel, Hollywoods heißester Filmstar, der glücklicherweise der große Bruder ihrer besten Freundin Judy war.

Jede Frau der freien Welt war hinter ihm her. Das Problem bestand darin, dass er nicht in diesem Team spielte, eine Tatsache, derer Meg sich erst bewusst geworden war, nachdem sie zu Alliance gekommen war.

Der Schock dieser Erkenntnis hatte Meg ereilt, kurz nachdem ihre beste Freundin Judy die Liebe ihres Lebens Rick Evans geheiratet hatte.

Meg und Judy waren gemeinsam auf dem College gewesen und waren dann ebenfalls gemeinsam nach Südkalifornien gegangen. Beide strebten unterschiedliche Karrieren an. Judy war dazu bestimmt, eine berühmte Architektin zu werden, wohingegen Meg nicht die geringste Ahnung hatte, was sie mit ihrem Wirtschaftsabschluss anfangen sollte.

Glück und der Umstand, zur rechten Zeit am rechten Ort zu sein, hatten sie mit Samantha Harrison und Alliance zusammengeführt. Das exklusive Eheanbahnungsinstitut war nichts, was Meg von Anfang an im Sinn gehabt hatte, aber der Job passte perfekt zu ihr.

Okay, vielleicht nicht perfekt.

Da sie selbst in bescheidenen Verhältnissen aufgewachsen war, fiel es ihr oft schwer, sich unauffällig unter den Reichen und Berühmten zu bewegen. Aber in den letzten paar Jahren war es ihr gelungen, genau das zu tun. Sie hatte eine Handvoll Klienten gefunden, Männer die bereit waren, zu bezahlen, und Frauen, die willens waren, sich vermitteln zu lassen.

Nachdem Meg Sam ihren Wert bewiesen hatte, wurde sie in die Geheimnisse von Alliance eingeweiht. Sie entdeckte, dass Michael über Alliance eine Frau geheiratet hatte, einfach um den Medien wegen seines Privatlebens von vornherein den Wind aus den Segeln zu nehmen.

Michael war so erfolgreich, dass er dreißig bis vierzig Millionen pro Film bekam, aber Hollywood zog es immer noch vor, wenn seine Herzensbrecher heterosexuell waren. Michael hatte ein paar Familienmitgliedern und dem Team von Alliance die Wahrheit über seine sexuelle Orientierung anvertraut. Seine Eltern und der Rest der Welt hatten keine Ahnung.

Megs Meinung nach würde Michael seine persönlichen Vorlieben noch jahrelang geheim halten wollen.

Als sie ihn fragte, ob er Lust hätte, sie zu begleiten, um Katz und Maus in den Keys zu spielen, war er sofort interessiert gewesen.

Als sie ihm erzählte, dass das Resort eine garantiert Paparazzi-freie Zone war und sie auf Erkundungsmission ging, um zu entscheiden, ob dort Geheimnisse wirklich geheim blieben, wirkte er noch faszinierter.

Es gab nur ein winziges Problem.

Meg bestand einfach nicht den Sicherheitscheck von Sapore di Amore.

Oder wenigstens interpretierte sie den Brief von Valentino Masini so.

Valentino traute sich was.

> Sehr geehrte Damen und Herren,
> die Bewerbung von Mr Michael Wolfe haben wir akzeptiert, jedoch müssen wir noch einmal genauer die Referenzen von Miss Margaret Rosenthal überprüfen. Wir haben zwar die Unterlagen der vergangenen achtzehn Monate erhalten, aber wir sind besorgt wegen der Zeit davor. Bitte akzeptieren Sie unsere Entschuldigung für etwaige Unannehmlichkeiten, während wir weitere Erkundigungen einholen.
>
> Wir bitten um Ihr Verständnis dafür, dass jeder Gast auf Sapore di Amore mit dem höchsten Respekt behandelt wird und dass bei uns die Privatsphäre von höchster Wichtigkeit ist – wie es auch Ihre sein wird, falls wir Sie als Gast bei uns begrüßen können.
>
> Wir werden Ihnen in den nächsten Wochen eine Antwort auf Ihre Reservierungsanfrage zukommen lassen.
> Hochachtungsvoll
> Valentino Masini

Meg erkannte sofort, dass sie ein typisches Formschreiben vor sich hatte. Den Namen hier einsetzen, ihn dort entfernen … Im Grunde genommen war Meg vor Alliance ein Niemand gewesen.

In Wahrheit war sie das immer noch. Sie kannte inzwischen nur ein paar echt wohlhabende und einflussreiche Leute.

Megs eigene Familie befand sich mehr auf der Seite der Niemande im Leben.

Briefe wie dieser spülten ihre größten Unsicherheiten wieder nach oben. Sie stand inmitten der Prominenz, trug Kleider aus den gleichen Boutiquen wie sie, flog mit Privatjets um Himmels willen, aber sie war keine von ihnen.

Immer noch nicht.

Die Ablehnung nagte tief innerlich an ihr, und ihre Haut begann zu kribbeln.

Wie konnte Valentino es wagen, sie abzulehnen. Valentino! Was für ein alberner Name war das überhaupt?

Vermutlich ausgedacht, entschied sie. Ein Name, aus Ehrgeiz gewählt und nicht von seiner Mutter erhalten.

Außerdem hatte vermutlich Valentinos Sekretärin den Brief geschrieben.

Valentino war höchstwahrscheinlich ein kahlköpfiger alter Mann, der in einem muffigen Steingebäude in Italien saß, wo die Sonne dafür sorgte, dass sein Aftershave so schwül roch, dass man den Erstickungstod riskierte, wenn man in der Nähe stand.

»Falls Sie mich als Gast bei sich begrüßen können – so ein Scheiß«, sagte Meg zu sich, während sie eine Antwort per E-Mail aufsetzte.

> Sehr geehrter Mr Masini,
> während ich Ihre Sorge verstehen kann und den Wunsch nach dem Schutz der Privatsphäre Ihrer Gäste respektiere, werden Sie anhand meiner Referenzen und meines Begleiters erkennen, dass Sicherheit und Geheimhaltung für mich ebenso wichtig sind wie für Sie. Mehr sogar.

An sich verabscheue ich Namedropping, allerdings scheint es mir notwendig, um Sie dazu zu ermutigen, die Reservierung zu beschleunigen.

Vielleicht kennen Sie Carter und Eliza Billings. Ich würde Ihnen vorschlagen, Sie rufen im Amtssitz des Gouverneurs an, aber die Angestellten dort würden Sie vermutlich nicht durchstellen.

Anbei finden Sie die Privatnummer von Mr und Mrs Carter Billings. Ich bin sicher, Sie verstehen, dass diese Privatnummer auf jeden Fall privat bleiben muss.

Ich erwarte Ihre baldige Antwort.

Mit besten Grüßen
Miss Rosenthal

»Blödmann«, murmelte Meg, ehe sie Eliza anrief.

Sobald sie das Telefonat mit ihr beendet hatte, fuhr sie ihren Computer runter und ging in die Küche.

Ihr Boss und die First Lady hatten früher einmal das Haus in Tarzana bewohnt. Alliance besaß eine feste Adresse, aber die Mitarbeiter änderten sich alle paar Jahre. Man hatte Meg von Anfang an erzählt, dass die, die im Masterzimmer des Hauses einquartiert waren, binnen der nächsten paar Jahre ihren Ehepartner finden würden. Der Beweis dafür waren die Hochzeiten der diversen Angestellten von Alliance über die Jahre.

Es musste nicht eigens erwähnt werden, dass Meg das Masterschlafzimmer nicht benutzte.

Sie hatte sich immer von Männern angezogen gefühlt, die nichts zu bieten hatten – weder emotional noch finanziell. Bei dem Gedanken an eine Ehe und »für immer« bekam sie Ausschlag.

Sie hatte nicht vor, einen Partner zu finden. Aber dort zu leben, wo sie arbeitete, das ergab perfekt Sinn.

Als sie zuerst bei Alliance angefangen hatte, hatte sie gedacht, dass sie vielleicht – ganz vielleicht – selbst eine zeitlich befristete Ehe eingehen könnte. Was war schließlich schon falsch daran, sich einen befristeten Ehepartner zu nehmen, der sie am Ende eines Jahres fürstlich entlohnte?

Dann erkannte sie, dass sie, wenn sie besagte Ehen arrangierte, jede Menge Geld damit verdienen und ein Leben führen konnte, wie sie es wollte.

Man konnte es Aberglaube nennen – oder vielleicht war es auch das Haschisch, das ihre Eltern so gerne rauchten, das späte Nebenwirkungen zeigte –, aber Meg schlief nicht im Masterzimmer aus Angst, dass der Raum verflucht wäre.

Sie legte das Geld an, das sie verdiente, besuchte ihre Eltern und bezahlte ihre Studienkredite ab, etwas von dem sie nie gedacht hatte, sie würde es können. Sie hatte immer angenommen, diese Kredite würden ein Kapitel in ihrer Zukunft sein. Zahlte irgendjemand überhaupt heutzutage seinen Studienkredit zurück?

Wie die Dinge lagen, verdiente Meg richtig Geld und lebte frei und unbeschwert.

Reisen zu Orten wie Sapore di Amore gingen auf Kosten von Alliance, und Alliance hatte tiefe Taschen.

Am Ende des Tages jedoch, wenn Meg ihre Designerpumps von den Füßen gekickt und sich das Abendkleid ausgezogen hatte, saß sie in Jogginghose mit einer großen Schüssel Popcorn im Bett und schaute den neuesten Actionfilm im Fernsehen. Es gab Nächte, die sie mit ihren Freunden verbrachte, in denen sie Poolbillard spielte oder – was in ihrem Fall zutreffender war – anderen dabei zuschaute, oder von Zeit zu Zeit auch die eine oder andere Karaokenacht, bei der sie sich erlaubte zu träumen.

Heute war Popcornnacht.

Karaoke ging ohne ihre beste Freundin nicht, und die anderen Leute, die sie kannte, waren entweder alle verheiratet oder beschäftigt.

Daher blieb eben nun mal Popcorn übrig.

Sie nahm sich ein Bier aus dem Kühlschrank und ging zu dem Klavier, das sie sich von ihrem ersten Gehaltsscheck gekauft hatte.

Das Instrument stand im Wohnzimmer und war zu mehr da, als Familienfotos als Abstellfläche zu dienen.

Nachdem sie ein paar Töne angeschlagen hatte, begann Meg, ein Stück zu spielen.

Nur dass die Worte, die sie für »My funny Valentine« benutzte, nicht die waren, die der Komponist dafür gewählt hatte.

Nein, für ihren »funny Valentine« fand sie ein paar besondere Namen und Beschreibungen, die zu ihrer Laune passten.

Valentino war ein Idiot. Und es war ganz sicher *nicht* jeden Tag Valentinstag.

Kapitel 2

»Ich kann einfach nicht glauben, dass du so tust, als würdest du was mit meinem Bruder haben, nur um dir ein Hotel anzusehen.« Judy, Megs beste Freundin, warf sich aufs Bett und stützte sich auf einen Arm.

Meg ging durchs Zimmer, während sie packte.

»Wie kann ich besser herausfinden, ob dieses Resort in allen Punkten den Angaben im Werbeprospekt entspricht, als mit Mr Reich & Berühmt persönlich dort herumzulaufen? Wenn es wirklich so superprivat ist, dann werden nur sehr wenige Leute überhaupt wissen, dass er dort ist. Er wird nicht auf den Titelseiten der Regenbogenpresse erscheinen, und niemand wird denken, dass ich was mit ihm habe. Außer den Leuten, die gerade da vor Ort im Hotel sind.«

»Warum machst du dir dann überhaupt die Mühe? Du kannst genauso gut mich mitnehmen.« Judy grinste und klimperte mit den Wimpern.

»Keiner von uns ist berühmt. Niemand wird auf eine wunderschöne Blondine«, Meg warf ihr Haar nach hinten und zwinkerte vielsagend, »und ihre beste Freundin achten. Bei Michael hingegen …«

Judy schüttelte den Kopf und lachte. »Ich weiß. Wir können nicht mehr zusammen zum Lunch gehen, ohne dass irgendwo Kameras lauern. Wie lange willst du bleiben?«

»Eine Woche.«

»Warum so lange? Das scheint mir viel für eine Aufklärungsmission.«

Meg verdrehte die Augen. »Aufklärungsmission? Allmählich fängst du an, dich wie Rick anzuhören.« Judys Ehemann war ein Marine ... Na ja, Ex oder pensioniert oder wie auch immer das genannt wurde. Jedenfalls benutzte er die ganze Zeit Worte wie »Aufklärungsmission«.

»Ist es das nicht?«

Meg stopfte ein paar Badeanzüge in die Seitentaschen ihres Koffers.

»Ich habe vier Tage vorgeschlagen, aber Michael wollte eine Woche. Er und Samantha zahlen. Wer bin ich, da Nein zu sagen?«

Judy stand vom Bett auf und ging zum Schrank. »Du brauchst mehr Sommerkleider. Es wird entweder heiß oder schwül sein.«

Da sie im Bundesstaat Washington aufgewachsen war, in dem Moos bei den Steinen auf allen Seiten wuchs, reichte es völlig aus, wenn man ein paar Sandalen – oder genauer *ein* Paar – besaß, um über den Sommer zu kommen. Die Anpassung an den kalifornischen Sonnenschein war ihr leichtgefallen, aber Meg hatte insgeheim – im Gegensatz zu Judy – noch Vorbehalte gegen Sommerkleider.

»Michael und ich werden während des Zwischenstopps in Dallas einkaufen gehen. Falls wir nicht alles finden, was ich brauche, werde ich von der Insel aus mit Michael nach Key West fahren.«

»Aber würde dabei nicht die ganze Sache auffliegen?«

Meg wackelte mit den Augenbrauen, gab sich große Mühe, eine hinterhältige Miene aufzusetzen. »Allerdings. Es wird interessant sein, zu sehen, wie das Resort mit einem Ansturm schaulustiger Fans umgeht, die per Boot die Keys erkunden, um einen Blick auf Michael zu erhaschen. Wenn es ihnen gelingt, die Kameras vom Ufer fernzuhalten, dann habe ich vielleicht wirklich den richtigen Ort gefunden, um ihn unseren Klienten für die Flitterwochen zu empfehlen.«

»Und wie hindern sie dich daran, Fotos zu machen und zu verschicken oder in den sozialen Netzwerken zu posten?«

»Bei der Ankunft muss man sein Handy abgeben. Wenn man einen Anruf machen möchte, gibt es Festnetztelefone im Zimmer und überall in der Anlage. Man ist nicht vollkommen abgeschnitten von der modernen Kommunikation, aber so weit, wie das möglich ist, wenn man in diesem Jahrhundert lebt.«

»Keine Handys? Das ist verrückt.«

»Ich weiß.«

»Du wirst dir ein Transportmittel organisieren müssen und nach Key West fahren. Ich denke, auf einer Privatinsel ohne Internet wird man doch verrückt.«

Meg steckte mehrere Shorts zu den Badeanzügen. »Das Fehlen eines Internetzugangs beunruhigt mich nicht weiter. Viel eher ist es die Woche mit langweiligen Leuten, die mir Sorgen bereitet.«

»Woher willst du wissen, dass sie langweilig sind?«

»Sie verstecken sich. Die Chancen stehen hoch, dass sie entweder die ganze Zeit in ihren Bungalows sind und mit jemandem Sex haben, mit dem sie das nicht sollten, oder sie sind eingebildet und geben mit ihrem Geld oder ihrem Ruhm an. Der Laden ist lachhaft teuer.«

»Nicht alle, die Geld haben, sind eingebildet.«

»Haben wir je irgendeinen von Michaels Nachbarn gesehen, als wir noch in seinem Haus gewohnt haben?«

Judy kräuselte die Nase.

»Genau.« Sie hatten acht Monate lang in dem Anwesen in Beverly Hills gelebt, als sie beide nach Kalifornien gezogen waren. Meg erinnerte sich, dass sie sich mit den Hausangestellten aus der Nachbarschaft unterhalten hatte, aber nicht mit den Besitzern.

Natürlich waren viele von ihnen wie Michael nicht sehr oft zu Hause.

»Michael weiß, wie man feiert. Er weiß aber nicht, wie man sich im Hintergrund hält. Ich bin sicher, du wirst eine tolle Zeit haben.«

Meg zuckte die Achseln. Sie wollte da keinen Urlaub verbringen. Vielmehr hatte sie vor, die Mängel der Anlage aufzudecken. Nachdem sie beinahe zwei Monate auf die Annahme ihrer Reservierung durch Valentino Masini hatte warten müssen, verdienten der Mann und sein Hotel einen hochnotpeinlichen Test.

* * *

Val Masini klopfte sich mit dem Rand des Ausdrucks der letzten E-Mail, die er von Miss Rosenthal erhalten hatte, in die offene Hand, ehe er auf seine Armbanduhr schaute. Gewöhnlich empfing er seine Gäste nicht am Rollfeld, aber für Miss Rosenthal und Mr Wolfe machte er eine Ausnahme.

Er hatte persönlich den Telefonanruf bei der First Lady von Kalifornien getätigt, hatte halb damit gerechnet, bei einer Hochstaplerin zu landen.

Doch er hatte sich geirrt.

Eliza Billings hatte ihm nicht nur bestätigt, dass Margaret Rosenthal genau die war, die sie zu sein behauptete, sondern auch noch klargemacht, dass, wenn Valentino Masini wusste, was gut für ihn war, er sich während Margarets Aufenthalt besten Benehmens befleißigen sollte.

Miss Rosenthal verfügte über die Macht, ihm Stammkundschaft zu bescheren, die sich auf Jahre hinaus als höchst lukrativ erweisen würde. Da es Mund-zu-Mund-Propaganda war, von der Sapore di Amore lebte und gedieh, benötigte er jemanden, der sein Lob sang. Selbst wenn dieser Jemand eine Frau war, die spitzzüngige E-Mails schrieb.

»Gabi?« Val klopfte an die Tür der Suite seiner Schwester.

»Bin gleich fertig.«

Weniger als zwei Sekunden verstrichen, dann klopfte er erneut. »Überprüf dein Make-up im Golfcart, Gabi. Wir können es uns nicht leisten, zu spät zu kommen.«

Er wollte gerade ein drittes Mal klopfen, als die Tür geöffnet wurde. »Ich muss nur noch meine Tasche holen.«

Ehe Gabi sich abwenden konnte, packte Val sie an der Hand und zog sie hinaus in den Sonnenschein. »Du brauchst keine Tasche.«

»Val!«

»Das Flugzeug wird in zehn Minuten landen. Wir haben keine Zeit.«

Gabriella schob ihre Unterlippe zu einem perfekten Schmollmund vor. Die Schönheit seiner Schwester würde die Mona Lisa vor Neid zum Weinen bringen. Volles schwarzes Haar, dunkle, aufmerksam blickende Augen und perfekte olivfarbene Haut, für die viele Frauen töten würden. Gabi war damit geboren worden. Genau wie er auch.

»Ich verstehe einfach nicht, warum du es so eilig hast. Du hast doch schon andere bedeutende Gäste auf der Insel begrüßt.«

»Michael Wolfe rangiert in einer ganz eigenen Klasse. Die Paparazzi werden sich in Scharen auf ihn stürzen wollen, wenn sie erst einmal erfahren, dass er hier ist.«

»Deine Gäste werden der Presse niemals verraten, wo sie ihren Urlaub verbringen.«

»Trotzdem machen die Klatschreporter Jagd auf sie.«
Manchmal fanden sie sie auch. Aber nicht auf Sapore.

Sie stiegen in das offene Golfcart, das zu der Villa gehörte.
Der Chauffeur fuhr los, sobald sie sich angeschnallt hatten.
Sapore di Amore war Vals ganzer Stolz. Binnen fünf Jahren
hatte er eine einfache Ferienanlage auf einer Insel in eines der
exklusivsten Urlaubsziele der Welt verwandelt.

All seine Gäste auf Herz und Nieren zu überprüfen, um
die Privatsphäre aller zu sichern, war von höchster Wichtigkeit.

Manche Gäste – wie beispielsweise die beiden, die heute
eintreffen würden – standen nicht an oberster Stelle seiner Liste
erwünschter Gäste. Na ja, Margarets Hartnäckigkeit und ihre
kaum verbrämten spitzen Bemerkungen faszinierten ihn. Val
hatte sie durchschaut und erwartet, sie einfach beiseiteschie-
ben zu können. Doch das konnte er nicht. Und da er keine
andere Wahl hatte, als sich mit ihrer Anwesenheit abzufinden,
war er entschlossen, in den nächsten paar Stunden so viel wie
nur irgend möglich über sie in Erfahrung zu bringen und dann
zu entscheiden, ob sie ein Sicherheitsrisiko war. Sich zu beherrschen, falls ihr Auftreten in Person so war wie in ihren E-Mails,
würde eine Herausforderung werden.

Wegen des Windes vom Meer und der Geschwindigkeit,
mit der der Fahrer über die schmale Straße raste, wehte Gabis
Haar in jede nur mögliche Richtung. »Ich weiß nicht, warum
ich mir die Mühe mache, mich zu frisieren, statt mir einfach die
Haare zusammenzubinden«, erklärte sie.

Eine lange Baumreihe säumte die Straße, die auf ein
schmales Rollfeld führte, wo nur Privatmaschinen und ab und
zu ein Helikopter landeten. »Wenn du dich mal nicht heraus-
putzt, dann weiß ich sicher, dass sich etwas Fatales am Horizont
abzeichnet.«

Gabi schnalzte abfällig mit der Zunge. »Übertreib nicht so,
Val.«

Seine Mundwinkel hoben sich, und er schaute nach oben.

Der Privatjet mit seinen Gästen näherte sich rasch der Insel. Die Landebahn war kurz und ließ dem Piloten nicht viel Zeit, das Flugzeug auf den Boden zu bringen.

Das ausgeklappte Fahrwerk berührte den Asphalt, und die Triebwerke kreischten, als der Pilot die Schubumkehr betätigte.

Gabi strich sich das Haar glatt, sobald das Golfcart zum Stillstand gekommen war.

Val hielt seiner Schwester eine Hand hin und brachte sie zu dem kleinen Gebäude, wo die Gäste begrüßt wurden, während das Flugzeug zur Parkposition rollte und ein Flughafenmitarbeiter die Räder sicherte. Die anderen Angestellten eilten geschäftig herbei, um den Stewardessen im Flieger zur Hand zu gehen, als sie die Tür öffneten und die Treppe ausklappten.

Val tippte sich mit dem Zeigefinger auf den Oberschenkel und hob das Kinn.

Seine Schwester legte eine Hand auf seine, unterband die nervöse Geste. »Es sind nur ganz normale Menschen«, rief sie ihm ins Gedächtnis.

Doch als sein Blick auf den eleganten Pumps des weiblichen Passagiers fiel und dann langsam am dazugehörigen Bein aufwärts wanderte, war ihm klar, diese Frau war viel mehr als »nur« irgendwas.

Ihr Sommerkleid im Stil der Zwanzigerjahre mit den roten Punkten war alles, nur kein Understatement.

Er musste hart schlucken.

Val entschied, das schmal geschnittene Kleid war überhaupt gar kein Sommerkleid. Es war etwas, das zu Hollywoodstars vergangener Zeiten gehörte.

Er mochte es. Den ganzen Weg von ihrem wohlgeformten Knie – seit wann fiel ihm eigentlich die Form des Knies einer Frau auf? – bis zu dem schmalen Gürtel um ihre Taille.

Der Schnitt des Kleides betonte ihre Brüste – ganz wunderbare Exemplare, von denen der Stoff gerade genug enthüllte, um ihn als heterosexuellen Mann glücklich zu machen.

Als er ihr schließlich ins Gesicht schaute, bemerkte er, dass sie ihr Haar in einem Stil trug, der ebenfalls zu den Zwanzigern passte, mit großen Locken und jeder Menge Haarspray. Ihre Lippen waren rubinrot geschminkt. Und ihre Sonnenbrille verbarg die Farbe ihrer Augen.

Ihm gefiel das gesamte Paket. Warum musste sie so sexy sein, wo er sie doch in Wahrheit eigentlich dorthin wünschte, wo der Pfeffer wuchs? Das ärgerte ihn.

Sein Körper reagierte, während sein Kopf ihm sagte, er solle sich beherrschen.

Erst dann schaute er an der Frau vorbei zu dem Mann, der eine Hand auf ihre Taille legte und ihr aus dem Flugzeug half.

Der Filmstar trug Kleidung, die zu der seiner Freundin passte, und seine Sonnenbrille war ebenso riesig, aber er konnte nicht verbergen, wer er war.

Val rief seine Gedanken zur Ordnung und machte ein paar Schritte auf seine Gäste zu.

Erst reichte er Margaret die Hand. »*Signorina*, willkommen auf meiner kleinen Insel.«

Instinktiv hob sie ihre Hand und zögerte, als Val sie an die Lippen zog, um einen Kuss darauf zu hauchen.

»Mr Masini.«

Seinen Namen von ihren Lippen zu hören, auch wenn es sein Nachname war, lenkte ihn ab, sodass er ihre Hand ein wenig zu lang hielt.

»Ich habe das Gefühl, als würde ich Sie schon kennen«, erklärte sie.

Er konnte ihre Augen nicht sehen, was seine Gereiztheit steigerte. Er konnte nicht sagen, ob ihre Bemerkung eine Fortsetzung der Spitzen war oder die Verkündung einer Tatsache. »Ich hoffe, das ist gut.«

Darauf erwiderte sie nichts, lächelte nur.

Eine Spitze.

»Michael, Mr Masini.« Margaret machte sie miteinander bekannt, als wäre das ihre Aufgabe, und er ließ ihre Hand endlich los.

»Mr Wolfe bedarf keiner Vorstellung.«

Michael Wolfe blickte über ihn hinweg zu seiner Schwester. »Und wer ist diese Schönheit?«

»Sie sind zu freundlich«, antwortete Gabi mit einem strahlenden Lächeln.

»*Signorina* Rosenthal, *Signor* Wolfe, meine Schwester Gabriella. Was auch immer wir für Sie während Ihres Aufenthaltes hier tun können, Sie müssen es nur erwähnen.«

Margaret seufzte. »Ist Sapore di Amore ein Familienunternehmen?«

»Überhaupt nicht. Das hier ist der geniale Einfall meines Bruders. Ich bin nur zur optischen Aufwertung da.«

»*Cara!*« Der Kosename klang kein bisschen liebevoll.

Margaret lächelte. Welche Farbe hatten wohl ihre Augen, überlegte er. Blau oder grün? Oder eine Mischung von beidem? Die Bilder, die er von ihr gesehen hatte, wurden ihr nicht gerecht.

»Meine Schwester verbringt sehr viel ihrer Zeit auf der Insel. Ohne sie wäre ich restlos aufgeschmissen.«

Obwohl er das ganz leichthin sagte, wurde ihm plötzlich bewusst, wie wahr diese Aussage war.

»Ah ja, hinter jedem guten Mann steht eine Frau, was, Gabriella?« Michaels Charme füllte die unbehagliche Pause.

»Ich glaube, ich mag Sie, Mr Wolfe.«

Michael Wolfe lächelte, stellte sich näher zu Margaret.

Sie zögerte kaum merklich und schmiegte sich dann an ihren Begleiter.

»Wir fahren jetzt die kurze Strecke zu Ihrer Villa. Auf der Insel verwenden wir Elektrofahrzeuge. Ihr Gepäck wird nachgebracht.«

Sie zog ihre Sonnenbrille in Richtung Nasenspitze, um das Gefährt zu betrachten, ehe sie sie wieder hochschob.

Er lächelte, denn er hatte zum ersten Mal ihre Augen gesehen.

»Wie überaus *grün* von Ihnen, Mr Masini.« In Margarets knappem Ton lag eine gewisse Schärfe, die ihn an ihre E-Mails erinnerte.

Ihre Augen waren vergessen, und er musste sein instinktives Verlangen, ihr ebenfalls mit einer Spitze zu antworten, bezähmen. Stattdessen erläuterte er in ebenso knappen Worten wie sie ein paar Fakten über die Insel. »Die Golfcarts hier haben mehr mit Platzverbrauch zu tun als mit meinem Wunsch, meinen ökologischen Fußabdruck in Bezug auf Kohlendioxid zu verringern. Die Insel hat begrenzte Ressourcen, und Sprit gehört dazu. Nicht zu vergessen, dass unsere Gäste herkommen, um sich zu entspannen, abzuschalten, und dabei stört der Lärm von Fahrzeugen mit Verbrennungsmotor.«

»Meg hat mir alles über Ihre Insel erzählt«, erklärte Michael und wechselte das Thema. »Ich freue mich auf ein wenig Erholung.«

Meg … Also wurde sie Meg genannt.

Das passte auch besser zu ihr, entschied Val. Margaret wäre viel geeigneter für jemanden, der arbeitete. Meg hingegen passte zu der Frau in dem luftigen Kleid und mit dem sexy Lächeln.

»Dann sollen Sie Erholung bekommen.« Gabi wusste immer genau, was man sagen musste. »Im Resort meines Bruders wird keiner Ihrer Wünsche unerfüllt bleiben.«

»Meg hat mir erklärt, auf Ihrer Insel sei man sicher vor unerwünschten Schnappschüssen. Wie kontrollieren Sie das angesichts all der Handys auf dieser Welt?«

Val führte seine Gäste zu dem Golfcart, bedeutete ihnen, auf dem Rücksitz Platz zu nehmen, und half Gabi mit einer Hand, einzusteigen.

»So kompliziert ist es nicht. Die Benutzung von Smartphones ist auf der Insel untersagt.«

Michael Wolfe wirkte milde belustigt. »Untersagt?«

Val drehte sich auf seinem Sitz um, während der Chauffeur vom Rollfeld fuhr.

»Wenn wir in Ihrer Ferienvilla sind, werde ich Sie bitten, Ihre Handys abzugeben. Ihre Unterkunft hat einen Telefonanschluss, und Sie erhalten Digitalkameras für die Benutzung auf der Insel. Die Bilder darauf werden vor Ihrer Abreise überprüft, ob sie vielleicht versehentlich die Privatsphäre anderer Gäste verletzt haben.«

»Und wenn ich einem oder mehreren Ihrer anderen Gäste die Erlaubnis erteile, ein Foto von mir zu machen?«

Val grinste. »Ausnahmegenehmigungen müssen von allen Parteien unterschrieben werden. Sie werden feststellen, dass die meisten meiner Gäste es während ihres Aufenthaltes hier vorziehen, anonym zu bleiben. Berühmtheiten wie Sie besuchen uns oft, aber im Allgemeinen macht mein Team die einzigen Bilder hier. Selbstverständlich werden wir, wenn Sie das wollen, professionelle Fotos von Ihnen aufnehmen, solange Sie hier sind.«

»Ohne mein Handy fühle ich mich am Ende ganz nackt«, erwiderte Michael.

»Sie werden sich befreit fühlen«, teilte ihm Gabi mit. »Es ist schwierig, sich zu erholen, wenn sich das Smartphone alle paar Minuten meldet.«

Michael blickte zu Meg. »Hattest du mir das mit dem Telefon erzählt?«

»Ich hab's Toni gesagt. Er hat geantwortet, dass er die Idee hasst, du aber schon einmal eine Handypause gemacht hast und von dem Urlaub super erholt und voller Energie für das nächste Projekt zurückgekehrt bist.«

Ihr Golfcart wurde langsamer und hielt vor einer Privatvilla an. »So, da wären wir«, bemerkte Val.

Riesige Hibiskusbüsche in allen Farben blühten verschwenderisch entlang des Weges, der zur Eingangstür führte. Palmen und Farne füllten die Lücken zwischen den größeren Bäumen. Val kannte die Landschaft gut und hatte praktisch jede Pflanzenart, die hier verwendet worden war, persönlich ausgesucht. Er wollte, dass sie Ruhe verbreiteten, die Luft mit ihrem Duft anreicherten und die Sicht auf die anderen Ferienvillen in der Nähe verdeckten.

»Die Bilder werden der Wirklichkeit nicht gerecht«, sagte Meg halblaut.

»Danke, Miss Rosenthal.«

Das leichte Lächeln auf ihren Lippen verblasste. Val konnte nicht umhin, zu glauben, dass ihr Kompliment gar nicht für seine Ohren bestimmt gewesen war.

Gabi öffnete beide Türflügel und trat in den offenen Wohnraum.

An der hohen weiß lasierten Decke waren mehrere Ventilatoren angebracht, und die gesamte Einrichtung war in gedämpften karibischen Farbtönen gehalten. Weich gepolsterte Sofas und Zweisitzer, eine offene Küche mit Marmorarbeitsflächen und ein Speisezimmer für vier Personen. Die Böden waren gefliest, und es gab eine Fensterfront, die auf die Veranda hinausging. Der Blick aufs Meer und den Strand in unmittelbarer Nähe war praktisch perfekt.

Michael pfiff anerkennend, als er den Raum durchquerte und die Glasschiebetüren öffnete, die in den Wänden verschwanden. Das leise Plätschern der Wellen am Strand erfüllte das Zimmer. »Ich denke, ich kann hierfür auf mein Handy verzichten.« Er griff in seine Tasche, zog es heraus und ließ es auf den nächsten Stuhl fallen, ehe er ins Freie trat.

Gabi ging mit ihm nach draußen, während Meg zurückblieb.

»Was ist mit Ihnen, Miss Rosenthal? Habe ich Ihre Bedürfnisse befriedigt?«

Sie erwiderte seinen Blick und nahm dazu ihre Sonnenbrille ab. Ihre Augen waren von einem warmen Bernstein-Honigton, nicht braun, aber auch nicht Haselnuss. In ihrem Führerschein stand vermutlich schlicht hellbraun. Dabei waren sie alles andere als schlicht.

»Es ist mehr nötig als eine schöne Aussicht, um sicherzustellen, dass meine Bedürfnisse befriedigt sind, Mr Masini. Es war einige Überzeugungsarbeit nötig, um hierher zu gelangen. Ich hoffe, der Rest unseres Aufenthaltes wird weniger anstrengend sein.«

»Was auch immer Sie oder Mr Wolfe begehren«, erwiderte Val mit einer leichten Verbeugung. »Sie müssen es nur sagen.«

Sie griff in ihre kleine Handtasche, holte ihr Handy heraus und hielt es ihm hin.

Vals Fingerspitzen streiften ihre, als er es von ihr entgegennahm, und sie riss hastig die Hand zurück.

Ihre Wangen röteten sich, und sie schaute weg.

Gabis und Michaels Stimmen drangen in den Raum. Sie lachten über etwas, rissen Val damit aus dem Bann von Margaret Rosenthals Bernsteinaugen. »Sie werden eine Karte der Insel, die Menüvorschläge unseres Kochs, die Öffnungszeiten des Spa-Bereiches und alles andere, was vielleicht nützlich sein kann, im Willkommenspaket hier finden.«

»Ich habe Kunden von den Künsten Ihres Koches schwärmen gehört. Ich freue mich schon darauf, sie selbst zu erleben.« Sie fuhr sich mit der Zungenspitze über die roten Lippen, und Val verspürte augenblicklich den Wunsch, sie zu kosten.

Er starrte auf ihren Mund ... Das musste aufhören.

Val stieß sich vom Küchentresen ab und machte einen Schritt zur Veranda. »Gabi. Wir sollten unseren Gästen Gelegenheit geben, in Ruhe anzukommen.«

Gabi schenkte beiden ein verbindliches Lächeln und kam wieder in die Villa, während Val sich bereits verabschiedete. »Genießen Sie Ihren Aufenthalt, Miss Rosenthal.«

»Das habe ich vor.«

KAPITEL 3

»Gütiger Himmel, Meg, du hast mit keinem Wort erwähnt, dass der Mann, dem das hier gehört, so sexy ist.«

Wenn es eine Sache gab, die sie an Michael liebte, dann war das seine Fähigkeit, sich ihr gegenüber in Bezug auf seine sexuelle Orientierung zu öffnen, sobald sie unter sich waren.

»Ich hatte keine Ahnung. Es gibt keine Fotos von Valentino Masini.« Diese Tatsache hatte vermutlich etwas mit den lästigen Regeln über das Aufnehmen von Fotos während des Aufenthalts auf der Insel zu tun. Der Himmel wusste, sie hätte nicht widerstehen können, ihn zu fotografieren, um das Bild Judy zu zeigen, wenn sie heimkehrte.

Als sie aus dem Flugzeug gestiegen war, hatte sie Valentinos Blick brennend heiß auf sich gespürt. Sie wusste, dass er angesichts des bissigen, knappen Austausches per Mail weder ihre Professionalität erwartet hatte noch ihr Aussehen. Sie jedenfalls hatte ganz bestimmt nicht damit gerechnet, dass er seinen eleganten Anzug ausfüllen würde, als lebte er im Fitnessclub. Nun, vielleicht nicht, als ob er dort tatsächlich *lebte*, aber Masini bestellte sich nicht oft etwas von der Dessertkarte, wenn man nach seiner breiten Brust, dem flachen Bauch und dem perfekt geformten Hintern urteilen konnte.

Sie hoffte wirklich, dass er nicht durch ihre dunkle Sonnenbrille hatte blicken können. Dabei erwischt zu werden, wie sie seinen Po musterte, hätte das Bild sofort ruiniert, das sie darzustellen versuchte.

Masinis Gesicht sah aus, als gehörte es zu einem Mann, der auf einer Insel lebte. Seine Kleidung jedoch stand auf einem ganz anderen Blatt. Sie fragte sich, ob er die ganze Zeit einen förmlichen Anzug trug. Maurerbräune auf diesem Körper wäre ein Verbrechen.

Er ist trotzdem ein Idiot, rief sie sich in Erinnerung.

Meg strich sich mit einer Hand über die Taille, war froh, dass sie und Michael während des unvermeidlichen Aufenthalts in Dallas noch eine kleine Shoppingtour eingelegt hatten.

»Keine Freundin von mir würde in Shorts und Flipflops herumlaufen«, hatte Michael sie belehrt.

Der Look im Stil der Zwanzigerjahre war eine Entscheidung in letzter Sekunde gewesen. Überraschenderweise gefiel er Meg wirklich. Das Kleid gab ihr das Gefühl, als sollte sie sich auf die Suche nach einer dunklen, verrauchten Bar mit einem offenen Mikro machen. Sie fragte sich kurz, ob es wohl einen solchen Nachtclub hier auf der Insel gäbe. Oder vielleicht in Key West.

»Nun, er ist sexy. Und ich liebe seinen Akzent.«

Meg missfiel es zutiefst, dass es ihr aufgefallen war. Valentino maß gute eins fünfundachtzig, sein Haar war kohlrabenschwarz, sein Gesicht glatt rasiert. Mit einem Dreitagebart wäre er unwiderstehlich. Und dann war da die Art und Weise, wie er sie mit seinen dunklen, schwelenden Augen anschaute. Meg atmete frustriert ein.

»Vielleicht könnt ihr beide ja was anfangen«, schlug sie Michael vor.

»Ach, Süße – der ist hetero. Darauf kannst du Gift nehmen. Seine Augen waren ganz bei dir, nicht bei mir.«

»Er hat mich nicht angeschaut.«

»Ha!« Michaels Lachen hallte durch das Zimmer.

Ein Klopfen an der Tür unterbrach sie.

Ein Hotelangestellter brachte ihr Gepäck in eines der Schlafzimmer. Als Michael versuchte, dem Mann ein Trinkgeld zu geben, schüttelte der nur den Kopf und verschwand.

»Er hat nicht mal geblinzelt. Denkst du, er hat dich erkannt?«, wollte Meg wissen.

»Kann ich nicht sagen.«

Meg begab sich ins Schlafzimmer, um ihren Koffer zu holen. »Ich nehme das andere Zimmer.«

»Das hier ist größer, behalte du es.«

»Sei nicht albern.«

Michael schnappte sich seinen Koffer und ging in den zweiten Schlafraum.

»Wird es nicht das Zimmermädchen misstrauisch machen?«

»Ist das nicht das, weswegen wir hier sind? Um eine mögliche Lücke in ihrem System zu finden, damit eure Kunden wissen, womit sie rechnen müssen?«, erkundigte sich Michael.

Da hatte er natürlich recht.

»Fein.« Sie zog den Reißverschluss ihres Koffers auf. »Hier ist ohnehin der Schrank größer. Den Platz brauche ich für all das Zeug, das du mir gekauft hast.«

Michael schenkte ihr sein Hollywoodlächeln und ging.

Insgeheim hoffte Meg, Sapore di Amore würde sich als genau das herausstellen, was es laut Masinis Behauptungen war. Denn die Wahrheit lautete, wenn Michael seinen Lebensstil auf der Insel geheim halten konnte, dann sah ihn Meg schon mit einem Liebhaber hierher zurückkehren. Selbst in diesen aufgeklärten Zeiten zog Hollywood es vor, wenn der Held hetero war. Da Michael nun einmal mit jedem Actionfilm, den er abdrehte, ein kleines Vermögen verdiente, war er nicht darauf erpicht, sich irgendwann in der näheren Zukunft zu outen. Und dann war da noch Alliance. Meg und Samantha waren sofort auf die Vorstellung angesprungen, dass es eine Privatinsel gab, auf der ihre Kunden nach der Hochzeit ihre Flitterwochen verbringen konnten.

»Was möchtest du als Erstes tun?«, fragte sie ihn durch die offenen Türen, während sie ihre Kleider aufhängte.

»Ich finde, wir sehen uns hier mal gründlich um, machen uns selbst ein Bild davon, wie abgeschirmt Sapore di Amore wirklich ist.«

Meg ging in das angrenzende Badezimmer und stellte ihre Toilettenartikel auf die Ablage. Als Nächstes kamen ihre Medikamente, die ihr Asthma unter Kontrolle hielten. Ihr Asthmaspray steckte sie in ihre kleine Handtasche und schloss sie.

Sie betrachtete sich im Spiegel. Das Make-up, das sie heute trug, war kräftiger als das, was sie normalerweise auflegte. Sie formte die Lippen zu einem Kussmund und bewunderte, wie gut der Lippenstift hielt. Sie hatten eine private Chartermaschine von Miami auf die Insel genommen, aber den Lippenstift hatte sie in Texas aufgetragen. Das war vor Stunden gewesen. »Ich könnte einen Drink gebrauchen.«

»Ich auch.«

Sie drehte sich um und versuchte, an den rückwärtigen Reißverschluss ihres Kleides zu kommen. Nach drei vergeblichen Versuchen gab sie auf und ging in Michaels Zimmer. Sie drehte ihm den Rücken zu. »Du hast mich zu diesem Kleid überredet, aber irgendwann muss ein Mädchen auch mal atmen.«

Der Reißverschluss bewegte sich nach unten, und dann versetzte ihr Michael einen kleinen Schubs. »Du siehst darin fantastisch aus.«

»Ich bin kein typisches Mädchen, aber ich muss zugeben, es gefällt mir auch.«

Nachdem sie in eines ihrer neuen Sommerkleider geschlüpft war, ein schlichtes orangefarbenes, und die Sandalen gegen Flip-

Flops getauscht hatte, schnappte sie sich ihre Tasche und wartete im Wohnzimmer auf Michael. Er hatte sich ein kurzärmeliges Seidenhemd und Baumwollshorts angezogen. Selbst mit der großen Sonnenbrille ließ sich seine wahre Identität kaum verbergen.

Sie setzte sich ebenfalls ihre Sonnenbrille auf und trat neben ihn. »Bereit?«

Es waren noch ein paar Stunden bis zum Abendessen, und die Sonne begann gerade am Himmel tiefer zu sinken.

Sie folgten den Gehwegen, statt über den Strand zu laufen. Jede der privaten Ferienvillen lag hinter einem wunderschön gestalteten Grünstreifen.

Das Haupthaus war ein weitläufiges, zweistöckiges Gebäude mit offenen Balkonen, auf denen sowohl andere Feriengäste als auch Angestellte zu sehen waren. Der Swimmingpool mäanderte um kleine Inseln, komplett mit Wasserfällen aus, wie es schien, einem künstlich angelegten Flüsschen.

Karibische Musik ertönte unaufdringlich aus verdeckten Lautsprechern. Wie es in jedem Luxusresort üblich war, gingen Kellner um den Pool, erfüllten Getränkebestellungen und brachten frische Handtücher.

Ein paar Köpfe drehten sich nach ihnen um, als sie an einem hohen Tisch unweit der Freiluftbar Platz nahmen.

Meg sah mindestens eine Frau, die am Pool lag und in ihre Richtung zeigte. Es war nicht möglich, unbemerkt zu bleiben, die Frage war, wie die Leute reagieren würden.

Ein Kellner, vermutlich Mitte zwanzig und auf eine jungenhafte Art überaus süß, legte binnen Sekunden zwei Servietten vor sie. »Willkommen auf Sapore di Amore«, begrüßte er sie. »Ich heiße Ben, und ich bediene Sie hier am Pool.«

»Woher wissen Sie, dass wir gerade erst angekommen sind?«, wollte Meg wissen, schon wieder auf der Suche nach Mängeln. Ihr fiel selbst auf, dass ihr Tonfall leicht zickig klang, und sie versuchte, das mit einem Lächeln auszugleichen.

»Mr Masini ordnet seinen Gästen bestimmte Angestellte zu, Miss Rosenthal.« Ben machte einen Schritt zurück und verschränkte die Hände hinter dem Rücken.

»Und wie entscheidet Mr Masini, wer sich um wen kümmert?« Sie wusste, sie unterzog den Mann einem Kreuzverhör, aber das System zu verstehen, würde ihr helfen, Schwächen aufzudecken.

Ben lächelte Michael kurz an, ehe er fortfuhr. »Ich bin vielleicht der Einzige vom Personal am Pool, der nicht gekreischt hat, als wir hörten, Mr Wolfe würde uns beehren.«

Das entlockte Michael ein Lächeln.

»Schauen Sie keine Filme?«

»Oh, sicher doch. Ich bin nur nicht so fasziniert von Stars. Ich hoffe, das stört Sie nicht.«

Michael lächelte. »Überhaupt nicht.«

»Ehe ich Ihre Bestellung aufnehme, muss ich Sie noch fragen, wie Sie von den Angestellten hier angesprochen werden möchten. Sollen wir einen anderen Namen benutzen?«

Meg konnte sich ein Lachen nicht verkneifen. »Vielleicht könnten wir dich Harvey nennen.«

Michael nahm seine Sonnenbrille ab und bedachte sie mit einem durchdringenden Blick. »Lass uns bei Michael bleiben.«

»Aber Harvey …«

»Margaret!« Autsch, das tat weh.

»Sie können mich Meg und Michael Michael nennen.«

Ben nickte knapp. »Was möchten Sie trinken?«

Nachdem er ihre Wünsche aufgenommen hatte, entfernte er sich, und sie schaute sich erneut um. »Bin ich die Einzige, die sich fühlt, als hätten wir ein Flugzeug nach Fantasy Island genommen, und jeden Moment wird Mini-Me auftauchen?«

Michael warf den Kopf in den Nacken und lachte.

* * *

Val nippte an seinem Bourbon und verfolgte von seinem Büro aus das Treiben am Pool. Sobald seine neuen Gäste in Sicht kamen, zogen sie seine Blicke wie magnetisch an. Margaret Rosenthals altmodische Frisur und ihre natürliche Schönheit ließen sie wie den Filmstar erscheinen mit Michael als schmückendem Beiwerk.

Sein Blick glitt über das Paar zu den anderen Gästen.

Mrs Clayton, die Ehefrau des Milliardärs Ron Clayton, einem Internetspiele-Mogul, betrachtete Michael und lachte mit ihrem Gast Cynthia Hernandez. Obwohl die beiden Frauen offiziell hier zu einem Mädels-Wochenende waren, schliefen sie in Wahrheit beide mit Männern, mit denen sie nicht verheiratet waren und die in einer Villa gleich neben ihrer untergekommen waren. Der Umstand, dass Mrs Clayton den Schauspieler anstarrte, entging Val nicht. Ungefähr die Hälfte seiner Gäste kam für heimliche Affären hierher. Die anderen wollten einfach während ihrer Ferien nicht gestört werden.

Die Frage war, in welche der Kategorien fielen Michael und Margaret.

Heimliche Affäre?

Oder »lass mich in Ruhe«?

Val hatte irgendwie den Eindruck, als wären sie nicht einfach im Urlaub.

»Du hast hart daran gearbeitet, Zutritt zu meiner Insel zu bekommen, Margaret. Aber warum?«, flüsterte er hinter dem geschlossenen Fenster.

Das Telefon auf seinem Schreibtisch summte, und er drückte auf den Lautsprecher, um zu antworten. »Ja, Carol?«

»Mr Picano legt gerade am Ladepier an«, informierte ihn seine Sekretärin.

»Ist Gabi dort?«

»Sie ist auf dem Weg.«

»Danke.« Val beendete die Verbindung, nahm seine Sonnenbrille vom Schreibtisch und verließ sein Büro durch die Tür. Den Filmstar und seine Begleiterin heimlich zu beobachten würde warten müssen.

Er joggte die Treppe hinunter, statt den Fahrstuhl ins Erdgeschoss zu nehmen.

Die Gerüche aus der Küche, bei denen ihm das Wasser im Mund zusammenlief, verrieten ihm, dass die Angestellten dort mit der Zubereitung der Desserts für den Abend begonnen hatten und dass die Braten bereits im Ofen waren. Es würde auch Fisch direkt aus dem Meer um die Insel geben und Bio-Gemüse, das täglich frisch vom Festland geliefert wurde.

Als er das Wort »Bio« dachte, sah er wieder Margaret vor sich, wie sie anmerkte, das mit den Elektro-Golfcarts sei »grün« von ihm.

Wörter wie »frisch« und »aus biologischem Anbau« tauchten überall auf der Speisekarte des Hotels auf. Das kam davon, wenn man nur die besten Kochkünstler einstellte. Würde sie sich über die Menüvorschläge lustig machen? Würde sie etwas auszusetzen haben? Und warum verbrachte er überhaupt irgendwelche Zeit damit, sich darüber den Kopf zu zerbrechen, was die Frau dachte?

Val nahm hinter dem Steuer seines persönlichen Golfcarts Platz und fuhr zum Hafen.

Er fand Gabi und Alonzo Picano beieinanderstehend. Auf Alonzos Privatjacht hinter ihnen herrschte rege Geschäftigkeit, als mehrere Kisten entladen und auf dem Pier abgestellt wurden.

»Picano?«, rief Val, um seine Aufmerksamkeit zu erregen.

Der Mann drehte sich um und bedachte ihn mit einem strahlenden Lächeln. »Da bist du ja.«

Val reichte ihm die Hand und schüttelte sie kräftig, spürte die Selbstsicherheit des anderen Mannes in der schlichten Geste. »Was hast du uns mitgebracht?«

»Wein natürlich. Was sonst?«

»Ist es nicht wunderbar, Val?«, fragte Gabi. Sie stellte sich dichter zu Alonzo und schob sich das Haar über die Schulter.

»Ich kann schließlich nicht zulassen, dass die Keller meines zukünftigen Schwagers austrocknen, oder?«

Alonzo legte besitzergreifend einen Arm um Gabi und küsste sie auf den Kopf.

Seine Schwester strahlte förmlich.

Val hatte bei einem Wohltätigkeitsessen in Miami eine Rede gehalten, als Gabi und Alonzo sich zum ersten Mal begegnet waren. Wie viele andere Männer im Raum hatte Alonzo Gabi angesprochen, doch er war geblieben. Und hatte es sich zum Ziel gesetzt, sie für sich zu gewinnen.

Sie waren vier Monate lang miteinander ausgegangen, bevor er Val beiseitegezogen und ihn um Erlaubnis gebeten hatte, sie heiraten zu dürfen. Die Sitte war vielleicht angestaubt oder sogar restlos überholt, aber da Val und Gabi ihren Vater früh verloren hatten, schien es irgendwie passend, dass Alonzo die Familie auf diese Weise respektierte.

Selbst für Val war das schnell gegangen. Er hieß Alonzo in der Familie willkommen, ehrte aber die Bitte seiner Mutter, dass sie eine lange Verlobung haben sollten. Länger, als Alonzo wollte. Wenn es nach dem Bräutigam gegangen wäre, wären sie schon in den Flitterwochen. Immerhin würde die Hochzeit im Herbst stattfinden. Da im Moment der Frühling gerade in den Sommer überging, war noch etwas Zeit, um zu planen und sicherzustellen, dass Gabi die richtige Entscheidung traf.

»Ich habe meine Weinhändler, Alonzo. Und ich bezweifle, dass meine Gäste mich trocken trinken können.«

»Aber mein Wein kommt gratis. Das muss doch zählen.«

»Und er ist wundervoll«, warf Gabi ein.

Alonzo gehörte ein Weingut in Italien, und er stand kurz davor, sich Land in Napa Valley zu kaufen, um seine Produktion auszuweiten. Vals Erkundigungen zu dem Mann nach war er erst knapp fünf Jahre im Geschäft. Es lief gut für ihn, aber es machte ihn nicht reich. Nein, dafür hatte seine Familie bereits gesorgt, ehe die Reben Teil seines Lebens geworden waren. Zum Portfolio der Familie Picano gehörten Investitionen in Warenverkehr, Immobilien in den wichtigsten Häfen und eine Handvoll Banken in Südamerika. Eine weitere Diversifizierung in Wein war sinnvoll.

»Du bist voreingenommen, Liebste.«

»Kein anderer Wein soll über meine Lippen kommen.«

Das Geturtel der beiden war für Val schwer zu ertragen. Er verdrehte die Augen, dabei tat er das sonst nie.

Der Wind vom Meer frischte auf und drückte Alonzos Jacht gegen den Anleger.

»Wann erwartest du die nächste Lieferung, Val?«, erkundigte Alonzo sich.

»Morgen früh. Du kannst deinem Kapitän sagen, er darf hier über Nacht liegen bleiben.«

Alonzo ging an Bord seines Schiffes und verschwand unter Deck.

»Wie lange bleibt er dieses Mal hier?«, wollte Val von seiner Schwester wissen.

»Nur heute Abend, aber er wird Ende der Woche zu einem längeren Aufenthalt zurückkehren.«

Alonzos Besuche wurden jedes Mal kürzer. Der Mann musste ein Geschäft führen, aber es schien, als hätte er nicht viel Zeit für seine zukünftige Braut. Vielleicht wäre es nicht verkehrt, wenn Val die Frage stellte, wie genau Gabi in das Leben des Unternehmers passen sollte. In Wahrheit machte er sich wenig Sorgen wegen des Mannes, denn er mochte Alonzo, aber er wollte sichergehen, dass seine Schwester mit der Wahl ihres Ehemannes glücklich war.

Mehrere von Vals Angestellten luden den Wein aus. Einer von Alonzos Männern rief ihnen nach, erinnerte sie daran, in welchen Flaschen der Prosecco war, und ermahnte sie zur Vorsicht. Alle verschwanden, bevor Alonzo zurückkehrte.

»Gabi sagt, du reist morgen wieder ab.« Val nahm die beiden mit zu seinem Golfcart und fuhr mit ihnen los.

»Das lässt sich nicht vermeiden«, erwiderte Alonzo. »Ich muss nach Kalifornien fliegen, um den Papierkram im Zusammenhang mit dem Kauf des Weinguts abzuschließen.«

»Ich kann gar nicht abwarten, es zu sehen«, erklärte Gabi vom Rücksitz.

»Mein Hochzeitsgeschenk an dich, Liebste. Es muss perfekt sein, bevor du über die Schwelle trittst.«

»Ist das nicht wunderbar, Val?«

Beinahe zu sehr, dachte er.

»Du wirst nie erraten, wer gerade die Insel besucht.«

Wenn Alonzo irgendjemand anders wäre als Gabis Verlobter, würde Val ihr sagen, sie solle still sein.

»Ich habe keine Ahnung.«

»Michael Wolfe.«

»Der Schauspieler?«

»Gibt es einen anderen?«, fragte Gabi. »Er ist so ein netter Mann.«

Val blickte in den Rückspiegel und sah seine Schwester lächeln. »Das kannst du nach nur so kurzer Bekanntschaft schon sagen?«

»Du kannst eine Menge über einen anderen Menschen in ein paar Minuten herausfinden«, verteidigte sie sich. »Und seine Freundin ist genauso nett. Ich weiß gar nicht, warum du dir ihretwegen solche Sorgen gemacht hast.«

»Ich hab mir keine Sorgen gemacht.«

Gabi schüttelte den Kopf, nahm ihm das keine Sekunde ab.

»Val ist nicht mehr der Alte, seit sie eingetroffen sind«, teilte sie ihrem Verlobten mit.

Val spürte, wie seine Kiefermuskeln sich anspannten, wusste, dass seine Nasenflügel bebten. Er zwang sich zu einem tiefen Atemzug und rieb sich den Nacken. »Ich kann gar nicht zu sorgfältig sein, Gabi. Das weißt du.«

»Wie lange wird er bleiben?«, wollte Alonzo wissen.

»Eine Woche.«

Vals zukünftiger Schwager setzte ein Lächeln auf. »Du wirst seinen Charakter in- und auswendig kennen, bevor er abfährt, da bin ich sicher.«

Ja, aber wenn er – oder genauer Margaret – nicht vertrauenswürdig war, wäre es, wenn sie abreisten, am Ende zu spät.

* * *

»Ich mag ihn nicht«, erklärte Simona Masini von ihrem Aussichtspunkt herab.

»Du kennst ihn gar nicht«, beharrte Val.

»Da ist was in seinen Augen, Valentino. Die Wahrheit liegt in den Augen.«

»Er liebt Gabi.«

Seine Mutter lachte abfällig. »Er möchte, dass du glaubst, er würde deine Schwester lieben.«

Frustriert fuhr sich Val mit einer Hand durchs Haar. Das Letzte, was er heute noch brauchen konnte, um seinen Tag zu krönen, war, dass seine Mutter allem widersprach, was er sagte. »Die Einladungen sind bereits verschickt. Die Hochzeit wird in weniger als fünf Monaten stattfinden.«

Simona deutete mit dem Kinn zum Fenster. »Manchmal gleichst du so sehr deinem Vater, dass es mir fast Angst macht.«

Val hätte beinahe mit den Zähnen geknirscht.

»Sprichst du etwa schlecht über Tote, Mama?«

»Ich spreche die Wahrheit. Euer Vater hat die Wahrheit selten erkannt, wenn ihm etwas Angenehmeres den Blick verstellte.«

Er hatte keine Ahnung, was seine Mutter damit meinte. Und er wollte auch nicht nachfragen, was es war. Seine Schwester hatte einen Mann getroffen und sich in ihn verliebt. Wer war Val schon, sich einzumischen und zu behaupten, sie würde eine falsche Entscheidung treffen? Er war ihr Bruder, nicht ihr Vater. Er lachte über seine eigenen Gedanken.

»In einer Stunde wird das Dinner serviert. Gabi hat unsere neuen Gäste an unseren Tisch eingeladen.«

Simona seufzte, war die gesamte Unterhaltung leid.

»Leiste uns doch Gesellschaft.«

»Also gut.«

Val drehte sich um, um den Raum zu verlassen, aber die Worte seiner Mutter hielten ihn auf. »Was ist mit dir, Val? Wann wirst du eine Frau finden, eine Familie gründen? Mir Enkelkinder schenken?«

»Überlass das besser Gabi.«

»Du solltest zuerst heiraten. Das ist die Tradition.«

Seine Mutter würde noch einmal sein Tod sein. »Wir sind nicht in Italien.«

Simona seufzte leidgeprüft. »Die Tradition richtet sich nicht nach Grenzen.«

Ohne die frustrierende Unterhaltung mit seiner Mutter weiterzuführen, ging Val aus ihrer Suite, schenkte ihren Sorgen keine Beachtung.

Er begab sich in sein Büro, an Carol vorbei, die schon längst Feierabend hätte machen sollen.

»Sie müssen eine Einladung an meinen Tisch für heute Abend überbringen«, teilte er ihr mit.

»Unsere neuen Gäste?«

Val zögerte. »Woher wissen Sie das?«

45

»Gabriella hat bereits darum gebeten. Sie dachte, ein berühmter Schauspieler würde die Laune Ihrer Mutter heben.«

Eines seiner seltenen Lächeln trat auf Vals Lippen. Er liebte seine Schwester und würde sie schmerzlich vermissen, wenn sie fortzog. »Formulieren Sie bitte die Einladung mit schmückendem Beiwerk, Carol. Schlichte Worte werden unsere Gäste nicht dazu bewegen können, sie anzunehmen.«

»Natürlich, Mr Masini.«

Val betrat sein Büro und schloss die Tür hinter sich.

KAPITEL 4

Meg biss sich auf die Zunge, um sich daran zu erinnern, sich zurückzuhalten. Sie hätte sich denken können, dass Valentino Masini darauf bestehen würde, dass sie ihn und seine Familie zum Dinner trafen. Der Mann war schließlich noch nicht mit ihrem Hintergrundcheck fertig.

Was würde er tun, wenn sie ablehnte?

Michael hatte ihr nicht die Gelegenheit gegeben, das herauszufinden.

»In der Einladung heißt es, dass seine Mutter ein Riesenfan ist. Wie kann ich zu seiner Mom Nein sagen?«, hatte er sie gefragt.

»Ich sag das zu meiner ständig.«

»Wenn meine Mutter erfährt, dass ich abgelehnt habe, kriege ich das für den Rest meines Lebens zu hören.«

»Der Mann lässt mich immer noch überprüfen«, beharrte Meg.

»Du bist ein Sicherheitsrisiko, Meg.«

»Das stimmt doch gar nicht.« Sie versuchte, ihre Stimme ruhig klingen zu lassen, aber es gelang ihr nur bedingt.

Jetzt kamen sie zum Haupttisch, wo Gabriella neben einer älteren Frau saß, von der Meg annahm, dass es Mrs Masini war. Valentino war natürlich nicht da.

»Sie sind gekommen.« Gabriella war aufgestanden, als sie sich dem Tisch genähert hatten.

»Halbformelles Dinner« bedeutete, dass sich Meg an diesem Tag jetzt zum dritten Mal umgezogen hatte. Ziemlich übertrieben. Gabriella trug ein cremefarbenes Leinenkleid, das ihr bis zu den Knien reichte. Die glitzernden High Heels passten wunderbar zu ihrer olivfarbenen Haut. Das Kleid war nicht übermäßig auffällig, aber sehr chic, und es saß perfekt.

»Wie hätten wir Nein sagen können?«, erwiderte Michael.

»Oh, das hätten Sie schon, aber ich bin froh, dass Sie es nicht getan haben. Mama, das hier sind Michael Wolfe und seine Begleitung Margaret Rosenthal.«

Mrs Masinis Lächeln glich dem ihrer Tochter. »Sie sind in Fleisch und Blut genauso attraktiv wie auf der Leinwand, Mr Wolfe.«

Michael schenkte ihr ein Lächeln und zwinkerte Meg zu. »Ich glaube, ich muss mich zu Ihnen setzen, Mrs Masini.«

Die ältere Frau klopfte auf den Platz neben sich. »Was für eine wunderbare Idee.«

Michael zog den nächsten Stuhl für Meg heraus.

»Sind wir zu früh?«, erkundigte sie sich und blickte zu den beiden leeren Plätzen am runden Tisch.

»Val und mein Verlobter werden gleich kommen.«

Meg warf einen Blick auf Gabriellas Ringfinger und bemerkte zum ersten Mal den Verlobungsring. »Wann ist denn der große Tag?«

Etwas, das sich fast wie ein abfälliges Schnauben anhörte, kam von Mrs Masini.

Gabriella legte eine Hand auf die ihrer Mutter und antwortete: »In viereinhalb Monaten.«

»Herzlichen Glückwunsch«, gratulierte Michael.

»Sie müssen sehr aufgeregt sein«, sagte Meg zur Mutter der Braut.

Mrs Masinis Lächeln verblasste, als sie über die Hochzeit ihrer Tochter sprach. »Ja, das sollte ich wohl, oder?«

Interessant.

»Mutter!«

»Was?«

»Bitte.«

Michael zog eine Augenbraue hoch.

Bevor irgendwelche weiteren Fragen gestellt, Kommentare abgegeben oder irgendwie anders spannungsgeladene Konversation gemacht werden konnte, traten Valentino und Gabriellas Verlobter an den Tisch.

Damit konnte es dann also richtig explosiv werden.

Michael stand auf und schüttelte ihrem Gastgeber die Hand.

»Tut mir leid, dass wir so spät sind«, sagte Valentino. »Wie ich sehe, haben Sie meine Mutter bereits kennengelernt.«

Alonzo Picano war einigermaßen attraktiv, aber nicht atemberaubend genug für jemanden, von dem Meg dachte, dass er neben Gabriella – oder Gabi, wie die anderen sie nannten – sitzen sollte. Der Mann lächelte und versuchte, auch Mrs Masini dazu zu bringen, doch die Frau blickte einfach an ihm vorbei.

Alle nahmen Platz, und Meg wurde klar, dass sie das Privileg hatte, Tischnachbarin des Mannes zu sein, der entschlossen war, irgendwelche Fehler an ihr zu finden. Dennoch konnte sie leider nicht behaupten, dass sie sein Aussehen oder seinen würzigen Geruch nicht mochte.

Er hatte einen schwarzen Smoking an, ein blütenweißes Hemd und eine Fliege. Normalerweise mochte sie diesen Look nicht. Aber Valentino trug dieses klassische Outfit, als wäre er dafür geboren worden. Die anderen Männer am Tisch waren ebenfalls gut gekleidet, aber sie waren kein Vergleich zu ihrem Gastgeber.

Mrs Masini begann eine leise Unterhaltung mit Michael, während Gabriella ihrem Verlobten etwas zuflüsterte.

Neben Meg seufzte Valentino. »Danke, dass Sie gekommen sind, Miss Rosenthal.«

Meg hob das Glas Eiswasser an die Lippen. »Mir war nicht klar, dass ich hätte ablehnen können.«

»Sie sind hier Gast. Natürlich können Sie ablehnen.«

Auch wenn sie fühlte, dass sein Blick auf ihr ruhte, weigerte sich Meg, ihn direkt anzusehen. »Gut zu wissen.«

Zum ersten Mal hörte sie ihn leise lachen, und das Geräusch ließ auch ihre Mundwinkel zucken.

Der Speisesaal füllte sich mit Gästen, während ein Mann im Abendanzug am Flügel in der Ecke des Raumes für musikalische Untermalung sorgte.

Auf den Tischen standen auf weißen Decken Windlichter mit flackernden Kerzen, umgeben von geschmackvollen Blumenarrangements.

Der Tisch der Masinis befand sich zusammen mit mehreren anderen auf einem erhöhten Podest. Zwischen ihnen war jedoch genug Platz, dass man die Gespräche vom Nachbartisch nicht mitanhören konnte. Auch wenn die Decke über sechs Meter hoch war, war der Raum vergleichsweise leise, nur erfüllt von der ruhigen Klaviermusik und sanftem Stimmengemurmel. Vor den riesigen Fenstern lag das strahlend blaue Meer.

»Mr Wolfe, verraten Sie uns doch, an welchem neuen Film Sie gerade arbeiten.«

»Ich befinde mich im Moment zwischen zwei Projekten, sonst würde ich nicht hier sein. Und, bitte, nennen Sie mich doch Michael.«

Mrs Masini strahlte ihn an. »Ich mochte diesen Auto-Film.«

Michael lachte. »Ich auch. Es geht doch nichts darüber, mit teuren Wagen, die jemand anderem gehören, über die Straße zu heizen.«

»Machen Sie Ihre Stunts selbst?«, erkundigte sich Gabi.

»Manchmal.«

»Mr Masini, möge er in Frieden ruhen, hat es geliebt, schnelle Autos zu fahren. Es würde ihn umbringen, auf einer Insel wie dieser zu sein, wo es nur Golfcarts gibt.«

»Papa hätte eine Möglichkeit gefunden, dass seins mindestens hundertfünfzig fährt.«

»Da hast du recht, *cara*«, sagte Valentino zu seiner Schwester. Bei seinen immer wieder eingestreuten italienischen Worten verspürte Meg ein Flattern in der Magengegend.

»Mögen Sie auch schnelle Autos, Mrs Masini?«, erkundigte sich Meg und versuchte verzweifelt, das Prickeln, das sich durch ihren Körper ausbreitete, zu ignorieren.

»Ja, sehr.«

Ein Kellner kam und präsentierte einen Wein. Nach einem Nicken von Valentino öffnete er die Flasche.

»Sie dürfen natürlich bestellen, was Sie wollen«, bemerkte Gabi. »Aber Alonzo gehört Grotto di Picano. Seine Weine sind wundervoll.«

Michael lehnte sich vor, sein Interesse geweckt. »Das ist einer von Ihren Weinen?«, fragte er nach.

»In der Tat.«

Der Kellner goss Michael einen kleinen Schluck ein und trat einen Schritt zurück. Michael schwenkte sein Glas, roch und nippte schließlich daran. Er schluckte und nickte. »Ihr Weingut liegt in Umbrien?«

Gabi lächelte, und Alonzo blinzelte überrascht. »Es ist tatsächlich in Kampanien.«

Michael nahm einen weiteren Schluck und zuckte die Achseln. »Er ist gut.«

»Danke.«

»Sie kennen sich mit Wein aus, Michael?«

51

Meg bevorzugte Whiskey oder ein schönes, kaltes Bier. Sie hatte gelernt, Wein zu trinken, wusste, was wozu passte, und mochte einige der schwereren Roten, aber zu wissen, aus welcher Region ein Wein kam ... nein, das war nicht ihr Ding.

»Ein wenig.«

Meg schüttelte den Kopf. »Michaels Weinkeller ist beeindruckend.«

Michael stieß sie unter dem Tisch mit dem Knie an.

»Sie müssen Alonzos in Ihre Sammlung aufnehmen.«

Alonzo rutschte auf seinem Platz hin und her und tätschelte Gabis Hand auf dem Tisch.

»Vielleicht werde ich das«, erwiderte Michael.

Der Wein wurde serviert und die Spezialitäten des Küchenchefs vorgestellt.

»Was machen Sie beruflich, Miss Rosenthal?«

Die Frage war nicht ungewöhnlich, die Antwort immer vage. »Akquise und Kundenbeziehungen«, sagte sie und schob ihren Salatteller beiseite.

Alonzo schien nicht interessiert, doch Mrs Masinis Augen wurden schmal. »Arbeiten Sie auch im Filmgeschäft?«

»Nein.«

»Was genau akquirieren Sie?« Es war die erste direkte Frage, die Valentino ihr stellte.

»Das wissen Sie nicht? Und dabei schien es mir, als hätten Sie es sich zur Aufgabe gemacht, jedes nur mögliche Detail über Ihre Gäste zu erfahren, bevor sie auf der Insel ankommen.«

Michael lehnte sich vor. »Meg ist in dieser Beziehung etwas empfindlich, Valentino. Es scheint, dass Sie es so hinausgezögert haben, unserem Aufenthalt hier zuzustimmen, hat einen schlechten Nachgeschmack bei ihr hinterlassen.«

Nun war es an Meg, Michael unter dem Tisch anzustoßen.

»Ach, tatsächlich?«

Der Mann war unglaublich. Er wusste sehr genau, dass sie über das Schneckentempo, mit dem er ihrem Aufenthalt zugestimmt hatte, nicht besonders erfreut gewesen war.

Sie stellte fest, dass er sie anstarrte, seine stählerne Miene und die Abwesenheit jedes Lächelns undeutbar.

Warum konnte er nicht kahl und unattraktiv sein? Warum schlug ihr Puls jedes Mal wie eine afrikanische Trommel, wenn sie ihn ansah?

»Frauen mögen es nicht, wenn man Nein zu ihnen sagt, Val. Wie viele Male muss ich dir das noch erklären?«, führte Gabi ein unwiderlegbares Argument an.

»Ich bin mit drei Schwestern aufgewachsen. Ich kann das bestätigen.« Michael erzählte weiter von seiner Familie, lenkte das Gespräch weg von Alliance und den tatsächlichen Diensten der Agentur. Es würde niemals öffentlich bekannt werden, was Meg, Sam und jeder, der dort arbeitete, wirklich taten.

Während Michael sich mit den anderen unterhielt, lehnte Val sich vor. »Es ist mir nicht entgangen, dass Sie meiner Frage ausgewichen sind.«

»Welcher Frage?«, erkundigte Meg sich, auch wenn sie genau wusste, wovon er sprach.

»Was die Firma, für die Sie arbeiten, eigentlich anbietet.«

Sie nahm ihr Weinglas, ließ sich Zeit, daran zu nippen. Über den Rand hinweg sagte sie: »Nicht sehr angenehm, abgewiesen zu werden, was?«

Er lachte leise, murmelte dann: »Touché.«

Als das Essen kam, nahm Meg einen ersten Bissen vom Seebarsch und stöhnte auf.

»So gut?«, fragte Michael mit einem neckenden Lächeln.

Statt zu antworten, trennte sie mit ihrer Gabel ein Stück Fisch ab und ließ ihn probieren.

»O mein Gott.«

»Nicht wahr?«, sagte sie zwischen Bissen, bei denen ihr das Wasser im Mund zusammenlief.

»Mein Koch wird hocherfreut sein, dass es Ihnen schmeckt.« Val lehnte sich zurück und sah ihr zu, wie sie ihren Fisch verspeiste.

Nachdem sie sich die Lippen abgewischt hatte, brachte sie heraus: »Das war unglaublich.« Wenn man die Orte bedachte, an denen sie gewesen, und die Leute, mit denen sie gegessen hatte, seitdem sie für Alliance arbeitete – eine Herzogin, als vorgetäuschte Freundin einer Hollywoodikone und auch sonst ihr Umgang mit den Superreichen –, war der Fisch verdammt gut. Die Gesellschaft war auch nicht zu verachten.

Sie nahm einen weiteren Bissen, fuchtelte mit der Gabel in der Luft herum. »Es gibt da ein Lokal in San Diego. Market Fish oder so ähnlich …«

»Direkt am Wasser?«, fragte Michael.

»Ja. Das kommt dem nahe, aber das hier ist noch viel besser.«

Gabi lehnte sich über den Tisch. »Mein Bruder ist ziemlich stolz auf den frischen Fisch.«

Meg gelang es, ihm einen Blick aus dem Augenwinkel zuzuwerfen. Er hatte immer noch keinen Bissen von seinem Essen angerührt. »Kochen Sie?«

»Dafür habe ich keine Zeit.«

Was ihre Frage nicht beantwortete.

»Ich vermute, Sie müssen das auch nicht, wenn Sie all dies zu Ihrer Verfügung haben.«

»Ich habe meinen beiden Kindern das Kochen beigebracht. Nicht dass sie es wirklich häufig tun.« Mrs Masini nahm winzige Bissen von dem Hühnchen auf ihrem Teller.

»Leben Sie alle auf der Insel?«, erkundigte sich Michael.

Mrs Masini zuckte die Achseln. »Wenn ich meine Kinder sehen möchte, muss ich mich hier aufhalten.«

»Das Paradies zu Ihren Füßen«, schwärmte Michael. »Immer Sonnenschein.«

»Ich mag den Regen.«

»Wir sind in den Tropen, Mama. Es regnet jeden Tag«, erwiderte Gabi mit einem Lächeln.

»Das ist nicht dasselbe.«

Vielleicht war es der Wein oder das erstaunliche Essen, aber Meg stellte fest, dass sie sich entspannte, selbst mit dem reservierten Mann neben sich.

* * *

Sie waren jetzt seit fast vierundzwanzig Stunden auf der Insel. Michael lief aus dem warmen Meer zu Meg an den Strand, legte sich auf den benachbarten Liegestuhl und griff nach dem Glas Eiswasser, das neben ihr stand.

Sie sah von ihrem Buch hoch. »Ich glaube, in deinem früheren Leben warst du ein Fisch.«

»Ich kann nicht fassen, wie still es hier ist.«

»Bei dir hört es sich so an, als würde ich dich die ganze Zeit vollquatschen.«

Er legte den Kopf zurück und schloss die Augen. »Ich bin zu der Erkenntnis gekommen, dass ich ein lautes Leben führe.«

»Du bist Filmstar. Ich denke, das gehört dazu.«

Er seufzte. »Ich weiß ... Aber das hier ist echt nicht schlecht.«

Nein, war es nicht. Wenn man bedachte, wie berühmt Michael war, gab es erstaunlich wenig Leute, die zu ihnen kamen. Selbst am Abend zuvor, bei ihrem Dinner mit Valentino und seiner Familie, hatte kein anderer Gast ein Foto gemacht, sie angestarrt oder nach einem Autogramm gefragt.

Meg kannte Michael jetzt seit fast drei Jahren, und das war in der wirklichen Welt noch nie passiert.

Vielleicht war Sapore di Amore wirklich all das, was es zu sein behauptete.

»Da ist nur eine Sache, die es auf dieser Insel nicht gibt«, stellte Michael fest.

Es gab etwas nicht? »Und das wäre?«

»Sex.«

Das konnte er laut sagen. »So wie sich einige der anderen Leute hier am Pool benehmen, bist du nicht der Einzige, der das denkt.«

Michael rieb sich mit einem Handtuch das Gesicht ab. »Das ist mir nicht wirklich aufgefallen.«

Ihr schon, und sei es nur, um ein Auge auf die Klatschblätter zu haben, wenn sie die Insel wieder verlassen hatte. Wie viel sickerte von Sapore di Amore durch? War es möglich, dass sie tatsächlich nicht sahen, was die Frau eines Senators mit einem Jungen, der halb so alt war wie sie, trieb? Hatte besagte Ehefrau Meg erkannt? Sie hatten sich vor einem Jahr in Sacramento kennengelernt.

Auch jetzt, als Meg und Michael vor ihrer Villa lagen, waren nur erstaunlich wenige Gäste am Strand. Dies war kein Ort, an den Leute mit kleinen Kindern fuhren. Vielleicht weil Kinder es an sich hatten, alles zu erzählen, was sie sahen.

Meg machte sich in Gedanken eine Notiz, Valentino danach zu fragen. War es verboten, dass junge Leute herkamen? Oder gab es auf der Insel einen Bereich, der Familien vorbehalten war?

Statt über Kinder und Familie zu sprechen, fragte Meg: »Gibt es denn jemanden, den du mit herbringen wolltest?«

Michael wandte den Blick ab und sah aufs Meer hinaus. »Ich … ich weiß … Ja.«

Meg wollte glauben, dass Michael als Schauspieler keinerlei Unsicherheit kannte. Aber wenn es um Intimität ging – wahre Intimität –, war er nicht der selbstbewusste Filmstar, den sie kannte.

»Und würde diese Person gerne mit dir hier sein?«

»Was sollte das bringen? Unsere Leben sind zu verschieden.«

»Er ist nicht verheiratet, oder?«

Michael schüttelte den Kopf. »Gott, nein. Wir sind nur … Es ist kompliziert.«

»Er ist nicht im Filmgeschäft?«

»Er ist Lehrer.«

Das hatte sie nicht erwartet. Statt weiter Fragen zu stellen, sah sie den sanften Wellen zu, wie sie auf den Strand liefen. »Verspürst du jemals den Wunsch zu sagen: ›Zur Hölle damit! Vergiss Hollywood, und lebe dein Leben so, wie du es willst‹?«

»Ich krieg Millionen Dollar für einen Film, Meg.«

»Ich weiß …« Gott, sie war praktisch ohne Geld aufgewachsen. Ihre Eltern hatten eigentlich immer noch nichts. Meg war es gelungen, etwas zurückzulegen, nachdem sie ihre Studienkredite abbezahlt hatte, aber es würde noch sehr lange dauern, bevor sie sich selbst einen Urlaub auf Sapore di Amore leisten konnte.

»Aber wann wirst du genug haben?«

»Ist es zu viel verlangt, Geld *und* ein Leben zu haben?«

Nein, überlegte sie. War es nicht.

Michael rollte sich auf den Bauch, streckte die Arme über den Kopf. »Was hältst du von unseren Gastgebern?«

Meg legte ihr Buch beiseite und rückte ihren Sonnenstuhl zurück in den Schatten. Sie wollte sich nicht schon so früh in der Woche einen Sonnenbrand holen. »Mrs Masini ist großartig. Sie betet dich an.«

»Nichts sagt ›Ich habe es noch drauf‹, wie alte Ladys mit meinem Charme zu umgarnen.«

»Gabi ist sehr nett, aber dieser Typ, den sie heiraten will, ist irgendwie merkwürdig.«

Michael drehte ihr den Kopf zu und sah sie mit zu Schlitzen zusammengekniffenen Augen an. »Irgendwas an ihm stimmt nicht.«

»Er hört zu viel zu und sagt selbst nichts.«

Michael stützte sich auf die Unterarme. »Ist dir aufgefallen, wie er versucht hat, das Thema zu wechseln, als ich ihn nach seinem Weingut gefragt habe?«

»Ja, warum nur? Wenn ich ein eigenes Weingut hätte, würde ich der ganzen Welt davon erzählen wollen. Er schien anfangs ja auch durchaus begeistert, seinen Wein vorzustellen, als wir uns hingesetzt haben.«

Michael schüttelte den Kopf. »Ich verstehe das nicht. Der Wein war nicht schlecht. Ich könnte verstehen, wenn er nicht darüber reden wollte, wenn der Wein furchtbar wäre.«

Meg trommelte mit den Fingern auf die Lehne ihres Stuhls. Wenn sie ihr Handy hätte, hätte sie Alonzo Picanos Namen im Internet gesucht, um mehr über ihn herauszufinden. Aber sie könnte immer noch zu Hause anrufen und Judy die Recherche überlassen.

»Du trommelst.«

Meg hörte auf. »Ich habe Online-Entzug.«

Michael lachte. »Ich bin morgen vermutlich so weit.«

»Wir sind armselig.«

»Mir ist aufgefallen, dass du nichts über Val gesagt hast.«

Sie fing wieder an, mit den Fingern zu trommeln. »Der Mann ist einfach nervtötend.«

»Das konntest du nach den wenigen Worten, die er beim Dinner gesagt hat, schon feststellen?«

»Er hat uns den ganzen Abend beobachtet.«

Michael schloss die Augen. »Das stimmt nur halb. Er hat *dich* beobachtet.«

»Was echt unhöflich war. Ich war mit dir da.«

»Der Mann ist nicht blind.«

»Es war überhaupt nicht hilfreich, dass du, als Mrs Masini gefragt hat, warum wir nicht verheiratet sind, alle möglichen Monogamiefragen gleich im Ansatz erstickt hast.«

Er lachte tief in seiner Brust.

»Das war nicht lustig. ›Freunde mit gewissen Vorzügen.‹ Ehrlich, sagt das überhaupt noch irgendjemand?«

Er lachte lauter.

Meg griff nach dem Eiswasser, das neben ihr stand, und zögerte keine Sekunde.

Michael sprang aus dem Liegestuhl wie eine Katze, die einem Bad entgehen wollte.

Meg hatte genug Verstand, um den Liegestuhl zwischen ihnen zu halten, kam aber nicht weit, bevor Michael sie hochhob und mit ihr Richtung Meer rannte.

Kapitel 5

Resorts wie Sapore di Amore hatten immer Fitnesscenter, die den exklusivsten Studios in nichts nachstanden, aber anders als die Clubs in L.A. waren sie leer. Während Michael seine Ferien voll ausnutzte und ausschlief, zwang Meg sich, aufzustehen. Der Küchenchef der Insel würde garantiert fünf Pfund mehr auf ihre Hüften zaubern, wenn sie sich nicht wenigstens ansatzweise die Mühe machte, einige dieser köstlichen Kalorien wieder loszuwerden.

Sie hatte an Schwimmen gedacht, aber ohne jemanden, der aufpasste und wusste, dass ihre Lungen nicht immer perfekt mitarbeiteten, würde sie dabei mehr riskieren, als es wert war.

Der junge Mitarbeiter im Fitnessstudio gab ihr eine Wasserflasche und ein Handtuch und begrüßte sie mit Namen, obwohl Meg vorher noch nie hier gewesen war.

Sie musste zugeben, sie war beeindruckt von der Aufmerksamkeit von Vals Angestellten.

Drinnen angekommen, hörte sie aus verborgenen Lautsprechern schnelle Musik. Die Aussicht vor den Glaswänden zeigte einen üppigen Garten.

Meg dehnte sich ausgiebig und begab sich dann auf einen der Crosstrainer, um sich aufzuwärmen. Sie ließ sich Zeit und teilte sich ihre Kraft ein.

»Guten Morgen, Miss Rosenthal.«

So viel dann zu einem friedlichen Work-out.

Ohne innezuhalten, drehte sie den Kopf in die Richtung, aus der die Stimme kam, und erstarrte.

Warum konnte Valentino Masini nicht ein kurzärmeliges Sportshirt und Shorts tragen? Dann hätte sie selbst feststellen können, ob der Mann nur eine Maurerbräune hätte.

Tatsächlich war er perfekt und elegant zurechtgemacht in Schlips und Kragen, etwas, was sie nicht hätte überraschen sollen. »Mit Krawatte zu trainieren muss ziemlich doof sein.«

Er senkte kurz den Blick, bevor er sie wieder ansah. »Mein Fitnessstudio ist der Ozean.«

Das Bild von ihm, das ihr ungebeten vor Augen stand, wie er versuchte, im Anzug zu schwimmen, brachte sie zum Lächeln. »Ich wusste nicht, dass es Anzüge gibt, in denen man baden kann.« Erst nachdem die Worte ihre Lippen verlassen hatten, wurde ihr klar, wie sich das anhörte.

»Dies ist eine Privatinsel, aber normalerweise trage ich schon etwas beim Schwimmen.«

Als sie daran dachte, wie er splitterfasernackt im Meer schwamm, stieg ihr Hitze in die Wangen. »Auf der eigenen Insel nackt zu baden, scheint ein Initiationsritual zu sein«, sagte sie und hoffte, dass er nicht bemerkte, wie sie errötete.

Als er still blieb, warf sie ihm einen Blick zu und bemerkte, dass er grinste. Er lächelte so selten, dass sie das Prickeln, das ihr den Rücken hochlief, als er es tat, genoss.

Der Mistkerl. Nun würde sie nach abgelegenen Orten Ausschau halten, wo er vielleicht nackt badete.

»Jetzt kenne ich den wahren Grund, warum man hier keine Fotos machen darf.«

»Sie haben mich durchschaut, Miss Rosenthal.«

»Ha! Das wage ich zu bezweifeln.« Sie nahm einen Schluck Wasser und fühlte ein Brennen in ihren Beinen, als die Maschine automatisch einen Gang höher schaltete. Als er darauf nicht antwortete, fügte sie hinzu: »Also sind Sie oft im dreiteiligen Anzug im Fitnessstudio?«

»Ich besuche viele Teile meiner Insel jeden Tag.«

»Ah. Ein Workaholic.« Was sich für manche nach Stabilität anhören mochte, aber für sie klang es eher nach einem frühen Herzinfarkt.

»Möglicherweise.« Das Lächeln auf seinem Gesicht verblasste, und sie war enttäuscht über die Richtung, die ihre Unterhaltung eingeschlagen hatte. »Sie scheinen eine Frau zu sein, die Ordnung und Routine schätzt.«

»Wie kommen Sie darauf?«, fragte sie.

»Sie trainieren während des Urlaubs, was mir verrät, dass Sie entweder häufig in den Urlaub fahren und darum das Bedürfnis haben, auch Sport zu machen, wenn sie nicht zu Hause sind, oder Sie brauchen die Routine.«

Darüber dachte sie eine Minute nach. »Oder vielleicht brauche ich auch nur eine Entschuldigung, um mich dem Essen hier zu widmen, und möchte nicht dick werden.«

Der Blick, mit dem er ihren Körper musterte, ließ den Raum plötzlich warm erscheinen. »Ich wage zu bezweifeln, dass Sie sich darüber Sorgen machen müssen.«

»Darüber macht sich jede Frau Sorgen. Sie sprechen es vielleicht nicht laut aus, aber sie tun es.«

Eine Seite seines Mundes hob sich amüsiert. Kein Lächeln, beschloss sie, aber doch einem sehr nahe. »Vielen Dank für die Lehrstunde in weiblicher Psychologie.«

»Oh, bitte.«

Val schaute sie für einen Moment an, bevor er sich von dem

Laufband, an das er sich gelehnt hatte, abstieß und den Kopf zur Seite legte. »Viel Spaß noch bei ihrem ›Ich möchte nicht dick werden‹-Work-out, Miss Rosenthal.«

Der Mann brachte sie zum Lächeln. »Versuchen Sie, nicht zu hart zu arbeiten.«

* * *

Er war ihnen den ganzen Tag und bis zum Abend aus dem Weg gegangen. Hatte sich bewusst von den privaten Villen ferngehalten. Aber am dritten Morgen fand er eine E-Mail in seiner Inbox mit einem Foto.

Margaret Rosenthal, die in den Armen von Michael Wolfe lachte, während er sie ins Meer warf. Das Bild war nicht intim oder anzüglich, aber es war gemacht worden.

Und es war auf seiner Insel gemacht worden.

Er stieß eine Reihe italienischer Flüche aus und drückte den Knopf der Gegensprechanlage. »Carol. Ich will den Sicherheitschef in fünf Minuten in meinem Büro sehen.«

»Ist alles in Ordnung, Mr Masini?«

»In fünf Minuten.« Er beendete das Gespräch und druckte das Foto aus.

Lou Myong stand vier Minuten später vor ihm, das Bild in der Hand.

»Das ist auf der Insel aufgenommen worden, nicht vom Meer aus oder von oben aus einem Flugzeug.«

Das konnte Val auch sehen.

»Wissen Sie, wer es geschickt hat?«

Val schüttelte den Kopf. »Ich erwarte, dass sich ein Internetteam darum kümmert. Ich will die IP-Adresse wissen, den Absender. Ich muss erfahren, von wem dieses Foto kommt.«

Lou faltete den Ausdruck zusammen und steckte ihn sich in

die Innentasche seiner Anzugjacke. Als koreanischer Amerikaner der zweiten Generation war er etliche Zentimeter kleiner als Val, aber gute fünfzehn Kilo schwerer. Lou war sein Sicherheitschef auf der Insel gewesen, schon bevor die ersten Gäste angekommen waren. Er verstand, wie wichtig Diskretion war, und sorgte dafür, dass es Fotos wie das in seiner Tasche eigentlich nicht gab.

»Die Frage ist, warum man es Ihnen geschickt hat. Warum es nicht einfach verkaufen? Bilder von Filmstars im Urlaub sind Tausende von Dollars wert.«

»Jemand will, dass ich weiß, dass sie es tun könnten.«

»Oder jemand konzentriert sich speziell auf diese beiden.«

Val fand beide Szenarien nicht besonders ansprechend. Er drückte den Knopf auf seinem Schreibtisch. »Carol, können Sie bitte kurz reinkommen?«

»Sofort.«

Als Carol vor ihm stand, fing er an, Anweisungen zu erteilen. »Ich brauche eine Liste jedes Angestellten, der sich um Mr Wolfe und seine Begleitung kümmern soll.«

Carol warf Lou einen nervösen Blick zu und sah dann wieder zu Val.

»Ich möchte, dass alle befragt werden und dass diese Befragungen aufgezeichnet werden. Ich muss wissen, was sie gesehen haben. Wen sie gesehen haben. Ich muss wissen, ob diese Sicherheitslücke intern ist.«

Die Privatsekretärin riss die Augen auf. »Sicherheitslücke, Mr Masini?«

»Jemand spioniert unsere Gäste aus, Carol. Ich brauche eine minutiöse Auflistung, was sie tun.«

Carols Gesicht nahm einen neutralen Ausdruck an. »Das könnte schwierig werden, Mr Masini.«

Er versteifte sich und kniff die Augen zusammen. »Und warum?«

»Mr Wolfe und seine Begleitung sind nach dem Frühstück mit dem Charterboot nach Key West gefahren.«

Verdammt. Es war eine Sache, die Sicherheit auf seiner Insel zu garantieren, aber unmöglich, wenn seine Gäste sich aufs Festland absetzten.

Val wechselte einen Blick mit Lou. »Setzen Sie Ihren zuverlässigsten Mann auf die Angestellten an. Ich brauche Sie in Key West. Finden Sie sie, folgen Sie ihnen und stellen Sie fest, ob sie irgendjemand beobachtet.«

»Ja, Sir.«

»Carol. Kein Wort darüber. In diesem Moment sind es genau drei Leute, die wissen, dass es eine Sicherheitslücke gibt.«

»Ja, Mr Masini.«

Die zwei verließen schweigend das Büro.

»Verdammt.«

Am nächsten Morgen würden in jedem Klatschmagazin Fotos von Michael Wolfe und Margaret Rosenthal zu sehen sein.

* * *

Während auf Sapore di Amore Ruhe und Ungestörtheit herrschten, war Key West das genaue Gegenteil.

Meg überraschte es, dass sie es zwei Nächte und fast achtundvierzig Stunden ausgehalten hatten, bevor sie sich nach Unterhaltung außerhalb der Insel umgesehen hatten.

Das Charterboot gehörte exklusiv Sapore di Amore. Nur Gäste der Insel benutzten es. Man gab ihnen ein Handy und bat sie, bis zehn Uhr abends wieder in den Jachthafen zurückzukehren.

Bei den ganzen Geschäften, Restaurants und anderen touristisch interessanten Sehenswürdigkeiten, die Key West zu bieten hatte, war Meg sich nicht sicher, ob die Zeit reichen würde.

Sie versteckten sich hinter riesigen Sonnenbrillen und versicherten neugierigen Passanten, dass Michael nicht Michael sei, aber ja, er könnte glatt als Stunt-Double für den Mann durchgehen.

Dennoch bemerkte Meg einige Handys, die auf sie gerichtet wurden. Sie bemühte sich, sich eng an Michael zu schmiegen, um den Eindruck zu erwecken, dass sie zusammen waren.

Während des Essens auf einer Terrasse verspürte Meg immer wieder den Drang, über die Schulter zu schauen. »Ich weiß nicht, wie du das aushältst«, sagte sie.

»Man ignoriert es.«

»Aber jemand beobachtet uns.«

Er zuckte die Achseln und nahm einen Schluck von seiner Margarita. »Ist das nicht genau der Plan? Festzustellen, ob wir zurück zur Insel verfolgt werden? Festzustellen, ob es wirklich so sicher ist, wie Val behauptet?«

Sie warf einen Blick über ihre Schulter, konnte aber die Augen, die sie so deutlich fühlte, nicht entdecken. »Ja.«

»Dann werden wir genau das tun. Wir spielen hier die Touristen und kehren bei Anbruch der Dunkelheit zur Insel zurück. Wenn morgen nichts in den Klatschmagazinen erscheint, schalten wir einen Gang höher.«

»Und was genau bedeutet das?«

Michael sah sie über seine Sonnenbrille hinweg an und wackelte mit den Augenbrauen. »Ich bin mehr als nur ein hübsches Gesicht auf der Leinwand.«

Meg griff nach ihrer Handtasche und stand auf. »Ich muss mal für kleine Mädchen und werde danach schnell deine Schwester anrufen.«

Michael griff nach dem geliehenen Handy.

»Dem vertraue ich nicht. Ich benutze das Festnetztelefon drinnen.«

»Hat das überhaupt noch irgendjemand?«

Meg lachte, fragte sich aber tatsächlich, ob das nicht stimmte, als sie das Gebäude betrat. Sie ging gerade um die Bar herum, als sich ihr drei Frauen im Bikini in den Weg stellten. »Ist das Michael Wolfe, mit dem Sie zusammen sind?«, fragte eine von ihnen.

Meg warf einem asiatischen Mann, der sie von der Bar aus beobachtete, einen Blick zu.

»Wenn ich zehn Cent für jedes Mal hätte, dass uns das jemand fragt«, erwiderte sie, »wären wir selbst so reich wie ein Filmstar.«

Die jüngste der Strandschönheiten zog einen Schmollmund. »Und wir waren uns so sicher.«

»Tut mir leid, Sie enttäuschen zu müssen.« Meg entfernte sich mit einem kleinen Lächeln.

Sie fand ein Haustelefon, das in Wirklichkeit das Handy des Managers war, und rief schnell Judy an.

»Hey, *chica*.«

»Sag mir nicht, dass ihr schon wieder zurück seid.«

»Nein, wir fangen gerade erst an. Sind nach Key West durchgebrannt.«

»Ich hätte auch nicht gedacht, dass mein Bruder eine Woche in der Abgeschiedenheit aushält.«

»Die Insel ist unglaublich. Wir wollten nur schon früh die Grenzen austesten. Hör zu, du musst etwas für mich recherchieren.«

»Einen neuen Klienten?«

»Nein, nicht so was. Wir haben mit kaum jemandem gesprochen, außer dem Besitzer des Resorts und seiner Familie.« Meg erzählte Judy von Gabi und ihrem Verlobten. Sie bat ihre beste Freundin, über das Weingut nachzulesen und festzustellen, ob sie etwas über den Mann herausfinden konnte.

»Wenn er kein möglicher Klient ist, warum soll ich mir dann die Mühe machen, ihn zu recherchieren?«

Wieder fühlte Meg, dass sie beobachtet wurde. Nur war sie diesmal gar nicht mit Michael zusammen. *Ich muss paranoid sein.*

Musik von der Steel Band draußen erfüllte die Bar und machte die Unterhaltung am Telefon schwierig.

»Irgendetwas an ihm stört mich. Vielleicht nur, weil ich immer die Männer für Alliance überprüfe. Es war offensichtlich, dass Gabis Mutter ihn nicht mag, und doch schien es Masini und Gabi nicht aufzufallen.«

»War er ein Idiot?«

»Nein. Nur ... Ich kann nicht genau sagen, was es ist. Und Gabi ist so süß und behütet. Ich mag einfach nicht dieses Gefühl haben und nichts unternehmen.«

»Hört sich an, als wenn Gabi als neue beste Freundin im Rennen ist.«

Meg warf den Kopf zurück und lachte. »Eifersüchtig?«

Judy kicherte. »Ich werde immer deine Erste bleiben. Das kann sie mir nicht nehmen.«

Als Einzelkind genoss Meg ihre Freundschaft mit Judy, vermisste das tägliche Zusammensein, nun, da sie verheiratet war. »Also, kannst du mal über ihn nachlesen?«

»Natürlich. Bin schon dabei.«

»Wenn irgendetwas merkwürdig erscheint, gib die Info an Sam weiter. Mal sehen, ob sie mehr herausfinden kann.«

Sie sprachen noch eine Minute länger, bevor Meg dem Manager das Handy zurückgab.

»Hast du mich vermisst?«, fragte sie, als sie sich wieder neben Michael setzte.

* * *

Sie waren nicht die Letzten, die auf die Insel zurückkamen, und Val war noch immer stinksauer.

Es hatte Zeiten gegeben, als seine Schwester ein Teenager gewesen war, als er hier gesessen und darauf gewartet hatte, dass sie von einem Date zurückkehrte. Aber das hatte ihn nie so gestresst wie das hier.

Die Befragung der Angestellten hatte fast gar nichts erbracht. Er vermerkte sich im Geiste einige Kleinigkeiten, die die Haushälterin sagte, aber keine der Informationen brachte ihn irgendwie der Lösung näher, wer ein Foto von Margaret und Michael aufgenommen hatte oder warum.

Hatte Margaret dafür gesorgt, dass jemand dieses Foto machte und ihm dann schickte? Die Frau, die er online gekannt hatte, vielleicht. Die Frau, die er persönlich kennengelernt hatte … da war er sich nicht so sicher.

Er konnte keinen Fehler in ihren Antworten auf einige der einfachsten Fragen finden. Ihre Reaktion auf seine Mutter, die Art, wie sie mit seiner Schwester sprach, zeigten eine Ehrlichkeit, die er für echt hielt.

Was Michael Wolfe betraf, der Mann war Schauspieler. Genau wie bei Politikern wusste Val es besser, als irgendetwas, was er sagte, für bare Münze zu nehmen. Wenn außerdem das stimmte, was die Haushälterin über die Schlafarrangements berichtet hatte, wurden es immer mehr Lügen.

Von allen Erkenntnissen zauberte ihm diese spezielle ein Lächeln aufs Gesicht.

Margaret Rosenthal und Michael Wolfe waren vielleicht »Freunde mit gewissen Vorzügen«, aber diese Vorzüge begannen oder endeten nicht in einem Bett.

Diese interessante Information faszinierte ihn, ließ ihn aber auch infrage stellen, warum sie hier waren. Warum Sapore di Amore? Warum zusammen?

Warum jetzt?

Warum machte ihn die Vorstellung glücklich, dass seine Gäste in zwei verschiedenen Schlafzimmern übernachteten?

Vielleicht, weil es schon einige Zeit her war, dass eine Frau seine Neugier geweckt hatte. Margaret Rosenthal war interessant und mit vielen Schichten, die man abtragen konnte, um festzustellen, wie sie funktionierte. Außer dem Hotel gab es nicht viele Dinge, die ihn faszinierten. Er widmete jede Minute seines Lebens der Insel. Sicherzustellen, dass es seiner Schwester und Mutter gut ging, war das Allerwichtigste. Er hatte die eine oder andere kurze Affäre gehabt. Die meisten waren rein körperlich gewesen und hatten keinerlei tiefere Gefühle beinhaltet.

Lustig, wie Margaret Emotion pur war.

»Du brauchst eine Therapie, Val.«

Jetzt sprach er schon mit sich selbst. Er verbot sich, weiter über Frauen nachzudenken, und setzte seine Internetsuche nach kürzlichen Sichtungen von Michael Wolfe fort.

Lou kam, eine halbe Stunde nachdem Mr Wolfe und seine Begleitung wieder in ihre Villa zurückgekehrt waren, in sein Büro. Es war spät, der Mann machte viele Überstunden. Er beschwerte sich nie.

»Was können Sie mir berichten?«

Lou fing an, alles, was sie getan hatten, nachdem er sie gefunden hatte, zu beschreiben.

»Sie haben sich unauffällig verhalten?«

»Sie haben sich wie Touristen benommen und sich hinter Sonnenbrillen versteckt. Ich habe sogar mit angehört, wie Miss Rosenthal irgendwelchen seiner Fans erzählt hat, dass sie reich wäre, wenn sie jedes Mal Geld bekommen würde, wenn Mr Wolfe mit Michael Wolfe verwechselt würde.«

»Haben Sie sich mit jemandem getroffen?«

Lou schüttelte den Kopf. »Sie haben keine langen Gespräche geführt.«

»Fotos?«

»Einige auf dem Handy, die sie selbst gemacht haben. Sonst nichts. Das Telefon wurde wie vorgesehen gecheckt. Keines der Fotos zeigte irgendwelche anderen unserer Gäste. Nichts Verdächtiges.«

»Urlaubsfotos.« Val rieb sich den Nasenrücken.

»Genau.«

»Behalten Sie sie im Auge.«

»Wird gemacht, Boss.«

»Danke, Lou. Schlafen Sie etwas. Ich hab so ein Gefühl, dass es eine lange Woche werden wird.«

Val fuhr sein Golfcart an den Gästevillen vorbei und beschloss, zu Fuß am Strand zurück zu seinem Büro zu gehen. Normalerweise würden der Spaziergang, das Meer, der Mond, der auf dem Wasser glitzerte, ihn beruhigen.

Aber nicht heute Nacht. Heute Nacht wünschte er sich den Rat seines Vaters und konnte nur hoffen, dass der ihn schweigend leitete.

Er war ein junger Mann gewesen, als sein Vater gestorben war. Es war in seinem Abschlussjahr in der Highschool gewesen, und er erinnerte sich sehr genau an den letzten Blick, den sein Vater ihm zugeworfen hatte.

Val wollte Zeit mit seinen Freunden verbringen, das Leben feiern, wie es jeder Siebzehnjährige wollte. Sein Vater verstand das, war aber trotzdem nicht begeistert. Einige von Vals Freunden damals hatten später einige Zeit im Gefängnis verbracht. Nicht, dass er wirklich viel mit ihnen zu tun gehabt hatte, aber wenn man in einer großen Stadt wie New York aufwuchs, war es schwierig, nicht Kinder aus allen Schichten zu kennen. Seine Eltern hatten sich gut um ihn und Gabi gekümmert, aber sie lebten ganz sicher nicht an der Park Avenue.

Doch es hatte diesen einen Blick zwischen Val und seinem Vater gegeben in der Nacht, in der Masini senior an einem

Herzinfarkt gestorben war, den Val sein ganzes Leben lang nicht vergessen hatte. Er war schon auf dem Weg nach draußen zu seinen Freunden gewesen, und sein Vater hatte ihn mit einer unerwarteten Umarmung zurückgehalten. Als er sich von ihm löste, sah er Val in die Augen. Dieser Blick sagte zwei Dinge: »Ich vertraue dir« und »ich verlasse mich auf dich«. Jetzt, Jahre später, glich das Gefühl in ihm dem von vor so vielen Jahren. Er sehnte sich danach zu vertrauen und sich zu verlassen. Auf irgendjemanden.

Er ging an der Rosenthal/Wolfe-Villa vorbei und gab sich große Mühe, nicht hinzuschauen. Im hinteren Teil des Hauses waren Lichter an, aber vorne war alles dunkel.

Heute Nacht würden Kameras nichts aufnehmen können.

Doch morgen, das war eine ganz andere Geschichte.

Am nächsten Tag, lange bevor die Sonne aufging, nippte Val an der ersten Tasse Kaffee und öffnete sein E-Mail-Programm.

Ein Bild von ihm poppte hoch. Val sah sich selbst, wie er in die dunkle Wolfe-Villa starrte, das Meer im Rücken.

* * *

Ein Schatten fiel über sie und störte Meg bei dem Nickerchen, das sie eigentlich machen wollte. Sie hätte es bedauern können, dass sie die Augen öffnete, aber dann landete ihr Blick auf der beeindruckenden Ausbuchtung in der Anzughose, wanderte nach oben zu dem tadellos sitzenden Jackett, einem glatt rasierten Gesicht und dunklen Augen. Nicht schlecht. »Mr Masini.«

»Miss Rosenthal.«

»Für den Pool sind Sie ein bisschen zu elegant gekleidet, finden Sie nicht auch?«

Sie fühlte, wie er ihre nackte Haut musterte. Der Bikini verhüllte die wichtigsten Teile, überließ aber nicht viel der Fantasie. Sie konnte nicht entscheiden, ob Vals Lippen vor Bewunderung für das, was er sah, zuckten oder in Ablehnung. Wie auch immer, sie fühlte sich ein wenig wie ein katholisches Schulmädchen, das am ersten Tag nach den Ferien mit der falschen Uniform aufgetaucht war. Was genau das war, was ihr passiert war, bevor ihre Eltern beschlossen hatten, die Ratschläge ihrer Großeltern zu ignorieren, und entschieden, dass eine staatliche Schule die bessere Lösung sein könnte.

Sein Blick hielt sich länger an ihren Oberschenkeln auf, und Meg hatte das Gefühl, sie müsste sich winden. Stattdessen stellte sie einfach das Offensichtliche fest. »Sie starren mich an, Mr Masini.«

Er zuckte zusammen. »Bitte, nennen Sie mich Val.«

»Wir nennen uns jetzt beim Vornamen?«

Val wippte auf den Füßen zurück und steckte die Hände in die Taschen, als wenn er nicht wüsste, was er mit ihnen anfangen sollte.

Er war die ganze Zeit, schon bevor sie angekommen waren, stets nur arrogant gewesen. Dieses neue Verhalten gefiel ihr gut.

»Ich biete all meinen Gästen an, mich mit dem Vornamen zu anzusprechen.«

»Aber Sie nennen sie nicht Valentino. Ich denke, Sie ziehen es vor, dass nur Ihre Freunde Sie Val nennen.«

»Sind wir denn nicht Freunde?«

Meg konnte nicht anders, sie lachte. »Sicher, Val, lassen Sie uns Freunde sein. Sie können mich Margaret nennen. Miss Rosenthal erinnert mich an meine Großtante, die nie geheiratet hat.«

Seine Augen funkelten, auch wenn seine Lippen sich nicht zu einem Lächeln verzogen. »Benutzen Sie nicht Meg?«

»Wir wollen es mal nicht übertreiben, Val.«

Der Mann lachte.

Und verdammt, es war ein sexy, heiseres Lachen, das sie bis tief in ihren Unterleib spürte.

»Jetzt, wo wir die Namenssache geklärt haben … Warum stehen Sie über mir und tragen einen dreiteiligen Anzug, während ich fast nackt bin?«

Vals Lachen verklang, und er leckte sich die Lippen. Der arme Kerl hatte wirklich keine Chance bei ihr. Er musste politisch korrekt sein, während sie ihn ärgern konnte.

Meg liebte es, ihn zu ärgern.

»Ich wollte eine Einladung für Sie und Mr Wolfe zum Mittagessen aussprechen.«

Sie zog ihr Knie an, bemerkte, wie sein Blick über sie glitt. »Mittagessen?«

»Ja, das ist die Mahlzeit zwischen Frühstück und Abendbrot.«

Vielleicht war sie nicht die Einzige, die provozieren konnte.

»Ich kann nicht für Michael sprechen. Er schläft immer noch den Tequila von gestern aus.«

»Ah, ja. Wie war Ihr Ausflug zum Festland?«

»Hat Spaß gemacht. Ich kannte Key West noch gar nicht.«

Etwas von dem Amüsement verschwand aus Vals Gesicht. »Wie steht es jetzt mit Lunch?«

»Ist es eine formelle Angelegenheit?« Sie ließ ihren Blick mit Absicht über seinen Anzug wandern. »Ich muss Ihnen sagen, mich im Urlaub mittags zurechtzumachen, klingt nicht gerade ansprechend für mich.«

»Nein, es ist alles ganz entspannt.«

»Sie meinen, Sie besitzen ungestärkte Kleidungsstücke?«

Er zog an seinem Kragen. »Ich lebe auf einer Insel, Margaret. Also natürlich tue ich das.«

Es machte wirklich Spaß, ihn zu ärgern. »Dann also Mittagessen. Und sei es nur, um zu sehen, was Sie für entspannte Inselkleidung halten.«

Val grinste. Er musterte noch einmal ihren Körper, und sie fühlte, wie sie errötete. »Auch wenn ich mich nicht beschweren möchte, könnte ein Bikini vielleicht ein wenig zu formlos sein.«

Ach du meine Güte, war das ein Kompliment? »Mr Masini, flirten Sie etwa mit mir?«

Sein Blick fand ihren. »Ich wollte nur sehen, was nötig ist, um Sie erröten zu lassen, Margaret.«

Er drehte sich um und ging, wobei sie seinen herrlichen Hintern bewundern konnte.

KAPITEL 6

Michael verbrachte seinen Morgen damit, auszuschlafen und über seine Möglichkeiten nachzudenken. Für einige kurze Augenblicke am Tag zuvor waren er und Meg einfach in die wahre Welt eingetaucht. Ja, er hatte die Augen auf sich gefühlt, die Blicke, aber es gab kurze Momente, in denen sich ihnen niemand genähert, niemand mit ihnen gesprochen hatte.

Das andere, was er bemerkte, wie er es immer tat, wenn er sich in einer Menschenmenge versteckte: Paare. Echte Paare. Nicht alle von ihnen passten zu dem, was die Gesellschaft immer noch für »normal« hielt. Das Bild dieser Pärchen bescherte ihm eine Welle von Neid, die er nicht erwartet hatte. Es war ja nicht so, dass er vorher noch nie Liebespaare gesehen hätte.

Er bedauerte sein Leben nicht. Wie könnte er auch? Er war begehrt gewesen, schon bevor er zwanzig Jahre alt war. Hollywood, Filmproduzenten und seine Fans machten ihn zu einem bekannten Namen auf der Leinwand. Fünfundneunzig Prozent der Zeit liebte er sein Hollywood-Leben.

Als er Meg gesagt hatte, er wolle Hollywood *und* ein Leben, hatte er das getan, ohne groß darüber nachzudenken. Seitdem hatte er über wenig anderes nachgedacht. Hier war er an einem der vielleicht schönsten, friedvollsten Orte, an dem er seit Jahren gewesen war, und alles, was er wollte, war mehr.

Michael griff nach dem Telefon auf dem Nachttisch und rief seinen Assistenten an. Tony antwortete beim dritten Klingeln.

»Tony!«

»Verdammt, Michael. Ich hab gedacht, du machst Witze, als du gesagt hast, dein Handy wäre ausgeschaltet.«

Michael hätte durch Tonys Intensität vielleicht alarmiert sein können, aber das war nur der normale Tonfall des Mannes. »Meg hatte dich gewarnt.«

»Wer nimmt dir denn bitte dein Handy weg? Das ist Schikane, Mann.«

Oh, das Drama. »Sag mir, dass in den Klatschblättern kein Bild von mir erschienen ist.«

Tony lachte. »Das Leben ohne Handy funktioniert vielleicht für dich, aber nicht für mich. Ich habe nichts gesehen, und ich habe extra darauf geachtet.«

Meg hatte Tony ihre Instruktionen gegeben, als wenn sie sein Boss wäre und nicht Michael. »Wir waren gestern den ganzen Tag in Key West. Irgendwas von dort?«

»Es gab ein paar Tweets, aber nichts Konkretes.«

Michael fühlte, wie sich seine Lippen zu einem Lächeln verzogen. »Du rufst auf der Insel an, falls sich das ändert.«

»Werde ich. Wann kommst du zurück?«

»Jedenfalls nicht früher.« Nicht, wenn seine Pläne so funktionierten, wie er sich das vorstellte.

»Viel Spaß, Michael. Lass mich wissen, wenn ich hier irgendetwas für dich tun kann.«

»Mach ich.«

Michael legte auf und wählte eine weitere Nummer. »Hey, Ryder. Ich bin's, Mike.«

* * *

Val erwartete schon halb, dass Meg in Bikini, High Heels und rotem Lippenstift auftauchen würde. Tatsächlich waren es ein Sommerkleid und einfache Sandalen.

Der rote Lippenstift war ein Bonus.

Sie war allein.

Gabi begrüßte sie am Tor. An dem spontanen Schmollmund seiner Schwester erkannte Val, dass Michael sich ihnen nicht anschließen würde.

Eine Brise kam vom Meer auf und trieb ihm den Rauch vom Grill direkt ins Gesicht. Val wedelte ihn weg, drehte die Hitze runter und schloss den Deckel. Als er wieder hochschaute, bemerkte er, dass Margaret ihn ansah.

Sie ließ den Blick über seinen Körper gleiten, wie er es zuvor am Tag bei ihr gemacht hatte, und nickte ihm leicht zu. Ein kurzärmeliges Seidenhemd und Baumwollhosen waren vielleicht etwas zu formell für ein Barbecue am Mittag, aber es war kühl und ungestärkt. Er würde Carol fragen müssen, wie viel Stärke bei seinen Anzügen benutzt wurde und ob das wirklich nötig war.

Eine Hand klopfte ihm auf den Rücken und ließ ihn aus seiner Margaret-Rosenthal-Faszination aufschrecken. »Du hast mir gar nicht gesagt, dass so viele attraktive Gäste hier sind.«

Val blickte in die Augen eines alten Freundes. »Alle meine Gäste sind attraktiv.«

»Und jung. Zu jung für meinen alten Hintern.«

Val lächelte. Er hatte Jim in den ersten sechs Monaten, nachdem er das Resort eröffnet hatte, kennengelernt. Ruhe und Entspannung waren schwierig für den Sänger, der gerade von seiner fünften Frau geschieden worden war. Das Problem war, der Mann wusste nicht, wie man Single war. Wusste nicht, wie man auf die richtige Frau wartete. Er war erst in seinen frühen Sechzigern, hatte ein paar Kinder großgezogen, nicht alle davon seine, und hatte mehr Lebenserfahrung in seinem kleinen Finger als Val insgesamt.

»Nicht alle meine Gäste sind in den Zwanzigern«, sagte Val. Jim deutete mit dem Kopf auf Meg. »Die schon.«

Ja, das wusste Val. Margaret Rosenthal würde in einigen wenigen Monaten siebenundzwanzig werden. Sie sah auch so aus. Die Erinnerung daran, wie sie in ihrem Bikini zu ihm hochgesehen hatte, würde er nicht so schnell vergessen. Wie es ihm gelungen war, auch nur zwei zusammenhängende Sätze rauszubringen, war ihm immer noch ein Rätsel. Doch er hatte sie eingeladen, hatte sich gefragt, ob sie ihren Zimmergenossen mitbringen würde, und hatte vor, sie ein bisschen besser kennenzulernen. Er musste wissen, ob sie hinter den Fotos steckte oder ob jemand anderes sie beobachtete.

Val hörte, wie das Fleisch auf dem Grill brutzelte, und hob den Deckel, um sicherzustellen, dass ihr Mittagessen nicht verbrannte.

»O mein Gott, Sie sind Jim Lewis.«

Innerhalb eines Atemzugs hatte Margaret den Raum durchquert. Nur dass sie nicht Val mit Anbetung in den Augen ansah, sondern Jim.

»Und Sie sind meine zukünftige Ehefrau.«

Margaret Rosenthal errötete. Ihre Wangen leuchteten spontan auf, ihr Lächeln noch strahlender, als Val es je gesehen hatte. Das grünäugige Monster der Eifersucht erhob sich in ihm.

»O mein Gott. Ernsthaft? Ich treffe tatsächlich Jim Lewis auf Fantasy Island, und ich kann nicht mal ein Foto machen?«

Jim lachte tief aus dem Bauch heraus. Und der Mann hatte einen ernsthaften Bauch, sodass sein Bariton die Carnegie Hall rocken würde.

»Das sind die Regeln, Miss …?«

»Meg. Wow. Krass.«

Sie streckte ihre Hand aus, errötete noch stärker, als Jim ihr einen Kuss auf den Handrücken gab.

»Meg? Sie haben ihn gerade erst kennengelernt, und er darf Sie Meg nennen?« Etwas anderes fiel Val nicht ein.

»Ich habe hier gerade einen Fan-Moment, Masini. Seien Sie einfach still.«

Val beobachtete ihren Fan-Moment, und ihm wurde klar, dass er hier die wahre Margaret Rosenthal sah. Diese Frau mit dem frechen Mundwerk und den großen Augen war die Frau, die so entschlossen gewesen war, hier auf die Insel zu kommen.

Diese Frau wollte Val durch und durch kennenlernen.

»Sie sind zu jung, um sich an Fantasy Island zu erinnern.«

»Meine Eltern hatten die Videokassetten. Ich halte schon die ganze Zeit nach dem Mini-Masini Ausschau, aber er ist nicht hier.«

Jim schlug sich auf die Brust und brüllte vor Lachen. »Das tat weh. Ich bin so alt.«

Meg kicherte. Sie sah sich um, und ihr Lächeln verblasste. »Tut mir leid. Gerade ich sollte wissen, dass man sich nicht auf einen Star stürzen sollte.«

»Gerade Sie?«

Es war an der Zeit, dass Val in das Gespräch einstieg. »Margaret ist mit Michael Wolfe hier.«

»Dem Schauspieler?«

»Ja«, bestätigte sie. »Wow. Ich habe Ihnen schon zugehört seit … seit immer.«

Val fiel auf, dass Jim Megs Hand noch nicht losgelassen hatte. Er biss die Zähne zusammen.

»Sie sind ein Blues-Fan?«

»Ich bin mit aller möglichen Musik aufgewachsen. Aber Blues ist mir geblieben. Voller Soul, Musik mit einem Ziel. Die es wert ist, gesungen zu werden.«

Val stellte fest, dass er sich zwischen sie drängte, spürte, dass er lächelte, als Jim Megs Hand losließ.

»Sie sind Sängerin?«

»Ja. Nein …« Meg warf einen schnellen Blick zu Val, sah dann wieder weg. »Ich arbeite in einem Büro.«

Jim legte den Kopf zur Seite. »Aber Sie singen.«

»Nicht wie Sie.«

Jim lächelte.

Etwas poppte, und alle drei sahen zum Grill. »Mini-me ist nicht hier, Masini. Sie sollten sich also besser selbst darum kümmern.«

Jim versetzte ihm einen leichten Stoß und lachte.

Val holte das Fleisch in Rekordzeit vom Grill, um ihr Mittagessen zu retten.

»Sie können kochen?«, fragte Meg.

Val legte alles auf eine Servierplatte. »Und ich trage keine Krawatte.«

Meg nahm den gefüllten Servierteller und grinste. »Wenn Sie Shorts tragen und barfuß gehen, kommen wir ins Geschäft.«

Jim lachte wieder. »Die hier ist ganz schön kess, Val.«

»Jim Lewis«, murmelte Meg, während sie wegging. »Wer hätte das gedacht?«

* * *

Meg verstand es. Sie verstand wirklich, was es bedeutete, wenn verrückte Fans ihre Ikonen trafen. Jim Lewis war Teil ihres Lebens gewesen, seit sie die ersten Noten auf dem Klavier geklimpert hatte. Sicher, er war kleiner, runder und lange nicht so poliert, wie sie ihn sich vorgestellt hatte, aber es war Jim Lewis.

Und er kannte Val.

Sie leckte sich über die Lippen. Val war vielleicht nicht wirklich mit Insellässigkeit gekleidet, aber das weich fallende Seidenhemd und die legere Hose waren weit entfernt von dem formellen Schlips und Kragen, in dem sie ihn bisher immer gesehen hatte. Er hatte es sogar geschafft, sich nicht zu rasieren, und sie wollte verdammt sein, wenn er nicht wirklich sexy aussah.

»Stellen Sie das hierher.« Mrs Masini winkte sie zu einem Tisch herüber, der mit Essen beladen war.

Meg platzierte die Platte mit gegrillten Rippchen und Huhn in die Mitte.

»*Perfetto*. Gabi, sag Luna bitte, dass sie die Früchte bringen soll, und dann können wir essen.«

»Ja, Mama.« Gabi zwinkerte Meg zu und verschwand in der Villa.

Der nördlichste Teil der Insel beherbergte Val Masinis Privatgelände. Meg fragte sich unwillkürlich, ob der riesige Ozean vor seinem Haus der Ort war, an dem er nackt schwimmen ging.

Nur eine Handvoll Gäste befanden sich in dem üppigen tropischen Garten, in dem der Lunch stattfand. Es hätten auch hundert Gäste anwesend sein können, ohne dass es eng geworden wäre.

»Es ist wunderschön, nicht wahr?«, fragte Mrs Masini.

»Ich habe hier auf der Insel noch keinen Ort entdeckt, der das nicht ist«, erwiderte Meg.

Die ältere Frau lächelte. »Valentino arbeitet sehr hart daran, um diese Magie zu erzeugen.«

Meg bemerkte, dass ihr Blick zu Val wanderte, und er fing ihn für eine Nanosekunde auf, bevor sie sich abwandte. »Macht er je eine Pause?«

Mrs Masini zuckte die Achseln. »Das ist seine Pause. Er

kocht einmal die Woche selbst, statt sich auf seinen Küchenchef zu verlassen.«

Meg bemerkte einen Tisch voll mit Beilagen und Limonaden und einigen Flaschen Wein, die zum Kühlen in einem Eimer standen. »Irgendetwas sagt mir, dass Val das nicht alles selbst gemacht hat.«

Vals Mutter lachte. »Er grillt.« Sie berührte mit einem Finger die Rippchen, leckte ihn ab. »Ein Meister am Grill, mein Junge.«

»Geben Sie mit Ihrem Sohn an?« Jim stellte sich neben Meg und zauberte ihr sofort ein Lächeln auf die Lippen.

»Ich beschreibe nur seine kulinarischen Fähigkeiten.« Mrs Masini fing Megs Blick auf und hielt ihn. »Kochen Sie?«

Meg dachte an die Mikrowelle zu Hause, die Gefriertruhe voll mit Fertiggerichten. »Das hängt davon ab, was Sie kochen nennen.«

Jim lachte, und Val trat zu ihnen.

»Keine Ehefrau von mir muss kochen«, bemerkte Jim.

Mrs Masini runzelte die Stirn.

Jim lachte wieder.

Meg fühlte, wie ihre Wangen rot wurden, und Val sagte: »Wenn Sie mal eine Frau finden würden, die kochen könnte, wären Sie vielleicht noch mit ihr verheiratet.«

Jim schlug Val mit einer großen Hand auf den Rücken. »Vielleicht sollte ich das wirklich mal versuchen.«

»Was soll all dieses Gerede über Ehefrauen? Wird es bald eine neue Mrs Lewis geben?«, erkundigte sich Mrs Masini.

Megs persönliches Idol legte ihr einen Arm um die Schultern und zog sie an sich. »Haben Sie's noch nicht gehört? Meg liebt mich, und sie singt. Wir sind füreinander bestimmt.«

Der Mann flirtete mit Stil, das musste Meg ihm lassen.

»Ach, wirklich?« Mrs Masini hatte tatsächlich ein belustigtes Funkeln in den Augen. »Wie ist Megs Nachname?«

Jim warf einen Blick zum Himmel, lehnte sich näher. »Wie ist Ihr Nachname?«

»Rosenthal.«

Jim zog sich mit einem spielerischen Lächeln zurück. »Eine Jüdin? Das funktioniert vielleicht nicht.«

»Da würde meine Großmutter Ihnen vermutlich zustimmen.«

Jim zog sie näher an sich heran. »Wir könnten alle möglichen Leute mit dieser Verbindung verärgern.« Der Mann scherzte, aber es machte Spaß, Teil eines Witzes mit Jim Lewis zu sein.

»Meine Mutter ist katholisch.«

Jim trat einen Schritt zurück und lachte. »Unsere Kinder würden fürchterlich neurotisch werden.«

»Sie sind zu alt, um mit ihr Kinder zu haben«, stellte Val mit einem Stirnrunzeln fest.

»Ich habe gehört, dass ein gesunder Mann bis zum Ende seines Lebens Kinder zeugen kann.« Meg fing Vals Blick auf und erwiderte ihn.

Gabi kam wieder zu ihnen und fragte: »Was hat das hier mit Kindern und Ende des Lebens auf sich?«

»Nichts, *tesoro*. Jim flirtet einfach nur auf Teufel komm raus und hat die arme Miss Rosenthal als Publikum gefunden«, erklärte Mrs Masini.

»Nennen Sie mich Meg.«

Mrs Masini tätschelte ihr die Hand, und Meg fiel auf, dass Val das Gesicht verzog.

»Hat er Sie als seine zukünftige Ehefrau bezeichnet?«, erkundigte sich Gabi.

»Das hat er.«

Gabi verdrehte die Augen. »Sie müssen sich einen neuen Spruch einfallen lassen.«

Val löste sich von der Gruppe und forderte seine Gäste auf, zu essen.

Meg setze sich neben Gabi und Mrs Masini.

Jim und Val unterhielten sich mit mehreren Gästen, und ihr Lachen klang durch den ganzen Garten.

»Sie kochen tatsächlich nicht?«, erkundigte sich Mrs Masini während des Essens.

»Zählt eine Mikrowelle als kochen?«

Gabi verzog das Gesicht. »Das haben Sie jetzt nicht wirklich gesagt.«

Mrs Masini legte die Gabel hin. »Wie wollen Sie einen Ehemann finden, wenn Sie nicht kochen können?«

Meg dachte an ihre Datenbank voll von möglichen Ehemännern. »Nun …«

»Aber Sie müssen doch wissen, wie man irgendetwas kocht.«

»Spaghetti.«

Mrs Masini Gesicht hellte sich auf.

»Mit Soße aus dem Glas und Nudeln im Kochbeutel.«

Mrs Masinis Schultern sanken herab.

Gabi stöhnte. »Hören Sie auf meinen Rat … Laufen Sie, Meg.«

»Pasta sollte nicht aus irgendeinem Beutel kommen.« Mrs Masinis Stimme klang, als käme sie direkt aus den Tiefen der Hölle. Ihr Tonfall war nichts, was eine einfache Sterbliche ignorieren konnte.

»Bei uns zu Hause …«

»Jüdischer Vater, katholische Mutter … ich hab's gehört.« Mrs Masini sah Meg ernst an. »Um den richtigen Mann zu finden, müssen Sie wissen, wie man wenigstens ein Essen richtig kocht.«

»Ich suche im Moment nicht wirklich nach dem richtigen …«

»Genug!«

Angesichts der Entschlossenheit in Mrs Masinis Stimme, der Worte und Gabis offensichtlicher Verlegenheit, wurde Meg unruhig.

»Morgen werden wir uns hier treffen, in Vals Küche.«

Meg wollte den Kopf schütteln, aber Mrs Masini beachtete sie ohnehin gar nicht. »Jimmy!«

Meg warf einen Blick zu Gabi, die über den Rasen schaute. Jim Lewis nickte und kam mit Val zu ihnen. Als die Männer neben Mrs Masini standen, lehnte sie sich in ihrem Stuhl zurück und lächelte sie entspannt an.

»Ja, Ma'am?«

»Sie werden heute Abend singen, richtig?«

»Val hat mich gefragt, ob ich das tun würde.«

Mrs Masini ließ Meg nicht aus den Augen. »Sie werden mit Miss Rosenthal singen.«

Meg blieb der Mund offenstehen.

»Sie haben gesagt, dass Sie singen«, erinnerte Mrs Masini sie.

Meg fehlten die Worte. »Aber …«

»Sie singen mit Mr Lewis, und morgen werden Sie wieder hierherkommen, damit ich Ihnen beibringen kann, wie man ein Essen richtig zubereitet.«

Da sie mit einer Kombination aus jüdischen Schuldgefühlen und einer Menge Ave Marias aufgewachsen war, wusste Meg, wann ein Elternteil gewinnen würde.

»Mama, wenn Margaret das nicht möchte …«, fing Val an.

Meg hob eine Hand. »Seien Sie still, Masini.« Die Gelegenheit, mit Jim Lewis zu singen, war einfach zu großartig, um sie ungenutzt verstreichen zu lassen. Meg wollte nur eine kleine Änderung im Vertrag. »Unter einer Bedingung.«

Alle blickten sie an.

»Jemand zeichnet es auf.«

Jim zog eine Augenbraue hoch.

»Nur wir beide« sagte Meg. »Falls es fürchterlich ist, nehmen Sie das Video an sich. Falls nicht, behalte ich es für meine Enkel.«

»Meinen Sie nicht *unsere* Enkel?«, fragte Jim grinsend.

Val verdrehte die Augen, Gabi lachte, und Mrs Masini wartete.

»Also haben wir einen Deal?«, fragte Meg.

KAPITEL 7

Wer war die Frau, die von Margarets Körper Besitz ergriffen hatte? Diese lustige, lachende, flirtende Frau glich in nichts der Person, die Val sich vorgestellt hatte, als er ihren ersten Brief mit der Bitte um eine Reservierung auf der Insel auf seinem Schreibtisch gelesen hatte. Sie hatte seine Schwester und seine Mutter im Sturm erobert, noch ehe die Lunchteller abgeräumt waren.

Und dann war da Jim. Wenn der Mann nicht dreißig Jahre älter als Margaret wäre, würde Val sich vielleicht tatsächlich Sorgen machen.

Die Sonne hatte den Zenit überschritten, und die meisten seiner Gäste waren bereits gegangen, als Val sein Handy vibrieren spürte.

Carol wusste, dass sie ihn an seinem freien Nachmittag nicht stören sollte. Nicht dass Val je das Gefühl gehabt hätte, als hätte er wirklich frei. Das Inselresort zu leiten war schon immer ein Vollzeitjob gewesen.

Val sah nach, wer ihn anrief, und entschuldigte sich, um ranzugehen.

»Es tut mir leid, Sie zu stören, Mr Masini«, meldete sich Carol.

»Ich denke, Sie hätten es vermieden, wenn das möglich gewesen wäre. Was gibt's?«

»Wir haben ein kleines Problem.«

Val dachte sofort an die Bilder, die er in den letzten beiden Tagen in seinem E-Mail-Eingang gefunden hatte, und hielt den Atem an.

»Was ist es?«

»Es scheint, als verlangte Mr Wolfe, einen weiteren Gast mit auf die Insel zu bringen.«

»Er verlangt es?«

Carol räusperte sich. »Er kehrt von Key West in Begleitung eines gewissen Mr Ryder Gerard zurück. Die beiden sind bereits hierher unterwegs. Captain Stephan erwartet Ihre Anweisungen.«

Es war schon vorgekommen, dass Gästegruppen auf der Insel mit »unerwartetem« Zuwachs erschienen ... Und ja, mehr als einmal hatte jemand jemanden in Key West aufgelesen. Aber Michael Wolfe? Und angesichts der Bilder, die täglich in seiner Inbox auftauchten?

Val richtete seinen Blick auf Margaret, hörte sie über etwas lachen, das Jim sagte. Was wusste sie über diesen Ryder Gerard? Wie konnte sie hier sitzen und mit ihm und seiner Familie essen und den Neuankömmling mit keinem Wort erwähnen?

»Machen Sie eine rasche Überprüfung. Finden Sie heraus, wo der Mann lebt.«

»Damit habe ich bereits angefangen.«

»Und sagen Sie Stephan, er soll um die Insel herumkreuzen, bis ich weiß, dass dieser Mann kein Spitzel ist.«

»Ja, Sir.«

Val beendete das Telefonat und kehrte zu seiner Familie zurück.

Margaret fing seinen Blick auf, und ihr Lachen erstarb. Michael schlief keinen Kater aus. Er war außerhalb der Insel unterwegs. Argwohn bezüglich der beiden brachte Vals Blut zum Kochen. So viel also zu Vertrauen und sich auf sie verlassen.

»Da sieht aber jemand gar nicht glücklich aus.«

Val ignorierte die Bemerkung seiner Schwester und richtete seine Aufmerksamkeit auf Margaret. »Könnte ich kurz mit Ihnen sprechen?«

Margaret stieß sich vom Tisch ab und ging zu ihm.

Instinktiv fasste er sie am Ellbogen und führte sie an eine Stelle, wo niemand sie belauschen konnte.

»Warum habe ich das Gefühl, als würde ich zum Büro des Schuldirektors abgeführt?«, erkundigte sie sich.

Val konnte keine Belustigung in ihrer Stimme entdecken. »Wer ist Ryder Gerard?«, fragte er ohne Vorrede.

»Wie bitte?«

Er blieb stehen und drehte sich zu ihr um.

Margaret befreite sich aus seinem Griff, machte ihm damit klar, dass er sie ein wenig zu fest gehalten hatte.

»Sieht ganz so aus, als ob Ihr ›Freund‹ mit gewissen Vorzügen‹ verlangt, einen weiteren Gast auf die Insel zu bringen.«

Sie blinzelte ein paarmal, bis sie seine Worte begriffen hatte. »Das verlangt er?«

»Spielen Sie hier nicht die Ahnungslose, Margaret. Michael schläft rein gar nichts in Ihrer Villa aus.«

Sie verschränkte die Arme vor der Brust und sah ihn vorwurfsvoll an. »Ich spiele hier gar nichts, Mr Masini. Michael war in unserer Villa, als ich gegangen bin, um zu Ihnen zu stoßen. Wenn er gegangen ist, nachdem ich das Haus verlassen hatte, dann ist mir das neu. Aber es ist schließlich auch nicht so, als könnte er mir eine SMS schicken, um mir mitzuteilen, wo er ist.«

»Ich nehme an, als Nächstes wollen Sie behaupten, Mr Wolfe hätte Ihnen gegenüber mit keiner Silbe erwähnt, dass er vorhat, einen Freund herzubringen.«

Sie hob das Kinn. »Für mich sieht es ganz so aus, als hätten Sie mich schon der Lüge bezichtigt, Mr Masini. Was soll das? Ich bin diejenige, die unseren Aufenthalt hier arrangiert hat. Michael weiß, dass Sie jeden Gast genauestens durchleuchten. Er versteht das Warum besser als die meisten anderen Leute hier. Falls er darum bittet, dass jemand hier zu uns stößt, dann würde ich vermuten, dass er einen wirklich guten Grund dafür hat und dass derjenige so vertrauenswürdig ist wie Ihre Mutter.«

»Lassen Sie meine Mutter aus dem Spiel.«

»Wissen Sie, Masini, Ihre Sozialkompetenzen könnten etwas Nachhilfe vertragen. Ich bin nicht Ihr Feind.«

»Die Privatsphäre meiner Gäste muss gewahrt werden.«

»Als wenn ich das nicht wüsste.«

»Ich schätze keine Überraschungen.«

Sie starrte ihn mit fest zusammengepressten Lippen an. »Das muss es für Ihre Familie rund um Ihren Geburtstag ganz schön schwierig machen.«

»Wer ist Ryder Gerard?«

»Ich habe keine Ahnung.«

Val ballte die Hände zu Fäusten und schob sie sich in die Taschen.

Einen kurzen Moment lieferte sich Margaret ein Blickduell mit ihm. Es war wie eine visuelle Mutprobe, wer als Erstes den Blick abwenden würde, und in Val keimte der Verdacht auf, dass er verlieren würde.

Sie atmete langsam aus. »Hören Sie, Val. Ich weiß wirklich nicht, wen Michael auf die Insel bringen möchte. Aber ich kenne Michael. Der Mann kann nur selten einen Urlaub oder auch nur ein Essen genießen ohne Horden von Fans, die etwas von ihm wollen. Ich vermute, dass er sich hier sicher fühlt. Ich glaube nicht, dass uns seit unserer Ankunft hier irgendwelche Presseleute beobachtet haben, und vielleicht möchte Michael, dass ein alter Freund zu uns kommt. Ich bin mir sicher, wer immer Mr Gerard ist, er ist vollkommen vertrauenswürdig.«

Val hasste es, wie aufrichtig sie klang. Wie unschuldig ihre Augen blickten.

»Es stört Sie nicht, dass jemand Ihren Urlaub unterbricht?« Warum hatte er das gefragt?

Ein leichtes Zucken von Margarets Lippen, und er bereute seine Worte. »Michael und ich sind Freunde.«

»Mit gewissen Vorzügen.«

Sie hob ihre linke Augenbraue, hielt inne. »Richtig.«

War Margaret etwa eine bessere Schauspielerin als ihr Begleiter? Machte sie ihm etwas vor? Val hasste es, dass er sie nicht gut genug kannte, um ihr zu vertrauen.

»In Ordnung, Margaret. Solange Mr Gerard kein polizeibekannter Krimineller ist oder für irgendeine Medienfirma arbeitet, werde ich Michaels Bitte gewähren.«

Sie lächelte.

Ihr Lächeln war ansteckend, und er fühlte, wie sich seine eigenen Lippen verzogen.

»Wie alt war Gabi, als Ihr Vater gestorben ist?«

Die Frage überraschte ihn, und er antwortete, ohne nachzudenken. »Vierzehn.«

»Also mussten all ihre Verabredungen über Sie laufen?«

»Ich war der Mann im Haus.«

»Das muss aber wirklich lästig gewesen sein.«

Val schüttelte den Kopf. »Allerdings.«

»Für Gabi. Es muss *für sie* furchtbar lästig gewesen. Verstehen Sie das bitte nicht falsch, Masini, aber Sie sind der schlechteste Highschool-Direktor aller Zeiten.«

»Haben Ihre Brüder auf Sie nicht aufgepasst?«

»Ich bin ein Einzelkind, Masini. Eine Tatsache, die Ihnen bekannt wäre, wenn Sie bei Ihrem Hintergrundcheck gründlichere Arbeit geleistet hätten. Selbst ich weiß, wo Sie geboren wurden, welches College Sie besucht haben und was Ihre Hauptfächer waren.«

Damit drehte sie sich um und begann wegzugehen, ehe ihre Worte zu ihm durchgedrungen waren.

Val griff nach ihr, ließ die Hand aber sofort fallen, als sie demonstrativ auf seine Finger an ihrem Ellbogen schaute.

Margaret brachte ihn mit einem einzigen Satz zum Schweigen: »Sie sind in New York geboren, haben, solange Ihre Großeltern noch lebten, die Sommer in Italien verbracht, haben die Universität von New York besucht, meiner Meinung nach, um in der Nähe Ihres Zuhauses zu bleiben und auf Ihre Mutter und Ihre Schwester aufzupassen, nachdem Ihr Vater viel zu früh einem Herzinfarkt erlegen ist.«

»Woher …?«

»Sie waren nicht der Einzige, der jemanden überprüft hat, Masini.«

Damit kehrte ihm Margaret den Rücken und ging.

* * *

»Verdammter Mist, Michael.« Fluchend betrat Meg die Villa.

Michael stand in der Küche, schenkte Wein in zwei Gläser und lächelte strahlend.

»Hi, Liebes. Ich gehe davon aus, du hast gehört, dass wir Gesellschaft haben.«

Bevor Meg auch nur ein Wort sagen konnte, trat ein Mann, nur ein wenig kleiner als Michael, aber mit beinahe ebenso attraktivem Körperbau, ins Zimmer.

»Ryder Gerard, nehme ich an.«

Michaels Gast lächelte verlegen. »Sie müssen Meg sein.«

Meg bot ihm ihre Hand, murmelte: »Schön, Sie kennenzulernen«, und wandte sich an Michael. »Kleine Warnung, Michael.«

»Es war eine spontane Entscheidung.«

»Die Insel ist nicht sehr groß. Du hättest mich finden und es mir erzählen können.«

»Du warst nicht hier.«

Ryder bewegte sich rückwärts. »Soll ich lieber gehen?«

Michael und Meg antworteten gleichzeitig: »Nein.«

Ohne nachzudenken, trat Meg zu den Fenstern und begann, die Vorhänge zuzuziehen. »Masini hat mich beiseitegenommen und nach deinem unerwarteten Gast befragt. Ich habe mich dumm gestellt, was nicht schwer war, da ich nicht wusste, was vor sich geht.« Sie schloss den letzten Vorhang und drehte sich um.

Michael reichte Ryder ein Weinglas und holte ein weiteres aus dem Schrank. Meg nahm den Wein, obwohl sie in Wahrheit einen großen Schluck von etwas wesentlich Stärkerem trinken wollte, und nahm gegenüber von Michael und seinem Freund Platz.

Als Ryder in die Ecke der Couch rutschte, lachte Meg. »Bitte, Ryder. Ich vermute, Sie sind Michaels Freund, der Lehrer.«

Ryder hatte eine sanfte Stimme. »Im Moment sind Frühlingsferien.«

»Wie passend. Warten Sie …« Hatte Michael nicht speziell diese Woche vorgeschlagen, eine andere als die, die sie ursprünglich angedacht hatte, bevor sie die Reservierung gemacht hatten? »Du hast das hier geplant.«

Michael sah zur Decke. »Geplant würde ich jetzt nicht direkt sagen.«

Meg stellte ihren Wein auf einen Seitentisch und beugte sich vor. »Michael!«

»Gehofft, okay? Als gestern nichts weiter passiert ist als ein Tweet, habe ich Ryder angerufen.«

Wie konnte sie dem Mann böse sein? »Warum hast du nichts gesagt?«

»Weil ich herausgefunden habe, dass es immer am besten ist, die wenigsten Informationen an den kleinsten Personenkreis weiterzugeben.«

»Komm schon, Michael. Du kannst mir vertrauen. Das weißt du.«

Michael legte Ryder eine Hand auf den Oberschenkel und ließ sie dort liegen.

Das Grinsen auf Michaels Gesicht war strahlend. »Also, wie lautet der Plan?«, erkundigte sich Meg. »Was sagen wir, wenn jemand fragt? So gerne ich vielleicht das Mädchen in einem Dreier sein möchte, ich bin mir nicht sicher, ob man uns diese Erklärung abnimmt.«

Ryder bedeckte Michaels Hand mit seiner und weihte Meg in ihren Plan ein.

* * *

Das Golfcart mit der einzelnen Sitzbank, das zu ihrer Verfügung gestanden hatte, war durch eins mit vier Plätzen ersetzt worden. Es war einfach irgendwann vor dem Essen da. Val achtete auf Kleinigkeiten, das musste Meg ihm zugestehen.

Meg, Michael und Ryder nahmen das Dinner in der Villa ein und zogen sich dann für die Abendunterhaltung um.

Meg war niemals glücklicher über den Schrank voller neuer Kleider gewesen. Sie konnte nicht aufhören zu lächeln. Von allen Menschen auf der Welt ausgerechnet Jim Lewis hier auf der Insel zu treffen und die Gelegenheit zu erhalten, mit ihm zu singen, war ein Traum, von dem sie gar nicht geahnt hatte, dass sie ihn gehegt hatte. Alles, was sie tun musste, war, einer Kochstunde bei Mrs Masini zuzustimmen.

Bingo!

»Erzähl mir noch mal von diesem Jim Lewis.« Michael zog den Reißverschluss an ihrem Rücken zu und tätschelte ihr die Schulter.

»Ich kann einfach nicht glauben, dass du nicht weißt, wer er ist.«

»Ich höre nur Rock 'n' Roll.«

Meg drehte sich zu dem großen Spiegel und rückte ihren Busen im Ausschnitt des Kleides zurecht. Sobald ihr Dekolleté gerichtet war, ging sie zur Bettkante, um sich ihre Schuhe anzuziehen. »Na gut, dann mach dich auf eine neue Musikrichtung gefasst. Jim Lewis wird dafür sorgen, dass du jedes Wort, das er singt, fühlst, und zwar intensiver als alles, wozu Hardrock imstande ist.« Sie mochte auch härtere Musik, aber sie würde jederzeit einer verrauchten Bluesbar vor einer Konzerthalle den Vorzug geben. Okay, dem Blues, nicht der verrauchten Bar.

»Sind wir fertig?« Ryder steckte den Kopf ins Zimmer.

»Wir warten noch auf die Lady.«

»Typisch.«

Meg stand acht Zentimeter größer, als die Natur vorgesehen hatte, und nahm ihre Clutch. »Fertig.«

Flankiert von zwei gut aussehenden Männern ging sie das kurze Stück zu dem Golfcart und setzte sich hinein.

Es war eine Weile her, seit sie vor Publikum gesungen hatte. Karaoke zählte ja nicht richtig. In Wahrheit hatte sie seit fast einem Jahr keine Zeit mehr gehabt, zu irgendetwas anderem zu singen als ihrer eigenen Begleitung auf dem Klavier. Das fehlte ihr.

Sie hatte schon früh erkannt, dass man, um sich mit Singen den Lebensunterhalt zu verdienen, einen langen Atem brauchte, wozu sie im wahrsten Sinne des Wortes nicht imstande war. Und es half auch nicht, dass ihr Asthma ihr verrauchte Bars, kleinere Bühnen oder auch Konzerthallen unmöglich machte.

»Bist du nervös?«, fragte Ryder von der hinteren Bank.

»Aufgeregt.« Ja, vielleicht auch ein bisschen nervös.

»Jedenfalls siehst du toll aus.«

Sie akzeptierte Ryders Kompliment mit einem Lächeln.

»Hat Val dich wirklich ins Kreuzverhör genommen, weil ich einen weiteren Gast herbringen wollte?«

Michael bog um die Ecke auf den Weg, der geradewegs zum Hauptgebäude führte, worin der Nachtclub untergebracht war, in dem Jim singen würde.

»Der Mann vertraut mir wirklich kein Stück.«

Michael runzelte die Stirn. »Ich verstehe nur nicht, warum.«

»Er kennt mich nicht«, erwiderte Meg, während sie hinter einem Dutzend Golfcarts parkten. »Und über die normalen Kanäle konnte er nicht viel über mich herausfinden.«

»Wenn es nichts gibt, wie kann er dann so misstrauisch sein?«

»Ich denke, das wird das Problem sein. Alle hier, na ja, viele der Anwesenden hier haben etwas zu verbergen. Wenn jemand jedoch nichts hat, hat er auch nichts zu verlieren.«

Michael kam um den Wagen herum und half Meg beim Aussteigen. »Er konnte Alliance nicht knacken.«

»Er konnte Alliance nichts anhängen. Sam hat die Schutzwälle darum lange, bevor wir beide kamen, perfektioniert.«

»Ich glaube nicht, dass ich diesen Val mag«, bemerkte Ryder.

Das war es, was Meg sich selbst immer wieder sagte, und dann traf sie ihn persönlich und ertappte sich bei der Frage, was schon passieren konnte, wenn sie mit dem Mann flirtete.

»Es gibt nur ein winzig kleines Problem«, erwiderte Michael.

Sie betraten den Nachtclub und begegneten gleich hinter der Tür dem, um den sich ihre Unterhaltung gedreht hatte. Er trug wieder einen Anzug, diesmal einen schwarzen, der zudem perfekt zu der Rolle des Gastgebers des Abends passte. Er hatte

Zeit gehabt, sich zu rasieren, was verdammt schade war, und er hatte ein würziges Aftershave benutzt, das Sandelholz und Moschus enthielt.

Unwillkürlich musste Meg sich die Lippen befeuchten, aber sie widerstand dem Drang, dichter zu ihm zu treten, um die volle Wirkung des Duftes auf seiner Haut abzubekommen.

Sein Blick glitt über sie, verweilte an bestimmten Stellen. »Sie sehen wirklich atemberaubend aus, Margaret.«

»Danke.« Ohne viel nachzudenken, hob sie die Hände und rückte ihm die Fliege gerade. »James Bond hat angerufen und wollte wissen, wann Sie seinen Anzug zurückgeben.«

Sein Blick fiel auf ihre Lippen, und er lächelte. »Ach ja?«

»So hört man.«

Meg riss sich von seinem Blick los. »Valentino Masini, ich würde Ihnen gerne Ryder Gerard vorstellen.«

Die beiden Männer schüttelten einander die Hände. »Ich hoffe, Sie genießen Ihren Aufenthalt auf meiner Insel.«

»Es ist wunderschön hier. Und ich bin Ihnen sehr dankbar, dass Sie mich so spontan haben herkommen lassen.«

»Kein Problem. Wenn Sie irgendetwas benötigen, ein Wort genügt.«

Meg bezähmte den Drang, die Augen zu verdrehen, doch dann erschienen weitere Gäste hinter ihnen.

»Ich habe Ihnen einen Tisch in der Nähe der Bühne reserviert«, teilte Val Michael mit.

Wie aufs Stichwort trat der Oberkellner zu ihnen und bat sie, ihm zu folgen.

Sobald sie Platz genommen und ihre Getränkebestellung aufgegeben hatten, führten sie ihre unterbrochene Unterhaltung weiter.

»Erkennst du das Problem?«, wollte Michael von Ryder wissen.

»Klar und deutlich.«

Meg beobachtete Val, der an der Tür stand, und sein charmantes Lächeln und die angenehme Art, mit der er seine Gäste behandelte, weckten in ihr die Frage, ob er ihnen ebenso misstraute.

»Was erkennen?«, fragte Meg.

Val musste ihren Blick gespürt haben, denn er betrachtete sie aus schmalen Augen. Sie sah absichtlich nur die Männer an, die an ihrem Tisch saßen. »Was?«

Ryder grinste breit, und Michael lachte. »Er vertraut dir vielleicht nicht, aber es hat ihn schwer erwischt.«

»Vermutlich nur ein Fall von ›Behalte deine Feinde genau im Auge‹.«

»Rede dir das nur weiter ein, Meg. Und lass mich dann wissen, wie das für dich funktioniert.«

Kapitel 8

Er konnte einfach nicht aufhören, sie anzustarren.

Sie schien direkt einem Pin-up-Magazin der Dreißigerjahre entstiegen. Ihre cremeweißen, weichen Brüste quollen aus dem Ausschnitt ihres eng anliegenden roten Kleids, das sich an ihre Taille schmiegte. Der Rock hörte an ihren Knien auf und besaß hinten einen Schlitz. Die Naht an ihren Seidenstrümpfen war mit winzigen schwarzen Perlen besetzt, ihre Füße steckten in schmalen Pumps mit Spangen, die ihre Knöchel umschlossen. Nach außen wirkte sie so elegant, aber unter der glatten Schale verbarg sich eine lose Zunge. Und Val wollte das Gesamtpaket.

Und er war auch nicht der Einzige, der hinschaute. Männer jeglicher Größe, jeden Alters und Familienstandes beobachteten sie. Der Himmel mochte ihm beistehen, wenn sie so sexy sang, wie sie aussah.

»Ist das Meg?« Val hörte Gabis Stimme rechts von sich. Er nickte, ohne seine Schwester anzusehen.

»Meine Güte, sie nimmt den Auftritt mit Jim aber wirklich ernst.«

»Das ist ihr Fan-Augenblick.« Auf *seinem* Fantasy Island.

Durch den überfüllten Raum hinweg trafen ihre Blicke sich. Doch statt wegzuschauen, hob sie ihr Martiniglas zu einem stummen Toast, ehe sie es an ihre roten Lippen hielt. Als sie die Feuchtigkeit vom Glasrand leckte, musste er sich abwenden, da er sich anderenfalls vor seinen Gästen in Verlegenheit gebracht hätte.

»Es sieht fast so aus, als ob ihre beiden Begleiter sie nicht hinreichend unterhalten könnten«, bemerkte Gabi ohne jegliche Bosheit.

Die Lichter auf der Bühne gingen an, enthoben Val der Verpflichtung, etwas auf die Beobachtung seiner Schwester zu antworten.

Er suchte sich seinen Weg durch die Menge zur Bühne, um Jims Auftritt anzukündigen. »Meine Damen und Herren, danke, dass Sie sich an diesem wunderschönen Abend hier eingefunden haben.« Val blickte über die Köpfe der Versammelten, fand die strahlenden Augen von Margaret auf sich gerichtet, mit denen sie jede seiner Bewegungen verfolgte. »Heute Abend bitte ich einen besonderen Gast auf die Bühne, eine echte Ikone, den ich mich freue, meinen Freund nennen zu dürfen. Bitte Applaus für einen Mann, der eigentlich nicht vorgestellt werden muss: Mr Jim Lewis.«

Wenige der anwesenden Leute wussten, dass Jim auftreten wollte, und bei der Nennung seines Namens reagierte das Publikum mit einem Enthusiasmus, der seinen Freund ehrte.

Jim kam von der Rückseite des Clubs nach vorne und schüttelte unterwegs Hände. Als er die Bühne erreichte, streckte er den Arm Richtung Val aus und beugte sich zum Mikrofon vor. »Wie wäre es mit einer Runde Applaus für unseren Gastgeber?«

Die Zuschauer klatschten weiter.

Val bedankte sich mit einer kleinen Verbeugung und verließ die Bühne.

»Es ist schwer, Val eine Bitte abzuschlagen«, erklärte Jim. »Besonders wenn er mir kostenlos seine schönste Villa überlässt.«

Die Leute lachten, und Jim setzte sich auf den Hocker auf der Bühnenmitte. Vals Haus-Band bezog ihre Plätze hinter dem Künstler. Ein Bühnenhelfer brachte Jim seine Gitarre und stellte auf den Tisch an seiner Seite ein Glas Wasser.

Jim fuhr mit den Fingern über die Saiten, spielte ein paar Akkorde, und im Raum wurde es still.

»Ich singe jetzt schon beinahe dreißig Jahre lang für meinen Lebensunterhalt.« Er zupfte an der Gitarre, hörte wieder auf.

Das Publikum lachte.

»Ich bin in Konzerthallen aufgetreten, Gemeindesälen, Stadien, aber keine der Bühnen ist wie die hier, wo ich spielen kann, mich unterhalten und das Gefühl habe, als wäre ich in Ihrem Wohnzimmer und würde mit Ihnen über die Nachbarn lästern.«

Der Musiker am Keyboard spielte ein paar Töne, brach ab.

»Hatten Sie je eine Nachbarin, die sexyer war als Ihre Freundin?«

Der Mann am Keyboard spielte wieder, und dieses Mal fiel der Schlagzeuger mit ein.

»O Baby, das ist übel, wenn dein Mädchen dahinterkommt ...«

Keyboard, Schlagzeug und jetzt ein Bass bildeten den Hintergrund für Jims Eröffnungsstück.

»... dass Sie den ›Baby next door-Blues‹ haben.«

Jim beugte sich zum Mikrofon vor, spielte den ersten Ton und wickelte das Publikum um seinen kleinen Finger.

Val hatte ihn schon viele Male gehört, manchmal sogar wirklich in seinem eigenen Wohnzimmer. Aber hier, auf der Bühne und in seinem Element, vibrierte Jim förmlich.

Val ertappte sich dabei, wie er Margaret beobachtete. Ihre Hand klopfte im Takt auf den Tisch, und sie formte mit den Lippen die Worte zu einem von Jims berühmtesten Liedern.

Die Melodie wand sich nach unten, stieg dann an zu einer hohen Note und endete in tobendem Applaus.

Margaret war die Erste, die aufgesprungen war, und eine der Letzten, die sich wieder setzten, bevor Jim das nächste Lied begann.

Val suchte sich seinen Weg durch die Tische, bis er die Stelle auf der Rückseite des Raumes erreichte, wo alle Töne perfekt zusammenklangen. Jim hatte bei der Planung der Akustik geholfen, dafür gesorgt, dass es keine Stelle gab, an der man etwas Wichtiges verpasste. Aber hier in der Mitte des Zimmers konnte Val jeden einzelnen Ton klar und rein hören.

Das zweite Lied war ein schnelleres Stück als das erste, zwei Hornspieler verliehen ihm eine besondere Note.

Als dieser Song zu Ende war und das Publikum sich beruhigt hatte, blickte Jim über die Menge. Als er Margaret entdeckte, spürte Val, wie sich sein Puls beschleunigte.

War sie nervös? Gab es überhaupt etwas, das dieser Frau tatsächlich Angst einjagte?

»Haben Sie je jemanden in Ihrem Leben getroffen und sich gesagt, verdammt, wenn ich doch nur zwanzig Jahre jünger wäre?«

»Eher dreißig«, bemerkte Wolfe vernehmlich von seinem Platz am Tisch unten.

Jim warf den Kopf in den Nacken und lachte. »Vor ein paar Stunden erst habe ich dieses süße, freche Ding kennengelernt. Wenn ihre Stimme so sexy ist wie ihr Kleid, steht uns ein besonderer Leckerbissen bevor. Bitte begrüßen Sie Meg Rosenthal.«

Margaret betrat die Bühne, als hätte sie so etwas schon viele Male zuvor getan. Val war wie gebannt. Jim legte ihr eine Hand auf die Taille, küsste sie auf die Wange. Sie winkelte neckisch das Bein an und klimperte in Richtung Publikum mit den Wimpern.

»Zeig's ihnen, Mädchen!«

Val hörte den Ruf, konnte aber nicht sagen, wo der Mann saß, von dem er stammte.

Anstatt sich ans Mikrofon zu stellen, warf sie Jim eine Kusshand zu und trat hinter das Keyboard. »Darf ich?«, fragte sie.

Ruben hob beide Hände und trat beiseite, um ihr Platz zu machen. Ein Bühnenhelfer kam und stellte das Mikrofon auf die für sie richtige Höhe ein.

»Also, was sollen wir singen, Süße?«, wollte Jim wissen.

Margaret legte ihre Finger auf die Tasten, spielte ein paar vertraute Akkorde. »Ist es jetzt ›Süße‹? Was ist aus Ihrer ›zukünftigen Frau‹ geworden?«

Jims Grinsen ließ die ganze Bühne erstrahlen. »Süße, wenn Sie meine Frau wären, wäre ich vor morgen früh tot.«

Das Publikum lachte.

Val stellte fest, dass ihm ihr Geplänkel gefiel.

Margaret suchte Jims Blick, ließ ihre Finger über die Tasten gleiten, sodass jeder im Saal wusste, sie kannte sich mit dem Instrument aus. »Etwas Schnelles und Schweißtreibendes, Jim?«

Jim zupfte an seinem Kragen, überließ ihr die Show.

Sie spielte die Melodie langsamer, und im Raum war Seufzen zu hören. »Etwas Langsames und Sinnliches?«

Jetzt musste Val an seiner Fliege zupfen.

»Kleines, leg einfach los, und ich bemühe mich einfach, mit dir mitzuhalten.«

Margaret hob die Hände, rieb sie aneinander und begann. »Ich denke, das hier könnte Ihnen nicht ganz fremd sein.«

Es waren nur zwei Akkorde nötig, dass das Publikum die Melodie wiedererkannte. »Bist du je in San Francisco gewesen, Jim?« Sie spielte weiter.

Jim schloss die Augen und wartete, wie Val auch, bis Margaret sich zum Mikrofon vorbeugte und die ersten Zeilen von »Sittin' on the Dock of the Bay« anstimmte.

Jim gab einen Laut der Begeisterung von sich und setzte sich zu ihr. Als Margaret ihr Zuhause in Georgia verließ, vibrierten die Gläser im Raum bei der auf den Punkt getroffenen Note.

Sie trugen den Song vor, als wären sie ein eingespieltes Team. Der Rest der Band lehnte sich zurück und lauschte.

Es waren Margaret, Jim und ein Piano. Sie sangen den Refrain zweistimmig, dann übernahm einer die eine Zeile, der andere die nächste.

Meg gab die ausklingenden Noten des Liedes so mühelos perfekt wieder, sie beendeten es gemeinsam so wunderschön, dass das Publikum hingerissen war.

Alle standen auf, und Jim reichte Margaret eine Hand, als sie von dem Podest stieg, auf dem das Klavier stand.

Sie strahlte.

Jim küsste sie ein weiteres Mal, drückte sie an sich und brachte sie von der Bühne.

»Kleine, du kannst jederzeit wieder mit mir singen.«

* * *

Sie hatte gerade einen ihrer Lieblingssongs mit Jim Lewis gesungen und sich in der Musik verloren. Meg konnte gar nicht aufhören zu lächeln.

Michael küsste sie auf beide Wangen, als sie zum Tisch zurückkehrte. »Du warst phänomenal. Ich hatte ja keine Ahnung.«

Ryder zog ihr den Stuhl heraus, und zusammen lauschten sie Jims nächstem Lied.

Als die Lichter wieder angingen, bestellten sie eine weitere Runde Drinks, und Jim verließ die Bühne, kam zu ihnen.

»Ich weiß nicht, was du mit einer Stimme wie dieser in einem Büro verloren hast«, ließ er sie wissen.

Vermutlich würde sie irgendwann … so um Weihnachten rum … aufhören können, zu lächeln. »Heißt das, ich darf das Video behalten?«

»Solange ich eine Kopie bekomme.« Er schüttelte den Männern die Hände. »Ich muss mal kurz dem Laster frönen«, erklärte er und ging.

Meg nahm die freundlichen Worte und Komplimente der Umsitzenden erfreut entgegen. Aber als sie sich umschaute, konnte sie Masini nirgends entdecken.

Nachdem Jim für den Abend Schluss gemacht hatte, spielte die Band weiter.

Michael und Ryder unterhielten sich mit leiser Stimme, als Gabi sich neben Meg setzte. »Sie waren wunderbar.«

»Jim ist der Profi. Ich bin nur schmückendes Beiwerk.«

Gabi wollte dieser Behauptung widersprechen, doch Michael unterbrach sie. »Wir würden uns jetzt gerne verabschieden.«

Meg blickte sie an und entschied, dass drei einer zu viel waren. »Ich bleibe noch ein bisschen länger hier.«

Michael reichte ihr den Schlüssel für das Golfcart. »Dann gehen wir zu Fuß.«

Gabi lehnte sich zurück, deutete mit dem Kinn auf die beiden sich entfernenden Männer. »Was hat es eigentlich mit dem Freund auf sich?«

»Ryder?«

»Ja.«

»Er ist ein alter Freund. Er hat gerade eine schlimme Beziehung hinter sich. Da Michael einen völlig verrückten Terminplan hat, hat er beschlossen, ihn hierher einzuladen, um ihn aufzumuntern.«

Die Ausrede funktionierte. »Kommt mir so vor, als ob eine Menge Berühmtheiten gerne Freunde und Familie kombinieren, wenn es sich einrichten lässt. Ich denke nicht, dass ich so viel zu tun haben möchte, dass ich nicht beides haben kann.«

»Denken Sie nicht, Sie werden zu viel zu tun haben, wenn Sie erst einmal mit einem Winzer verheiratet sind?«

Gabi lächelte. »Ich habe ehrlich keine Ahnung, wie mein Leben aussehen wird, wenn ich mit Alonzo verheiratet bin. Er scheint zu glauben, dass ich die meiste Zeit hierbleiben werde, während er die Weingüter leitet.«

»Sie werden getrennt leben?« Das klang eher wie eine Alliance-Ehe.

»Bis das Anwesen in Kalifornien bezugsbereit ist.«

»Aber wird das nicht schwierig? Ich habe den Eindruck, als ob Ihre Familie sehr wichtig für Sie ist.«

»Es wird Zeit, dass ich mich abnable. Val trägt seit Jahren die Bürde, auf uns beide aufzupassen. Mutter kann jederzeit in meine Nähe ziehen.«

»Und Alonzo hat damit kein Problem?« Meg konnte sich nicht vorstellen, ein Elternteil in der näheren Umgebung wohnen zu haben. Zwar besuchte Meg ihre Eltern gelegentlich, sehnte sich jedoch nicht nach ihrer Gegenwart.

»Wie gesagt, das haben wir noch nicht abschließend besprochen.«

Meg konnte nicht umhin, als sich zu wundern, worüber die beiden sich eigentlich unterhielten. Für eine zukünftige Braut hatte Gabi wenig Ahnung, wie ihr Leben als verheiratete Frau aussehen würde.

»Miss Masini?« Einer der Kellner unterbrach sie. »Es tut mir leid, wenn ich Sie störe, aber es scheint ein Problem zu geben, und ich bin mir nicht sicher, wo Mr Masini ist.«

Gabi stand auf. »Entschuldigen Sie mich bitte.«

»Das macht nichts. Ich wollte ohnehin gerade nach draußen.«

Der Club hatte sich größtenteils geleert. Meg trat hinaus in die warme karibische Nacht und ging in die entgegengesetzte Richtung von ihrer Villa. Das Letzte, was sie wollte, war Michael und Ryder zu stören. Außerdem war es eine zu schöne Nacht, und ihr Adrenalinspiegel war immer noch erhöht von dem Auftritt mit Jim. Sie konnte es kaum erwarten, die Aufzeichnung zu sehen.

Es juckte sie in den Fingern, ein Handy zu zücken und Judy die Neuigkeiten des Abends zu schreiben. Doch das würde warten müssen.

Meg ging an der breiten Veranda des Hauptgebäudes entlang. Die Außenterrasse des Restaurants war leer.

Sie blieb lang genug stehen, um das leise Plätschern der Wellen am Strand zu genießen, beobachtete, wie die Lichter des Gebäudes auf dem Wasser glitzerten.

Sie verstand, warum Val dort lebte, wo er arbeitete. Die Aussicht, die Temperatur von Luft und Wasser waren einfach perfekt.

Das Klavier, an dem zur Unterhaltung der Gäste hier draußen ab und zu gespielt wurde, stand für die Nacht abgedeckt da. Meg trat näher, berührte kurz die Ränder der Schutzhülle, ehe sie sie zurückschlug.

Der Klang eines Stutzflügels hatte etwas Besonderes, das kein anderes Klavier einfangen konnte. Für ein Instrument, das so viele Tage im Freien stand, war es perfekt gestimmt. Meg blickte über das Wasser, spielte ein paar Akkorde des Liedes, das sie vorhin gesungen hatte.

Sie fragte sich, ob Val ihr Auftritt gefallen hatte, und noch mehr, warum sie überhaupt jetzt an ihn dachte.

Meg ließ ihre Finger langsamer über die Tasten gleiten und sang das Lied von Verlangen und Sehnsucht. Es war sinnlich und ein bisschen traurig, und es passte zu ihrer Stimmung. Als sie zum Ende kam, ließ sie die Töne ausklingen und hörte ein einsames Klatschen.

Val lehnte am Geländer, die Fliege hing aufgebunden um seinen Hals.

Der Mann sah verführerischer aus, als gut für ihn war.

Meg lächelte ihn an und verneigte sich leicht. »Vielen Dank, mein Herr.«

»Heute Abend waren Sie einfach brillant«, sagte er aus den Schatten.

Von seinem Lob wurde ihr ganz warm. »Es hat mir Spaß gemacht.«

»Das konnten alle erkennen.« Er stieß sich von dem Geländer ab und lehnte sich über den Flügel. »Wie lange spielen Sie schon?«

Da sie nicht wusste, wie sie mit einer Aufmerksamkeit, die so konzentriert auf sie gerichtet war, umgehen sollte, schlug Meg ein paar Töne an. »Meine Eltern hatten stets ein Instrument im Haus. Sie waren zu jung für Woodstock, aber wenn sie gekonnt hätten, wären sie nackt herumgelaufen, nur mit einer Gitarre, um ihre Blöße zu bedecken.«

»Haben sie es Ihnen beigebracht?«

»Es ist eher so, dass ich es mir selbst beigebracht habe. Für sie war klassischer Unterricht nicht wichtig.« Sie spielte ein paar Töne von Bach, wechselte dann zu Pink Floyd.

»Können Sie Noten lesen?«

»Geht so. Mein Highschool-Chorleiter hat immer gesagt, ich hätte ein gutes Ohr.«

»Und eine schöne Stimme.«

Sie lächelte, nahm den Duft von Vals Haut wahr. »Das und ein offener Gitarrenkoffer hätten mir vielleicht ein paar Dollar an der nächsten Straßenecke eingebracht.«

»Sie waren nicht bereit, ein Dach über Ihrem Kopf für den

Traum von einer Karriere als Sängerin aufs Spiel zu setzen.« Mit dieser Beobachtung lag er genau richtig.

»Meine Eltern leben von der Hand in den Mund, Masini. Das wollte ich nicht für mich.« Die Musik, die von dem Klavier erklang, wurde dunkler. Meg merkte es und wechselte zu etwas Schnellerem, Lebhafterem. »Was ist mit Ihnen? Haben Sie je etwas in Ihrem Leben haben wollen, das Sie nicht weiterverfolgt haben?«

Als er nicht gleich antwortete, schaute sie auf und entdeckte, dass er sie musterte.

»Noch nicht.«

»Das klingt, als gäbe es da etwas.«

Er strich ihr mit dem Handrücken ganz leicht über die Wange, trat näher.

Meg hörte auf zu spielen, spürte, wie ihr Puls sich beschleunigte.

»Wo ist Michael?«, flüsterte Val.

»Michael?« Der Name sagte ihr nichts.

Val hob seine linke Augenbraue. »Der Mann, mit dem Sie hier sind.«

Richtig. »Er ist …« Verdammt, roch er köstlich.

Val legte die Hand an ihren Hinterkopf und zog sie auf die Füße. »Er ist nur ein Freund, nicht wahr, Margaret?«

Die Art und Weise, wie sich Vals Lippen bewegten, bewirkte, dass sie sich vorlehnte. Das Verlangen, sie zu schmecken, auf ihren zu spüren, war unwiderstehlich. »Wenn ich Ihnen sagte, dass wir mehr wären als Freunde …«

Vals Blick glitt von ihren Lippen zu ihren Augen. »Dann müsste ich Sie gehen lassen.« Er lockerte seinen Griff, aber statt von ihm wegzutreten, lehnte Meg sich näher.

»Das klingt, als könnten Sie diese Entscheidung bereuen.« Sie legte eine Hand auf seine feste Brust. Der Mann war unter seinen steifen Anzügen kein bisschen weich.

»Ich lasse die Finger von vergebenen Frauen.«

Er bewegte sich nicht vom Fleck.

»Das vernimmt man gerne, Masini.« Sie hob ihr Gesicht, sodass zwischen ihren Lippen kaum noch Abstand war, fühlte, wie ihrer beider Atem sich mischte. »Ich gehöre niemandem.«

Val zögerte eine Nanosekunde, dann küsste er sie. Der Kuss begann zart und mit geschlossenen Lippen, wie bei einem zögerlichen Mann, der sich Sorgen machte, zu schnell vorzugehen. Doch als Val seinen freien Arm um ihre Mitte schlang und sie an sich zog, öffnete sich Meg ihm, ermutigte ihn, sie zu kosten.

Als er das tat, verlor sie sich darin. Er schmeckte nach Bourbon und Sex, und sie wollte, dass dieser Kuss niemals endete. Der Mann küsste, als sei er auf einer Mission. Und vielleicht war er das auch. Wer wusste, ob Val Masini jede Woche eine neue Frau küsste? Irgendwie glaubte sie das nicht. Er war die meiste Zeit so beherrscht, so zurückhaltend.

Jetzt hingegen nicht … Nicht solange seine Zunge ihre erkundete und er sie mit seinen starken Händen fester an sich drückte. Jeder harte Muskel des Mannes schmiegte sich an jede ihrer weichen Rundungen.

Der Kuss ging immer weiter, bis sie plötzlich merkte, wie sich in ihrer Brust warnend eine vertraute Enge bildete. Sexuelle Erregung musste bei ihr behutsam gesteigert werden oder sie endete in einem ausgewachsenen Asthmaanfall. In den letzten paar Jahren hatte das zu den frustrierenden Fakten ihres Lebens gehört. Und es war einer, der dafür gesorgt hatte, dass sie die meiste Zeit Single war und ihre Affären bestenfalls lauwarm ausfielen.

Val brachte die Luft in ihren Lungen mit einem einzigen Kuss ernsthaft in Gefahr.

Ein hitziger, umwerfender Kuss, aber trotzdem nur ein Kuss.

Sie löste sich von ihm, aber Val folgte ihr.

Sie versuchte, langsamer Luft zu holen, konnte aber nicht tief einatmen. »Augenblick«, gelang es ihr zu keuchen und sich ihm zu entziehen.

»Zu viel, *cara*?«

Du hast ja keine Ahnung.

Sie streckte die Hand aus, spürte einen leichten Schwindel. Ihr Asthmaspray war in ihrer Tasche. Ihre nächsten beiden Atemzüge brachten ihr nicht genug Sauerstoff. Statt einen Vorwand zu nehmen, um sich aus seinen Armen zu befreien, gab sie ihm einen kleinen Schubs. »Krieg ... keine Luft.«

Er lächelte, aber dann verblasste es, als er merkte, dass es ihr nicht gut ging. »Alles in Ordnung?«

»Handtasche.«

Er brachte sie zu einer Bank und reichte ihr die Clutch.

Das Asthmaspray tat, was es sollte, es gelang ihr, ein paar tiefe Atemzüge zu nehmen, und sie spürte, wie sich ihr Puls beruhigte.

Val kniete sich neben sie, beobachtete sie mit seinen Händen an ihrer Seite. »Alles wieder okay?«

Verlegen nickte sie. »So was passiert mir nicht immer.«

Besorgt zog er die Augenbrauen zusammen. »Soll ich einen Sanitäter rufen?«

Sie legte ihm eine Hand auf die Schulter. »Nein.« Die Enge ließ langsam nach. »Gewöhnlich kann ich das vermeiden. Ich wollte dir keine Angst machen.«

Val legte seine Hände auf ihre Oberschenkel. »Ich wollte dich atemlos machen, aber nicht so.«

Meg lächelte. »Du kannst dir also auch noch ›gefährlicher Küsser‹ in den Lebenslauf schreiben.«

Er nahm ihre beiden Hände, brachte sie an seine Lippen. »Ist es immer so?«

»Nein, nur wenn …« Zuzugeben, dass sie von einem einzelnen Kurs derart erregt gewesen war, fühlte sich nicht richtig an, nicht nach einem ersten Kuss.

Himmel, sie hatte gerade Val Masini geküsst. Und dabei war sie auf einer Insel und gab sich als Michaels Freundin aus. Was war mit ihr nicht in Ordnung?

Sie versuchte aufzustehen. »Ich sollte gehen.«

Val zog sie wieder runter. »Warte.«

»Ich sollte wirklich nicht hier mit dir sein, nicht so.«

Er kniff die Augen zusammen. »Du hast gesagt, du gehörst ihm nicht.«

»Das tue ich auch nicht. Aber darum geht es hier nicht.«

In seinen Augen stand Verstehen und ein Gefühl von Selbstsicherheit, an das Meg bei den Männern, mit denen sie zusammen gewesen war, nicht gewöhnt war. »Okay, Margaret. Ich werde dich gehen lassen … Für jetzt.«

»Was soll das heißen?«

»Es heißt, wir sind noch nicht fertig.«

»Ziemlich selbstsicher, was, Masini?«

Er antwortete nicht, stand einfach auf und half ihr auf die Füße.

»Ich find allein zur Villa zurück«, erklärte sie, als er neben ihr zu laufen begann.

»Davon bin ich überzeugt. Aber ich weiche nicht von deiner Seite, bis du sicher an der Tür angekommen bist.«

Ihm zu widersprechen hätte zu viel Kraft gekostet, und außerdem war sie nicht dumm. Ihre Lungen fühlten sich immer noch ein bisschen eng an, und sich anzustrengen, ohne jemanden in der Nähe zu haben, war eine Einladung für die nächste Katastrophe. »Meinetwegen.«

Val lachte und behielt eine Hand auf ihrem Rücken, während er sie zum Golfcart begleitete und dann nach Hause fuhr.

KAPITEL 9

»Da ist jemand gestern Nacht spät heimgekommen«, bemerkte Michael, während er sich seine morgendliche Tasse Kaffee einschenkte.

»Und jemand anders ist gestern schon früh heimgegangen«, entgegnete Meg.

Michael nahm den ersten Schluck und schloss genüsslich die Augen. »Verdammt, fühle ich mich gut.«

»Das bringt Sex so mit sich.«

Michael wackelte mit den Augenbrauen und setzte sich auf die Küchenarbeitsplatte.

»Wo ist Ryder?«

»Der ist Frühaufsteher. Hat sich für ein morgendliches Jogging am Strand entschieden. In Utah gibt es erstaunlich wenig Küste.«

Meg stützte ihr Kinn in die Hände. »Ich denke nicht, dass ich dich je so habe strahlen sehen, Michael.«

Mit gespielter Überraschung schaute er sie an. »Männer strahlen nicht.«

»Was für ein Quatsch.«

Michael starrte ein paar Sekunden lang in seine Kaffeetasse.

»Ich frage mich manchmal, wie es wohl wäre, mit jemandem zusammenzuleben.«

»Wie Ryder?«

»Wie Ryder.« Das Lächeln auf seinem Gesicht verblasste.

»Du weißt schon, Michael, dass die einzige Art und Weise, das herauszufinden, für dich darin besteht, es einfach zu tun.«

»Meine Karriere wäre zu Ende.«

»Das weißt du nicht sicher. Hollywood dreht die ganze Zeit Sachen so hin, dass sie passen. Wer behauptet, man könnte nicht verändern, was die Welt weiß oder was die Welt zu wissen glaubt?«

Darüber dachte er nach. Das konnte Meg erkennen.

Als sich sein Blick verfinsterte, wechselte Meg das Thema, indem sie ihre Sünde des Abends gestand. »Ich habe Val geküsst.«

Michael fiel beinahe die Kinnlade runter.

»Er hat mich wirklich geküsst. Dann sackte der Sauerstoffpegel ab und verdammt … Aber, ja, wir haben uns geküsst.«

Michael lächelte, genoss ihr Unbehagen bei dieser Beichte. »Wie war es?«

»Bevor meine Lungen sich verkrampft haben? Großartig. Ich meine, hast du dir den Mann mal angeschaut?«

»Jede Menge Lippen, genau die richtige Menge Zunge?«

Meg kniff die Augen zusammen und begann zu lachen. »Woher weißt du das?«

»Nur eine Vermutung.«

Sie atmete seufzend aus. »Das hätte ich nicht tun sollen.«

»Warum nicht? Er ist sexy und hetero. Perfekt für dich.«

»Aber ich bin mit dir hier.«

»Ich hatte irgendwie den Eindruck, als hättet ihr kein Publikum gehabt.«

»Wir waren allein.«

»Also, wo ist das Problem? Val würde seine eigenen Regeln

brechen, wenn er darüber spricht. Und auf mich wirkt er nicht wie jemand, der über seine Eroberungen redet.«

Trotzdem fühlte es sich nicht richtig an.

»Hör zu«, sagte Michael. »Karen und ich waren anderthalb Jahre verheiratet. Keiner von uns war mit jemand anderem zusammen, und niemand hat darunter gelitten. Du bist hier als ein Date. Das letzte Mal, als ich nachgeschaut habe, zählte das heutzutage nicht.«

»Aber ...«

»Nichts aber. Küss ihn, schlaf mit ihm, tu mit ihm, was immer du willst. Ich habe keinen Anspruch auf dich und würde auch nichts sagen, egal, was aus diesem Urlaub wird. Außerdem ist es ja schließlich nicht so, als ob hier eine ganze Reihe von Reportern steht, die in einer Tour Bilder machen und Fragen stellen. Dieser Flecken ist quasi nicht auf der Karte. Und ich weiß, ich werde zurückkommen.«

Etwas von der Anspannung in Megs Brust ließ nach. »Mit Ryder?«

»Vielleicht.«

Die Glocke an der Eingangstür der Villa läutete so laut, dass sie beide zusammenzuckten.

Michael ging hin, um zu öffnen, während Meg zuschaute.

»Bitte verzeihen Sie vielmals die Störung, Mr Wolfe. Post für Miss Rosenthal.«

Post? Im Urlaub?

Michael nahm dem Mann die Umschläge ab und schloss die Tür.

»Ich dachte, Urlaub wäre postfreie Zone.«

Michael blickte auf die drei Umschläge, ehe er sie an sie weiterreichte.

»Einer ist von deiner Schwester.« Judys Handschrift war ihr so vertraut wie ihre eigene. Die Antwortadresse war jedoch nicht lesbar.

Meg begann mit Judys.

> Hi, du, die du auf Kosten anderer im Luxus lebst, zwei Dinge, da ich nicht einfach ein blödes Handy nehmen und dich anrufen kann wie jeder normale Mensch in diesem Jahrhundert.
>
> Erstens, ich habe seit der Abreise NICHTS über dich oder Mike gehört. Ich habe jede Plattform im Auge, genau wie der Sträfling und sein Partner.

Meg wusste, damit waren Rick und Neil gemeint. Beide verfügten über einen Hintergrund im Militärnachrichtendienst, und sie hätte ihnen ihr Leben anvertraut.

> Zweitens – der Mann, nach dem du mich gefragt hast. Die Informationen, die ich finde, gefallen mir nicht. Oder vielleicht eher, die ich NICHT finde. Ich bin nicht sicher, warum du nach ihm fragst, aber »trau ihm nicht«. Das sind die Worte, die der Sträfling benutzt hat.
>
> Ich hoffe, du hast eine fantastische Zeit.
>
> Ich kann es gar nicht erwarten, alles darüber zu hören … oder vielleicht lieber doch nicht.
>
> Gib meinem Bruder einen Kuss von mir.
>
> J

Meg kratzte sich am Kopf.

»Was ist es?«

»Judy lässt grüßen.« Meg ließ den Kuss erst mal unter den Tisch fallen. »Sie sagt, in der echten Welt da draußen ist alles still.«

»Hört sich gut an.«

»Ja.«

»Warum dann das Stirnrunzeln?«

»Ich hab sie gebeten, mal diesen Alonzo zu überprüfen.«

Michael zog die Brauen zusammen. »Was hat sie herausgefunden?«

»Das sagt sie nicht. Sie hat nur erwähnt, dass Rick und Neil raten, dem Mann nicht zu trauen.«

Michael drehte sich um, lehnte sich mit der Hüfte gegen den Tresen. »Das ist kein Problem, da der Typ nicht hier ist.«

»Vermutlich.«

Die Hintertür zur Villa öffnete sich, erregte ihrer beider Aufmerksamkeit. Ryder trat ins Wohnzimmer, war außer Atem. »Utah kann dem hier nicht das Wasser reichen«, erklärte er.

»Glitzerndes Meer und eine milde Brise, da muss ich dir recht geben.« Michael öffnete einen Küchenschrank und holte eine Tasse heraus. »Kaffee?«

»Liebend gerne. Morgen, Meg.«

»Guten Morgen.«

Sie öffnete den zweiten Umschlag. Dieser hier enthielt keine offizielle Anschrift.

Meine Mutter ist in der Küche eine Diktatorin

… nur als Warnung.

Val

»Verdammt.«

»Was denn?«

Den Kochunterricht hatte sie völlig vergessen. »Ich … Ich

muss noch eine Schuld begleichen.« Sie schaute auf die Uhr. Fürs Duschen hatte sie gerade noch Zeit. Make-up und andere Verschönerungsmaßnahmen würden warten müssen.

Ohne groß nachzudenken, nahm sie die Post und eilte aus dem Zimmer.

Eine rasche Dusche, ein Paar Shorts und ein bisschen Mascara, und Meg verließ die Villa.

* * *

Simona Masini trug eine Schürze und hatte in Vals Küche bereits frische Tomaten, Mehl und Eier in Arbeit, als Meg eintraf.

Die Szene hätte aus einem Horrorfilm stammen können. Zumindest für Meg.

»Tut mir leid, dass ich zu spät komme«, entschuldigte sie sich, während sie durch die Hintertür eintrat.

Mrs Masini lächelte sie an. »Ich hab den ganzen Tag Zeit.« Die ältere Frau reichte Meg eine Schürze. »Ziehen Sie sich die an.«

»Den ganzen Tag?« Meg legte sich das Ding an und band es um die Taille zusammen, fragte sich dabei, ob sie je zuvor eine Schürze angehabt hatte. *Nope.*

»Schauen Sie nicht so finster, Margaret. Sie scheinen mir eine kluge Frau zu sein. Ich bin mir sicher, ich kann Ihnen die Grundlagen der Pastaherstellung beibringen.«

Mrs Masini öffnete einen riesigen Plastikbehälter und kippte mehrere Tassen Mehl auf die glatte Arbeitsfläche. »Wir beginnen mit der Pasta, sodass sie trocknen kann, während wir die Sauce zubereiten.«

»Wenn man mit getrockneter Pasta beginnt, ist man zeitlich im Vorteil.«

Es war schwer, sich ein Lachen zu verkneifen, angesichts

119

der finsteren Miene der älteren Frau. »Ich werde es Ihnen erst zeigen, und dann werden Sie es nachmachen. Waschen Sie sich die Hände.«

Meg ging zur Spüle, tat, wie ihr befohlen. »Ich muss Sie warnen, Mrs Masini. Die Küche und ich sind verschworene Feinde. Selbst meine Kekse kommen aus der Tüte.«

»Kocht Ihre Mutter denn nicht? Und ich meine nicht Fertiggerichte.«

Meg musste an die Töpfe mit den Marihuana-Pflanzen denken und die Trockengestelle, die ihre Eltern benutzt hatten, lange bevor es erlaubt gewesen war. »Sie hat ihre eigenen Kräuter getrocknet.«

Mrs Masini war nicht beeindruckt. Sie ballte eine Hand zur Faust und machte damit eine Vertiefung in die Mitte ihres Mehlhaufens, dann schlug sie Eier auf und ließ sie in die Öffnung ihres Mini-Mehlvulkans gleiten. »Pasta ist eines der grundlegendsten Lebensmittel. Das Rezept kann man sich leicht merken.« Ihre Hände wirbelten über dem Mehl, fügten eine Prise Salz dazu und noch etwas. »Warum stehen Sie da und schauen zu?« Sie zeigte mit einer mehlbestäubten Hand auf die andere Seite der Arbeitsfläche. »Fangen Sie mit dem Mehl an.«

Meg versuchte, ihre Lehrerin nachzuahmen, steckte ihre Hand in die Mitte ihres Mehlhügels, allerdings etwas zu tief, und merkte, wenn sie jetzt ein Ei hineingeben würde, würde alles ins Rutschen geraten, wie die Seite des Mount St. Helens. Sie reparierte die Wand ihres Berges und schlug ein Ei auf.

Das erste funktionierte perfekt, bei dem zweiten geriet ein Stück Schale mit hinein, das Meg rasch herausfischte, ehe sie nach dem dritten Ei griff. Meg blickte hinüber zu Mrs Masini, die sie stumm beobachtete.

»Das hier ist nicht so schwer.«

Das dritte Ei lief über den Mehlrand und auf die Arbeitsfläche. Meg versuchte es mit ihrer Handfläche aufzuhalten, dabei begann aber bloß der Rest ihres Mehlberges einzustürzen. »O nein.«

Je mehr sie versuchte, die Lavaflut aufzuhalten, desto größer wurde das Problem.

Mrs Masini wischte sich die Hände an der Schürze ab und holte einen Abfalleimer. Mithilfe mehrerer Blatt Küchenpapier fand der gesamte Berg seinen Weg in den Müll.

»Fangen Sie von vorne an.«

Der zweite Mehlvulkan hielt, bis Mrs Masini ihr zeigte, wie sie die Eier unter das Mehl kneten sollte. Der dritte Versuch war nahezu perfekt.

Oder immerhin befriedigend.

Mrs Masini plauderte, während sie die Pasta in schmale Streifen schnitt, aufrollte und auf einen Ständer zum Trocknen platzierte.

Sobald die Tomaten gewürfelt waren, genau wie Zwiebeln und frischer Knoblauch, holte Mrs Masini eine Flasche Cabernet hervor und reichte sie Meg. »Öffnen Sie sie.«

Meg begann langsam, Mrs Masinis Vorstellung von Kochen zu mögen. »Wo sind die Gläser?«, erkundigte sie sich, sobald die Flasche entkorkt war.

Mrs Masini verdrehte die Augen, nahm Meg die Flasche ab und goss einen Schluck in die Sauce, die sie aus den Grundzutaten zusammengerührt hatten.

»Oh.« Meg blickte enttäuscht auf das Etikett. »Das ist ja gar nicht der Wein Ihres Schwiegersohnes.«

»Er ist nicht mein Schwiegersohn!«

»Noch nicht.«

Mrs Masini schnaubte abfällig.

»Ich habe den Eindruck, als ob Sie die Wahl Ihrer Tochter nicht billigten.«

Sie zögerte. »Der Mann schaut mich nicht an, weicht meinem Blick aus.«

»Denken Sie, er verbirgt irgendetwas?«

Mrs Masini bestätigte das weder, noch verneinte sie es. »Was für ein Mann behauptet schon, wahnsinnig verliebt zu sein, und lässt seine Verlobte dann wochenlang allein? Und er muss Gabi erst noch seiner Familie vorstellen. Was sind das überhaupt für Leute?«

Meg dachte an ihre eigene Familie. »Nicht alle Kinder sind wie ihre Eltern.«

»Stimmt, aber eine Ehe ist mehr als einfach nur zwei Leute, die zusammenleben. Wie kann ich seine Familie billigen, wenn ich sie gar nicht kenne? Ich vertraue ihm nicht.«

Die Heftigkeit der Worte der Frau blieb nicht ohne Wirkung auf Meg. Jetzt war es an ihr, schweigend zuzusehen, wie Mrs Masini in der Küche umherlief. Sie holte zwei Gläser aus einem Schrank, schenkte ihnen beiden Wein ein und nahm einen großen Schluck. »Sie müssen den Mann, den Sie heiraten wollen, kennen, Margaret. Seine Familie kennen.«

»Heiraten gehört nicht zu meinen Plänen.«

»Warum?«

Meg hatte tatsächlich darüber nachgedacht, seit sie angefangen hatte, für Alliance zu arbeiten. »Ich bin am glücklichsten, wenn ich mit einem künstlerisch veranlagten Mann zusammen bin.«

»Wie Jim?«

Meg nickte. »Allerdings ein paar Jahrzehnte jünger«, erklärte sie mit einem Lachen. »Aber Typen wie Jim bleiben nicht bei einem und schaffen es meist nicht, die Miete zu zahlen, von der Stromrechnung gar nicht zu reden.«

Mrs Masini dachte über diese Worte nach, nippte an ihrem Wein. »Dann suchen Sie sich jemanden mit mehr Stabilität.«

Meg kannte viele Geschäftsmänner. Sie verhalf ihnen seit ein paar Jahren zu passenden Ehefrauen. Sie waren vielleicht verlässlicher, dafür aber auch unfähig zu lachen und das Leben zu genießen, was sich nicht nach Spaß anhörte. »Ich habe vor einiger Zeit entschieden, dass ich mich nicht mit dem halben Paket zufriedengeben möchte. Und ich habe auch gelernt, dass es den perfekten Mann nicht gibt, und der Himmel weiß, ich bin selbst auch nicht nur annähernd perfekt.«

»Niemand von uns ist das, meine Liebe.«

»Es wäre einfacher, wenn meine Erwartungen nicht so hoch wären. Meine Eltern sind glücklich, miteinander bettelarm zu sein. Wenn einer von ihnen etwas anderes wollte, wäre der andere todunglücklich.« Sie selbst würde lieber Single und glücklich sein als verheiratet und unglücklich.

»Also suchen Sie einen soliden, künstlerisch veranlagten Mann.«

»Ich suche nach niemandem.«

»Was ist mit Ihren ›Freunden mit gewissen Vorzügen‹?« Dazu lächelte Mrs Masini spitzbübisch, was Meg verriet, dass es eine Zeit gegeben hatte, als auch Mrs Masini zwanzig gewesen war.

»Freunde für ein bisschen Spaß sind nicht dasselbe wie Freunde für immer.«

Etwas sagte Meg, dass sie Mrs Masinis Schnauben nicht so schnell vergessen würde. »Jede Frau heiratet irgendwann.«

Meg öffnete den Mund, um das abzustreiten, doch Mrs Masini ließ sie gar nicht erst zu Wort kommen. »Irgendwann werden Sie Kinder wollen.«

»Ich bin …«

»Wenn Sie Ihr Baby das erste Mal im Arm halten. All der Schmerz in Ihrem Leben verschwindet. Sie werden viele Dinge für Ihre Kinder opfern, Ihre Familie. Es ist schwierig, zusehen zu müssen, wie sie die falschen Entscheidungen treffen.«

»Wie beispielsweise den Falschen zu heiraten.«

Mrs Masini hob ihr Weinglas in Megs Richtung. »Wie beispielsweise den Falschen zu heiraten.«

»Was macht Ihnen die meisten Sorgen bei Mr Picano? Denken Sie, dass er seine Frau schlecht behandeln wird?« Sie wechselten das Thema von ihr zu Gabi binnen Nanosekunden, und Mrs Masini zuckte nicht mal mit der Wimper.

»Ich habe wenig Gefühl bei dem Mann bemerkt. Wie kann ein italienischer Mann so wenig Gefühl zeigen?« Mrs Masini fuchtelte mit ihrer Hand herum, und ihre Stimme war wenigstens eine Oktave höher geworden. »Mr Masini, möge er in Frieden ruhen, lebte das Leben mit Leidenschaft. Er liebte mit ganzem Herzen. Für sein kleines Mädchen würde er nicht weniger wollen. Ein Mann, der seinem Ärger keine Luft machen kann, verschließt ihn in sich, bis er platzt. Dann habe ich Angst um meine Tochter.«

»Manche Männer gehen alles etwas ruhiger an.«

Mrs Masini schüttelte den Kopf. »Alonzo Picano verschließt alles in sich. Das sehe ich an seinen Augen.«

Wow, sie mochte den Typ wirklich nicht.

»Vielleicht kennen Sie ihn einfach nicht sonderlich gut.«

Sie knurrte. »Jetzt klingen Sie schon wie mein Sohn. Ich kenne ihn bestenfalls flüchtig. Er ist nicht gut genug für Gabi. Morgen wird er auf der Insel zurückerwartet. Und Sie können sehen, was ich sehe, wenn Sie nur hinschauen.«

Mrs Masini verließ die Stelle, an der sie stand, und ging, um die Marinarasauce umzurühren, ehe sie den Deckel wieder auf den Topf legte und die Temperatur runterstellte.

»Ich dachte, Gabi hätte gesagt, er würde erst eine Woche später zurückkehren.«

»Er hat seine Meinung geändert. Wie eine Frau. Ein Geschäftsmann besitzt nicht den Luxus, seine Meinung zu ändern.«

Dem konnte Meg nicht widersprechen. »Ist ihm was dazwischengekommen?«

Mrs Masini stöhnte.

* * *

Michael erreichte den höchsten Punkt des Kliffs vor Ryder. Sie hatten den Tag mit Wakeboarding begonnen und sich dann für eine Wanderung zur nördlichen Spitze der kleinen Insel und ein Picknick entschieden. Wie es den Anschein hatte, gaben die meisten Gäste von Sapore di Amore heute dem Pool oder dem Strand den Vorzug, denn ihnen war auf dem Weg hier herauf keine Menschenseele begegnet.

So hoch über dem Meer wehte der Wind kräftiger, aber die Aussicht war atemberaubend.

Ryder erreichte das obere Ende und drehte sich um. »Wow.«

»Aussichten wie diese wird man nie leid«, stellte Michael fest.

»Weckt in mir die Frage, warum ich eigentlich in Utah lebe.«

»Weil wir dort aufgewachsen sind. Da ist es sicher.«

Wenigstens hatte Michael es so gesehen, solange er dort gelebt hatte. Mittlerweile genoss er es zwar, auf einen Besuch hinzufahren, vor allem jetzt, da die Sache mit seinen Eltern oder, noch wichtiger, die Beziehung zu seinem Vater besser lief. Nicht, dass er je zurückkehren würde, um dort zu leben.

In den vergangenen paar Jahren hatte er seine ältere Schwester und seinen Bruder in Bezug auf seine sexuelle Orientierung eingeweiht und vor Kurzem erst eine seiner jüngeren Schwestern. Es war lediglich eine Frage der Zeit, bis er ein Gespräch mit seinen Eltern führen musste. Aber die Entfernung half ihm, seine Geheimnisse zu wahren. Trotzdem, seinem Vater beizubringen, dass er sich zu Männern hingezogen fühlte, war eine Hürde in seinem Leben, die er erst noch nehmen musste.

Ryder lehnte sich zurück auf seine Unterarme, zog Michaels Aufmerksamkeit auf sich. Michael hatte mit ihm schon mehr geteilt als mit irgendjemandem sonst in seinem Leben. Wenn sie sich zusammen Zeit stahlen, war es, als ob sie wieder Kinder waren oder zumindest ein Jahrzehnt jünger. Das Leben hatte verheißungsvoll ausgesehen und mit einer strahlenden Zukunft. »Du weißt schon, Highschools gibt's überall. Du musst nicht in Hilton bleiben.«

»Versuchst du etwa, mich in die große Stadt zu locken, Mike?« Bei Ryders lausbubenhaftem Lächeln traten zwei zueinander passende Grübchen in seinen Wangen zutage.

Tat er das? »Warum muss unser Leben so verdammt kompliziert sein?«

»Weil wir schwul sind.«

Michael lachte knapp. »Ach, das ist es? War mir gar nicht klar.«

Ryder drehte sich auf die Seite, lächelte zu ihm hoch. »Wenn ich Utah verlassen würde, wohin würde ich gehen? Nach Beverly Hills, um mich von dir aushalten zu lassen?«

Ryder würde sich nie aushalten lassen. Er war zu stark, zu stur. »Du würdest arbeiten.«

»Und wenn die Leute fragen, warum ich bei dir lebe?«

»Alle möglichen Menschen haben die ganze Zeit Mitbewohner.« Die Worte laut auszusprechen verschaffte Michael den Raum in seinem Kopf, um die Möglichkeit ernsthaft in Erwägung zu ziehen. »Bist du nicht das Leben in der Kleinstadt leid, die ganzen engstirnigen Menschen um dich herum?«

Ryder streckte eine Hand aus, legte sie ihm auf den Oberschenkel. »Wir könnten alles gefährden, wofür du so hart gearbeitet hast.«

Michaels Herz machte einen Satz. Er dachte an Megs Worte … Ihre Frage, ob er je genug Geld haben würde, um glücklich zu sein. Konnte das Geld auf seinem Bankkonto dem Vergleich mit diesem Moment an der Seite seines Lovers oben auf einem Kliff standhalten?

Michael nahm Ryders Hand und drückte sie. »Wir haben beide etwas zu verlieren.«

»Man muss es gründlich durchdenken«, stimmte Ryder ihm zu und schaute weg.

Einen Moment lang waren sie stumm, beobachteten, wie die Möwen über die Wellen segelten und sich ihr Essen fingen.

»Das ist wirklich wunderschön«, sagte Ryder.

Michaels Blick ruhte auf dem Profil des Mannes neben sich. »Ja, ja, das ist es.«

KAPITEL 10

Mrs Masini beschloss, dass ein Mittagsschläfchen eine gute Idee wäre, und ließ Meg allein zurück, um für eine halbe Stunde ohne Aufsicht die Sauce zu rühren.

Die Frau wusste ganz eindeutig nicht, wie leicht es Meg fiel, eine Mahlzeit zu ruinieren. Es half vermutlich auch nicht, dass die halbe Weinflasche leer getrunken war.

Viertel vor zwei füllte Meg wie angewiesen einen Topf mit Wasser. Laut Mrs Masini war ein spätes Mittagessen mit Pasta die perfekte Mahlzeit. Meg war davon überzeugt, dass um zwei zu essen eine gute Entschuldigung war, so viel Wein zu trinken.

Sie wandte sich zur Spüle, um sich Sauce von den Händen zu waschen, und hörte, wie das Wasser überkochte.

»Wow.« Natürlich musste Val genau in dem Moment in die Küche kommen, als Meg für Chaos sorgte.

Er drehte die Flamme herunter, zähmte so das brodelnde Wasser. Er war wieder in einem dreiteiligen Anzug, und sie … Meg sah zur selben Zeit an sich herunter, als Val den Blick über sie gleiten ließ.

Die Schürze um ihre Taille hatte relativ viel von dem Mehl von ihrer Kleidung ferngehalten. Aber sie hatte dennoch bestimmt etwa ein Viertelpfund an sich kleben. Sie war sich ziemlich sicher, dass Kindergartenkinder Pasta selbst machen und dabei weniger Unordnung anrichten konnten.

Val verbarg ein Lächeln hinter seiner Hand.

»Oh, mach nur und lach mich aus.«

Er ließ die Hand fallen. »Du siehst … Du siehst …«

Sie blies sich eine Haarsträhne aus den Augen und ging um ihn herum zum Herd. Sie würde nicht die Sauce ruinieren, nur weil er gerade nicht artikulieren konnte, wie lächerlich sie aussah.

»Ich habe drei Anläufe gebraucht, um es richtig hinzubekommen.« Sie nickte in Richtung der zum Trocknen aufgehängten Nudeln.

»Ich hatte dich gewarnt.«

Sie gab ein Knurren von sich, das dem von Vals Mutter erstaunlich ähnlich klang.

»Wo ist meine Mutter?«

»Ruht sich aus. Es scheint, kulinarische Höhepunkte zu kreieren, ermüdet sie. Sie hat darum gebeten, dass ich sie wecken soll, wenn die Pasta fertig ist.«

Val zog sein Jackett aus und lockerte den Schlips. »Falls das hilft: Es riecht köstlich.«

»Ich hab einige graue Haare bei der Zubereitung dieses Essens bekommen, also hoffe ich sehr, dass es gut riecht.«

Er lachte, krempelte sich die Hemdsärmel hoch und wusch sich die Hände. »Ich glaube nicht, dass das tatsächlich Grau in deinem Haar ist. Nur Mehl.«

Der Gedanke, ihn mit dem mit Teig beschmierten Küchenhandtuch zu bewerfen, schoss ihr durch den Kopf. Aber dann würde sie sein Leinenhemd schmutzig machen. Vielleicht wenn er etwas weniger Formelles tragen würde …

»Ich habe ihr gesagt, dass ich nicht kochen kann.«

»Das war dein erster Fehler.« Er brachte den Ständer mit der Pasta rüber zum kochenden Wasser.

Meg stand neben ihm, und es gelang ihr, selbst durch den Geruch von Knoblauch und Tomaten hindurch einen Hauch von seinem Duft zu erhaschen. Statt sich darum zu kümmern, konzentrierte sie sich aufs Rühren.

Nachdem er die Pasta in den Topf getan hatte, starrte er sie an.

Sie betrachtete ihn durch ihre Wimpern hindurch, wandte nicht den Kopf. »Was?«

Er griff hinüber, strich ihr über die Wange. »Du hast da ein wenig …«

Mehl? Sauce? Es könnte alles gewesen sein, was ihn zu dieser Berührung veranlasst hatte. Ein Blitz kribbelnder Energie lief ihr über den Rücken. »Ich habe letzte Nacht über dich nachgedacht«, sagte er.

»Tatsächlich?« Sie war wirklich nicht allzu glücklich darüber, wie sehr der Mann sie faszinierte. Ihre Begegnung gestern Abend hatte dazu geführt, dass sie die ganze Nacht kein Auge zubekommen hatte. Nicht dass sie ihm das verraten würde. »Ich hab geschlafen wie ein Baby.«

»Ach, wirklich?«

Er stellte sich hinter sie, griff nach dem Schalter am Herd, streifte sie absichtlich mit seinem Körper.

»Weißt du, Masini, ich kann auch einfach zur Seite gehen.«

»Aber das würde nicht halb so viel Spaß machen.«

Da hatte er recht. »Du bist wirklich sehr selbstsicher.«

»Das hast du letzte Nacht auch gesagt.«

»Stimmt immer noch.«

Er lachte und strich ihr mit der Hand leicht über den Arm. Sie wollte sich gerade an ihn lehnen, als ihm klar wurde, dass sie nicht alleine waren.

Meg versuchte, ihr Zusammenzucken zu unterdrücken, wollte sich nicht so verraten, aber es gelang ihr nicht. »Hallo, Gabi.«

Gabi beobachtete sie beide mit großen Augen und einem Lächeln. »Hallo, Meg. Ich wusste, dass du kochst ... Aber ich hatte ja keine Ahnung.«

Val lachte, und Meg stieß ihm den Ellenbogen in die Seite. »Dein Bruder flirtet wirklich ziemlich schamlos.«

»Tatsächlich? Das ist mir bisher noch gar nicht aufgefallen.«

Meg drehte sich von den aufmerksamen Augen Vals weg und ließ das Handtuch auf den Tresen fallen. »Ich sollte eure Mutter wecken gehen.«

»Lass mich das tun«, sagte Gabi. »Ihr zwei ... weitermachen.«

Meg drohte in dem Moment, in dem sie wieder allein waren, mit einem anklagenden Finger Richtung Val. »Ich bin eigentlich mit Michael hier.«

»Und doch bist du das irgendwie nicht.«

»Eine Tatsache, die nicht herumerzählt werden sollte. Warum glaubst du, dass wir gerade hier Urlaub machen?«

»Du brauchst dir keine Sorgen wegen Gabi zu machen. Sie würde nie irgendetwas verraten, was auf der Insel geschieht.«

Er schaltete die Hitze unter der Pasta aus und hob den schweren Topf rüber zur Spüle. Das Sieb zum Abgießen der Nudeln war schon an Ort und Stelle. Es war offensichtlich, dass er wusste, wie man in der Küche hantierte. »Ich habe das Gefühl, deine Mutter hat dir tatsächlich beigebracht, wie man kocht.«

Er lächelte. »Tatsächlich war es mein Vater. Was auch wirklich gut war. Meine Mutter wollte noch Monate nach seinem Tod nichts mit Kochen zu tun haben.«

»Du bist wirklich in jeder Beziehung ein guter Sohn.« Sie hatte die Worte eigentlich als Kompliment gemeint, aber sie kamen etwas sarkastisch aus.

»Familie ist wichtig.«

Sie fragte sich, ob diese Sache mit der Familienloyalität bei ihr irgendwie verloren gegangen war. Sie liebte ihre Eltern, aber sie hatte auf keinen Fall diesen nicht enden wollenden Wunsch, sie zu beschützen und sich um sie zu kümmern. Sie schienen das immer ziemlich gut füreinander hinbekommen zu haben, sodass sie allein außen vor war.

Gabi kam die Hintertreppe heruntergelaufen und in die Küche. »Sie wird in ein paar Minuten da sein. Soll ich schon mal decken?« Sie ging zum Tisch und griff nach Megs Handtasche, um sie aus dem Weg zu räumen.

Meg dachte an den Brief von Judy und konnte sich nicht erinnern, ob Alonzos Name darin vorkam. Da der Brief in ihrer Handtasche steckte, sprang sie vor, um sie Gabi aus der Hand zu nehmen. »Das mach ich schon.«

Gabi gab sie ihr und griff zurück, um die Papiere aufzuheben, die hinausgefallen waren.

Meg hätte sich keine Sorgen zu machen brauchen, denn Gabi beachtete die Post gar nicht, sondern räumte den Tisch frei und fing an zu decken.

Mrs Masini sah nach ihrem Schläfchen fünf Jahre jünger aus. Es half, dass sie nicht wie Meg überall Mehl an sich kleben hatte. Val goss Wein ein, und Gabi füllte die Teller.

Bevor sie mit dem Essen anfingen, hob Val sein Glas. »Auf neue Freunde.«

Mrs Masini erhob ebenfalls das Glas. »Auf neue Köche.«

Gabi schloss sich ihnen an. »Auf den perfekten Trick, um mit Jim Lewis auf der Bühne zu stehen.«

Meg lachte und fügte ihren eigenen Toast hinzu: »Auf dass ihr meine Kochkunst überlebt.«

Mit dem Geschmack des Weins auf ihren Lippen fing sie Vals Blick auf, als er den ersten Bissen nahm.

»Oh, *cara*. Perfekt.«

»Besser als *mein* erster Versuch«, lobte Gabi und führte ihre Gabel erneut zum Mund.

»Wirklich?« Meg probierte selbst. »Mmm.« Es war nicht schlecht. Tatsächlich war es sogar ziemlich gut.

»Natürlich ist es perfekt. Ich bin eine ziemlich gute Lehrmeisterin, oder?«

»Die beste, Mama.«

Sie unterhielten sich über Essen, ihre ersten Kochversuche, bevor die beiden Masini-Kinder es richtig hinbekommen hatten. Sie lachten, als Meg beschrieb, wie ihr Mehl-Vulkan eine deutliche Ähnlichkeit zum Mount St. Helens entwickelt hatte.

Und sie aßen.

Meg konnte sich an keine bessere Mahlzeit erinnern. Ein wenig Stolz machte sich in ihr breit, als alle Teller leer wurden, Val sich sogar ein zweites Mal auftat.

Als sie fertig waren, gingen sie hinaus auf die Terrasse, und Meg legte sich eine Hand auf den vollen Magen. »Wie bleibst du so dünn, wenn du so viel isst?«, fragte sie Gabi.

»Ich schwimme regelmäßig.«

»Lass dich von ihr nicht täuschen«, sagte Val, der ihnen gegenübersaß. »Normalerweise isst sie wie ein Spatz.«

»Ich muss schließlich in mein Hochzeitskleid passen.«

Als die Hochzeit erwähnt wurde, gab Mrs Masini den Knurrlaut von sich, den Meg in ihrer gemeinsam verbrachten Zeit schon kennengelernt hatte.

»Ein Ehemann sollte dich lieben, egal, wie dick oder dünn du bist.«

»Ich möchte für mich selbst dünn sein, Mama.«

»Ich denke, ich werde mein Nickerchen wieder aufnehmen«, sagte Mrs Masini und entschuldigte sich. Sie blieb neben Meg stehen. »Danke für Ihre Gesellschaft heute, Margaret.«

Meg stand auf und umarmte ihre Lehrerin. »Danke. Es hat mir sehr viel Spaß gemacht.«

Mrs Masini küsste sie auf die Wange und kehrte ins Haus zurück.

Vals Handy klingelte und lenkte ihn ab. »Sieht so aus, als wenn ich zurück zur Arbeit muss.«

»Ich sollte mir etwas von diesem Mehl abwaschen, bevor es auf meiner Haut endgültig zu einer harten Paste erstarrt.«

Gabi wischte ihr den Arm ab. »Es ist gar nicht so schlimm.«

Zu dritt gingen sie ins Haus, und Meg griff sich ihre Handtasche. Sie nahm die Nachricht, die Val ihr geschickt hatte, und wedelte damit in seine Richtung. »Danke für die Warnung.«

»Sie hat es dir leicht gemacht.«

Meg steckte den Zettel ein, entschlossen, ihn zu behalten, und bemerkte einen weiteren Umschlag neben den beiden anderen. Ihr Name stand drauf, aber keine Absenderadresse. Sie fragte sich, ob Val ihr vielleicht zwei Nachrichten geschickt hatte.

Gabi fragte ihren Bruder nach einigen ihrer Gäste, und Meg öffnete den Brief.

Aber es war kein Brief.

Es war aus der Nacht zuvor … Ein Foto.

Ein Bild von ihr in Vals Armen, wobei ihre intime Umarmung wenig der Fantasie überließ. »Was zur Hölle?«

»Was ist das?«

»Soll das ein Scherz sein?« Denn wenn es das war, konnte sie nicht darüber lachen.

Val nahm ihr das zusammengefaltete Foto aus der Hand und erstarrte. »O mein Gott.«

Gabis Augen waren so groß wie Untertassen.

»Wo hast du das her?«, fragte Val, sein Tonfall anklagend, seine Augen dunkel.

»Sag du es mir. Es ist heute Morgen in meiner Post gewesen.«

»Das seid ihr beide«, sprach Gabi das Offensichtliche aus.

»Und du zeigst mir das erst jetzt?«, fragte Val.

»Ich habe es gerade in diesem Moment geöffnet. Und warum klingst du so vorwurfsvoll? Ich habe dieses Bild nicht gemacht, Masini. Ich hatte in dem Moment gerade anderes zu tun.«

»Niemand beschuldigt dich hier, irgendwas getan zu haben«, beruhigte Gabi sie. »Aber wer …? Und warum?«

»Wer hat das gebracht?«

»Derselbe Typ, der mir auch deine Notiz gebracht hat.«

Val sagte leise etwas auf Italienisch. Wenn Meg raten sollte, hätte sie gesagt, dass er fluchte. »Niemand außerhalb dieses Zimmers erfährt davon«, erklärte er gepresst.

»Wie konnte das passieren? Ich dachte, du erlaubst keine Kameras hier auf der Insel.«

»Tu ich auch nicht.«

»Das wirkt nicht so, als wäre es aus dem Weltall aufgenommen worden.« Es sah vielmehr so aus, als wäre es mit einem Teleobjektiv aus dem Restaurant heraus geknipst worden.

»Jemand fordert mich heraus«, murmelte Val.

»Fordert *dich* heraus? Da sind zwei Personen auf diesem Bild.«

»Wie konnte das passieren, Val?«, fragte Gabi. »Warum sollte sich irgendjemand darum kümmern, dass ihr euch küsst …« Ihre Worte verstummten, ihr Gesicht wurde rot.

Vals Augen richteten sich auf Meg. »Vielleicht hat das gar nichts mit mir zu tun.«

Meg klopfte sich gegen die Brust. »Ich bin nicht die Berühmtheit, sondern Michael.« Oh, Moment … Wenn jemand mit einer Kamera auf der Insel war … »O nein!« Sie wirbelte herum, bereit, zur Villa zurückzurennen.

Val nahm sie am Arm und drehte sie zur Vorderseite des Hauses. »Ich fahre.«

Sie liefen zum Golfcart, rasten aus der Einfahrt. Megs Herz schlug heftig. Was, wenn sie zu spät kam? Was, wenn Ryder und Michael schon fotografiert worden waren?

Sie zwang sich zu einigen tiefen Atemzügen und versuchte, zu verhindern, dass ihre Lungen sich schlossen.

KAPITEL 11

Val nahm die Kurven zu schnell, schlang bei der letzten einen Arm um Meg, um zu verhindern, dass sie aus dem Golfcart fiel. Sie sprang aus dem Wagen, blieb an der Tür stehen. »Warte hier.«

»*Cara.*«

»Warte.« Sie atmete tief ein und betrat die Villa, wobei sie Michaels Namen rief. Wenige Sekunden später tauchte sie wieder auf und winkte ihn hinein. »Sie sind nicht hier.«

Val folgte ihr, sah sich kurz um und griff nach seinem Handy.

»Ja, Mr Masini?«, meldete sich Carol beim zweiten Klingeln.

»Miss Rosenthal ist auf der Suche nach Mr Wolfe. Hat er die Insel verlassen?«

»Nein, Sir. Ich werde einige Anrufe tätigen und mich bei Ihnen melden, wenn ich weiß, wo er sich aufhält.«

Val legte auf. »Gleich wissen wir mehr.«

Sie strich sich mit der Hand durchs Haar und fing an, auf und ab zu gehen. »Das ist schlecht, Val. Wirklich richtig schlecht.«

»Beruhige dich, Margaret.« Er konnte das leise Pfeifen in ihrer Lunge hören und fragte sich, ob sie ihre Medikamente bei sich hatte.

»Sag mir nicht, ich solle mich beruhigen. Dieser Mist sollte eigentlich hier auf dieser Insel nicht passieren. Da war ja Key West ruhiger.« Sie redete weiter, lief weiter auf und ab. »Ich wusste, dass es zu gut war, um wahr zu sein.«

»Weißt du, *cara*, mich zu küssen ist keine Sünde.« Außer … Außer es gelang ihm nicht, mehr herauszufinden. »Warte. Gibt es jemand anderen …?«

»O großer Gott. Nein. Sind deine Hintergrundchecks so beschränkt, dass du nicht mal einen eifersüchtigen Liebhaber finden würdest?«

»Ich respektiere die Privatsphäre meiner Gäste.« Er hielt inne und legte den Kopf zur Seite. »Warte. Wie kommt es, dass deine Hintergrundchecks so ausführlich sind?«

Sie öffnete den Mund und schloss ihn sofort wieder.

»*Cara?*«

»Warum nennst du mich so? Was bedeutet das eigentlich?«

»Liebste, Schatz.« Das schien angemessen, da sie ihm nicht erlaubte, ihren Lieblingsnamen zu benutzen.

Sie gab einen unbestimmten Laut von sich, der sich fast anhörte, als käme er von seiner Mutter. »Und du hast meine Frage nicht beantwortet.«

»Und das werde ich auch nicht. Dazu kenne ich dich noch nicht gut genug.«

»Wir haben Mund-zu-Mund-Beatmung geübt, und du kennst mich nicht gut genug?«

Er wollte lachen, fand die Aussage aber beunruhigend.

»Ein Mal. Ein Kuss, Masini. Du kennst mich nicht, und ich kenne dich nicht.« Sie sah zu der Uhr an der Wand. »Wo zur Hölle bist du, Michael?«

Sie legte sich eine Hand auf die Brust, und Val trat näher. »Bitte, *cara*. Michael wird kaum wollen, dass du dir solche Sorgen machst, dass du keine Luft mehr bekommst.«

Etwas von der Hitze verließ ihre Augen. »Wir müssen ihn finden, Val. Wir müssen sie beide finden, bevor mehr Fotos gemacht werden können.«

Val glaubte, er begann, das Problem zu verstehen, wagte es aber nicht, sie zu fragen. Wenn er mit seiner Vermutung richtig lag, reichte »wirklich richtig schlecht« noch lange nicht aus.

Ein Klicken an der Tür erregte ihre Aufmerksamkeit.

Michael kam lachend durch die Vordertür, Ryder an seiner Seite.

Meg lief zu ihm, zerrte ihn in den Raum und stieß die Tür zu. »Gott sei Dank bist du da.«

»Was ist passiert?« Michaels Lachen brach abrupt ab, und er verzog besorgt das Gesicht.

»Jemand auf der Insel hat eine Kamera.«

Michael wurde blass. »Was?«

Margaret legte ihm eine Hand auf die Brust. »Ein Foto von Val und mir ist heute Morgen mit der Post gekommen.«

»Von dir und Val?«

Margaret hielt eine Hand hoch und sah sich im Raum um. Sie legte sich einen Finger auf die Lippen und winkte sie alle durch die Schiebetür nach draußen.

»Was machen wir hier?«, erkundigte sich Val, als sie am Rand der Veranda angekommen waren.

»Manchmal ist es sinnvoll, paranoid zu sein, Masini.« Margaret trat an die Stereoanlage draußen und schaltete einen Rock-Sender an. »Das sollte genügen.«

»Meine Güte, Meg. Du machst mir Angst.«

Val fiel auf, dass Ryder blass geworden war, aber noch nichts gesagt hatte.

»Falls jemand eine Kamera hat, können sie vielleicht auch Audioaufzeichnungen machen.«

Michael biss die Zähne aufeinander.

Val hasste es, dass seine Gäste sich um eine mögliche Sicherheitslücke sorgen mussten. Wem wollte er etwas vormachen? Die Security hatte komplett versagt. Das Einzige, was noch fehlte, war, dass jemand die Fotos an die Medien weitergab.

»Ich muss das meinem Sicherheitsdienst mitteilen«, sagte er.

Meg nickte, sah ihm aber nicht in die Augen.

Nachdem er Lou über die neueste Lücke in der Security informiert hatte, kehrte Val zu den anderen zurück. Sie sahen sich das Foto intensiv und aufmerksam an.

»Wie konnte das passieren, Mr Masini?«, fragte Michael.

»Das weiß ich nicht, aber ich werde es herausfinden.«

Endlich sagte auch Ryder etwas. »Wir sollten abreisen.«

Michael schüttelte den Kopf. »Und schuldig aussehen? Ich denke nicht.«

»Mike.«

Da war er, der Blick zwischen zwei Leuten, der nicht vorgetäuscht oder vorgespielt werden konnte. Ihm wurde alles klar. Michael Wolfe und sein Lover – und es war nicht Margaret Rosenthal –, hatten Angst, dass ihre Beziehung in der Öffentlichkeit bekannt werden würde.

Val dachte an die ersten beiden Fotos in seiner Inbox. Er hasste es, seinen Gästen Sorgen zu bereiten, aber ihm war klar, dass es der einzig moralisch vertretbare Weg war, zu sprechen. Auch wenn es seine Chancen, Margaret noch einmal zu küssen, ernsthaft gefährdete.

»Jemand beobachtet euch«, sagte er zu Margaret. »Ich bin mir nicht sicher, ob die Aufmerksamkeit auf Margaret gerichtet ist oder auf Sie, Mr Wolfe.«

»Das Bild ist von mir.«

»Das stimmt. Und obwohl es mich nicht stört, wenn es öffentlich gemacht werden würde, bedroht es euren Plan hier. Das andere jedoch ist vielleicht hilfreich.«

Margaret sah ihn an. Ihr Körper spannte sich. »Welches andere?«

* * *

Lou tauchte keine Sekunde zu früh auf. Es war nicht vorherzusagen, welche Art von körperlichem Schaden Meg dem Mann, den sie geküsst hatte, sonst zugefügt hätte. Sie hatte sogar für ihn gekocht, um Himmels willen.

Jetzt herauszufinden, dass das erste Foto am Tag, nachdem sie auf der Insel eingetroffen waren, geschickt worden war und sie erst jetzt davon hörte, machte sie unglaublich wütend.

Lou trug einen dreiteiligen Anzug, genau wie Val. Nur hatte Lou deutlich mehr Masse. Außerdem kam er ihr irgendwie bekannt vor.

Val reichte Lou das Foto. »Ich will wissen, wo genau es gemacht worden ist.«

»Sofort, Mr Masini.«

Der Mann drehte sich um, um wieder zu gehen, aber Meg stellte sich ihm in den Weg. »Sie sind der Chef, richtig? Vom Sicherheitsdienst?«

»Ja, Ma'am.«

Der Mann war größer als sie, und es war unmöglich, um ihn herumzusehen. Der gesunde Menschenverstand riet ihr, sich zurückzuhalten. »Suchen Sie die Villa ab. Stellen Sie sicher, dass es keine Wanzen gibt.«

Lou blickte an ihr vorbei zu Val.

Sie wedelte mit einer Hand vor seinem Gesicht. »Sofort, Mr Myong. Ich muss wissen, dass mir niemand beim Pipimachen zuhört.«

»Jawohl, Ma'am.«

Meg ging hinter ihm in die Villa, ließ Michael und Ryder draußen zurück. Val folgte ihr.

Val hatte Lou, der ihm half. Aber Meg hatte ganz andere Möglichkeiten. Sie war nie glücklicher über ihre Beziehungen gewesen als in diesem Moment.

Sie griff nach dem Telefon.

»Wen rufst du an?«, fragte Val.

»Verstärkung.«

Rick antwortete mit seinem üblichen »Hey«.

»Rick, genau der Mann, mit dem ich jetzt reden muss.«

»Hallo, Meg. Wie steht's im Paradies?«

Sie rieb sich die Stirn. »Ich muss wissen, ob diese Leitung sicher ist.«

»Was?«

»Du hast mich gehört.«

»Scheiße.«

»Das kannst du laut sagen.«

»Margaret?«, sagte Val hinter ihr.

»Halt die Klappe, Masini.« Es klickte einige Male in der Leitung. Sorge kroch Meg den Rücken hoch. »Bist du da?«

»Bin ich. Die Leitung ist sicher. Ich hab Neil Bescheid gesagt. Ruf ihn an, und er überprüft es noch mal«, teilte ihr Rick mit.

»Alles klar.«

»Ruf mich zurück, wenn du mit ihm gesprochen hast.«

»Mach ich.«

Sie legte auf, wählte Neils Nummer und ging mit ihm dieselbe Routine durch. Neil klang weniger jovial. »Alles okay.«

»Danke, Neil.«

»Kannst du reden?«

Sie sah sich im Raum um, voller Sorge, dass irgendwo heimliche Lauscher verborgen waren. »Weiß ich noch nicht.«

»Melde dich, wenn du dir sicher bist.«

»Oh, mach dir keine Sorgen. Das werde ich.«

Sie legte auf und wählte sofort wieder Ricks Nummer.

»Wieso habe ich das Gefühl, dass der Geheimdienst deinen Körper übernommen hat?«, erkundigte sich Val.

Sie dachte an die verschiedenen Ehen, die sie arrangiert hatte, die enormen Mengen an Reichtum und Macht, über die diese Leute verfügten. Ihre Freunde. Judy, Michael … ihre Chefin Samantha. Vielleicht war ihr Loyalität doch nicht so fremd, nur betraf sie nicht ihre Familie, sondern ihre Freunde.

»Der Geheimdienst dürfte sich glücklich schätzen, wenn ich für ihn arbeiten würde«, erwiderte sie ohne eine Spur von Humor.

Rick nahm beim ersten Läuten ab. »Ich werde das Telefon jetzt an Lou übergeben. Er ist Valentino Masinis Sicherheitschef. Vergewissere dich, dass der Typ nicht nur Muskeln hat, okay?«

»Wird gemacht. Judy will, dass du weißt, wir können in viereinhalb Stunden da sein.«

Sie lächelte. »Halte den Piloten auf Stand-by.«

»Mach ich.«

Meg fand Lou in ihrem Schlafzimmer, wo er alles durchsuchte. »Reden Sie mit Rick. Nennen Sie ihm Ihren Namen.«

»Tut mir leid, Miss Rosenthal, aber …«

»Es ist okay, Lou«, sagte Val von der Tür aus.

Meg zwang sich, sich zu beruhigen. »Er ist ein pensionierter Marine, der sich auf Security spezialisiert hat, Lou. Vielleicht kann er helfen, irgendwas zu finden, was hier versteckt ist.«

Erst als Val nickte, nahm Lou das Telefon von ihr und hielt es sich ans Ohr.

Die Villa war sauber. Und selbst wenn sie irgendetwas Winziges übersehen hatten, hatte Lou einen Störsender, der einen hochfrequenten Ton aussandte und der auch alle Versuche, sie von außen abzuhören, unterbinden würde. Meg bestand darauf, dass sie ihr Handy zurückerhielt, und nachdem Rick einen weiteren Check durchgeführt und verkündet hatte, dass es nicht abgehört wurde, ging sie damit nach draußen, um mit ihren Freunden zu sprechen.

Nachdem sie sie auf den neuesten Stand gebracht hatte, bat sie Rick, Sam zu sagen, jede mögliche Überprüfung von Sapore di Amore durchzuführen, die bisher noch nicht stattgefunden hatte.

»Ich glaube, ich sollte selbst rüberkommen und feststellen, wo die Sicherheitslücke ist.«

»Lass mich erst mal sehen, was wir ohne dich tun können.«

»Es gefällt mir nicht«, erklärte Judy auf der zweiten Leitung in ihrem Haus.

»Mir gefällt es auch nicht. Michael hat nicht viel gesagt, aber er macht sich Sorgen.«

»Vielleicht sollte ich mit ihm reden.« Als seine Schwester könnte Judy möglicherweise helfen. Aber Michael und Ryder spazierten in eine Unterhaltung vertieft am Strand entlang. Es waren mehrere Meter Abstand zwischen ihnen, aber sie konnte immer noch sehen, dass sie für nichts anderes Augen hatten als für einander. »Ich werde ihm vorschlagen, dich anzurufen, wenn er das braucht.«

Sie beendete die Unterhaltung und ging ins Wohnzimmer, wo Val telefonierte. »Jeder, Carol. Niemand verlässt die Insel oder kommt hierher, ohne zuerst mit mir zu reden. Unsere Angestellten kennen das Prozedere. Sag ihnen, es ist eine Übung.«

Val beendete das Gespräch mit seiner Sekretärin und steckte sein Handy in die Innentasche seines Anzugs.

Meg fühlte Vals Hand auf ihrer Schulter.

Sie zuckte zusammen, und er ließ die Hand fallen. »Ich werde herausfinden, wer dahinter steckt.«

»Wir … Wir werden den Fotografen finden.«

»Ich bin noch nicht überzeugt, dass du das Ziel bist, *cara*.«

»Ich bin die Verbindung in den Fotos. Wenn ich die Frau eines Senators wäre, wäre jetzt ganz schön was los.« Sie musste sich etwas aufschreiben, um es nicht zu vergessen. Sie durchwühlte die Schubladen in der Küche. Hier war irgendwo ein Block. Sie hatte ihn gesehen, als sie angekommen war.

»Was suchst du?«

Sie zog den Block aus der Schublade und schnappte sich einen Stift. »Schon gefunden. Ich werde einen Computer mit Internetzugang brauchen.«

»Margaret …«

»Kommt ja nicht auf die Idee, mir das zu verwehren. Wir haben beide ganz schön was zu verlieren, wenn wir nicht herausfinden, wer diesen Mist macht.«

»Was genau hast *du* zu verlieren, Margaret?«

Sie zögerte, mochte die Position, in der sie sich befand, nicht. »Alliance arrangiert vertraglich garantierte Absprachen zwischen exklusiven Klienten.«

»Und was heißt das genau, *cara*?«

»Wir arrangieren Ehen. Zeitlich begrenzte Eheverträge zwischen zwei Partnern.«

»Wie ein Escort-Service?«

Ihr Blick zuckte zu seinem. »Sex ist nicht Teil des Vertrags. Nie. Es ist eine geschäftliche Absprache wie jede andere auch. Und die Außenwelt denkt, die Ehen werden aus Liebe geschlossen.«

Val rieb sich das Kinn. »Und warum sollte irgendjemand diese Art von Arrangements brauchen?«

Meg verdrehte die Augen. »Sieh dich um, Masini. Gebrauch deine Fantasie.«

Seine Augen leuchteten auf, als er es verstand.

Meg nahm drei Blätter und schrieb als Überschriften »Michael«, »Meg« und »Masini«.

»Ich war auf beiden Fotos.« Sie schrieb »Foto x 2« auf das Papier mit ihrem Namen, »Foto x 1« auf die der anderen.

Val trat vor, nahm ihr den Stift aus der Hand, strich die »1« auf seinem Papier durch und machte eine »2« daraus. »Es wurde auch ein Einzelbild von mir gemacht.«

Meg sah ihn wütend an. »Sonst noch was, was du mir bisher verschwiegen hast, Masini?«

»Nein, ich glaube, das war's.«

Es wurde schwieriger und schwieriger, dem Mann zu trauen. Sie sah wieder auf die Zettel, nahm ihm den Stift ab. »Wer wird durch die Bilder bedroht?«

Es würde ihrem Ruf kaum schaden, wenn ein Foto von ihr und Val in Umlauf geriet. Es würde ihr auch nicht schaden, mit Michael gesehen zu werden. Sie schob das Blatt mit ihrem Namen zur Seite und nahm Michaels. Aber auch Michaels Ruf würde unter den Bildern nicht leiden. »Mich zu küssen ist nicht das Ende der Welt, aber wenn bekannt wird, dass hier Fotos gemacht werden, könnte dein Insel-Resort plötzlich schmerzhaft leer sein.«

Sie notierte ihre Gedanken auf dem Papier und machte weiter.

Val sah ihr schweigend zu.

Es war offensichtlich, dass Michael und Masini am meisten zu verlieren hatten, falls weitere Bilder auftauchten. Konnte, wer auch immer die Fotos gemacht hatte, noch mehr haben und nur darauf warten, sie zu benutzen?

»Paparazzi hätten die Fotos bereits an die Presse verkauft. Also können wir das wohl ausschließen. Ein anderer Gast?«

Val tigerte im Raum auf und ab. »Ich werde eine Liste mit den Namen der Gäste zusammenstellen, die etwas zu verbergen haben. Die können wir ausschließen. Die anderen, wer weiß?«

»Hast du dir irgendwelche Feinde gemacht? Ist irgendjemand sauer, dass du all das hier auf die Beine gestellt hast?«

»Neid? Denkst du, jemand will mich ruinieren, weil er eifersüchtig auf meinen Erfolg ist?«

»Es gehört schließlich zu den sieben Todsünden, Masini. Ich würde vorschlagen, du checkst mal dein Tagebuch und stellst fest, ob du jemandem zu sehr auf die Füße getreten bist.«

»Selbst wenn es so wäre, hätten sie dann nicht eher Fotos von offensichtlichen Indiskretionen gemacht? Warum ein Bild von mir, wie ich am Strand spazieren gehe oder eine hübsche Frau küsse? Wäre es nicht besser, die Ehefrau eines Senators zu finden, wie du es ausgedrückt hast?«

»Das ist eine gute Frage.« Sie schrieb sie auf seinen Zettel und umkreiste sie.

»Michael und ich sind die Verbindung. Warum?«

»Ryders erster Instinkt war zu fliehen. Vielleicht ist es das, was der Fotograf möchte«, erwiderte Val.

»Möglicherweise kennt Michael jemanden auf der Insel, der nicht will, dass er erfährt, dass er hier ist.« Meg schrieb auch diese Vermutung auf.

»Denkbar.«

»Wir haben nicht viel Zeit in den öffentlichen Räumen des Hotels verbracht. Vielleicht sollten wir das.«

Sie drehte die Zettel um und setzte sich auf einen der Küchenstühle. »Sprechen wir also über Erpressung und Geld.«

KAPITEL 12

Gabi fühlte die Frustration ihres Bruders, als wäre es ihre eigene. Das Insel-Resort gehörte vielleicht nicht ihr, aber sie war Teil davon und würde alles tun, um das, was Val hier aufgebaut hatte, zu schützen.

Sie arbeitete mit Carol zusammen, um festzustellen, wer neu auf die Insel gekommen war und wer in der Zeit, in der Michael Wolfe und seine Begleitung eingetroffen waren, die Insel möglicherweise kurzzeitig verlassen hatte. Drei Flüge waren gelandet und wieder gestartet. Das Flugpersonal hatte das Gebäude an der Landebahn nie verlassen. Die meisten Gäste nahmen das Charterboot nach Key West und reisten von dort aus weiter.

Es gab tägliche Lieferungen, die alle von bekannten Personen auf die Insel gebracht wurden. Die meisten der Lieferanten hielten sich nur am Ladepier auf. Dennoch verbrachte Gabi den frühen Abend damit, diejenigen von den Angestellten zu befragen, die die Lieferungen entgegennahmen und die, die diese Dinge auf die Insel brachten, begrüßten.

»Vielen Dank für Ihr Verständnis.« Gabi schüttelte Adam die Hand, dem Verantwortlichen für alle Warenlieferungen. Nichts kam auf die Insel, ohne dass er es wusste.

»Ich mag meinen Job, Miss Masini. Wenn diese ›Übung‹ dafür sorgt, dass ich ihn behalte, werde ich mich nicht beschweren.«

Er war jetzt der Dritte, der andeutete, dass hinter dieser »Übung« vielleicht mehr steckte. Möglicherweise lag es an der Intensität der Fragen oder daran, dass das gesamte Sicherheitsteam mit einbezogen worden war.

Die erste Gruppe von Angestellten, deren Schicht zu Ende war, war befragt worden und kam langsam auf das Boot, das sie zum Festland bringen würde. Die Sicherheitsleute überprüften ihre Taschen besonders gründlich und dankten ihnen für ihr Verständnis.

Gabi gab sich Mühe zu lächeln und bedankte sich bei ihren Angestellten auch noch einmal für ihre Geduld, als sie die Insel verließen. Dann befragte die Security die Personen, die jetzt ankamen, bevor sie sich an ihre Arbeitsplätze begaben.

Als sie einen kurzen Moment zum Durchatmen hatte, wanderte Gabi im Lagerhaus herum.

Sie schaute auf die Paletten mit Essen, Getränken, Putzmitteln, Büroartikeln … alles, was man brauchte, um die Insel am Laufen zu halten. Sie kam um die Ecke und sah Julio, der bei einigen Weinkisten stand. Als sie ihn entdeckte, lächelte sie.

»Hallo, Julio.«

Der Co-Captain von Alonzos Jacht war ein massiger Mann. Er war gut eins achtzig und hatte an die fünfzehn Kilo Übergewicht, aber er hatte auch ein freundliches Lächeln. Sie hatte ihn bisher nur ein, zwei Mal getroffen.

»Miss Masini.« Er schien erschrocken, sie hier zu sehen.

»Ist Alonzo früher gekommen?« Seine Jacht befand sich nicht am Anleger und war auch den ganzen Tag nicht dort gewesen.

»Nein, äh … er wird morgen erwartet.«

Merkwürdig. »Warum sind Sie dann hier?«

»Ich bin letzte Woche krank geworden, als wir angelegt haben. Mr Masini hat mir angeboten, mich auf der Insel auszukurieren. Bei dem engen Zusammenleben auf der Jacht hätte ich sonst noch alle angesteckt.«

Das ergab Sinn. »Ich hoffe, es geht Ihnen unterdessen besser.«

»O ja, auf jeden Fall. Vielen Dank. Ich freue mich schon wieder auf die Arbeit.«

Gabis Blick fiel auf die Weinkisten. »Ich hoffe wirklich, die stehen nicht hier, seit Alonzo das letzte Mal da war.« Der Wein hätte in den Keller gebracht werden müssen, wo er bei der richtigen Temperatur gelagert wurde.

Julios Blick zuckte zu der Lieferung.

Gabi sah auf die Rückseite der Kisten und legte prüfend eine Hand darauf. Sie fühlten sich kühl an, als wenn sie erst vor Kurzem ins Lagerhaus gekommen wären.

»Vielleicht wollte Mr Picano sie?«

»Das ist albern.« Gabi lief bis zum Ende der Reihe und sah, dass Adam gerade weggehen wollte. »Adam?«

Der Mann drehte sich um und kam zu ihr herüber. Als er bei ihnen war, zeigte sie auf die Kisten. »Wissen Sie, warum die hier sind und nicht im Keller?«

Er zuckte die Achseln. »Ich habe keine Ahnung.«

»Da muss ein Fehler passiert sein. Können Sie dafür sorgen, dass sie wieder in den Keller geschafft werden? Ich will nicht, dass der Wein hier in der Hitze verdirbt.«

»Ja, Ma'am.«

»Danke. Ich werde jetzt meinen Bruder suchen und herausfinden, wie lange diese Übung noch dauert.«

Adam zog skeptisch eine Augenbraue hoch. »Ich mache hier weiter.«

Carol passte Gabi ab und bat sie, einzugreifen, weil einige der weiblichen Angestellten sich beschwerten, dass ihre Handtaschen durchsucht werden sollten.

Eine Stunde später und die Warnung, dass die Jobs der Ladys in Gefahr waren, wenn sie die Übung nicht beenden konnten, weil sie eine einfache Durchsuchung der Taschen ablehnten, und Gabi war bereit für mehr als eine Spatzenportion Essen. Und vielleicht auch einen kleinen Cocktail ... oder zwei.

* * *

»Mir gefällt der Plan nicht.« Val ging in seinem Büro auf und ab und schob alles, was Meg vorschlug, mit einer Handbewegung beiseite.

»Hast du einen besseren? Weil ich nicht das Gefühl habe, dass wir irgendwie näher daran sind, herauszufinden, wer hinter all dem steckt, als vor der Untersuchung.«

»Irgendjemanden ins Rampenlicht zu stellen, um den Fotografen aus der Reserve zu locken, ist eine schlechte Idee.«

»Meine Güte, Val, der Mann, oder die Frau, hat eine Kamera, keine Pistole.«

»Wenn Bilder von dir zirkulieren, jedes Mal mit einem anderen Mann ... Das ist ...«

»Das ist was? Meine Eltern sind Hippies, nicht Pfarrer oder Diakone.«

Val starrte sie an. »Es gefällt mir nicht, und ich werde dabei nicht mitmachen.«

Na gut. Sie stand auf und griff nach ihrer Handtasche. Er musste sie ja nicht küssen, aber das würde sie nicht davon abhalten, das mit anderen zu tun.

»Wo willst du hin?«, fragte er, als sie an ihm vorbeiging.

»Ich mache mich jetzt fertig für ein spätes Abendessen und vielleicht ein bisschen tanzen.«

»Margaret?«

»Entspann dich, Masini. Du tust, was du tun musst, und ich tue das, was ich tun muss.«

Er trat vor sie und versperrte ihr den Weg zur Tür. »*Cara*, bitte. Es muss eine andere Möglichkeit geben, den Fotografen zu entlarven.«

Sie ging an ihm vorbei. »Wenn dir eine einfällt, kannst du sie mir gerne mitteilen.«

Sie hörte ihn fluchen. Oder wenigstens dachte sie, dass er das machte. Es war schwer zu sagen, weil er es auf Italienisch tat. Vielleicht sollte sie sich das auch angewöhnen, um mit ihrem losen Mundwerk nicht immer anzuecken.

Meg gratulierte sich selbst zu ihrer brillanten Idee und machte sich auf den Weg zurück zur Villa, die sie mit zwei großartigen Männern teilte. Ihr Leben war so hart …

Später betraten die drei zusammen den Speisesaal, der Schauspieler, die Sängerin und der widerstrebende Komplize. Sie trug das Kleid, in dem sie auf der Insel angekommen war, und ihr Haar war von einem der vielen Profis auf der Insel gestylt worden. Späte Abendessen waren die Norm, und der Speisesaal war brechend voll. Anders als am ersten Abend, als Michael und sie angekommen waren, gaben sie sich diesmal große Mühe, dass die Leute auf jeden Fall bemerkten, dass sie eintrafen.

Meg lehnte sich vor, um Ryder besser zu verstehen. »Alles, was wir getan haben, ist, uns hinzusetzen, und trotzdem starren uns alle an«, sagte er leise.

»Warte mal ab, es geht gerade erst los«, flüsterte sie zurück, bevor sie sich nach hinten lehnte und laut lachte, sodass sie noch mehr die Aufmerksamkeit der nächsten Tische auf sich zog. Sie

legte eine Hand auf Ryders und ließ sie dort. »Oh, Schatz …
Du bist so wundervoll.«

Michael verbarg sein Grinsen hinter der Weinkarte.

Sie lehnte sich zu ihm hinüber und tat so, als würde sie
ebenfalls einen Blick auf die Karte werfen. »Wähl etwas aus, von
dem ich keine Kopfschmerzen bekomme, okay?«

»Dann sind italienische Weine besser geeignet.« Er zeigte
mit dem Finger auf die Karte. »Sollen wir mehr von Picanos
probieren?«

»Was meinst du?«

»Irgendwie kam mir der Wein, den wir an diesem ersten
Abend getrunken haben, bekannt vor.«

»Das liegt daran, dass alle Weine gleich schmecken.« Jedenfalls ihrer Meinung nach.

»Das wirst du zurücknehmen, dafür sorge ich«, sagte
Michael mit einem Lachen.

»Wenn es um den Wein geht, versteht er keinen Spaß,
Meg«, warnte Ryder.

Das wusste sie schon. Michael besprach mit dem Kellner
seine Wahl, während einer der Hotelgäste an ihren Tisch kam.
»Sie sind Miss Rosenthal, richtig?«

»Ja.« Sie kannte die Frau, die die Frage gestellt hatte, nicht.

»Ich wollte Ihnen nur sagen, wie sehr wir Ihren Auftritt
gestern genossen haben.«

Meg nahm das Kompliment dankbar entgegen und wandte
sich, nachdem die Frau zu ihrem Platz zurückgekehrt war, wieder an Ryder und Michael.

»Weißt du, wer das war?«, fragte Michael.

»Keine Ahnung.«

Ein weiteres Paar blieb auf seinem Weg aus dem Restaurant
an ihrem Tisch stehen, um ihre Anerkennung für den letzten
Abend auszusprechen.

»Ich glaube, es wird nicht so schwierig sein, die Aufmerksamkeit der Leute auf sich zu ziehen«, stellte Meg fest.

Der Wein wurde an ihren Tisch gebracht, und es wurde ein wenig Aufhebens gemacht, bevor Michael zustimmte.

Michael sah in sein Glas, als wenn es Teeblätter enthielt, die ihm die Zukunft voraussagen würden.

»Es schmeckt wie Wein«, verkündete Meg.

»Ich habe vorher noch nie von diesem Weingut gehört, aber der Geschmack kommt mir bekannt vor.«

»Zerquetschte Weintrauben, Mike.« Ryder nippte an seinem Wein und zwinkerte Meg zu.

»Ich verstehe das auch nicht«, sagte sie.

Sie beendeten ihren ersten Gang, und Michael bestellte eine zweite Flasche und grübelte weiter wegen des Weins.

Meg ließ Ryder und Michael das meiste trinken, entschied sich dazu, ihren Verstand für den Rest des Abends lieber klar zu halten. Sie genossen ihr Essen ohne Unterbrechung oder Drama. Meg stellte sicher, dass ihr Lachen stets etwas lauter als nötig war, und nachdem die Jungs die zweite Hälfte der zweiten Flasche geleert hatten, waren sie gut dabei, zu einem aktiven Part des Abends zu werden.

Die Musik vom DJ war laut, und es gab mehrere Paare auf der Tanzfläche. Meg, Michael und Ryder standen um einen hohen Tisch, und Meg bestellte sich einen Wodka on the rocks. Sie ging auf die Tanzfläche, bevor der Drink gekommen war. Dort drehte sie sich zu Michael und Ryder und winkte sie mit einem Finger heran.

Ryder stieß Michael an, und er ging zu ihr ... wie geplant.

Sie war keine besonders gute Tänzerin, aber Michael war beeindruckend. Die Musik war schnell, sexy – perfekt.

Als Ryder Michael ablöste, wurden einige Blicke in ihre Richtung geworfen.

Meg lachte erneut laut.

Ryder legte sich noch mehr ins Zeug als Michael. Irgendwann fühlte sie seine Hand auf ihrem Hintern, direkt bevor er sie herumwirbelte.

Er führte sie zurück an ihren Tisch und winkte dem Kellner, Wasser zu bringen sowie eine neue Runde Drinks.

Nach einem weiteren Tanz zog Michael sie für einen kurzen Augenblick nach draußen, um frische Luft zu schnappen. Sie nahm ihren Drink mit und ließ ihn sofort auf dem nächsten Tisch draußen stehen, bevor Michael sie weg von der Menge zog. »Ist das weit genug?«

Sie tat, als würde sie stolpern, und er fing sie auf. »Vorsicht, Schatz.«

Er schmiegte sein Gesicht an ihren Nacken, wie ein Liebhaber es tun würde. »Vorsicht, Michael. Du willst doch nicht, dass Ryder nervös wird.«

Er lachte, nahm ihr Gesicht in beide Hände und küsste sie leidenschaftlich. Es war nett, das musste sie zugeben. Aber er war ein Freund, und der Kuss löste keine weiteren Gefühle in ihr aus. »Das sollte reichen«, sagte er, als er sie freigab.

»Kein Wunder, dass du so viel Geld verdienst.«

Er legte den Arm um sie, und sie gingen zurück in den Club.

Die ganze Zeit durchsuchte sie die Bar mit Blicken nach jemand Bestimmtem, konnte ihn aber nirgends entdecken. Nicht bis Ryder ihr etwas ins Ohr flüsterte, um sie nach einem unschuldigen Kuss wieder nach drinnen zu locken.

»Hast du Spaß?«, fragte Val, als er an den Tisch trat.

Er wusste, dass alles nur gespielt war, sah sie aber trotzdem an wie ein gestrenger Vater.

Sie beugte sich zu ihm und gab ihm einen Kuss auf die Wange. »Ich habe mich schon gefragt, ob du auftauchen würdest.«

Er biss die Zähne aufeinander. »Einige der Gäste wollen eine Zugabe.« Er zeigte auf die Bühne, wo einer der Angestellten das Keyboard abdeckte.

Meg kniff die Augen zusammen. »Du willst, dass ich für dich singe.«

Er schob das Glas von ihr weg, als sie danach griff. »Bevor du das nicht mehr kannst.«

Meg warf den Kopf in den Nacken und lachte, gab dann das Glas an ihn weiter und flüsterte: »Schwierig, sich zu betrinken, wenn man nur Wasser zu sich nimmt, Masini.«

Wodka war nicht zufällig das Getränk des Abends. Lustig, wie Wasser und Wodka für jeden, der von Ferne mit der Kamera zuschaute, gleich aussahen.

»Nun?«, fragte er, nachdem er einen Schluck Wasser genommen hatte, mit einem leichten Grinsen.

Meg zeigte mit der Hand zur Bühne. »Jemand muss mich ansagen, Valentino.«

Er lehnte sich so nah zu ihr, dass nur sie ihn hören konnte. »Warum fühle ich mich, als würde eine Schwarze Witwe über meine Haut krabbeln, *cara?*«

Sie zog ihn an seiner Krawatte zu sich heran, rückte sie dann gerade. »Du machst dir zu viele Sorgen.«

Val war der perfekte Gastgeber. Er dankte allen, dass sie gekommen waren, und ließ die Beleuchtung des Raumes lange genug hochfahren, um Meg einzuladen, auf die Bühne zu kommen.

Nachdem die Anwesenden applaudiert hatten, stellte Meg sicher, dass die Aufmerksamkeit aller auf ihr ruhte.

»Man würde denken, dass ich einen Rabatt auf meinen Zimmerpreis bekomme, bei dem, was ich hier für dich tue, Masini.«

Er überraschte sie mit seiner Antwort: »Ich habe Ihre Barrechnung im Auge behalten, Margaret. Ich denke, wir sind quitt.«

Sie lachte. »Was mich daran erinnert … Ich könnte eine weitere Runde vertragen.« Sie schaltete das Keyboard ein, spielte einige Akkorde und machte eine senkende Handbewegung zum Techniker, um sicherzustellen, dass die Lautstärke niemanden, der zuhörte, erschreckte.

»Nach ein paar Drinks bin ich am besten.«

Michaels Lachen war über dem der Menge zu hören. Sie zeigte mit einem Finger in seine Richtung. »Genug von dir.«

Die Menge lachte erneut, und innerhalb von dreißig Sekunden hatte sie einen Wodka on the rocks auf dem Keyboard stehen.

»Ich muss zugeben, Masini, diese Insel ist wirklich wunderschön.« Sie redete weiter, der Klang des Mikrofons noch immer zu blechern. Der Tontechniker stand hinten im Raum und justierte den Klang mit jedem Wort, das sie sagte. Sie nippte an ihrem Drink, um sich etwas Mut zu machen.

Die Leute klatschten, und sie sprach weiter und stellte das Keyboard ein. Die Akkorde fingen an, sich wie eine Orgel anzuhören, aber nicht wie eine in einer Kirche … mehr wie in einem Nachtclub. Oh, was würde sie nicht für ein paar Blechbläser und eine Gitarre geben.

»Es könnte aber sein, dass ich eine Therapie brauche, nachdem ich so viel Zeit ohne Internet verbracht habe.«

»Hört, hört!«

Gelächter hallte durch den Raum, zusammen mit einem Chor der Zustimmung zu ihrer Bemerkung.

Val lehnte sich gegen die Bar und verschränkte die Arme vor der Brust.

Gestern Nacht … gestern Nacht war das Lied, die Erfahrung für sie gewesen. Das wunderbare Erlebnis, mit Jim Lewis zu singen, würde sie niemals vergessen.

Doch heute Abend …

Sie setzte an, wartete auf den Moment, in dem den Zuhörern klar werden würde, welches Lied sie ausgewählt hatte, sah Val direkt an und sang »My Funny Valentine«.

Kapitel 13

Er schaute zu, als Wolfe sie nach draußen zog und küsste. Wirkte für ihn ziemlich überzeugend. Ryder erledigte die ganze Sache nicht ganz so perfekt. Dennoch ... es brachte ihn um, zuzusehen. Val konnte an null Fingern abzählen, wie viele Male es ihn gestört hatte, einer Frau, die er geküsst hatte, zuzusehen, wie sie einen anderen Mann küsste. Nun, da gab es noch Lissa und Philipp in der fünften Klasse, aber das zählte nicht wirklich. Außerdem war er viel länger mit Philipp befreundet gewesen, als er Lissa hatte küssen wollen.

Jetzt war Margaret auf der Bühne und sang. Es gab keinen Zweifel, dass sie das Lied für ihn ausgewählt hatte. Auch wenn er nicht dachte, dass sein Aussehen lächerlich war – und die sarkastische Menge war da anscheinend seiner Meinung –, hatte niemand irgendwelche Zweifel, dass »Valentine« für Valentino stand.

Sein ganzer Körper stand in Flammen, als Meg den Song beendete.

»Danke.« Sie machte eine seltsam zurückhaltende Verbeugung und verließ die Bühne. Der DJ spielte sofort einen langsamen Song, um keine Pause entstehen zu lassen und die Stimmung zu erhalten.

Mehrere Leute wollten mit Meg sprechen, bevor sie an ihren Tisch zurückkehren konnte.

Val stellte sich ihr in den Weg.

Mehr Augen, als ihm lieb war, waren auf sie gerichtet, als er sie an der Hand nahm und aus dem Raum zog.

Er ging mit ihr um die Ecke, einen dunklen Flur herunter und nach draußen dorthin, wo nicht viele Zutritt hatten.

Er drückte sie gegen die Wand, und seine Lippen bedeckten ihre, bevor irgendein rationaler Gedanke ihn zurückhalten konnte. Himmel, sie war weich und roch wie der Wind, der im Frühling vom Meer her wehte.

Meg stöhnte und presste sich an ihn. Er sah, dass ihre Augen geschlossen waren, fühlte, wie ihr Körper sich nachgiebig an seinen schmiegte.

Dies war kein Kuss für eine Kamera, sagte er sich. Dies war ein Kuss für ihn. Ihr Geschmack erfüllte ihn, weckte in ihm den Wunsch nach mehr. Er streichelte ihr über den Nacken, positionierte ihren Kopf noch besser, bewegte seine Lippen über den Puls an ihrer Kehle und ließ seine Zunge darübergleiten.

Ihre Nägel in seinem Rücken waren seine Belohnung.

Er fand die Rundung ihrer Hüfte, ließ seine Finger weitergleiten, bis er an den Saum ihres Kleides kam.

Er war verloren. Er wusste, dass Kontrolle in diesem Moment unmöglich für ihn war, während er ihr über den Oberschenkel strich, um ihren Körper kennenzulernen, zu erfahren, was sie begehrte.

Meg warf den Kopf zurück und schlug damit gegen die Wand.

»Mist.«

Ihr Fluch beendete die Bewegung seiner Hand, ließ ihn sich daran erinnern, wie exponiert sie hier waren.

Er zog sie von der Wand weg, strich ihr mit der Hand über die Hinterseite des Kopfes. »Alles in Ordnung?«

Sie leckte sich über die Lippen. »Eine kleine Warnung, Masini.« Ihr Atem kam schnell, und ihre Brüste bewegten sich mit jedem Einatmen näher zu ihm.

Meg nahm einen tiefen Atemzug. Er hörte kein Rasseln wie in der Nacht zuvor.

Überzeugt, dass sie nicht Gefahr lief, gleich zu ersticken, oder medizinische Versorgung für eine Gehirnerschütterung brauchte, ließ er sie vorsichtig los und legte eine Hand seitlich auf ihr Gesicht. »Du singst wie ein Engel, *bella*.«

»Es hat dir gefallen?«

Er drückte ihr einen schnellen Kuss auf die Lippen, presste seinen Körper gegen ihren. »Du hast den ganzen Raum mit deiner Stimme geliebt. Ich war eifersüchtig auf jeden Einzelnen dort.«

Sie hob ein Knie und ließ ihr Bein langsam über seines gleiten.

Sie starrten sich gegenseitig in die Augen, bis ihre Atmung sich beruhigt hatte.

Er wusste, dass jetzt nicht der richtige Zeitpunkt war, fühlte es tief in seinem Inneren, aber er konnte den Moment nicht einfach verstreichen lassen. »Ich will dich in meinem Bett, *cara*.«

Meg hob das Kinn und atmete scharf ein. »Val …«

»Ich weiß.« Er platzierte einen sanften Kuss auf ihre Lippen und zog sich zurück. »Ich will dich dort, und ich bin bereit, zu warten.«

Sie riss überrascht die Augen auf und biss sich auf die Unterlippe. »Im Moment steht zu viel auf dem Spiel.«

Val lächelte und legte ihr einen Finger auf die Lippen, um sie zum Schweigen zu bringen. »Ich weiß.«

Mit großer Mühe trat er von ihr weg. Er vermisste sie sofort, jeden einzelnen weichen Zentimeter.

Meg zog an ihrem Kleid, richtete sich den Ausschnitt. Ihre Fingerspitzen strichen sanft über ihre Brüste, die er selbst noch nie berührt hatte.

»Du starrst, Val.«

»*Sei bellissima.*«

Er sah ihr in die Augen, fühlte, dass sie ihn anlächelte. »Das bedeutet, dass du wunderschön bist, *cara*.«

»Ich bin mir sicher, dass schon sehr viele wunderschöne Frauen auf der Insel gewesen sind.«

Er liebte diesen Moment ihrer Unsicherheit, genoss ihn, bis sie wegsah.

Mit einem Finger drehte er ihr Gesicht wieder zu sich zurück. »Keine war so wunderschön wie du«, flüsterte er. »Keine war so wunderschön wie du.«

* * *

Schlaf war unmöglich. Meg, Michael und Ryder lachten und spielten ihre Rollen den ganzen Weg zurück zur Villa und schlossen dann alle Jalousien. Sie machten mehr Lärm als nötig, bis Michael und Ryder ankündigten, sie würden jetzt ins Bett gehen.

Meg drehte zum fünften Mal in einer Stunde ihr Kissen um, konnte keine kühle Seite finden oder eine bequeme Position für ihren Kopf. Gedanken daran, wie Val sie geküsst hatte, an die Falle, die sie alle demjenigen stellten, der die Fotos machte, wirbelten ihr durch den Kopf.

Sie schnappte sich ihr Handy vom Nachttisch. Sie gab Vals Nummer ein und ließ ihre Finger sprechen. Ich habe nachgedacht. Wie hat der Typ hier auf der Insel ein Foto ausgedruckt? Sie betätigte die Senden-Taste, ohne auf die Uhrzeit zu achten.

Wenn ihr Kuss den Mann nicht genauso aufgewühlt hatte wie sie, dann sollte sie ihn vielleicht nie wieder in ihre Nähe lassen.

Sie dachte schon, er würde vielleicht schlafen. Dann ließen sie drei kleine Punkte am unteren Ende des Displays wissen, dass er ihr gerade antwortete.

Das habe ich mich auch schon gefragt. Muss einer der Drucker auf der Insel sein.
Gibt es hier viele?
Weiß ich nicht. Ich werde das Carol morgen überprüfen lassen.

Meg drehte sich auf die Seite. Bin mir nicht sicher, was uns die Information nützen soll.

Schränkt die Bereiche ein, in denen man suchen muss. Das Housekeeping-Personal **würde auffallen, wenn** es um einen Drucker herumsteht.
Verlässt Housekeeping nicht täglich die Insel? Hätten sie die Fotos nicht von zu Hause mitbringen können?

Die drei Punkte begannen zu blinken, verschwanden und blinkten wieder. Glaubst du wirklich, mein Housekeeping will Fotos von uns?

Wenn als Nächstes ein Erpresserbrief kommt, ja. Wenn nicht, nein.
Wenn unser Mann die Fotos von heute Nacht drucken muss, können wir ihn vielleicht schnappen.

Meg lächelte, fühlte, wie ihr die Lider schwer wurden. Dann hoffen wir mal, dass er das macht, antwortete sie.

Tut mir leid, wenn der Stress dir den Schlaf raubt.

Sie dachte über ihre Antwort nach und beschloss, dass Ehrlichkeit nicht schaden konnte. Verführung ist da viel eher das Thema als Stress, Masini.

Es gab keine Antwort, bis ihr Telefon in ihrer Hand klingelte. Sie antwortete mit sanfter Stimme.

»Leg das Handy weg, und schlaf ein bisschen, *cara*.« Seine Stimme war dunkel und leise und kam Bettgeflüster ziemlich nah, das erste seit langer Zeit für sie.

»So fordernd«, antwortete sie.

»Das war noch gar nichts.«

Ihr lief ein Schauer über den Rücken. »Aussagen wie diese werden mir nicht helfen, einzuschlafen.«

Sein leises Lachen ließ sie lächeln.

»Gute Nacht, *bella*.«

»Nacht, Val.«

Ihre Träume in dieser Nacht drehten sich weniger um Fotos und Drucker und mehr um heiße Küsse, die ihr Blut zum Kochen brachten.

* * *

»Ich weiß nicht, was schlimmer ist: Fotos oder gar nichts.«

Mike stimmte Meg zu, blieb aber still.

Val hatte gleich am Morgen angerufen, um ihnen mitzuteilen, dass nichts in seiner Inbox aufgetaucht war. Es war auch nichts in der Post gewesen.

»Vielleicht hat die Befragung gestern dem Typen Angst gemacht, und er hat es nicht gewagt, mehr Fotos zu schießen«, sagte Ryder.

Sie saßen auf der Veranda und frühstückten. Sie hatten sich für Zimmerservice entschieden, weil sie gehofft hatten, dem Fotografen so die Möglichkeit zu geben, ein weiteres Bild zu schicken. Aber am Ende hatten sie nur frisches Obst und Muffins bekommen.

Er und Ryder waren lange aufgeblieben, hatten sich unterhalten. Ryder machte sich Sorgen. Falls herauskommen sollte, dass sie beide zusammen waren, könnte er seinen Job verlieren. Offiziell war es nicht gegen die Regeln der Schule, dass Lehrer homosexuell waren, aber Ryder war auch Footballcoach. Irgendjemand hätte da bestimmt etwas dagegen. Das ländliche Utah würde das nicht gut finden. Der Skandal wäre den Stress nicht wert.

»Und was machen wir jetzt?«, erkundigte sich Ryder.

»Ich sage, wir machen ganz normal weiter.« Meg sah zwischen ihnen beiden hin und her. »Okay, vielleicht nicht komplett normal. Wir wollen dem Fotografen nichts wirklich Skandalöses bieten.«

»Anders als letzte Nacht?«, fragte Mike.

Meg klimperte mit den Wimpern. »Mein Ruf kann das aushalten«, erwiderte sie. »Wenn alles, was der Typ vor die Linse bekommen kann, ich bin, wie ich mit ein paar sexy Typen knutsche, dann hat er nichts Skandalöses, was er euch anhängen kann.« Sie wedelte mit einem Finger in der Luft. »Ich bin diejenige, die dich überredet hat, herzukommen.«

»Ich bin derjenige, der Ryder eingeladen hat.«

»Ich hätte nicht kommen müssen«, fügte Ryder an.

»Also fühlen wir uns alle verantwortlich. Großartig. Das wird uns wahnsinnig viel nützen, wenn Michaels Karriere den Bach runtergeht, du deinen Job verlierst, Masinis Insel nicht mehr Fantasy Island für die Reichen und Berühmten ist ... und Alliance in den Medien als das erscheint, was es wirklich ist. Denn die Reporter, die hinter dieser Geschichte her sind, werden so lange wühlen, bis sie mehr Dreck finden.« Meg sah übers Meer hinaus und murmelte: »Verdammt.«

»Wir könnten einfach abreisen«, sagte Ryder zum gefühlt zehnten Mal.

»Wenn die Fotos schon gemacht worden sind, was würde uns das dann nützen? Hier können wir wenigstens versuchen, die Person zu finden und sie in ihrem eigenen Spiel zu schlagen.«

»Sie bezahlen, meinst du?«

Meg schüttelte den Kopf. »Das wäre, als würde man mit Terroristen verhandeln. Nein. Jeder, der so dreckig spielt, *ist* dreckig. Wir finden den Dreck.«

Ryder stieß Mike an. »Ich bin froh, dass sie auf unserer Seite ist.«

»Warten wir mal ab, was heute passiert. Ich kann mir nicht vorstellen, dass dieser Typ sehr lange stillhalten wird.«

»Unsere Abreise ist für Montag geplant.« Nur noch drei weitere Nächte.

»Am Montag fängt die Schule wieder an.« Mike wollte Ryders Hand nehmen, traute es sich aber hier draußen nicht. Er warf ihm stattdessen einen mitfühlenden Blick zu.

»Also alles wie gehabt. Ryder verlässt die Insel wie geplant am Sonntag. Wir am Montag ... oder zumindest du«, sagte Meg.

»Und was ist mit dir?«

»Das entscheiden wir dann. Wir sind auf der sicheren Seite und nehmen ein paar Fotos von uns selbst auf. Es wird niemanden überraschen, dass ich ein paar Fotos von uns beiden zusammen will, weil ich mit Masini knutsche. Wenn dann Fotos von uns in der Presse auftauchen, können wir behaupten, wir hätten sie gemacht.«

»Mir gefällt die Idee, Meg. Es wird Val wenig nützen, wenn die Person, die die Fotos schießt, auch andere fotografiert, aber uns könnte es retten.«

Kapitel 14

Gabi wartete am Pier, als Alonzos Jacht in Sicht kam.

»Da bist du ja.« Meg trat zu ihr und stellte sich hinter sie. »Dein Bruder hat gesagt, du würdest hier draußen sein.«

Gabi ließ sich von ihrer neuen Freundin den Arm um die Schultern legen. »Du musst doch nicht mit mir warten.«

»Das ist völlig selbstsüchtig von mir. Ich wollte diese Jacht sehen, von der du so viel erzählt hast.«

»Kannst du dir vorstellen, dass ich erst ein einziges Mal damit unterwegs gewesen bin?«, fragte Gabi, während sie beide zuschauten, wie sich das Schiff langsam näherte.

»Wie kommt das?«

Sie zuckte die Achseln. Weil Alonzo ständig kam oder ging und selten da war und darum selten ein günstiger Augenblick war, dass sie Zeit mit ihm verbrachte. »Er ist sehr beschäftigt.«

Gabi drehte sich um und sah, dass Meg sie musterte.

»Ich bin sicher, dass sich das ändern wird, wenn ihr erst einmal verheiratet seid.«

»Das würde ich gerne glauben.«

Meg schob sich eine Haarsträhne aus dem Gesicht. »Hat er irgendetwas Besonderes getan, um deine Mutter zu verärgern, oder hasst sie einfach nur die Vorstellung, dass ihr kleines Mädchen mit jemandem schläft?«

Gabi lachte kurz. »Ich wünschte, es wäre Letzteres. Doch Alonzo hat noch nichts Ungebührliches getan. Er hat sogar selbst vorgeschlagen, dass wir viel Zeit getrennt voneinander verbringen, um die Ängste meiner Mutter wegen eines zu früh geborenen Enkelkindes zu beschwichtigen.«

»Und du hast keine Ahnung, warum sie ihn nicht billigt?«

»Alles, was sie sagt, ist, dass sie ihn nicht mag, ihm nicht vertraut.«

Meg hob die Hand, um ihre Augen zu beschatten. »Du vertraust ihm. Das ist alles, worauf es ankommt.«

»Das sage ich ihr auch immer.«

Meg öffnete ihren Mund, schloss ihn aber wieder.

»Was?«

»Und was ist mit deinen Freundinnen? Was halten sie von Alonzo? Ich habe immer festgestellt, dass meine Freundinnen viel scharfsichtiger in Bezug auf die Männer in meinem Leben sind, als ich es je war. Wenn es da jemanden gab, den ich mochte, sie aber nicht ausstehen konnten, dann hat es auch nie funktioniert.«

Gabi wirkte, als sei ihr die Frage unangenehm. »Es ist schwer, auf einer Insel, auf der man von Angestellten und Feriengästen umgeben ist, Freundschaften zu pflegen.«

»Oh. Da muss doch aber …«

Gabi schüttelte den Kopf, unterbrach Meg.

Meg legte ihr eine Hand auf den Arm. »Dann ist es ja gut, dass ich hier bin. Ich werde dir meine ehrliche Meinung sagen, aber du darfst mich dafür nicht hassen.«

»Und wenn ich anderer Ansicht bin?«

»Eine gute Freundin wird dir ihre Meinung sagen, aber dennoch deine Entscheidungen akzeptieren und dich unterstützen. Solange er nicht gewalttätig ist …«

»Himmel, nein!«

Meg grinste. »Gut zu wissen.«

Gabi fragte sich, ob diese neue Freundschaft wohl von Dauer sein würde. Sie konnte sich schon gar nicht mehr daran erinnern, wann sie das letzte Mal eine richtige Freundin gehabt hatte.

Meg hustete ein paarmal, hielt sich eine Hand auf die Brust.

»Alles in Ordnung mit dir?«

»Asthma«, sagte Meg, als ob das eine Wort alles erklärte. »Das bereitet mir ein bisschen Probleme, seit ich hier angekommen bin.«

»Bitte sag mir, dass nicht die Luftfeuchtigkeit daran schuld ist.«

»Stress. Es klingt verrückt ...«, sie hustete wieder, »aber es wird schlimmer, wenn alles in meinem Leben verrücktspielt.«

»Ist das normal?«

»Für mich schon. Es ist vielleicht Zeit, ein neues Medikament auszuprobieren.«

Gabi legte Meg eine Hand auf den Arm. »Gibt es denn nicht irgendetwas anderes, das vielleicht hilft?«

Meg blickte hoch zum Himmel, als stünde dort die Antwort. »Ich habe mal Scheibenschießen gemacht.«

Gabi wusste, ihre Miene verriet Zweifel.

»Ernsthaft, die Konzentration hilft. Vielleicht sollte ich mal Tontauben ausprobieren. Hat Val das nicht hier irgendwo?«

Als sie seinen Namen aussprach, strahlte Megs ganzes Gesicht auf.

»Ja, hat er.«

Es entstand eine lange Pause, bevor Meg sich erkundigte: »Findest du das gut mit mir und deinem Bruder?«

»Ich mag es, wie er lächelt, wenn er dich anschaut. Er arbeitet zu viel und nimmt immer alles so ernst. Es ist schön, zu sehen, wie entspannt er ist.«

169

Meg nickte ein paarmal, bevor sie von einigen Lagerarbeitern unterbrochen wurden, die zu ihnen kamen.

Alonzos Jacht fuhr langsam in den kleinen Hafen ein. Taue wurden den Männern am Pier zugeworfen, die sie auffingen und festbanden. Gabi suchte das Deck ab, aber von Alonzo war nichts zu sehen. Schließlich tauchte er auf, nachdem die Crew die Gangway gesichert hatte.

Sein Blick wanderte zwischen Meg und ihr hin und her. »Gabriella.«

Sie umarmte ihn, während er steif dastand. »Liebling.« Sein Kuss war kurz, noch viel kürzer, als die letzten paar Male, an denen er die Insel besucht hatte.

Er brachte seinen Mund dicht an ihr Ohr. »Öffentliche Liebesbezeigungen vor einer Fremden, Gabi?«

Sie lachte seine Sorgen weg. »Erinnerst du dich noch an Margaret?«

»Natürlich. Es überrascht mich, dass Sie noch hier sind.«

»Ich freue mich ebenfalls, Sie zu sehen, Mr Picano. Unser Aufenthalt hier ist noch für ein paar Tage länger geplant.«

»Meg wollte gerne einmal die Jacht sehen«, erklärte ihm Gabi.

Alonzo bemühte sich, zu lächeln, aber Gabi konnte erkennen, dass er nicht glücklich über die Idee war. »Lass uns der Mannschaft Zeit geben, hier anzukommen. Vielleicht morgen.«

»Aber sie ist den ganzen Weg hier heraus …«

»Ich bin sicher, Margaret versteht das. Würde es dir gefallen, Leute in einer schmutzigen Küche zu empfangen?«

Alonzo war nun einmal Perfektionist. Sie hatte noch nichts gesehen, an dem er beteiligt war, das in irgendeiner Weise unordentlich war. Das einzige Mal, als sie mit der Jacht gesegelt war, hatte die Mannschaft alles tadellos sauber gehalten.

»Ich verstehe schon«, erwiderte Meg mit einem Lächeln. »Ein andermal.«

»Ja, ein andermal«, antwortete Alonzo leise.

»Ich sollte dann mal zur Villa zurück«, beendete Meg die unbehagliche Stille. »Wir sehen uns beim Dinner.«

»Bis dann«, sagte Gabi. Meg drehte sich um und ging.

»Dinner?«

»Wir haben uns in den letzten paar Tagen angefreundet. Sie ist wirklich ein lieber Mensch.«

Alonzo nahm seinen Arm von ihrer Taille und winkte einen seiner Leute zu sich. »Ich weiß nicht, wie du das nach nur ein paar Tagen wissen willst. Die Leute hier neigen dazu, so zu tun, als wären sie, was sie gar nicht sind.«

»Was soll das heißen?«

»Es heißt, sei vorsichtig, wem du vertraust, Gabriella.« Die Warnung klang seltsam, wo sie doch von ihm kam.

»Sie ist meine Freundin, Alonzo. Bitte behandle sie gut.«

Sein Lächeln verblasste. »Du hast keine Freunde.«

Seine Worte schmerzten, teilweise auch, weil sie stimmten. »Jetzt schon.«

Der Kapitän ging von Bord und kam zu ihnen.

»Du bist beschäftigt. Wir sehen uns, nachdem alles zu deiner Zufriedenheit geregelt ist.« Ärger, auf den sie nicht vorbereitet gewesen war, beschleunigte ihre Schritte, während sie fortging.

Alonzo beeilte sich, sie einzuholen, nahm sie am Arm. »Es tut mir leid«, sagte er, sobald sie ihn anschaute. »Ich hatte eine stressige Woche.«

Ich auch, wollte sie antworten, verzichtete aber darauf. »Ist schon okay.«

Er zog sie in seine Arme. Jetzt war sie es, die ganz steif blieb. Seine Männer beobachteten sie, bis sie merkten, dass sie es sah, denn dann schauten sie rasch weg. »Öffentliche Liebesbezeigungen, Alonzo?«, warf sie ihm seine eigenen Worte an den Kopf.

Er küsste sie auf die Stirn. »Wir sehen uns in der Villa.«

Mit einem leichten Neigen ihres Kopfes ging sie fort. Es wäre nett, eine Freundin zu haben, vor allem eine, die so quirlig wie Meg war.

Warum lag ihr nach nur ein paar Tagen schon etwas an ihrer Meinung? Gabi wollte, dass Meg ihren Verlobten billigte, aber sie hatte das deutliche Gefühl, dass das nicht passieren würde.

* * *

Mrs Masini verzichtete auf die Teilnahme am Dinner, und zwar wegen der Gesellschaft … oder wenigstens vermutete Meg das.

Val hatte zwei weitere Paare eingeladen, um die Konversation aufzulockern, was Meg sehr gelegen kam. Der Gedanke, irgendetwas von dem Drama wegen der Fotos vor Alonzo zu besprechen, war ihr zutiefst unangenehm.

Mr und Mrs Dray verdankten ihren Reichtum texanischem Öl. Wenn sie im Schlafzimmer nicht gerade auf Rollenspiele standen, wäre der einzige Grund, aus dem sie auf der Insel waren, die Sonnenuntergänge und der Strand. Mrs Cornwell, die überaus wohlhabende Witwe eines der meistgefeierten Gastronomen von Chicago und ihr langjähriger »Freund« Mr Shipley vervollständigten die Runde.

Meg verzog innerlich das Gesicht, als Wein auf den Tisch gestellt wurde. Nach so vielen Tagen hatte sie genug von dem Zeug.

Mrs Dray strahlte eine Arroganz aus, die Meg an all die eingebildeten Nachbarn von Michael erinnerte, denen sie begegnet war, die sie aber nie kennengelernt hatte, während sie bei ihm gewohnt hatte. Sie war schon dabei, die Frau als jemanden abzuschreiben, den sie auch gar nicht näher kennenlernen wollte, als sie den Wein ablehnte und dem Ober auftrug, ihr einen Bourbon zu bringen.

»Ich denke, ich mag Sie«, erklärte Meg. »Machen Sie daraus zwei.«

»Bitte verzeihen Sie, Mr Picano«, fuhr die Texanerin fort. »Ich weiß ein schönes Glas Wein zu meinem Essen durchaus zu schätzen, aber vor dem Supper bevorzuge ich etwas ein wenig Stärkeres.«

Alonzo lächelte auf eine Weise, die Meg nur als aufgesetzt und falsch bezeichnen konnte, und schüttelte den Kopf. »Das ist doch kein Problem, Mrs Dray.«

»Mein Verlobter hat mich zu einer Weinliebhaberin bekehrt«, verkündete Gabi.

»Verlobter?«, erkundigte sich Mrs Cornwell.

»Wann ist die Hochzeit?«, wollte Mrs Dray wissen.

»Im Herbst.«

»Was für eine aufregende Zeit. Herzlichen Glückwunsch Ihnen beiden.« Die Wünsche klangen fad und unecht. Meg wünschte sich insgeheim, dass der Ober sich beeilen würde mit dem Whiskey.

»Ist Ihr Brautkleid trägerlos? So viele Hochzeitskleider sind das heutzutage.«

Gabi blickte zu Alonzo und dann zu Meg. »Ich habe mir noch gar keins ausgesucht.«

Mrs Dray und Mrs Cornwell wirkten beide bestürzt. »Sie heiraten diesen Herbst, aber Sie haben noch kein Kleid?«

»Das kann ich ja kaum glauben. Meine Millie hatte ihr Kleid sechs Monate vor dem Hochzeitstag. Es hat länger gedauert, es zu bestellen, als sie erwartet hatte.«

»Und dann sind da die Änderungen. Der Himmel weiß, was alles schief gehen kann.«

Offenbar verfügten die älteren Damen am Tisch über einen reichen Erfahrungsschatz zu dem Thema.

Der Ober kam und stellte Megs Drink vor sie. »Oh, Gott sei Dank«, flüsterte sie.

Er grinste.

»Sie müssen sich wirklich mit dem Kleid sputen, Liebes.«

Gabis Gesicht war ganz blass geworden.

»Ich kenne ein paar großartige Designer in L.A., die an den Zeitdruck in Hollywood gewöhnt sind, wo man alles gestern gebraucht hätte, Gabi. Vielleicht kannst du mit uns mitkommen, wenn wir abreisen«, kam Meg ihrer neuen Freundin zur Hilfe.

Die Farbe kehrte ins Gabis Gesicht zurück.

»Das ist doch lächerlich. Es gibt jede Menge Brautmodengeschäfte in Süd-Florida«, erklärte Alonzo.

»Mir gefällt die Idee, nach Los Angeles zu fliegen und das perfekte Kleid auszuwählen«, erwiderte Gabi.

Als Alonzo ihr die Hand tätschelte, verspürte Meg den heftigen Wunsch, ihm unter dem Tisch einen Tritt zu versetzen. Stattdessen stieß sie Michael an, damit er die kleine Geste auch bemerkte.

»Ich bin sicher, ich könnte jemanden hier finden, dem du vertrauen kannst, dir genau das zu beschaffen, was du brauchst«, fuhr Alonzo fort.

Ehe Meg etwas einwenden konnte, nahmen ihr das die älteren Damen ab. »Der Bräutigam darf das Kleid auf keinen Fall vor dem großen Tag zu sehen bekommen.«

»Ganz bestimmt nicht.«

Alonzo konnte kein Wort einflechten, aber er hielt Gabis Hand fest, bis sie sie ihm entzog, um einen Schluck aus ihrem Weinglas zu trinken.

Michael wechselte das Thema. »Mr Picano.«

Alonzo schaute ihn an.

»Ich hatte gestern Abend eine Flasche von Ihrem 2009er Merlot. Das ist einer der besten Weine, die ich je getrunken habe«, ließ Michael ihn wissen.

»Danke. Es überrascht mich, dass davon überhaupt noch Flaschen da sind. Ich dachte, das sei einer der Jahrgänge, die ich auffüllen müsste.«

»Gestern war ein Stapel Weinkisten im Lagerhaus. Ich frage mich, ob der Merlot vielleicht in diesen Kisten war.«

»Wein im Lagerhaus? Das klingt nicht richtig, nicht in dieser Hitze.« Mrs Cornwell musste es wissen.

»Sie waren gekühlt, das kann ich Ihnen versichern«, beruhigte Gabi die Dame. »Ich dachte, vielleicht wärst du früher zurückgekehrt und hättest mehr Wein mitgebracht. Julio schien überrascht, dass sie dort waren.«

Meg entging Vals Faszination für die Unterhaltung nicht.

»Ich bin sicher, eure Gäste haben keinerlei Interesse an Weinlieferungen«, bemerkte Alonzo zu Gabi.

»Oder Hochzeitskleidern«, fügte Mr Dray hinzu.

Mrs Dray stieß ihn mit dem Ellbogen an. »Wir hatten damit bei Millie so viel Trubel, dass es uns reicht, bis unsere Enkelinnen einmal heiraten.«

»Ich schlage vor, wir nötigen Michael, uns was über seinen nächsten Film zu erzählen«, schaltete sich Ryder in die Unterhaltung ein, und die Männer wandten sich diesem neuen Thema zu.

Gabi hörte stumm zu, und ihr Schweigen war lauter als vieles, was Meg vernommen hatte. Irgendwann zwischen Vorspeise und Dinner erhob sie sich, entschuldigte sich und erklärte, sie müsse mal kurz austreten.

»Ich komme mit.« Meg stieß sich vom Tisch ab. »Ich habe ganz vergessen, wo die Toiletten sind.«

175

Die Männer setzten sich wieder, während die Frauen sich vom Tisch erhoben und den Speisesaal durchquerten.

Wie von Meg erwartet, sank Gabi, sobald sich die Tür der Damentoilette hinter ihr geschlossen hatte, auf einen Stuhl und kämpfte mit den Tränen.

Meg schnappte sich eine Schachtel Kosmetiktücher von der Ablage vor dem Spiegel. »Fang bloß nicht an. Du würdest dir hoffnungslos das Make-up ruinieren.«

Gabi nahm sich ein Tuch und betupfte sich die Augen. »Er ist einfach schrecklich.«

»Oh, ich weiß nicht … Ich finde Val eigentlich ganz charmant.«

Das Lächeln, das Meg ihr eigentlich damit hatte entlocken wollen, blieb aus. »So ist er nicht.«

»Bestimmend, herablassend und schwierig?«

»Du siehst es doch auch, oder?«

Meg sah das und eine Menge mehr. »Ich denke, es ist wichtig, alle Seiten von jemandem zu kennen, ehe man die Ringe tauscht.«

Gabi stand auf und trat vor den Spiegel. »Ich werde mit euch nach L.A. fliegen.« Sie drehte sich um. »Wenn das denn wirklich eine ernst gemeinte Einladung war und nicht einfach nur aus Höflichkeit so dahingesagt.«

Meg stellte sich neben sie und half ihr, sich das Kleid zu glätten. »Ich bestehe sogar darauf. Es gibt noch etwas, was ich für dich tun möchte.«

»Oh?«

»Eine meiner Aufgaben bei Alliance besteht darin, jedes noch so winzige Detail aus der Vergangenheit eines Menschen herauszufinden, das einem Vertrag zwischen zwei Parteien im Wege stehen könnte.«

»Du meinst zwischen Alonzo und mir?«

»Eine Hochzeit ist ein großer Schritt.«

Eine Falte erschien auf Gabis glatter Stirn. »Verstößt es nicht gegen irgendetwas?«

»Es ist nicht verboten, Fragen zu stellen.«

»Und moralisch?«

»Ich bin eine katholische Jüdin. ›Iss den Speck!‹ ›Iss bloß keinen Speck, das ist Sünde.‹ Ich bin schon total vermurkst.«

Endlich lachte Gabi. »Eigentlich mag ich Speck ganz gern.«

Kapitel 15

Es brachte Val praktisch um, sich so zu verhalten, als sei alles in Ordnung. Den ganzen Tag lang war rein gar nichts in seinem Maileingang passiert. Und mit der Post war auch nichts gekommen. Das Dinner über hatte eine gespannte Atmosphäre geherrscht, aber er konnte nicht genau sagen, weshalb eigentlich.

Wie es aussah, kamen Gabi und Margaret bestens miteinander aus, während der Abend vom Dinner zu Drinks und in den Nachtclub der Insel überging.

Erstaunlicherweise zog sich Alonzo ohne Gabi zurück. Val bemerkte, wie die beiden ziemlich hitzig miteinander vor dem Restaurant redeten, bevor Alonzo sich entschuldigte.

Statt mit ihm zu sprechen, ging Gabi zu Margarets Tisch und gesellte sich zu den dreien. Und es dauerte gar nicht lange, da lächelte seine Schwester wieder, und Michael führte sie auf die Tanzfläche.

Jim stellte sich neben Val und schlug ihm auf den Rücken.

Sie schüttelten sich die Hände, wobei jeder von ihnen versuchte, fester zuzudrücken als der andere. »Ich reise morgen früh ab«, teilte Jim ihm mit.

»Wann werde ich dich wiedersehen?«

»Zu Gabis Hochzeit?« Beide schauten zur Tanzfläche. »Wird es immer noch eine Hochzeit geben?«

Val dachte über Michael Wolfe und seine »Freundin« nach, die dasaß und das Paar auf der Tanzfläche beobachtete. Dann wurde Gabi von jemand anderem aufgefordert.

»Ich werde es dich wissen lassen«, antwortete Val seinem alten Freund.

Jim lachte leise und ging fort.

Val schaute zu, wie er Margaret auf die Schulter tippte und sie auf die Tanzfläche führte.

Er wirbelte sie herum und zog sie an sich, flüsterte ihr etwas ins Ohr.

Sie schob ihn von sich, lachte und tanzte weiter.

Val hätte sich selbst nicht als eifersüchtig bezeichnet, aber er wollte verdammt sein, wenn Margaret das nicht änderte.

Sie erregten ganz schön Aufsehen, die zierliche Blondine und der kräftige dunkle Bluessänger. Es sah ganz so aus, als ob alle die beiden beim Tanz beobachteten, Jims elegante Bewegungen bewunderten und wie geschmeidig Margaret ihnen folgte.

Val musste zugeben, sie waren faszinierend.

Dann endete der Song, und Margaret tat etwas Unerwartetes.

Sie spitzte die Lippen und drückte Jim einen Kuss auf den Mund, worauf er rückwärts stolperte und sich eine Hand aufs Herz legte. Val war viel zu weit entfernt, um etwas von ihren Worten verstehen zu können, aber mehrere Leute um sie herum begannen zu lachen, als Jim ihr im Spaß einen Klaps auf den Po gab und dann fortging.

Val trat vor, fasste sie am Arm, bevor sie die Tanzfläche verlassen konnte. Dieses Lied war langsamer als die anderen, erlaubte es ihm, sie noch näher an sich zu ziehen. »Du bringst mich noch um, *cara*. Weißt du das?«

»Jim ist harmlos«, flüsterte sie ihm ins Ohr.

»Der Mann war schon fünfmal verheiratet. Geht mit Frauen aus, die so jung sind wie du.«

Das Wiegen ihrer Hüften an seinen erinnerte ihn daran, wie sehr er sie begehrte. Er musste kurz innehalten, um seinen Körper wieder unter Kontrolle zu bringen.

»Ich werde nicht seine nächste was auch immer sein, Masini.«

Das wusste er. War sich dessen sehr sicher. Warum also atmete er erleichtert auf, als wäre er soeben aus dem Wasser aufgetaucht und schnappte nun nach Luft? »Musst du wirklich am Montag abreisen?«

Sie redeten so leise, dass er angestrengt auf das lauschen musste, was sie sagte, um sie auch ja zu verstehen. Wenn ihr Atem über sein Ohrläppchen strich, war das mehr Folter als alles andere.

»Und ich nehme deine Schwester mit.«

Er wich zurück, um zu sehen, ob sie das ernst meinte. »Ehrlich?«

Sie nickte, beugte sich näher, um mit ihm zu reden. »Verlässt du eigentlich nie die Insel?«

Nicht oft, aber er hatte Leute hier, die während seiner Abwesenheit alles im Auge behalten konnten.

»Kommt schon mal vor.«

* * *

Mit Val, Jim, Michael und Ryder als Tanzpartner kam Meg kaum dazu, auch mal auf ihrem Platz zu sitzen. Gabi tanzte genauso viel, und nach dem Ausdruck in ihren Augen zu urteilen, hatte sie einen Mordsspaß dabei.

Da sie in der Nacht zuvor keinen Alkohol zu sich genommen hatte, stieg Meg der Bourbon, den sie eben getrunken hatte, direkt zu Kopf. Sie entschuldigte sich zwischen zwei Tänzen und machte sich auf die Suche nach der Damentoilette. Als sie falsch abgebogen war und in einem Flur fürs Personal landete, begriff Meg, dass sie dringend auf Cola umsteigen musste. Sie ging um zwei Ecken herum, ehe ihr auffiel, dass sie gar nicht in Richtung der Musik unterwegs war, sondern sich davon wegbewegte.

»Vorsicht.«

Meg war sich nicht sicher, was sie mehr erschreckte. Der Mann, der sie aufhielt, oder seine Kleidung.

»Ich hab mich verlaufen.«

Es war schwer, unter der Kapuze seine Züge zu erkennen.

Warum trug er überhaupt eine Kapuze? Es war ja nicht kalt.

Er deutete mit einem Finger auf sie. »Sie sind diejenige, die alle küssen.«

»Wie bitte?«

Der Mann, der größer als sie war und gut zwanzig Kilo schwerer, trat näher.

Meg wich zurück.

»Sie sollten nicht hier hinten sein.« Sein saurer Atem strich über ihr Gesicht, und er leckte sich die Lippen.

Komisch, wie schnell Panik einen nüchtern machen konnte. Der Fremde war zu nah, stand zu tief in den Schatten, als dass sie ihn hätte beschreiben können, und er war für Megs Geschmack viel zu ruhig.

Der Flur zur Linken war leer und der auf der rechten Seite ebenfalls. Leider konnte sie sich absolut nicht erinnern, aus welcher Richtung sie gekommen war.

Sie spürte, wie sich ihre Lungen zusammenzogen.

Der Fremde kam noch ein Stück näher. Noch mehr, und sie würde schreien.

Er stützte sich mit einer Hand an der Wand hinter ihr ab, versperrte ihr auf der einen Seite den Fluchtweg. »Verziehen Sie sich, Margaret.«

Ist das nicht mein Text?

»Am besten gehen Sie, bevor Ihnen noch etwas zustößt.«

Der Mann legte einen Finger in den Schatten seiner Kapuze und bedeutete ihr, still zu sein. Und dann war er fort.

Es gab Zeiten im Leben, in denen man knapp einer Katastrophe entging. Wie wenn man über eine rote Ampel fuhr, die man einfach nicht gesehen hatte, ohne dass es zu einem Unfall kam, oder wenn man mit etwas in einem Elektrogerät herumstocherte, bei dem der Stecker gar nicht gezogen war, man aber trotzdem mit glattem Haar davon berichten konnte.

Dies war einer dieser Momente.

Und Meg wusste es.

Ihre Lungen jedoch taten das nicht.

Und ihr Asthmaspray war in ihrer Handtasche, die auf dem Tisch stand.

Sie machte ein paar Schritte, musste aber feststellen, dass sich alles um sie herum drehte. Statt dagegen anzukämpfen, glitt sie an der Wand nach unten und senkte den Kopf.

Langsam und tief einatmen, ganz ruhig wieder ausatmen.

* * *

»Gabi?« Val winkte seine Schwester an den Tisch. »Margaret ist jetzt schon eine Weile weg. Könntest du bitte nach ihr schauen?«

Obwohl seine Schwester strahlend lächelte, konnte er sich

nicht erinnern, ihre Augen je so glasig gesehen zu haben.

»Meg ist zur Toilette gegangen, ohne mir was zu sagen?«

Val wollte seiner Schwester nicht mitteilen, dass das kein Wunder war, so gefragt, wie sie auf der Tanzfläche gewesen war. »Vor einiger Zeit schon, *tesoro*.«

Gabi winkte ab und begab sich zu der Damentoilette. Als seine Schwester ohne Margaret zurückkehrte, wurde Val ernsthaft unruhig.

Michael und Ryder unterhielten sich mit einigen anderen Hotelgästen an einem Stehtisch.

»Bleib hier«, wies er seine beschwipste Schwester an.

Val tippte Michael auf die Schulter. »Würde Margaret alleine zur Villa zurückgehen?«

Michael blickte über Vals Kopf hinweg. »Nein. Nicht, ohne irgendetwas zu sagen.«

»Was ist los?«, erkundigte sich Ryder.

»Margaret wird vermisst.«

»Ernsthaft?« Ryders Lächeln verblasste.

Michael nickte zum Ausgang. »Du siehst draußen nach«, wies er Ryder an.

»Ich beginne hinten.« Val begab sich zur Damentoilette, spürte dabei Michael dicht hinter sich.

Im Flur davor fand er keine zierliche Blondine ... oder wenigstens nicht die, nach der er suchte.

Er stürzte sich ins Getümmel, blickte über die Köpfe der Leute im Club. Er und Michael teilten sich auf und trafen sich weniger als fünf Minuten später wieder am Eingang.

»Sie ist nicht hier«, stellte Michael fest.

Val ging wieder zurück auf den Flur mit den Toiletten, bemerkte die Servicetür und trat hindurch.

»Die hätte sie doch niemals genommen.«

»Sie hatte was getrunken.« Val dachte an seine Schwester,

den glasigen Ausdruck in ihren Augen. »Margaret!«, rief er. Er eilte um die Ecke auf die Rückseite des Restaurants, sah nichts Verdächtiges und wollte sich gerade wieder umdrehen.

Michael hielt ihn mit einer Hand auf der Brust auf.

Ein leises Hämmern war an der Wand zu hören.

Sie begannen beide zu rennen.

Val hatte das Gefühl, als würde ein Teil von ihm sterben, als er Meg zusammengesunken auf dem Boden sitzen und mit einer Hand kraftlos gegen die Wand schlagen sah.

»*Cara!*«

»Himmel, Meg.«

Sie waren gleichzeitig bei ihr.

Val legte ihr eine Hand ans Gesicht, zwang sie, ihn anzusehen.

»Tasche.«

Was? »Was ist geschehen?«

»Asthmaspray. Tasche.«

Val benötigte einen Moment, um ihre Worte zu begreifen. Aber Michael brauchte nur halb so lange. Er lief aus dem Flur den Weg zurück, den sie gekommen waren.

Val wurde panisch. Wusste, dass das so war, während es geschah. Binnen eines Sekundenbruchteils hatte er sein Handy in der Hand.

»Guten Abend, Mr Masini.«

»Ich brauche einen Sanitäter im Korridor zwischen der Lounge und dem Restaurant, und zwar unverzüglich.«

»Sofort, Mr Masini.«

»Rufen Sie einen Rettungshubschrauber.«

Margaret schüttelte den Kopf.

Er achtete nicht auf sie.

»Selbstverständlich, Mr Masini.«

Er ließ das Telefon zu Boden fallen, hörte, wie wenig Luft

sie in ihre Lungen bekam.

Michael eilte durch die Tür, Megs Tasche in der Hand. Ryder, Gabi und mehrere Angestellte folgten ihm.

Michael fischte das Asthmaspray heraus, schüttelte es und hielt es ihr an die Lippen. »Tief einatmen.«

Sie bekam nur erbärmlich wenig Luft, und Michael wiederholte den Prozess.

»Was ist geschehen?«, schluchzte Gabi hinter ihnen.

»Ruf doch jemand einen Rettungswagen.«

Val konzentrierte sich auf Margaret. Ihre Augen fanden seine, während sie einen weiteren Sprühstoß von ihrem Spray nahm.

Er bemerkte gar nicht, dass er ihr die Hand drückte, bis sie den Druck erwiderte.

»Ich bin hier, *cara*. Alles wird gut.«

* * *

»Sie hatten großes Glück, Miss Rosenthal.«

Ihr Atem kam keuchend, ihre Lungen hatten sich noch immer nicht richtig erholt, aber es ging ihr sehr viel besser als zu dem Zeitpunkt, an dem sie im Miami General Hospital gelandet waren.

Als die zweite Dosis des Asthmasprays nichts genützt hatte, hatte sie gewusst, dass sie in ernsten Schwierigkeiten steckte.

Val redete weiter. Half ihr, zu atmen und die Panik in Schach zu halten, die am Rande ihrer Wahrnehmung lauerte.

Sie konnte sich nicht erinnern, dass es je so schlimm gewesen war.

»Wann waren Sie das letzte Mal beim Lungenfacharzt?«, wollte der Notarzt wissen.

»Ich bin einmal im Jahr bei meinem Hausarzt.«

»Sie benötigen einen Lungenfacharzt. Das sollten Sie wissen.«

Tat sie auch, hatte das aber jedes Jahr verdrängt, wenn sie ihren Hausarzt besucht hatte. Die Medikamente, die sie nahm, konnten ihr Asthma gut genug unter Kontrolle halten. Wenigstens bis heute.

»Kennen Sie irgendjemanden in L.A.?«

Der Notarzt schüttelte den Kopf. »Aber ich habe dort einen Freund. Ich werde ihn anrufen und fragen, ob er jemanden empfehlen kann.«

»Danke.«

»Und bis dahin verschreibe ich ihnen erst mal bessere Medikamente.« Er erklärte ihr, was sie nehmen sollte. Es gab eine Tablette, die sie täglich schlucken musste, ein täglich anzuwendendes Spray und eins für Notfälle, das sie zuvor nicht gehabt hatte. Es sah ganz so aus, als ob die Medikamente, die sie seit der frühen Highschoolzeit einnahm, inzwischen veraltet waren.

Wer hätte das gedacht?

Der Arzt schickte sich an, das Zimmer zu verlassen. »Doktor?«

»Ja?«

Sie seufzte, rückte den Sauerstoffschlauch, der in ihre Nase führte, zurecht. »Danke.«

Er zeigte mit dem Finger auf sie. »Danken Sie mir, indem Sie nicht noch mal herkommen. Wissen Sie, wie viele junge Frauen wie Sie jedes Jahr an einem Asthma-Anfall sterben, einfach, weil sie ihre Symptome ignorieren?«

Sie schüttelte den Kopf.

»Sorgen Sie dafür, dass Sie nicht eine von ihnen werden.« Er blickte auf den Monitor über ihrem Kopf. »Sie werden noch eine Weile hierbleiben müssen, Miss Rosenthal. Sie können genauso gut versuchen, etwas zu schlafen.«

Sie schloss die Augen und spürte, dass ihr Puls viel zu schnell ging, und auch ihre Atemzüge waren zu kurz. Aber wenigstens hatte sie welche. Gütiger Gott, jetzt wusste sie, wie sich ein Fisch an Land fühlte.

»Miss Rosenthal?« Die Krankenschwester weckte sie. War es möglich, dass sie tatsächlich eingedöst war?

»Ja?«

»Da vor der Tür sind einige sehr besorgte Leute, die wissen wollen, ob es Ihnen gut geht.«

Meg richtete sich im Krankenbett auf. »Bitte lassen Sie sie herein.«

»Alle?«

»Besser alle zusammen als einen nach dem anderen.«

Die Krankenschwester lächelte und öffnete die Tür.

Michael betrat den Raum als Erster, sein Lächeln gezwungen. »Ich wusste, dass du Aufmerksamkeit magst, Meg, aber das war doch etwas übertrieben.«

Ryder boxte ihn, küsste sie dann auf die Wange. »Wie geht es dir?«

»Besser.«

Val stand hinter seiner Schwester und Mrs Masini. Der gequälte Gesichtsausdruck der älteren Frau rührte sie.

»Du hast uns einen ganz schönen Schrecken eingejagt«, sagte Gabi vom Fußende des Bettes aus.

»Tut mir leid.«

»Was ist passiert? Wie bist du überhaupt da hinten hingekommen?«

»Ich bin falsch abgebogen.« Ihr Blick begegnete Vals, der die Augen zusammenkniff, als ob er ihre Worte auf ihren Wahrheitsgehalt hin prüfte.

Michael setzte sich auf die Bettkante. »War das Tanzen zu anstrengend?«

Das und dass man ihr eine Heidenangst eingejagt hatte. Die besorgten Gesichter, insbesondere Mrs Masinis, hielten sie davon ab, mit dem furchteinflößenden Vorfall und dem Mann mit der Kapuze herauszuplatzen. »Muss es wohl. Die ganze Aufregung tut mir so leid.«

»Seien Sie nicht albern, Meg«, erwiderte Mrs Masini.

Meg blickte mit gerunzelter Stirn auf die Uhr an der Wand. »Es ist nach zwei Uhr nachts. Ihr solltet alle wieder heimfahren und schauen, dass ihr etwas Schlaf bekommt.«

Michael begann, den Kopf zu schütteln.

»Nehmt Mrs Masini und Gabi mit euch zurück. Kümmert euch darum, dass sie heil nach Hause kommen.«

»Wir können auf dich warten«, wandte Gabi ein.

»Sie möchten mich noch einmal behandeln und sichergehen, dass ich keinen Rückfall bekomme. Das kann schon eine Weile dauern.«

»Und solange wir hier sind, können Sie sich nicht wirklich ausruhen, nicht wahr?« Mrs Masini nannte den besten Grund, aus dem sie gehen sollten. Die ältere Frau trat vor und tätschelte Meg die Hand.

Eine Nebenwirkung der Medikamente war, dass Megs Hand heftig zitterte.

»Valentino wird bei Ihnen bleiben und Sie zurück auf die Insel begleiten, wenn Sie dazu in der Lage sind«, erklärte Mrs Masini.

Val stieß sich von der Wand ab. »Etwas anderes werde ich auch gar nicht zulassen, Mama.«

Michael küsste ihr den Handrücken. »Bist du sicher?«

»Absolut. Zum Frühstück bin ich wieder zurück.« Sie warf einen weiteren Blick auf die Uhr. »Vielleicht zum Mittagessen.«

Sie ließ sich umarmen und herzen, dann verließen alle bis auf Val das kleine Krankenzimmer.

Val holte einen Stuhl und stellte ihn neben ihr Bett, nahm ihre Hand. »Was hat dich so aufgeregt, *cara*?«

Sein sanfter, bittender Blick wurde hart, als er ihre ersten Worte hörte. »Da war ein Mann …«

KAPITEL 16

Der Privatjet der Harrisons landete auf der kleinen Insel, um einige Gäste zu bringen und andere abzuholen.

Val trat vor, um Mr und Mrs Evans zu begrüßen. Der Ex-Marine erwiderte seinen Blick und bot ihm die Hand zu einem festen Händedruck. »Danke, dass Sie gekommen sind.«

»Wie geht es Meg?« Judy Evans hielt sich nicht mit Höflichkeitsfloskeln auf.

»Sie beschwert sich, dass ich sie zur Abreise zwinge.«

Rick Evans hatte ein ansteckendes Lächeln. »Dann fühlt sie sich also besser.«

»Deutlich.« Er ging mit ihnen zu dem Golfcart, mit dem sie zur Villa fahren würden. »Es tut mir leid, dass wir uns unter diesen Umständen kennenlernen.«

»Ich bin nur froh, dass jemand seinen Verstand benutzt. Meg kann manchmal schwierig sein, wenn sie sich etwas in den Kopf gesetzt hat.«

Man hatte Val gesagt, dass Judy und Meg beste Freundinnen waren und das seit der Zeit auf dem College. Offenbar kannte die Frau ihre Freundin gut.

»Es ist nur eine kurze Fahrt«, erklärte Val. »Es sollte nicht lange dauern, alles am Start zu haben.«

Vor Megs Villa standen zwei Golfcarts, die mit Koffern voll beladen waren. Nachdem sie geparkt hatten, sprang Judy heraus und eilte in die Villa.

Rick blieb zurück, um ungestört mit Val zu sprechen. »Der Grund für meine Anwesenheit hier bleibt unter uns.«

»Wir können meiner Security vertrauen«, beharrte Val.

»Ich bin mir sicher, dass Sie das tun, Mr Masini.«

»Bitte einfach Val.«

»Vertrauen muss man sich verdienen, man bekommt es nicht geschenkt.«

Das räumte Val mit einem Nicken ein.

Gemeinsam betraten sie das Haus und hörten Judy mit ihrer Freundin streiten. »Du bist blass. Ein Vampir hat einen gesünderen Teint als du.«

»Ich will mein Leben nicht ändern, bloß weil mir jemand eine Heidenangst eingejagt hat.«

Judy stemmte sich die Hände in die Hüften. »Vergisst du, mit wem du da gerade sprichst?«

»Das hier ist nicht das Gleiche, Judy. Niemand hat mich bedroht.«

Dem würde Val widersprechen. Und die anderen im Zimmer taten das auch. »Ein Typ, der eine Kapuze trägt und sein Gesicht verbirgt, drängt dich auf einem leeren Flur in die Ecke, aber niemand hat dich bedroht? ›Bevor jemand verletzt wird‹ klingt für mich durchaus bedrohlich.« Michael war sauer. »Du bist in der Notaufnahme gelandet, Meg. Wir reisen ab, und du kommst mit uns, und damit basta!«

Margaret rieb sich die Brust und hustete leicht, etwas, das Val häufig beobachtet hatte, seit sie aus dem Krankenhaus wieder zurück waren. Er trat vor. »Können wir uns mal unter vier Augen unterhalten?«

Ryder und Michael verließen den Raum durch die hintere

Tür. Rick schnappte sich den letzten Koffer im Zimmer und zog Judy mit sich.

»*Cara*.« Er fasste sie an der Hand und setzte sich mit ihr auf die Couch. »Was kannst du hier schon wirklich tun?«

»Ich kann dir helfen, herauszufinden, wer dahintersteckt.«

Nicht ohne deine eigene Sicherheit zu gefährden, wollte er ihr sagen. »Du bist eine wunderschöne Ablenkung, die mich davon abhalten wird, den Schuldigen zu finden. Du hast den Arzt gehört, du brauchst Ruhe und musst den neuen Medikamenten Zeit geben, ihren Job zu machen.«

»Mir geht's super.« Mitten in dem Wort »super« musste sie husten. »Mist«, sagte sie.

Er entschied, den Druck zu erhöhen, um sie davon zu überzeugen, nachzugeben. »Gabi freut sich so darauf, Los Angeles zu besuchen und das schönste Kleid für ihre Hochzeit zu finden. Sie hat die Insel seit geraumer Zeit nicht mehr verlassen. Und du kannst mir helfen, die E-Mails nachzuverfolgen, mit der Hilfe deiner Freunde leichter ihren Ursprung aufdecken. Michael wird vor neugierigen Augen sicher sein.«

Meg starrte ihn an, durchschaute seine Taktik. »Du arbeitest hier mit schmutzigen Tricks.«

»Vertraust du deinem Freund Rick?«

»Natürlich.«

»Dann kann er mir hier helfen. Und wenn wir etwas haben, komme ich gleich zu dir.« Er hauchte Küsse auf ihre Fingerspitzen. »Ich möchte mehr von dir«, flüsterte er.

»Das sind jetzt aber *wirklich* schmutzige Tricks.«

Er beugte sich vor und küsste sie kurz. Er wagte es nicht, mehr zu machen, aus Angst, dass sie davon kurzatmig werden könnte. Als er sich von ihr löste, sah er ihre halb geschlossenen Augen und seufzte. Nein, er war noch nicht fertig mit ihr … nicht mal annähernd.

Er steckte ihr eine lose Haarsträhne hinters Ohr, wartete darauf, dass sie ihn ansah.

Langsam öffnete sie die Augen. »Ich gehe.«

* * *

Alonzo wartete neben Gabi am Flugzeug. Sie standen viel dichter beieinander als am Abend zuvor, und seine Schwester lächelte zu ihrem Verlobten empor, ehe er sie zu einem zärtlichen Kuss an sich zog.

Val blickte weg, gewährte ihnen die Ungestörtheit, die möglich war.

»Danke für alles.« Michael schüttelte Val die Hand. »Wir bleiben in Kontakt.«

Ryder verabschiedete sich ebenfalls, bevor die beiden Männer an Bord gingen. Judy küsste ihren Ehemann und folgte ihrem Bruder.

»Ruf mich an, wenn ihr gelandet seid.«

Margaret runzelte die Stirn. »Wenn ich mich auch nur ein winziges bisschen besser fühlen würde, würde ich nicht abreisen. Ich denke, das solltest du wissen.«

Er lächelte für sie beide. »Ich hab's vermerkt.«

»Hey, Meg? Können wir jetzt, oder was?«, rief Judy aus der Flugzeugtür.

»Ich muss los.«

Richtig.

Val stellte sich vor sie, drückte sie an sich und senkte den Kopf. Der Kuss würde für eine Weile reichen müssen, daher ließ er sich Zeit.

* * *

»Der Hauptanteil von Ermittlungsarbeit ist antiklimaktisch und frustrierend.« Rick Evans blickte von den Monitoren der Überwachungskameras auf und hob den Zeigefinger. »Gelegentlich jedoch macht jemand einen Fehler, und das ist der Punkt, an dem wir unseren Mann erwischen.«

»Das ist nicht böse gemeint, Rick, aber du kommst mir nicht wie jemand vor, der lange frustriert herumsitzt.«

Das Handy in Ricks Tasche klingelte, erinnerte Val daran, dass er noch nichts von Margaret gehört hatte.

»Hey, Baby … Nein, er ist genau hier.«

Als Rick seinen Blick auffing, achtete Val wieder genauer auf die Unterhaltung.

»Nein. Ich werd's ihm sagen. Ja, werde ich. Lieb dich auch.«

Rick steckte sein Handy zurück in die Tasche und begann wieder, auf der Tastatur zu tippen. »Das war Judy. Sie sind wohlbehalten zu Hause angekommen. Meg ist völlig erschöpft und bereits im Bett.«

Vals Herz schmerzte bei dem Gedanken daran.

Rick drückte mit ausholender Handbewegung die Enter-Taste und drehte sich wieder um. »Wo waren wir? Ach ja, meinem Herumsitzen. Du hast recht. Rumzusitzen ist blöd. All diese Daten sind unterwegs zu Russell. Der liebt es, davor zu hocken, hier und da zu stöbern und schließlich etwas zu finden. Er wird den E-Mails nachgehen, deine Feeds beobachten und nach allem Ausschau halten, was irgendwie komisch aussieht.«

Val spürte, wie ein Muskel an seinem linken Auge zu zucken begann. »All meine Kamera-Feeds haben die Insel verlassen?«

»Du kannst sie immer noch hier abrufen.«

Val legte sich eine Hand in den Nacken.

»Ganz ruhig, Val. Ich kenne mich mit Security aus.«

»Lou auch.« Sein Sicherheitschef unterrichtete gerade seine Mitarbeiter auf der Insel über Ricks Anwesenheit hier und war bereits dabei, mehr Kameras in den Service-Bereichen anzubringen.

»Das ist das Gute an einem weiteren Paar Augen. Russell kennt weder dich noch Lou. Er wird alles, was er sieht, infrage stellen. Mit wem auch immer wir es zu tun haben, er kennt sich auf der Insel aus, weiß um deine Regeln und Prozeduren, und er genießt dein Vertrauen … oder wenigstens das des Personals.«

»Niemand kommt mit einer privaten Kamera auf die Insel.«

Rick lehnte sich in dem Bürostuhl zurück und legte den Kopf in die verschränkten Hände. »Wie genau kannst du das garantieren?«

»Das Gepäck der Gäste wird gescannt. Smartphones werden abgegeben, und alle Kameras auf der Insel sind registriert und werden überprüft, bevor sie die Insel verlassen.« Val redete noch weiter über die Ausflüge der Gäste und wie mit Charterbooten umgegangen wurde.

»Es gibt inzwischen Armbanduhren, die Kameras haben«, bemerkte Rick.

Val fuhr sich mit einer Hand durchs Haar. »Die Fotos stammen von einer Kamera mit langem Objektiv. Ich glaube gerne, dass das Militär Fotos aus dem Weltraum machen kann, aber ich glaube nicht, dass irgendjemand hier dazu imstande ist. Außerdem liegt meinen Gästen an der Wahrung der Privatsphäre auf dieser Insel mindestens so viel wie mir. Das ist der Grund, warum sie hier sind. Alle sind vertraglich an meine Bestimmungen diesbezüglich gebunden. Wenn es zu einem Vertragsbruch kommt, droht ihnen eine Klage, die ich nicht verlieren werde.«

Rick betrachtete die Wand hinter den Computern. »Ich glaube nicht, dass wir es mit einem Gast zu tun haben.«

Das tat Val auch nicht.

»Dann bleiben nur noch meine Angestellten übrig.«

»Alles Geld, das sie für die Bilder, die sie aufnehmen, oder die Geschichten, die sie erzählen könnten, bekommen würden, könnte den Verlust ihrer Stelle hier kaum aufwiegen. Und was ist mit den Handwerkern? Ich bin sicher, hier muss ständig irgendetwas repariert werden.«

»Ich führe Sapore di Amore wie ein Kreuzfahrtschiff. Das Housekeeping hat bestimmte Bereiche, zu denen die Angestellten Zugang haben, und für meine Kellner gilt das Gleiche. Die Instandhaltung der öffentlichen Bereiche findet statt, nachdem meine Gäste abgereist sind. Notfälle erfordern die Anwesenheit von Security-Personal.« Val war bereits alles durchgegangen.

Rick stand auf und streckte sich. »Dann beginnen wir auf den unteren Decks. Bei denen, die am wenigsten zu verlieren haben, und von da arbeiten wir uns hoch.«

Val nahm sein Jackett, das über der Rückenlehne eines Stuhls hing.

Rick grinste. »Da draußen sind immer noch fast dreißig Grad. Warum der Anzug?«

Val rückte sich den Schlips gerade. »Er erinnert meine Leute daran, dass ich der Boss bin.«

Sie begannen am Anleger, an dem die meisten Angestellten die Insel verließen.

Eine der ersten Sachen, die Rick auffielen, war Alonzos Jacht, die am Pier vor Anker lag. »Deine?«

Val schüttelte den Kopf. »Die gehört Gabis Verlobtem.«

Rick kniff die Augen zusammen. »Das alles allein vom Weingeschäft?«

»Wein ist ein großes Ding.«

»Sogar besser als Schwarzgebrannter, was, Val?« Von hinter ihnen kam Alonzo auf sie zu, hatte offenbar ihre Unterhaltung mitangehört.

»Ich hatte schon ganz schön anständigen Schwarzgebrannten«, erklärte Rick, während er dem anderen Mann die Hand schüttelte.

Alonzo zwinkerte ihm zu. »Ich auch, aber sagen Sie's niemandem weiter.«

»Willst du aufbrechen?«, erkundigte sich Val.

Alonzo nickte. »Du hast genug Sorgen, auch ohne dass meine Männer hier sind.«

Val hatte gar nicht an Alonzos Crew gedacht.

»Wo schlafen Ihre Angestellten, wenn Sie auf der Insel sind?«, wollte Rick wissen.

Alonzos Lächeln kann jetzt deutlich langsamer. »Auf der Jacht, Mr Evans. Ihre Quartiere sind ziemlich bequem.«

»Das erscheint sinnvoll.«

Alonzo richtete seine Aufmerksamkeit wieder auf Val. »Sieht ganz so aus, als hättest du eine Menge Leute gehabt, die Cabernet trinken, mein Freund. Ich werde dafür sorgen, dass mein Assistent Nachschub schickt.«

»Danke.« Das Letzte, woran Val im Moment dachte, war Wein.

»Ich weiß, du bist beschäftigt, aber ich wollte dich wissen lassen, dass ich vorhabe, Gabi auf einen kurzen Segeltörn zu entführen, wenn sie zurückkehrt.«

»Weiß Gabi von deinen Plänen?«

»Noch nicht. Ich arbeite noch an ein paar der Details. Ich habe meine Verlobte vernachlässigt und muss das wiedergutmachen.«

Da stimmte ihm Val voll zu. Seine Schwester und Alonzo einige Zeit von der Insel runter zu haben, wäre für sie alle gut.

Val schüttelte Alonzo die Hand. »Arbeite nicht zu schwer.«

»Ich würde gern das Gleiche sagen, aber ich weiß, dass du auf meine Worte viel weniger achten wirst als ich auf deine.«

Sie waren beide Workaholics. Es war überraschend, dass Alonzo die Zeit gefunden hatte, Gabi kennenzulernen, ganz zu schweigen davon, ihr zu versprechen, sie zu heiraten.

* * *

Vielleicht lag es an ihrem eigenen Bett oder am Smog, aber Meg schlief wie eine Tote und wachte so erfrischt und ausgeruht auf wie seit Wochen nicht mehr.

Selbst ihre Dusche fühlte sich besser an, als sie es in Erinnerung gehabt hatte. Sie sog Luft durch ihren Peak-Flow-Meter, um zu sehen, wie es ihren Lungen ging. Ihre Werte wurden mit den neuen Medikamenten, die ihr der Arzt verschrieben hatte, immer besser. Es war schon verrückt, wie einfach mehr Sauerstoff im Blut dafür sorgen konnte, dass sie dem Tag erwartungsvoll entgegensehen konnte.

Sie joggte förmlich die Treppen hinunter, angelockt von dem Duft von Kaffee und Frühstück.

»Schau mal, wer da wach ist.«

Meg schlang einen Arm um Judy und Gabi, die am Herd standen. »Selbst gekochtes Essen? Für mich?«

»Gewöhn dich besser nicht dran. Gabi hat darauf bestanden.«

Meg nahm sich eine Tasse Kaffee und setzte sich an die Küchentheke. »Es ist wundervoll, zu Hause zu sein.«

»Ferien sind immer schön, aber nach Hause zu kommen kann sogar noch besser sein«, erklärte Judy.

»Ja, nun, das war der am wenigsten erholsame Urlaub, den ich in einer ganzen Weile hatte.«

Gabi runzelte die Stirn. »Das tut mir so leid.«

»Versteh das bitte nicht falsch, Süße. Die Insel war wunderschön, das Essen war fantastisch, und die Gesellschaft …« Sie stellte sich Val mit einem Lächeln vor. »Ja, wie auch immer, das meinte ich gar nicht.«

»Sondern den Flug mit dem Rettungshubschrauber zum Krankenhaus, das hat man nicht alle Tage.« Judy hatte ein Händchen dafür, den Nagel auf den Kopf zu treffen.

»Die Sorge um Michael …« Meg brach mitten im Satz ab und blickte zu Gabi.

»Das ist nicht nötig. Ich bin ja nicht blind. Er ist nicht der erste Promi, der auf die Insel meines Bruders kommt und sich als jemand ausgibt, der er gar nicht ist. Glaub mir.«

Judy stieß Gabi an. »Ich würd ja gern fragen, wer, aber ich werde mich zurückhalten.«

»Und ich werde es auch nicht verraten.« Gabi grinste und zwinkerte ihr zu.

»O nein!« Meg dachte an Val und blickte sich in der Küche nach ihrer Handtasche um.

»Was?«

»Ich hab gestern Abend völlig vergessen, Val anzurufen.«

»Mach dir keinen Stress«, teilte Judy ihr mit. »Ich hab mit Rick gesprochen.«

Meg seufzte, vertagte die Unterhaltung auf einen späteren Zeitpunkt. »Ich frage mich, ob sie schon irgendwelche Fortschritte dabei gemacht haben, den Typ zu finden.«

Judy stellte einen Teller mit Rührei, Toast und Speck vor Meg. »Wenn der Kapuzenmann noch dort ist, wird Rick ihn finden.«

»Er hat nichts getan.«

»Er hat dir derart Angst eingejagt, dass du einen Asthma-Anfall bekommen hast.« Judy füllte sich ihren eigenen Teller und setzte sich neben Meg. »Ich kenne dich schon eine ziemlich lange Zeit und weiß daher genau, dass das nicht oft passiert. Und ich hab's noch nie erlebt, dass du in die Notaufnahme musstest. Daher kannst du dir das ›er hat nichts getan‹ bei mir sparen. Du warst völlig verängstigt.«

»Ich habe die ganze Nacht lang getanzt, war den ganzen Tag auf den Beinen …«

»Warum spielst du das herunter? Der Typ hat dich in die Ecke gedrängt, dir ein paar hässliche Sachen gesagt und ist dann verschwunden.«

Da hatte Judy recht.

»Ich vermute, mir gefällt die Vorstellung nicht, dass eine kleine Drohung ausreicht, um mich in ein melodramatisches Nervenbündel zu verwandeln, das am Ende im Krankenhaus landet.«

Judy deutete mit ihrer Gabel auf Meg. »Mit der Ausnahme dieser Beschreibung von dir selbst kann niemand behaupten, du wärst melodramatisch.«

Die Türglocke an der Haustür ertönte, und Judy sprang auf, um zu öffnen.

»Eine Lieferung für Miss Rosenthal.«

Meg beugte sich vor, um den kurzen Flur entlang zur Haustür zu schauen. Judy nahm gerade einen riesigen Blumenstrauß in Empfang, der aus mindestens zwei Dutzend Rosen bestehen musste.

»Oh, mein Bruder ist ja so süß«, verkündete Gabi, als Judy die Blumen in die Küche brachte.

Meg hielt sich eigentlich nicht für eine Frau, die wegen Blumensträußen in Verzückung geriet, aber sie musste trotzdem lächeln. Sie nahm die Karte und öffnete sie.

Dann fing sie an zu kichern.

»Was schreibt er?«, wollte Judy wissen.

»Die sind nicht von Val.«

»Nicht?«

Meg beugte sich vor und roch an einer duftenden Knospe. »Nein. Sie sind von Jim Lewis.«

Gabi warf den Kopf in den Nacken und lachte. »Vielleicht angelt er doch nach seiner nächsten Ehefrau.«

Judy kratzte sich am Kopf. »Wer ist Jim Lewis?«

Kapitel 17

»Du erinnerst dich an Shannon Wentworth?« Meg trat in das Foto-Studio ihrer ehemaligen Klientin, Gabi direkt hinter sich.

»Ja, natürlich. Sie und ihr neuer Ehemann waren vor einiger Zeit als Gäste bei uns.«

»Ja. Tut mir leid, aber ich habe Ihren Namen vergessen.«

»Gabriella Masini. Ich bin Vals Schwester.«

Shannon schüttelte Gabi die Hand und lächelte sie freundlich an.

»Wir hatten eine wundervolle Zeit auf Ihrer Insel.«

»Sie gehört meinem Bruder, aber danke. Ich rede mir gerne ein, dass ich irgendwie helfe.«

»Wie läuft die Wahlkampftour?«, fragte Meg, nachdem sie die Begrüßung hinter sich gebracht hatten.

»Es ist sehr anstrengend. Und man nimmt ganz schön zu. Ich schwöre, wir sind an mehr Abenden zum Dinner eingeladen, als es Wochentage gibt.«

Shannons langes Haar fiel ihr in einem glatten Pferdeschwanz über den Rücken. Ihre winzige Taille und zierliche Figur waren nichts, das Meg sich ohne größere Schwierigkeiten mit Übergewicht vorstellen konnte. »Iss eine Stange Sellerie, ich bin mir sicher, das gleicht alles aus.«

Shannon verstand Megs Humor und musste lachen. »Was führt dich in meine Ecke von L.A.?«

Das Studio, das Shannon nach ihrer Vertragshochzeit bezogen hatte, befand sich im Zentrum von Beverly Hills, ganz in der Nähe des Rodeo Drive. Das schicke Geschäft war Teil des Deals. Sie konnte Fotos der exklusiven Klientel schießen, die einzig deswegen am Rodeo Drive zu Mittag aß, um gesehen zu werden. Sie akzeptierte auch Aufträge von anderer Kundschaft, die Bilder vom Schulabschluss ihrer Kinder wollten, Babyaufnahmen oder professionelle Hochzeitsfotos. Was sogar noch besser war: Shannon hatte schon immer Berufsanfänger mit Talent unterstützen wollen. Mit ihrem Studio konnte sie sich das jetzt leisten.

Meg legte Gabi die Hand auf die Schulter.

»Meine neue Freundin plant ihre Hochzeit. Sie braucht ein Kleid, und da du Hochzeitsfotografin bist, dachte ich, vielleicht könntest du uns da behilflich sein. Uns ein paar Fotos zeigen. Uns sagen, wen du kennst.«

Hollywood, L.A., die ganze Szene drehte sich nur darum, wen man kannte, nicht was man konnte.

Shannons Blick wanderte mit neuem Interesse zu Gabi. »Sie wollen heiraten?«

Gabi hob ihre linke Hand und wackelte mit den Fingern. »Genau.«

»Herzlichen Glückwunsch. Moment.« Shannon verengte die Augen und starrte Meg an. »Ist sie eine Klientin?«

Meg lachte. Alonzo hätte es niemals durch den Backgroundcheck geschafft. »Nein. Gabi war schon verlobt, bevor wir uns kennengelernt haben.«

»Oh. Tut mir leid.« Shannon wandte sich wieder Gabi zu. »Herzlichen Glückwunsch. Wann ist es so weit?«

Gabi sah zwischen ihnen hin und her. »Im Herbst. Und was meinen Sie mit ›Klientin‹?«

»Ich habe dir doch gesagt, dass ich den Hintergrund von Leuten überprüfe«, erwiderte Meg und sagte damit nicht einmal die Unwahrheit.

»Backgroundchecks?«

Shannon wechselte schnell das Thema. »Ich kenne tatsächlich einige Leute. Jede Menge Leute sogar. Sehen wir uns ein paar Fotos von Kleidern an, und dann können Sie mir sagen, was Ihnen gefällt. Von da aus machen wir weiter.«

Sie setzten sich mit einem Stapel Fotoalben hin, jedes davon gefüllt mit Aufnahmen von Bräuten und allem, was mit Hochzeit zu tun hatte. Wenn es eine Sache gab, an die Meg fest glaubte, dann daran, Gutes weiterzugeben. Es half, dass Shannon eine sehr gute Fotografin und zudem wirklich nett war. »Nett« war ein echter Pluspunkt, denn so brauchte Meg nicht zweimal darüber nachzudenken, ihr zu helfen, ihr Geschäft weiter auszubauen.

»Werden Sie auf der Insel heiraten? Oder irgendwo, wo es kalt ist? Wissen Sie schon, was Ihre Brautjungfern tragen werden?«

Gabi zog die Schultern hoch und wurde still. Ihre Augen füllten sich mit Tränen.

»Süße, was ist los?« Meg gelang es, den Blick ihrer Freundin aufzufangen.

»Ich habe keine Brautjungfer. Kann ich ohne Brautjungfer überhaupt heiraten? Ohne eine Ehrendame?«

Shannon sprang auf und holte eine Box Taschentücher, während Meg Gabi, der die Tränen über die Wangen liefen, beruhigend den Rücken streichelte. »Viele Leute heiraten ohne große Hochzeitsgesellschaft.«

Gabi tupfte sich mit einem Taschentuch die Nase. »Ich habe eine Cousine, aber wir sehen uns nicht besonders oft. Als ich ihr erzählt habe, dass ich heiraten würde, wusste sie nicht einmal, ob sie überhaupt kommen kann.« Gabi stand auf und begann, auf und ab zu gehen. »Das ist furchtbar.«

»Es ist nicht furchtbar und auch nicht ungewöhnlich«, stellte Shannon fest.

»Ich habe so viel Zeit auf der Insel verbracht, dass ich ganz vergessen habe, wie man neue Freundschaften schließt. Wie kann Alonzo mich nur lieben? Ich werde eine furchtbare Ehefrau sein.«

»Du bist jetzt nicht auf der Insel«, erinnerte Meg sie. »Und ich bin genau hier. Du hast nicht vergessen, wie man neue Freundschaften schließt. Also wenn du nicht noch irgendetwas anderes verheimlichst, das ein Problem ist, lass uns jetzt das perfekte Kleid finden.« Meg griff sich eines der Fotoalben und zeigte auf das erste eng geschnittene, trägerlose Kleid, das ihr ins Auge fiel. »Ich denke, in so etwas würdest du atemberaubend aussehen.«

Gabi war immer noch nicht überzeugt. Sie warf quer durch den Raum einen Blick auf das Bild und zog einen Schmollmund.

Meg sah wieder auf das Foto im Album. »Hat dir deine Mutter nie gesagt, dass dein Gesicht so bleiben könnte, wenn du so guckst?«

Als sie Gabis Lachen hörte, wusste sie, dass sie die Ängste der nervösen Braut beschwichtigt hatte.

Aber die Sache war die: Meg machte sich immer noch Sorgen um ihre neue Freundin. Gabi hatte ihr zwar gesagt, dass Alonzo sich für sein dummes Verhalten am letzten Abend auf der Insel entschuldigt hatte, aber der Mann musste immer noch Megs eigener Überprüfung standhalten. Jetzt, da sie wieder zu Hause war, rückte diese Bewährungsprobe schnell näher. Wenn Sams Backgroundcheck, zusammen mit ihrem eigenen, nicht irgendwas Positives zutage brachte, würde Meg mit voller Kraft das Anti-Alonzo-Programm starten.

* * *

Gabi verliebte sich in den ersten Designer, den sie besuchten. Sein Name war Marco, und er bediente normalerweise steinreiche Kunden. Da Val ihr die Hochzeit ihrer Träume versprochen hatte, dachte Gabi nicht über die Preise von Marcos Designs nach. Was Gabi nicht ahnte, war, dass Meg von jedem Kleid, das sie anprobierte, ein Foto machte, Val aufs Handy schickte und sich mit ihm per Textnachrichten darüber austauschte.

Also, wie viel wolltest du für das Hochzeitskleid deiner Schwester ausgeben?

Es ist ein Kleid. Wie viel kann es kosten? Val, der arme Mann, hatte ja keine Ahnung.

Marco selbst hatte ein Outfit an, das Bond gefallen hätte, mit Ausnahme vielleicht der mit lilafarbenem Pelz besetzten Krawatte. »Marco, Schatz. Was kostet dieses Kleid denn so in etwa?« Gabi probierte gerade eine trägerlose Robe mit Empire-Taille und spektakulärer Perlenstickerei auf der Korsage an, die selbst Meg, die eine echte nicht von einer Glasperle unterscheiden konnte, beeindruckend fand.

»Sprichst du vom Preis, Margaret?«

Der Mann mochte ganze Namen. Ihn zu bitten, sie mit Meg anzureden, wäre gleichbedeutend damit, ihn aufzufordern, den Papst Dad zu nennen. »Ja.«

»Vertretbar. Sehr vertretbar.«

Ja, genau. »Vertretbar für Kate Middleton oder für Honey Boo Boo?«

Marco war gerade dabei, Gabis Busen im Kleid zu arrangieren, hatte die Hände voll und warf den Kopf mit einem Lachen zurück. »Oje. Wie kaputt muss ein Land sein, das dieses … Ding … ins Fernsehen lässt?« Marco legte seine Hände auf Gabis Taille und drehte sie in Richtung des dreiflügeligen Spiegels. »Wunderschön.« Er ließ eine Hand über ihren

Rücken gleiten, als hätte er jedes Recht dazu, und arrangierte die Schleppe neu. »Ich glaube allerdings, wir sollten uns klassischere Kleider ansehen. Weniger aufgeregt, aber Sie sehen, wie diese Kreation Ihrem Teint schmeichelt.«

»Die Kleider sind alle weiß.«

Marco tolerierte Meg, schenkte ihr aber nun ein schmallippiges Lächeln. »Ach, seien Sie still. Ich habe nichts in Weiß. Jede Schattierung ist einzigartig.«

»Ich finde es herrlich.« Gabi drehte sich zur Seite, um die Stickerei am Rücken zu bewundern.

»Marco. Worüber reden wir hier. Sechsstellig? Fünf, vier?«

»Vier? Meine Güte, ich bin doch kein Discounter.«

Genau wie Meg gedacht hatte. »Also, sechs?«

»Nein. Ich habe doch gesagt, es sei vertretbar.«

»Auch mit allen Aufschlägen?«

Marco kannte keine Scham, während er sich um Gabi herum bewegte, hier zog und da zupfte. »Hier müsste man es ein wenig abändern.«

»Marco?«

Er wedelte ihre Einwände mit der Hand beiseite.

Meg setzte sich auf die gepolsterte weiße Ledercouch, während Gabi Marco erlaubte, die Verzierungen zu entfernen. Von denen es eine gefühlte Fantastillarde gab.

Meg schickte Val ein Bild des Kleides an Gabi. Rate mal, wie viel das hier kostet?

Ist das Gabi?
Sie ist atemberaubend. Rate den Preis, Krösus.

Es dauerte eine Weile, bis die Punkte wieder erschienen. Das ist egal. Meine Schwester bekommt, was immer sie will.

Also soll ich ihr sagen, dass hunderttausend für ein

Kleid, das sie nur ein Mal tragen wird und das auch für nur einen kleinen Teil des Tages, okay ist?

Meg fand es befriedigend, dass die Punkte auf ihrem Display einige Sekunden blinkten. Ja, Val war großzügig. Aber sie glaubte nicht, dass er so irre war.

Die Punkte blinkten für einige Zeit, also tippte Meg weiter. Zuzüglich Schleier, Schuhen und Juwelen, Krösus. Wähle deine nächsten Worte mit Bedacht.

Punkt Punkt Punkt …

Alternative.

Nettes Wort. »Gabi, Süße. Vielleicht sollten wir uns etwas mit weniger Stickerei ansehen. Ich glaube nicht, dass das die Hitze der Keys gut überstehen wird.«

Marco entfernte zwei Kleider aus seiner Sammlung, während Gabi hinter den Paravent trat, um sich umzuziehen.

»Marco?« Meg winkte ihn zu sich. »Ich arbeite mit vielen Bräuten, aber dieses Mal kriegen wir es perfekt für etwas weniger Geld hin, okay?«

Marco zog eine perfekt gezupfte und, wie Meg hätte schwören können, geschminkte Augenbraue hoch. »Shannon hat so etwas schon erwähnt.«

»Die meisten meiner Bräute können sich ein Kleid mit allem Drum und Dran leisten.« Sie deutete auf das fast sechsstellige Kleid. »Gabi wird am Arm ihres Bruders zum Altar schreiten, nicht dem ihres Vaters.« Nicht zu erwähnen, dass sie auf einen Bräutigam treffen würde, von dem Meg nicht glaubte, dass sie ihn behalten würde. Aber das sagte sie jetzt lieber nicht.

Marco hängte eines der Kleider, das er in der Hand hatte, wieder weg und suchte ein anderes aus. »Gabriella. Sie müssen das hier anprobieren. Ich denke, das wird perfekt sein.«

Meg tippte in ihr Handy, während Gabi mit dem zweiten Kleid in der Umkleide verschwand. Du schuldest mir was.

Punkt Punkt Punkt …

Meg lachte und warf ihr Handy zur Seite. »Das gefällt mir.«

* * *

Samantha Harrison war, was Meg »zu kurz gekommen« nannte, eine kecke Rothaarige, die Selbstsicherheit und Geld ausstrahlte, als wäre sie damit geboren worden. Das stimmte auch, aber ihre Rolle als Ehefrau, Mutter und Herzogin polierte noch das, womit sie geboren worden war, und machte sie zu einer Tour de Force.

Alliance war ihr Baby. Sie brauchte das Geld, das sie mit ihrer Firma verdiente, nicht mehr, aber sie hielt die Maschine trotzdem aus vielen verschiedenen Gründen am Laufen. Unter anderem, weil sie ihren eigenen Ehemann durch den Service gefunden hatte und unterdessen schon zwei Hände brauchte, um die erfolgreichen Verbindungen abzuzählen, die sie oder ihre Angestellten arrangiert hatten.

Wenn Meg raten müsste, würde sie sagen, es gefiel Sam, Frauen Macht zu geben, sowohl durch die zeitlich begrenzten Ehen und die finanzielle Unabhängigkeit, die die Frauen dadurch erlangten, als auch indem sie daran arbeitete, sie danach weiter voranzubringen. Meg wusste, dass ihr eigenes Leben sich komplett verändert hatte, nachdem sie angefangen hatte, für diese Frau zu arbeiten.

Sam kaschierte ihre mangelnde Größe mit zehn Zentimeter hohen Absätzen, aber dennoch musste sie auf Zehenspitzen stehend weit über ihrem Kopf hantieren, um die Kaffeebohnen vom oberen Regal in Megs Küche zu angeln. Was genau das war, wobei Meg ihre Chefin antraf, als sie und Gabi von Marco zurückkamen.

»Oh, meine Güte, Sam. Lass mich das für dich holen.«

»Ich weiß nicht, warum du die Bohnen unbedingt auf dem obersten Regal aufbewahren musst.«

Meg zog den Beutel besten kolumbianischen Kaffees vom obersten Brett und schüttete etwas in die Kaffeemühle. »Wenn es auf dem unteren ist, mache ich welchen, trinke ihn aus, mache neuen … und schlafe die ganze Nacht nicht. So hochzureichen erinnert mich daran, irgendwann aufzuhören.«

Sam schüttelte den Kopf, lehnte sich gegen den Tresen und richtete ihre Aufmerksamkeit auf Gabi. »Sie müssen Miss Masini sein.«

Gabi machte einen Schritt nach vorn und schüttelte Sam die Hand. »Gabi, bitte.«

Meg stellte sie einander vor, während sie den Kaffee zubereitete.

»Ich hoffe, es stört dich nicht, dass ich hier einfach eingedrungen bin«, sagte Sam.

»Es ist dein Haus«, erinnerte Meg ihre Chefin. Nicht dass Sam es je ausgenutzt hätte, dass Meg hier praktisch umsonst wohnte.

Sam ging aus der Küche ins Büro neben dem Wohnzimmer. »Ich habe den Rechner nach einem Programm durchsucht, von dem ich weiß, dass ich es mal benutzt habe.«

Sie setzte sich hinter den riesigen Computer, der die Daten und Kontakte ihrer vielen Klienten aus den vergangenen Jahren enthielt. Die Security-Software arbeitete mit Stimmerkennung und Retinascanner.

Meg hatte immer gedacht, es wäre übertrieben, bis ihr klar wurde, welche Fülle an Informationen sich in Sams Datenbank befand.

Sie stand hinter ihrer Chefin und war sich überdeutlich bewusst, dass auch Gabi in der Nähe war, während sie fragte: »Welches Programm suchst du? Vielleicht kann ich helfen.«

Sam räusperte sich und klickte weiter. »Das Einkommen-Schulden-Programm. Es hat mir geholfen, die Zahlen für Geschäfte zu verstehen, über die ich nur wenig weiß.«

»Ich bin ziemlich gut mit Zahlen«, sagte Gabi von der Tür aus.

Sam klickte weiter. »Ich rede von Bruttoeinnahmen im Verhältnis zu Produktionskosten und Ausgaben. Kompliziertes Zeug, das ich lieber nicht dem Buchhalter meines Ehemanns überlasse.«

»Ja, Zahlen. Mein Bruder hat mich früher immer einen mathematischen Savant genannt. Es hat mich einige Zeit gekostet, zu erkennen, dass er sich über mich lustig machte. Dann, als er das Geschäft aufgebaut hat, wurde ihm bewusst, dass es gar keine so schlechte Sache war.«

Sam drehte sich langsam in ihrem Stuhl herum, zur selben Zeit als Meg klar wurde, dass sie Gabi anstarrte.

Sam schlug die Beine übereinander und lehnte sich in ihrem Stuhl zurück. »Okay. Sagen wir mal, ich habe für einen Hausbau einen Kredit von acht Millionen sechshundertfünfzigtausend Dollar zu einem Zins von viereinhalb Prozent aufgenommen. Wie sehen meine monatlichen Zahlungen aus?«

Gabi tippte mit den Fingern in die Luft, als wenn sie einen Taschenrechner vor sich hatte. »Fünfzehn oder dreißig Jahre Laufzeit?«

»Fünfzehn«, sagte Meg.

»Dreißig«, erklärte Sam zur selben Zeit.

Gabi verdrehte die Augen. »Sechsundsechzigtausendeinhundertzweiundsiebzig aufgerundet für die fünfzehn und …«, sie machte eine kleine Pause, »Dreiundvierzigtausendachthundertachtundzwanzig für die dreißig Jahre.« Sie stieß sich von der Wand ab. »Aber der Landesdurchschnitt ist im Moment was? Zwei dreiviertel Prozent. Tatsächlich ein bisschen höher. Sagen wir also zwei Komma sieben neun. Das wären ungefähr fünfunddreißigtausendfünfhundert im Monat. Aufgerundet.«

Meg konnte nicht aufhören zu starren. »Hat sie recht?«

Statt zu antworten, drehte sich Sam in ihrem Stuhl herum und fing an, Nummern in den Taschenrechner auf dem Schreibtisch einzugeben. »Ach du Scheiße.«

Ein Piepen aus der Küche lenkte Gabis Aufmerksamkeit dorthin. »Wie nehmen Sie Ihren Kaffee, Samantha?«

»Mit Milch.«

Gabi verließ den Raum.

»Sie hatte recht, oder?«

»Wow.«

»Ich denke, sie kann dir helfen, die Zahlen durchzugehen«, stellte Meg fest.

»Bei ihrem eigenen Verlobten?«

Daran hatte Meg nicht gedacht. »Halt es einfach ganz allgemein. Es ist vielleicht am besten, wenn sie allein herausfindet, was mit diesem Typ los ist.«

Sam wandte sich dem Computer zu. »Mir gefällt nicht, was ich sehe. Ich hätte seine Bewerbung schon lange abgewiesen, wenn er uns anheuern wollte.«

»Irgendwas Konkretes?«

»Daran arbeite ich noch.«

Meg klopfte Sam auf die Schulter. »Danke. Wir müssen auf sie aufpassen.«

Gabi kam mit zwei Tassen Kaffee ins Zimmer zurück und setzte sich neben den Schreibtisch. »Hier.«

Sie nahm selbst einen Schluck aus ihrer Tasse.

»Was?«, brachte Meg heraus. »Nichts für mich?«

Gabi lachte. »Du hast gesagt, dass du nicht so viel Kaffee trinken willst, damit du nachts schlafen kannst.«

Meg schüttelte den Kopf. »Ich hab gesagt, ich *versuche* es.«

Die Frauen lachten, und als Meg zurückkam, konnte sie der Unterhaltung schon nicht mehr folgen. Sam las von einem

Notizblock ab und schrieb sich Zahlen an den Rand. »Also wenn das Gewinnpotenzial für das Lagerhaus zwanzigtausend per annum ist, bei einer Fläche von sagen wir mal tausend Quadratmetern, und die Kosten, das Produkt herzustellen, sind viertausend – das sind Arbeit, Betriebsmittel, das Übliche –, gibt es einen substanziellen Profit.«

»Hängt von der Fläche ab, aber ja. Denkst du an Hypotheken, Versicherung, Steuer?«

Sam schüttelte den Kopf. »Dafür brauche ich das Programm. Es scheint mir, dass dieser mögliche Klient viel mehr ausgibt, als er überhaupt verdienen kann, und ich sehe nirgendwo eine zusätzliche Einkommensquelle.«

»Geld von der Familie?«

»Kann ich nicht finden. Aber vielleicht habe ich irgendwas falsch gemacht. Auf den ersten Blick ist das Einkommen mehrere Millionen im Jahr, aber ich habe das Gefühl, mir entgeht hier was.«

Während Sam und Gabi die Köpfe zusammensteckten, tat Meg etwas, was sie selten tat. Sie ging aus dem Büro und rief einen Mann an.

Kapitel 18

Als er Megs Nummer auf dem Display seines Handys sah, verspürte Val einen plötzlichen Energieschub. »Hi«, meldete er sich mit einem breiten Lächeln auf dem Gesicht. Er fühlte sich wie ein Kind an Weihnachten, trotz all des Stresses dieses Tages.

»Hey, Krösus.«

»Hallo, Margaret.«

Sie lachte. »Irgendwann diese Tage muss ich dir wirklich die Erlaubnis geben, mich Meg zu nennen.«

Val trat von den Videomonitoren weg, auf die er geblickt hatte, und lehnte sich gegen eines der bodentiefen Fenster. »Vielleicht wirst du das, *cara*. Aber ich werde es vielleicht trotzdem nicht tun.« Ihr Lachen war ansteckend. »Wie geht es dir?«

»Nachts muss ich husten, aber ansonsten ist alles perfekt.«

»Warst du bei deinem Spezialisten?«

»Ich habe keinen.«

Vals Lächeln verschwand. »Der Arzt hat dir doch gesagt, du sollst dir einen suchen.«

»Werde ich auch.«

»Wann?« Er würde da nicht einfach drüber hinweggehen. Das Bild von ihr, wie sie um Luft rang, würde ihn noch eine ganze Weile verfolgen.

»Seit wann bist du so eine Glucke?«

Er seufzte, konnte sich bildhaft vorstellen, wie sie bei seinen Worten finster die Brauen zusammenzog. »Bitte, Margaret. Nächstes Mal hast du vielleicht nicht so viel Glück.«

»Ich habe einige Anrufe getätigt, Val. Man muss durch bestimmte Kanäle gehen, damit die Versicherung dann auch die Rechnungen bezahlt.«

Der Gedanke, dass sie auf eine Untersuchung warten musste, weil die Versicherung die Kosten nicht übernehmen wollte, ärgerte ihn. »Lass dir von dem Spezialisten privat eine Rechnung stellen.«

»Wir besitzen nicht alle eine Insel, Krösus.«

»Ich werde es bezahlen.«

»Sei nicht albern. Ich kann meine eigenen Arztrechnungen bezahlen.«

Korrektur: Sie konnte ihren Anteil bezahlen, solange die Versicherung den Arzt anerkannte. Er wusste, wie das lief. Er wusste auch, dass auf einen Spezialisten zu warten manchmal bedeutete, dass man nicht schnell genug die richtige Versorgung bekam, sodass es den Leuten schlechter ging, als es sein müsste. Er überlegte, wie er es anstellen könnte, dass er sich um sie kümmern konnte, ohne dass er sie auf die Palme brachte.

Ziemlich schwierig.

»Es wird dich freuen zu hören, dass deine Schwester sich gegen das sechsstellige Kleid entschieden hat.« Margaret wechselte das Thema mit einiger Finesse.

»War es wirklich so teuer?«

»Ganz schön dumm, was?«

»Gabi ist eine ziemlich praktisch veranlagte Frau. Ich bezweifle, dass sie dazu Ja gesagt hätte.«

»Was weißt du schon? Frauen können sehr emotional werden, wenn es um die Garderobe geht, in der sie heiraten werden.«

»Hätte ich gewusst, dass du sie Designern vorstellen würdest, die Hunderttausend-Dollar-Roben im Angebot haben …«

Sie sagte einen Augenblick lang nichts. »Ach ja? Was hättest du dann getan?«

Er musste zugeben, dass Margaret ihn zwang, Farbe zu bekennen, brachte ihn zum Lächeln. »Ich hätte ihr gesagt, sie solle Spaß haben und vernünftig sein.«

»Dann kann ich ihr also mitteilen, dass sie doch ihre erste Wahl nehmen soll?«

Das war ein Test. Die Art Test, die eine Frau bei einem Mann durchführte, und damit seine hehren Worte mit seinen Taten verglich. Irgendwie hatte er bei Margaret das Bedürfnis, dass beides zusammenpasste. Auch wenn er nicht wollte, dass seine Schwester so viel Geld für das Kleid ausgab, würde er es ihr auch nicht verwehren. »Meine Schwester verdient das Beste. Sie wird nur ein Mal heiraten.«

»Nun …« Margaret seufzte ins Telefon, als wenn sie ihm da nicht zustimmen würde. »Zu deinem Glück gefiel ihr das nicht ganz so teure Kleid. Du bist vom Haken, Krösus. Aber ich werde dafür sorgen, dass sie sich als Ausgleich besonders kostspielige Accessoires aussucht.«

»Oh, da bin ich mir sicher.«

Er hörte, dass Margaret einige Male vom Telefon weg hustete, und dachte kurz über ihren Gesundheitszustand nach, bevor sie ihn wieder ablenkte. »Irgendwas Neues von unserem mysteriösen Fotografen?«

Es hatte weder neue Hinweise noch Fotos in seiner Inbox gegeben, und Val fühlte sich frustriert und unruhig. »Was weißt du über Spammails?«

»Sie sind nervig.«

»Ja, schon. Aber hast du irgendeine Ahnung, wie Spammer einen finden und dann E-Mails mit dem eigenen Namen und persönlichen Informationen schicken?«

»Das Klavier ist mein Instrument der Wahl, nicht der Computer.«

Val schüttelte den Kopf. »Ich weiß das auch nicht. Rick und seine Freunde haben die Mails bis in die Niederlande zurückverfolgt. Nun, eine der Mails, die andere scheint aus Japan gekommen zu sein.«

»Also wissen wir nichts.«

»Nichts. Und auch nichts Neues hier auf meiner Seite.« Er rieb sich die Stelle zwischen seinen Augenbrauen, hoffte, so die Anspannung zu lindern.

»Ich weiß, das klingt jetzt merkwürdig, aber das ist nicht das, was ich hören wollte.«

»Geht mir genauso, *cara*. Wenn nichts passiert, wie sollen wir wissen, dass unser Fotograf wirklich ruhig bleibt? Welche Informationen hat er? Wie oder wann wird er sie benutzen?«

»Erpressung.«

Genau, was er auch dachte. »Ich hoffe, wir liegen falsch.«

»Ich kenne Rick und seine Kollegen. Selbst wenn die Spur kalt ist, ist es doch immer noch eine Spur. Es mag vielleicht Zeit kosten, aber er wird die Person, die dahintersteckt, am Ende finden.«

Nach zwei Tagen mit Rick Evans wusste Val, dass der Mann ein Bluthund war. Rick hatte vielleicht keine besondere Motivation, Val den Hintern zu retten, aber er war sehr daran interessiert, der Familie seiner Frau beizustehen. »Irgendetwas wird geschehen.«

»Ich hasse es, dass die Person, die die Fotos geschossen hat, die Kontrolle hat.«

Genau. »Wenn es um Geld gehen würde, hätten wir jetzt schon etwas gehört. Falls der Fotograf überhaupt wirklich etwas in der Hand hat.«

»Was außer Geld könnte ein Erpresser wollen? Keiner von uns hat eine kriminelle Vergangenheit, die man enthüllen und ausnutzen könnte.«

»Und selbst wenn, wäre das Endresultat das Gleiche.«

»Erpressung.«

»Ja.«

»Womit wir wieder genau am Anfang sind, und derjenige, der die Fotos gemacht hat, hat die Kontrolle.« Die Unterhaltung war frustrierend, selbst für seine eigenen Ohren. »Was hast du an?« Um Margaret abzulenken, musste er ganz schön was bieten. Und er wollte nicht weiter diskutieren, was keiner von ihnen beiden ändern konnte.

»Was ich anhabe?«

»Ja, *bella*, die Kleidung an deinem Körper. Was hast du an?« Er konnte sich nicht vorstellen, dass sie in einem ihrer Pin-up-Kleider und rotem Lippenstift zum Auswählen des Hochzeitskleids gegangen war. Er wusste, dass vieles davon nur Show war.

»Jeans und ein Baumwollshirt«, sagte sie und lachte. »Und du?«

Er öffnete den Mund, aber sie sprach sofort weiter.

»Warte, lass mich raten. Anzug. Vielleicht hast du das Jackett ausgezogen, je nachdem, wo auf der Insel du bist.«

»Du kennst mich schon ziemlich gut.«

»Hast du überhaupt eine Jeans?«

Er zögerte.

»Ehrlich, Masini? Keine Jeans? Die hat doch jeder.«

Margaret machte sich über seine unzulängliche Garderobe lustig, fügte eine Bemerkung oder zwei über seine Krawatten an und lenkte ihn für die nächste Viertelstunde wunderbar von seinen Problemen ab.

»Wie kommt es, dass ich dich schon vermisse?«, fragte er, als ihre Unterhaltung langsam zum Ende kam.

»Man vermisst mich eben leicht.«

»Muss an deiner Bescheidenheit liegen.«

»Halt den Mund, Masini. Gerade du solltest wissen, dass

es sich nicht lohnt, sich zu verstecken oder vorzugeben, etwas anderes zu sein, als man ist.«

Er verdrehte die Augen. »Wie zum Beispiel die Freundin eines berühmten Filmstars?«

»Oh, autsch. Punkt für dich. Um fair zu bleiben, hat es sich nicht wirklich gelohnt. Jedenfalls nicht diesmal.«

»Sehr wahr. Aber ohne deine kleine List hätte ich dich vielleicht nie kennengelernt.«

Sie seufzte ins Telefon. »Von jedem anderen würde sich das wie ein schlechter Spruch anhören.«

Er lockerte seine Krawatte. »Aber von mir?«

»Du bist zu kontrolliert, um Mist zu reden.«

»Und du würdest mir das auch nicht durchgehen lassen.«

»Stimmt genau.«

Ihm gefielen ihr Geplänkel und das völlige Fehlen von »Mist«, wie sie es so treffend bezeichnet hatte. »Ich ruf dich morgen an«, sagte er. »Früher, wenn es nötig ist.«

»Guter Plan.«

»Gute Nacht, *cara*.« Er wollte nicht aufhängen, kam sich wie ein verliebter Teenager vor.

»Gute Nacht, Val.«

Er bewegte das Handy von seinem Ohr weg.

»Val?«

Er holte das Telefon schnell zurück. »Ja?«

»Ich vermisse dich auch.« Dann legte sie auf.

Er konnte nicht aufhören zu lächeln.

* * *

»Es sind drei Tage. Wie lange kann es dauern, ein Kleid zu finden?«

»Alonzo«, sagte Gabi mit einem Seufzen.

»Ich vermisse dich.«

»Manchmal vergehen Wochen, ohne dass ich dich sehe.«
Gabi kuschelte sich ins Gästebett, ihr Handy am Ohr.

»Wir haben uns gestritten. Ich hasse es, wenn wir uns streiten.«

Sie musste diese Worte dringend hören. »Wir verbringen zu viel Zeit voneinander getrennt.«

»Da stimme ich dir zu. Ich muss das ändern.«

Einige der Zweifel, die ein Streit unweigerlich mit sich brachte, verschwanden.

»Ich weiß, es ist keine Entschuldigung, aber es hat einige Probleme mit dem neuen Weingut gegeben, weshalb ich angespannt und nicht immer so freundlich zu dir war. Ich will, dass es für uns perfekt ist.«

»Ich brauche keine Perfektion, Alonzo.«

»Ich habe deinem Bruder gesagt, dass ich dich mit mir nehme, wenn du zurückkommst«, erklärte er und wechselte das Thema.

Sie biss sich auf die Unterlippe, lächelte. »Wo willst du mich hinbringen?«

»Das ist ein Geheimnis. Aber so viel kann ich dir verraten: Es sind nur wir beide. Nur wir zwei.«

Sie schloss die Augen und versuchte, sich nur sie zwei vorzustellen. Es schien, dass sie immer nur mit anderen zusammen waren. Es gab Zeiten, intime Zeiten, die sie sich fern von der Insel oder von Alonzos Leben nahmen, aber es waren nicht viele. »Das würde mir gefallen.«

»Also komm nach Hause, damit ich dich wegbringen kann.«

»Alonzo …« Hin und her gerissen zwischen ihren neuen Freundinnen und ihrem zukünftigen Leben blickte sie auf den Ring an ihrer linken Hand und erinnerte sich an ihr Versprechen ihrem Verlobten gegenüber. »Ich werde einen Flug arrangieren. Holst du mich in Key West ab?«

»Ja«, seufzte er. »Schick mir eine SMS mit der Ankunftszeit, und ich werde da sein.«

Mit jeder Minute selbstbewusster, kuschelte sie sich tiefer ins Bett. »Erzähl mir von deinem Tag.«

»Ich habe alles für unseren Kurzurlaub arrangiert. Sichergestellt, dass alles ohne irgendwelche Komplikationen ablaufen wird.«

»Du willst mich ärgern. Werden wir mit der Jacht fahren?«

»Ein Stück.«

»Und dann?«

Alonzos Stimme verlor etwas von dem freundlichen Tonfall, den er bisher benutzt hatte. »Es ist keine Überraschung, wenn ich dir das verrate, oder?«

Ihr Herz schlug unregelmäßig. »Vermutlich nicht.«

»Morgen, Gabi. Wir sehen uns morgen.« Seine Stimme klang jetzt wieder ganz sanft. Sanft mit einem Hauch von Zucker. »Und noch vor Sonnenaufgang werde ich deine Haut schmecken.«

* * *

Michael fuhr die Küste hoch, sein Ferrari nahm die Kurven wie auf Schienen. Hinter Santa Barbara wandte er sich nach Osten auf die 101 und dann weiter nach Norden. Weingüter zogen sich durch Napa und Sonoma Valley, die grünen Blätter und dicken Trauben fast reif zur Ernte. Er liebte das Land, das leise Summen der Insekten, die träge Art, wie die Sonne über den Himmel zog. Der deutliche Kontrast zu seinem täglichen Leben fiel ihm durchaus auf.

Die Mauern seines Anwesens in Beverly Hills waren ihm seit der Rückkehr von der Insel immer enger vorgekommen. Er hatte zweimal mit Ryder sprechen können, beide Male waren süß und voller Anspannung gewesen.

Er machte sich Sorgen. Sie machten sich beide Sorgen. Rick hatte bisher noch nichts gefunden, aber es waren auch keine neuen Fotos aufgetaucht.

Wie ein Junkie auf der Suche nach dem nächsten Schuss konnte Michael nicht schlafen, musste immer in Bewegung bleiben. Die Küste hochzufahren fühlte sich richtig an. Als wenn er etwas unternähme.

Es war vielleicht nicht das Richtige, aber es war immerhin irgendetwas.

Er steuerte langsam die alte Eichenallee hoch, die zum Windon Estate führte. Natalie und Chuck Windon gehörten zu den besten Winzern, die Michael kannte, nicht zu vergessen, dass sie ein erstklassiges Produkt hatten, das Michael häufig bei sich servierte. Statt auf den Parkplatz für die vielen Touristen zu fahren, die zu Weinproben herkamen, bog Michael in die private Einfahrt der Besitzer ein.

Er nahm eine braune Papiertüte vom Beifahrersitz und lief die Stufen hoch.

Natalie trat aus dem Haus und begrüßte ihn mit einem Lächeln. »Michael. Wussten wir, dass du kommst?«

Michael stellte die Tüte auf die Stufen und küsste sie auf beide Wangen. »Es war eine spontane Entscheidung. Ich hoffe, das ist okay.«

Gerade mal einundsechzig, sah man ihr ihr Können am Herd an ihrer leicht rundlichen Figur an. Sie öffnete die Tür weit und bat ihn herein. »Du bist immer willkommen.«

Er trat in das gekühlte Foyer und folgte ihr durchs Haus.

»Chuck ist mit dem Vorarbeiter im Weinberg. Aber er wird bestimmt bald kommen.«

Die Küche der Windons war für jemanden gebaut worden, der es liebte zu kochen. Natalie war eine ausgezeichnete Profiköchin gewesen, bevor sie ihren Ehemann kennengelernt hatte. Gemeinsam hatten sie vor zweiundzwanzig Jahren beschlossen, das Weingut zu erwerben. Jetzt, wo ihre Kinder erwachsen waren und ein Sohn seinem Vater ins Weingeschäft gefolgt war – der andere war an der Uni an der Ostküste –, war das Haus still.

»Du kommst gerade richtig zum Mittagessen.« Natalie trat an den Herd, rührte in einem riesigen Topf und tauchte einen Löffel hinein. Sie hielt ihn Michael zum Probieren hin.

Eine Bouillon mit einem Hauch von Würze, ein Stück Wurst und Kartoffeln. »Mmm, lecker. Was ist das?«

»Portugiesische Wurstsuppe. Wundervoll, oder?«

»Perfekt.«

Michael zog sich einen Stuhl an den Küchentresen und machte es sich bequem. »Kann ich dir bei irgendwas helfen?«

Natalie warf ihm über die Schulter einen Blick zu und verdrehte die Augen. »Wein oder Tee?«

»Tee.«

Sie lief durch die Küche, sammelte Schüsseln ein, holte Brot und frische Butter heraus.

»Wie sieht es mit der Ernte aus?«

»Die Dürre macht uns ganz schön zu schaffen, also wird es diesmal wohl nicht viel werden.«

»Aber es geht euch gut?«

»Wir kommen zurecht, Michael.«

Er trank von seinem Eistee, während sie über Trauben, Wein und das Wetter sprachen.

Schließlich kam Chuck in die Küche, und Hände wurden geschüttelt und Schultern geklopft. Während des Mittagessens redeten sie über Kinder am College und geplante Filme.

Als Natalie sie schließlich auf der hinteren Veranda, von der aus man einen wunderbaren Ausblick über die Reihen und Reihen von Weinstöcken hatte, allein ließ, lehnte Chuck sich gemütlich zurück und legte die Füße auf einen gepolsterten Hocker. »Ich glaube nicht, dass du den ganzen Weg für ein Mittagessen hierhergefahren bist.«

»Das Essen war göttlich«, sagte Michael.

»Da werde ich dir nicht widersprechen.«

Michael griff in die Papiertüte an seiner Seite und holte eine Flasche Wein heraus, die er Chuck reichte.

»Was ist das?« Chuck setzte sich auf und betrachtete die Flasche.

»Hast du je von dieser Marke gehört?«

Chuck drehte die Flasche um, um das rückwärtige Etikett zu lesen. »Nein. Warum?«

Michael nahm sich die Freiheit, zu dem Wein-Servierwagen zu gehen und zwei Gläser und einen Flaschenöffner zu holen. Wenn es unter seinen Freunden einen Experten für Wein gab, dann war es Chuck. Der Mann wusste mehr als Gott über das Thema.

Mit geübter Leichtigkeit nahm Chuck das angebotene Glas, wirbelte den Wein herum und roch daran, nahm schließlich einen Schluck. Ein anerkennendes Lächeln glitt über sein Gesicht. Er nahm die Flasche wieder zur Hand. Sein Lächeln wurde von einem verwirrten Ausdruck mit zusammengekniffenen Augen abgelöst.

»Du hast mir beigebracht, am Geschmack zu erkennen, aus welcher Region ein Wein stammt. Wo kommt dieser her?«, fragte Michael.

»Umbrien. Kein Zweifel.« Chuck drehte die Weinflasche wieder herum. »Aber ich bin überall dort herumgereist und kenne diesen Namen nicht. Ist es ein neues Gut?«

Michael lehnte sich gegen den Außentresen und goss sich ein kleines bisschen von Alonzos Wein ins Glas. »Ich bin mir nicht sicher, wie alt der Betrieb ist, aber der Besitzer hat mir gesagt, dass der Wein aus Kampanien käme.«

»Nein, nein. Es sei denn, die Trauben wurden in Umbrien angebaut und in Kampanien weiterverarbeitet.«

Wie ein Penner auf der Straße öffnete Michael eine zweite Flasche in der Papiertüte, goss einen kleinen Schluck in ein Glas und reichte es Chuck.

Wirbeln, riechen, nippen, spucken. »Das ist genau der gleiche Wein.«

Michael schüttelte den Kopf, während er die zweite Flasche aus der Tüte zog und sie Chuck zeigte.

»Wie kann das sein?«

»Wein kann gleich schmecken.«

»Vielleicht wenn er aus derselben Region kommt. Aber schmeckst du die Eiche?« Chuck steckte seine Nase tief ins Glas und schloss die Augen. »Umbrien. Ich würde meinen guten Ruf darauf verwetten.«

Es war nett, seine eigenen Zweifel hier bestätigt zu sehen, aber die Frage blieb, warum. Warum behauptete Alonzo Picano, dass sein Weingut, auf dem die Trauben für den Wein angebaut wurden, den Michael in Händen hielt, in Kampanien lag? Und wie kam es, dass der Wein identisch schmeckte wie der eines viel größeren Weinguts mit exzellentem Ruf?

KAPITEL 19

Val begleitete Rick zurück nach Kalifornien. Seine Mutter machte sich auf eine längere und schon lange überfällige Reise, um ihre Schwester in New York zu besuchen, solange das Wetter noch warm war. Auf der Insel lief alles seinen gewohnten Gang, ohne irgendwelche neuen Fotos, die online oder irgendwo anders auftauchten. Die Sicherheitskräfte waren verdoppelt worden, und alles war fast schmerzlich ruhig.

Val hatte Margaret nicht erzählt, dass er mit Rick zurückkommen würde. Falls er eine Entschuldigung brauchte, würde er seinen Wunsch vorschieben, seine Schwester zurück auf die Keys zu begleiten.

Judy holte sie am Flughafen ab. Sie stieß ihren Ehemann an. »Du hast mir gar nicht gesagt, dass er mitkommen würde.«

»Du hast nicht gefragt.« Rick küsste seine Frau und flüsterte ihr etwas ins Ohr. Sie blickte zu Val, löste sich aber nicht von ihrem Gatten.

»Also sind Sie den ganzen Weg hierhergekommen, um Meg zu treffen?«, fragte Judy, während sie sich durch die Masse an Menschen zwängten, die alle auf dem Weg zur Gepäckausgabe waren.

»Ich hatte gehofft, sie zu überraschen.«

225

Judy fing an zu lachen.

Rick verengte die Augen. »Was ist so lustig daran?«

Sie fanden die Gepäckausgabe und warteten darauf, dass das Laufband die Koffer aus dem Frachtraum des Flugzeugs an ihnen vorbeizutransportieren begann.

»Nun«, Judy schaute auf die Uhr. »Ihr seid etwa eine Stunde zu spät.«

»Eine Stunde zu spät für was?«

»Meg und Mike sind vor einer Stunde abgeflogen.«

Val hielt nicht mehr nach seinem Koffer Ausschau, sondern starrte Judy an. »Wo sind sie hin?«

»Nach Italien.«

Rick schüttelte den Kopf. »Italien? Warum?«

»Mike hatte eine Spur, die er verfolgen wollte. Die zwei haben sich unterhalten, und das Nächste, was ich weiß, ist, dass Meg mich bittet, mich um ihre Pflanzen zu kümmern. Schon wieder.«

Was zur … »Ist Gabi mit ihnen geflogen?«

»Gabi ist heute Morgen abgereist. Sie hat gesagt, sie fliegt wieder nach Hause und trifft sich dort mit ihrem Verlobten. Hat sie Ihnen nichts gesagt?«

Val zog sein Handy aus der Tasche und schaltete den Flugzeugmodus aus, den kommerzielle Airlines verlangten. Wie konnten so viele Leute sich in sechs Stunden so weit wegbewegt haben? Und natürlich, da war eine Nachricht von Meg.

Mache einen kurzen Ausflug nach Europa. Ich ruf dich an, sobald wir landen, wenn es nicht zu spät ist.

Dann gab es eine Sprachnachricht von seiner Schwester. »Ich wollte nicht, dass du dir Sorgen machst. Ich treffe mich mit Alonzo für ein romantisches Wochenende in Key West. Hab dich lieb.«

Val sah zu, wie sein Koffer um die Kurve des sich drehenden Laufbands kam.

»Wohin genau in Italien?«

»Sie wollen nach Umbrien. Ich bin mir nicht sicher, wo sie übernachten werden. Das weiß aber vielleicht Sam.«

Val checkte seinen Aktenkoffer, stellte sicher, dass sein Pass darin war. Sie verließen die Ankunftshalle des Flughafens von Los Angeles, und er begab sich um die Treppe zum Abflug und Check-in-Schalter.

»Was machst du?«, erkundigte sich Rick.

»Nach Rom fliegen natürlich.« Val wedelte mit seinem Handy in der Luft. »Ruf mich an, wenn du herausgefunden hast, wo Margaret wohnt.«

»Aber Sie sind gerade erst aus dem Flugzeug gestiegen«, widersprach Judy.

»Wenn Michael und Margaret eine Spur in Italien verfolgen, würde es vielleicht helfen, wenn jemand Italienisch sprechen könnte.«

»Da hat er recht«, sagte Rick.

»Irgendeine Idee, um welche Art von Spur es sich handelt?«, fragte Val.

Judy zuckte die Achseln. »Irgendwas von wegen, dass Alonzos Wein genauso schmeckt wie der von jemand anderem. Das ist alles, was ich gehört habe.«

»Sein Wein?«

Was ist da los, Margaret?

Val trat zur Rolltreppe. »Ruf mich an«, sagte er und zeigte mit dem Finger auf Rick.

»Ich hoffe, du weißt, was du tust«, rief der ihm hinterher.

»Ich verfolge eine Frau bis nach Italien.«

Rick warf den Kopf mit einem lauten Lachen zurück. »Meg wird es lieben.«

227

Val drängte sich durch aufgeregte Reisende, fand die internationale Fluglinie, die er am häufigsten benutzte, und stellte sich in die Schlange. Irgendetwas sagte ihm, dass das noch eine lange Nacht werden würde.

* * *

Ihre innere Uhr teilte ihr mit, dass es vier Uhr morgens war. Die Uhren in Rom behaupteten, es sei ein Uhr mittags.

Sie und Michael hatten eine Suite mit zwei Schlafzimmern und einem großen Wohnzimmer dazwischen und einem wunderbaren Ausblick über Rom. Sie hatten sich darauf geeinigt, zwei Stunden zu schlafen und dann alles daranzusetzen, so lange wie möglich wach zu bleiben, etwas zu essen, einen Plan zu entwerfen und morgen früh dann gleich loszulegen.

Um neun Uhr abends waren sie sehr müde, taten aber ihr Bestes, den Jetlag so schnell zu überwinden, wie es nur menschenmöglich war.

Meg warf ihre Handtasche auf den Couchtisch, als sie in ihr Zimmer stolperten.

»Ich bin tot«, brachte Michael heraus.

»Wenn du mich vor neun Uhr weckst, bin ich für meine Handlungen nicht verantwortlich zu machen«, warnte Meg.

Zwölf Stunden Schlaf hörten sich himmlisch an.

Michael gelang noch ein leichtes Winken, und dann war er in seinem Schlafzimmer verschwunden.

Meg tastete sich, ohne eine Lampe anzuknipsen, zum Bad. Sie wusch sich, bürstete sich die Haare und putzte sich die Zähne, bevor sie ins Bett ging. Während sie ihre Bluse aufknöpfte, hörte sie ein Geräusch, vielleicht ein Knurren, von der anderen Seite des Zimmers.

Der Raum war nur erhellt von den Lichtern der Stadt, die durch das Fenster drangen. Als sie den Umriss von jemandem, der auf ihrem Bett lag, erblickte, riss sie die Augen auf.

Sie betätigte den nächsten Lichtschalter und fühlte, wie ihr Herz schneller schlug.

»Val«, flüsterte sie.

Was zur …? Sie hatte eine SMS geschickt, als sie in Rom angekommen war, und hatte nichts von ihm zurückgehört. Sie hatte angenommen, er wäre im Bett. In Florida.

Im Bett schon. Aber nicht in Florida.

Er lag auf der Decke, immer noch im Oberhemd, aber ohne Krawatte. Er hatte auch die Hose anbehalten. An seinem Kinn sah sie einen Ein-Tages-Bart, sein Mund war leicht offen, und seine gleichmäßigen Atemzüge verrieten ihr, dass er tief schlief. Zur gleichen Zeit süß und sexy, dachte sie.

Warum war er hier und warum in ihrem Bett?

Mit einem albernen Lächeln auf den Lippen machte sie leise das Licht aus, holte ihr Nachthemd aus dem Koffer, den sie noch auspacken musste, und schlich zurück ins Schlafzimmer, um sich fürs Bett fertigzumachen.

Meg zog die Decke zurück und schlüpfte darunter. »Val?«, flüsterte sie seinen Namen, wollte, dass er genug aufwachte, um zu wissen, dass sie da war. »Val?«

Er murmelte etwas auf Italienisch.

»Val?« Ihre Stimme war jetzt lauter. Sie legte ihm eine Hand auf die Schulter.

»*Cara?*« Er rollte sich zu ihr.

»Was machst du hier, Masini?«

Er öffnete nicht die Augen. Um die Wahrheit zu sagen, war sie sich nicht mal sicher, ob er wusste, dass er sprach. »Flughafen … Italien … Alle Zimmer belegt. So müde.«

Das Letzte verstand sie. Sie fühlte sich so kaputt, dass sie dem Wahnsinn nahe war. Sie näherte sich ihm genug, um an sein Hemd zu kommen, und fing an, es aufzuknöpfen. »Zieh das aus, Val. Du wirst sonst nicht gut schlafen.«

Seine Hände folgten ihren, auch wenn seine Augen geschlossen blieben.

Obwohl sie praktisch im Stehen schlief, konnte sie nicht anders, als seinen Anblick zu bewundern, als er sich aufsetzte und sich das Hemd abstreifte.

Er wollte sich wieder hinlegen, aber sie hielt ihn noch ein kleines bisschen länger aufrecht. »Hose. Zu anderer Zeit mag ein Gürtel im Bett vielleicht aufregend sein, aber nicht heute Nacht.«

Ein Grinsen machte sich auf seinen Lippen breit, und er öffnete ein Auge. Seine nächsten Worte waren wieder auf Italienisch.

Val trug Retroshorts, bemerkte sie, bevor er sich unter die Decke neben sie legte.

Sie wollte sich gerade ebenfalls einkuscheln, als er sie in seinen Arm zog und sie auf den Scheitel küsste.

»Schlaf jetzt, *bella*. Danke, dass du mich nicht rauswirfst.«

»Ich bin zu müde, um irgendwas zu werfen.«

Er zog sie noch näher, und sie atmete seinen Duft ein. Vielleicht würde sie ihm nach dem Aufwachen sagen, dass das Frühstück am Morgen danach eigentlich nicht zu ihrem Repertoire gehörte.

* * *

Als Gabi aufwachte, war rings um sie herum Wasser.

Sie war nach einem romantischen Dinner auf Deck, das der Küchenchef vorbereitet hatte, in Alonzos Armen eingeschlafen.

Sie liebte es, auf dem Meer zu sein. Die weite, offene Fläche fühlte sich auf der Jacht sicher an, und die sanften Wellen halfen ihr, Gelassenheit und Klarheit zu finden, was ihr an Land so nie gelang.

Alonzo hatte sie am Flughafen in Key West abgeholt, sie auf seine Jacht gebracht, und binnen einer Stunde waren sie auf See gewesen. Als sie fragte, wo sie hinfuhren, antwortete er nicht. Er reichte ihr einfach ein Glas Champagner und sagte ihr, sie solle sich keine Sorgen machen. Mit der Sonne, dem Wein und dem hervorragenden Essen schlief sie unter dem Sternenhimmel ein. Sie waren beide erschöpft, als sie ins Bett krochen, aber Alonzo hatte sie dennoch geliebt. Es war fast schon vorbei, bevor es begonnen hatte, aber Gabi war zu müde, als dass es ihr etwas ausgemacht hätte.

Sie wachte angeschlagen auf und fand eine Wasserflasche und zwei Pillen auf dem Nachttisch. »Für deine Kopfschmerzen« stand auf einem Zettel neben der Flasche.

Woher wusste Alonzo, dass sie mit diesen wahnsinnigen Kopfschmerzen aufwachen würde? Vielleicht war es der Wein? Oder vielleicht auch die See.

Sie nahm die Tabletten und stand auf. Sie blickte zu beiden Seiten aus dem Schiff und stellte fest, dass sie mitten auf dem Ozean waren. Kein Land in Sicht.

Die Dusche war so luxuriös, wie es auf einer Jacht nur möglich war. Das Wasser linderte ihre Kopfschmerzen, aber sie wachte nicht wirklich auf.

Als sie aus der Dusche trat, war jemand in der Suite gewesen, und ein weißes Strandkleid, eins, das ihr nicht gehörte, lag auf dem Bett mit einer weiteren Notiz: »Für meine Braut.«

Mit einem Lächeln streifte sie sich das Leinenkleid über den Kopf und wandte sich zu dem großen Spiegel. Es passte ihr perfekt und reichte bis zum Boden. Selbst in der Hitze der Karibik fühlte sich der Stoff kühl auf ihrer Haut an.

Sie drehte sich das Haar zu einem Knoten und versuchte, die seltsam hartnäckigen Reste des Schlafs abzuschütteln, während sie den Raum verließ, um sich auf die Suche nach ihrem Verlobten zu begeben.

»Miss Masini«, begrüßte sie der Steward in der Hauptkabine und zog einen Stuhl am Esstisch heraus. »Mr Picano bittet Sie, vor Ihrem großen Tag etwas zu essen. Er wird sofort hier sein.«

»Kaffee. Ich würde gerne etwas Kaffee haben.«

»Ja, Ma'am.«

Der junge Mann eilte davon und kehrte mit dem Gewünschten und einer Schüssel mit frischen Früchten zurück sowie ein paar frischen Waffeln. Sie hatte ihren Kaffee halb ausgetrunken und knabberte gerade an einer Waffel, als Alonzo den Raum betrat.

»Da bist du ja«, sagte er und küsste sie auf den Scheitel, bevor er sich auf den Platz neben ihr setzte. »Hast du gut geschlafen?«

»Wie ein Stein. Auch wenn Steine natürlich nicht schlafen, oder?«

Alonzo tippte ihr mit einem Fingerknöchel an die Nase und winkte den Steward herbei. Ohne dass er darum gebeten wurde, brachte der Angestellte eine Flasche Champagner und zwei Gläser.

»Noch ein bisschen früh, oder?«, fragte sie.

Statt irgendetwas zu sagen, zwinkerte Alonzo ihr zu und winkte dem Steward, sie allein zu lassen.

Er hob das Glas und wartete darauf, dass sie ihres ebenfalls in die Hand nahm.

»Auf uns«, sagte er.

Wie konnte sie zu dem Lächeln, das sich über Alonzos Gesicht breitete, Nein sagen? »Auf uns.« Der süße, prickelnde Wein kitzelte sie in der Nase und lief ihr die Kehle herunter.

Bevor sie das Glas abstellen konnte, goss Alonzo ihr nach.

»Wirst du mir verraten, wo wir überhaupt hinfahren?«, fragte sie zum zehnten Mal, seit er sie am Flughafen abgeholt hatte.

Er ging um den Tisch und setzte sich neben sie, zog sie an sich. »Wie wäre es mit Flitterwochen?«

Die Frage traf sie unvorbereitet. »Du möchtest darüber reden, wo wir unsere Flitterwochen verbringen wollen?«

Er nippte an seinem Champagner und ermunterte sie, es ihm nachzutun. »Irgendwo weit weg von allem. Wir können uns stundenlang lieben, nur zum Essen aufstehen … Oder uns von jemandem Essen bringen lassen.«

Das hörte sich überhaupt nicht nach ihm an. Der Mann saß nie lange genug still für träge Fantasien wie die, die er gerade beschrieben hatte. »Und was würden wir am nächsten Tag tun?«

Er lachte, küsste sie auf die Wange. »Du kennst mich so gut.« Er lehnte sich zurück und legte seinen Kopf neben ihren. »Ich hab so viel zu tun gehabt. Ich brauche dich, um mich wieder auf die Erde zu bringen.«

Sie mochte das Gefühl seiner Arme um sich, lehnte sich gegen ihn und trank von ihrem Champagner. Der Gedanke, dass sie diejenige war, die er in seinem Leben brauchte, um ihn zu komplettieren, hinterließ ein warmes Gefühl in ihrer Brust. In ihrem Leben brauchte niemand sie wirklich. Ihre Mutter brauchte Val, vor allem nach dem Tod ihres Vaters, aber Gabi hatte sich immer mehr als Belastung denn als Hilfe gefühlt. »Es ist schön, gebraucht zu werden«, gab sie zu.

Er rieb sein Gesicht an ihrem Hals. »Ich brauche dich, Gabriella. Mehr als du ahnst.«

Seine Lippen suchten ihre für einen kurzen Kuss. Als er sich wieder von ihr löste, hob er erneut das Glas. »Darauf, dass wir uns beide brauchen.«

Sie trank von ihrem Champagner und fühlte, wie er ihr zu Kopf stieg. Wärme füllte ihre Wangen, als sie das Glas abstellte.

»Heirate mich«, sagte Alonzo neben ihr.

Sie kicherte. »Dem habe ich doch bereits zugestimmt.« Sie

wedelte mit ihrer linken Hand in der Luft.

Alonzo stellte sein Glas neben ihres und kniete sich auf den Boden, nahm ihre beiden Hände in seine und sah zu ihr hoch. »Heirate mich jetzt. Heute.«

Sie blinzelte überrascht, versuchte, den Nebel in ihrem Gehirn zu durchdringen. »Heute?«

»Ja. Heute. Ich will nicht warten. Ich will, dass du noch heute die Meine wirst.«

»Aber die Hochzeit …«

»Wir können das alles später nachholen – Kleid, Blumen, Familie. Lass es uns jetzt tun, nur für uns. Niemand muss davon wissen. Überleg mal«, sagte er mit einem albernen Grinsen auf dem Gesicht. »Jahre später werden wir unseren Kindern erzählen, wie wir an einem Sommertag durchgebrannt sind und auf der offenen See einfach geheiratet haben.«

Meinte er das ernst?

Sein Gesichtsausdruck verriet ihr, dass es so war.

Sie dachte darüber nach, fühlte, wie sie innerlich zögerte.

»Überleg nur, welche Erleichterung es sein wird, wenn die öffentliche Hochzeit nicht mit diesen emotionalen Belastungen erfüllt ist.« Er küsste ihr die Fingerspitzen. »Bitte.«

Sie wollte Ja sagen, war schon fast dabei, die Worte auszusprechen, als sie fühlte, wie ihr der Kopf schwer wurde. »Aber wie können wir? Es gibt keinen Pfarrer.«

»Mein Kapitän kann das machen, Darling. An Deck. Genau jetzt. Ich will dir mein Leben schenken.«

»Oh, Alonzo.«

Er beugte sich vor und küsste sie auf den Mund. Mehrere Sekunden vergingen, bevor er sich weit genug von ihr löste, um zu flüstern: »Ich liebe dich, Gabriella. Mach mich zum glücklichsten Mann auf dem Ozean und werde die Meine.«

Konnte sie das? Warum sollten sie warten? Sie konnten die große Feier doch wirklich in einigen Monaten nachholen.

Sie fühlte, wie das Boot zur Seite kippte, oder vielleicht war es auch sie selbst. Dieser leidenschaftliche Alonzo stieß sie in einen Wirbelsturm, dem sie nicht entkommen zu können schien. Mit Aufregung im Herzen und verwirrtem Kopf nickte sie.

»Ja?«, fragte er wieder.

»Ja.«

Nach einem weiteren Kuss gab er ihr das Glas zurück und stand auf. »Ich werde es dem Kapitän mitteilen und alles arrangieren.«

Gabis Hände zitterten, als sie den Champagner an die Lippen hob. Sie sah herunter und bemerkte, dass das Glas fast leer war. Sie warf einen Blick auf die Flasche und stellte fest, dass sie ebenfalls fast leer war.

Hatte sie wirklich gerade eingewilligt, hier und jetzt zu heiraten?

Sie lächelte, trotz des merkwürdigen Gefühls in ihrer Magengrube. Selbst Entscheidungen zu treffen, ohne die Führung ihrer Familie, fühlte sich richtig an. Außerdem, das Datum einige Monate vorzuziehen bedeutete nichts.

Nicht wirklich.

Kapitel 20

Auf einem gewissen Level war Meg klar, dass sie sich auf einer Matratze in einem Hotelbett befand, nur dass diese sich bewegte. Ihr Kopf in einem stetigen Auf und Ab.

Rom. Richtig, ich bin ja in Italien.

Sie schlug die Augen auf. *Val.*

Allerdings war es kein Traum. Ihr Kopf lag auf Vals Brust, und aus ihrem Blickwinkel war sein Brustkorb eine wahre Augenweide. Muskulös und fest und leicht behaart. Seine italienische Abstammung zusammen mit dem Umstand, dass er auf einer tropischen Insel lebte, verlieh seiner Haut einen goldbraunen Farbton, den viele anstrebten, aber nur sehr wenige erreichten.

Während sie sich bemühte, möglichst still liegen zu bleiben und ihren Bettpartner nicht zu wecken, machte sie Inventur, wo sich ihre Gliedmaßen befanden und was sie gerade taten. Sie lag auf der linken Seite, ihr linker Arm zwischen ihnen beiden. Ihr rechter ruhte auf seinem Oberkörper, und ihr rechtes Bein war über seine beiden geschoben. Es wäre kaum möglich, etwas zu finden, das einer menschlichen Decke ähnlicher war.

Selbst im Schlaf hielt Val sie fest. Seine rechte Hand befand sich auf ihrer Hüfte. Ihrer *nackten* Hüfte. Wie es aussah, hatte ihr knappes Schlafshirt beschlossen, nächtens die Flucht nach oben anzutreten. Seine andere Hand hielt ihren Arm, der über seiner Brust lag.

Das Frühstück am Morgen danach gehört eigentlich nicht zu meinem Repertoire.

Trotzdem war sie eng um ihn geschlungen, und auch er hielt sich in dieser Beziehung nicht zurück.

Ein gemeinsames Frühstück am Morgen danach hatte etwas Verbindliches. Und da war nichts an Val, das verbindlich war. Sie hatten nicht mal miteinander geschlafen … Na ja, geschlafen schon, aber eben nicht … Sie schloss die Augen und schmiegte sich enger an ihn. *Wie kann er nach einem ganzen Tag unterwegs und einer Nacht Schlaf so gut riechen?*

Meg genoss noch eine Weile länger, wie Val sich anfühlte und roch, ehe sie die Augen aufschlug. Sie bemühte sich, ihre rechte Hand unter seiner vorzuziehen, aber das führte nur dazu, dass sich seine Finger um ihre schlossen und sie noch fester hielten.

»Geh nicht«, murmelte er.

»Du bist wach?«

»Von dem Augenblick an, in dem du die Augen aufgeschlagen hast.«

Sie reckte das Kinn und ertappte ihn dabei, wie er sie anstarrte. Gütiger Gott, es sollte ein Gesetz dagegen geben, so sexy zu sein, wie er es schon früh am Morgen war.

Sie lächelte und verschwendete keinen Gedanken daran, ob ihr Haar abstand oder wie ihr Atem roch. »Was tust du in meinem Bett, Masini?«

Er drehte sich weit genug rum, sodass ihr Bein zwischen seine rutschte. »Mit einer wunderschönen Frau rummachen.«

»Wie durchtrieben von dir. Wie ist es dir gelungen, letzte Nacht hier hereinzukommen?«

»Einer der Vorteile, die einem die Kenntnis der Landessprache verschafft, *cara*. Italien, und Rom im Besonderen, ist ein Ort der Liebe und der Romantik. Ein paar knappe Worte öffnen Türen.«

»Und ein fettes Trinkgeld?«

Er hob die Augenbrauen. »Das schadet jedenfalls nicht.«

»Also hast du dir mit Bestechung den Weg in mein Bett erkauft. Ich bin beeindruckt.«

Er ließ sie los und legte ihr eine Hand auf die Wange.

Sie spreizte die Finger und genoss das Gefühl seiner harten Brust. Ihr Daumen fuhr den Rand eines besonders definierten Muskels nach.

Er rückte näher und stöhnte leise unter ihrer Berührung. Dann seufzte er und schaute sie mit seinen dunklen Augen eindringlich an. »Wie könnten wir denn das hier noch deutlich intimer gestalten?«

Ein Bild von ihnen beiden in leidenschaftlicher Umarmung drängte sich ihr auf, so plötzlich, dass sie unwillkürlich erschauerte.

Ihre Finger gruben sich fester in seine Muskeln. »Das ist ganz leicht.«

Das Grinsen auf seinem Gesicht war praktisch unbezahlbar. »Ach tatsächlich?«

Mit der Spitze ihres Daumens rieb sie über seine Brustwarze, und ihm stockte der Atem. »Alles, was du tun musst, ist zu fragen.«

Er bemühte sich, sich ein Lächeln zu verkneifen. »*Cara* …« Er strich ihr mit der Hand seitlich über das Gesicht und berührte sie ganz zart am Hals. »*Bella*, lass dich von mir lieben.« Sein Akzent wurde ausgeprägter, während sich seine Stimme senkte.

Hatte irgendjemand sie je mit Worten so verführt?

Nur Val.

Sie antwortete ihm, indem sie ihre Lippen auf seine drückte. Als sie Pfefferminz auf der Zunge schmeckte, unterbrach sie den Kuss. »Du spielst nicht fair. Mundspülung?«

Er zog sie zurück, küsste und kostete sie, vertrieb alle anderen Gedanken aus ihrem Kopf. Sie seufzte und überließ ihm die Führung. Er hielt sie mit seiner Zärtlichkeit gefangen, nahm sich Zeit, ihren Mund zu verwöhnen. Als er ihrer Lippen müde wurde oder vielleicht auch einfach, weil er kurz Luft holen musste, drückte er sie auf den Rücken und suchte sich einen langsamen Pfad ihren Hals hinunter. Seine freie Hand spielte auf ihrem Bein, ihrer Hüfte und erweckte damit jedes Nervenende zum Leben.

Vielleicht sollte sie ihre Einstellung, nie bis zum Frühstück zu bleiben, noch einmal überdenken.

»Mit dir aufzuwachen hat eindeutig Vorteile«, teilte sie ihm mit, als er ihr Nachthemd nach unten zog und am oberen Rand ihrer Brust zu knabbern begann. Ihre Brustspitzen richteten sich auf, boten sich ihm an.

Seine Hand legte sich auf sie, strich über das ihm Dargebotene. »Und mit mir ins Bett zu gehen ebenfalls.« Durch den Stoff hindurch rieb er mit seinen Zähnen über ihre Brustspitze. »Mit mir zu duschen auch.«

Wie konnte er durch den Stoff an ihr saugen? Alles an ihr kribbelte, und sie hob ihre Hüften, suchte nach Kontakt. Sein Knie bot eine gewisse Erleichterung für das heiße Verlangen, das tief in ihr brannte.

»Whirlpools«, gelang es ihr hervorzustoßen. »Ich mag Whirlpools.«

Ein leises Lachen kam ihm über die Lippen, als er sie so weit anhob, dass er ihr das Nachthemd über den Kopf ziehen konnte.

»*Sei bellissima*«, sagte er, ehe er seinen Kopf für eine Kostprobe senkte.

Das Kratzen seiner Bartstoppeln verstärkte die erlesene Tortur, die seine Zunge ihren Brüsten zuteilwerden ließ. Unter den langsamen, quälenden Zärtlichkeiten beschleunigte sich sein Puls, und ihr Atem ging schwerer. Bislang spürte sie noch keine Anzeichen von Enge in ihrer Brust, obwohl sie sich innerlich fühlte wie eine bis zur Grenze des Möglichen gespannte Feder.

Vals Erektion presste sich gegen ihren Bauch und sandte einen Pfeil der Lust direkt zwischen ihre Schenkel. Sie fuhr ihm mit den Fingernägeln über den Rücken, kam an den Bund seiner Boxershorts.

Val murmelte etwas auf Italienisch, ehe er sich wieder ihren Lippen zuwandte. Sein Kuss dauerte an, und er ließ sich Zeit. In der Vergangenheit hätte Meg zur Eile gedrängt, sich bemüht, einen Liebhaber mit sich über die Ziellinie zu ziehen. Doch nicht so mit Val. Einander halb nackt zu küssen wie zwei Jugendliche auf dem Rücksitz eines Autos bedeutete ein Vergnügen, von dem sie vergessen hatte, dass es existierte.

Sie küssten, kosteten, berührten einander und erforschten, welche Stellen am Körper des anderen die heftigste Reaktion zeigten. Er fand ihre intimsten Geheimnisse, begleitete das mit einer sinnlichen Reihe italienischer Wörter.

»Du bringst mich um«, sagte sie, während er immer noch ganz langsam weitermachte.

»Dann werden wir gemeinsam sterben, *cara*.«

Mit ihrem Fuß beförderte sie seine Boxershorts auf den Boden und neckte Val so, wie er es mit ihr tat.

Er war heiß, bereit ... und sie fuhr ihm mit den Nägeln über die Haut, um ihn herum, aber berührte ihn nicht wirklich, bis Val ihr Erleichterung schenkte. Bei seinem ersten Streicheln an ihrer empfindlichsten Stelle hob sie sich fast vom Bett, und ihr Herz donnerte in ihrer Brust.

»Vorsicht. Langsam, *bella*.«

Langsam war gut, ihr stockte der Atem, und sie zwang sich zu einem tiefen Luftholen. Er strich, streichelte, brachte sie an den Rand der Erlösung und wich dann zurück. Statt ihm frustriert auf die Brust zu trommeln, erwiderte sie seine zärtliche Folter, umfasste ihn und drückte vorsichtig zu.

Er stieß sich in ihre Hand, und sie hörte ihn scharf einatmen, als er die Kontrolle verlor.

In der einen Minute war sie neben ihm, in der nächsten unter ihm. Sie hörte das Reißen von Folie, fühlte, wie er sich kurz von ihr löste, um sich das Kondom überzustreifen, und wusste, sie war sicher. Val nahm ihre Hände und hob sie ihr über den Kopf.

Er legte sich zwischen ihre Beine. »*Sei un dono*«, flüsterte er, während er in sie kam.

Sie reckte sich, nahm ihn in sich auf und seufzte. »Oh, Val.« Sie schloss die Augen unter einer Welle unsäglichen Begehrens.

»Perfekt. Du bist so perfekt.«

Dann begann er sich zu bewegen. Genau wie bei seinem Kuss hielt er sich erst zurück, bis Leidenschaft purem, gierigem Verlangen Platz machte. Sie umklammerte seine Hüften, schlang ihm die Beine um die Mitte und fand einen weiteren Ort der Lust tief in ihrem eigenen Körper, von dem sie gar nicht gewusst hatte, dass er existierte.

Meg spürte es, als Val die Kontrolle verlor, während er von ihr nahm und nahm, ihren Körper zwang, zu reagieren. Und das tat er.

Ihr Atem ging knapper, und ihr wurde schwindelig, während sie den Höhepunkt erreichte. Val hielt mit ihr mit, bis sie beide keuchend dalagen.

Mit Val halb tot auf sich, tastete Meg auf dem Nachttischchen nach ihrem Asthmaspray.

Val hob jäh den Kopf, musterte sie besorgt.

»Es geht mir gut«, beharrte sie. »Nur prophylaktisch.«

Sofort war der Druck seines Körpers fort, ein herber Verlust. Aber es war für sie tatsächlich leichter zu atmen, wenn sein Gewicht nicht auf ihr lastete.

Das Medikament öffnete ihre Lungen.

»Es tut mir leid.«

Der arme Mann dachte, er hätte sie umgebracht.

Sie legte das Spray auf den Tisch und zog ihn zurück zu sich. »Mir nicht.«

»Aber deine Lungen …«

»Denen geht es bestens.« Sie seufzte.

Er rollte sich auf den Rücken und zog sie auf sich, gerade als die Sonne begann, über Rom aufzugehen.

* * *

Margaret sang unter der Dusche.

Natürlich singt sie unter der Dusche. Hatte er etwas anderes erwartet?

Er fuhr sich mit einem Kamm durchs Haar, nachdem er ein gestreiftes Hemd und ein paar Stoffhosen angezogen hatte. Er fragte sich kurz, ob es im Hotel ein Bekleidungsgeschäft gab, in dem man Jeans kaufen konnte.

Er schnitt sich selbst im Spiegel eine Grimasse und schüttelte den Kopf. »Dafür ist später noch Zeit«, sagte er sich, ehe er Margarets Zimmer verließ.

Während sie sang, na ja, eigentlich mehr summte, und das Wasser in ihrem Badezimmer lief, trat er ins Wohnzimmer der Suite und fand dort einen leicht überraschten Michael vor, der bereits eine Kanne Kaffee und ein Frühstück aus frischem Obst, Käse und Hörnchen genoss.

»Warum überrascht es mich nicht, dich aus Megs Zimmer kommen zu sehen?« Michael deutete mit einer Hand einladend auf den Platz neben sich und hob fragend die Kaffeekanne an.

Auf Vals Nicken hin schenkte Michael ihm eine Tasse ein. »Ich bin nach L.A. geflogen und hab dort erfahren, dass ihr beide hierher unterwegs seid. Ich war fünf Stunden hinter euch.«

Michael schob ihm den Kaffee hin, nachdem er Platz genommen hatte. »Das wird dich aufwecken«, erklärte er nach seinem ersten Schluck.

»Europäischer Kaffee, es gibt nichts Köstlicheres.«

Der zweite Schluck schmeckte noch besser. »Kolumbianischer?«

Michael hielt den Kopf schief. »Richtig. Aber wer verbringt schon freiwillig mehr Zeit als nötig dort unten?«

»Da hast du recht.«

Sie sprachen über Kaffee und Reisen und verzehrten dabei das leichte Frühstück. »Also, warum sind wir in Rom?«, wollte Val schließlich wissen.

Michael sah ihn, plötzlich ernst geworden, an. »Ich weiß nicht, ob du das wirklich hören willst.«

Val spürte, wie das Lächeln auf seinem Gesicht gefror. »Warum sollte ich das nicht hören wollen?«

Von hinter ihm vernahm er Margarets Stimme. »Weil wir eine Spur bezüglich deines zukünftigen Schwagers verfolgen.«

Val war sich nicht sicher, was schlimmer war: die Tatsache, dass Michael und Margaret in Rom waren, in Italien, in Verfolgung von Alonzo, oder die Tatsache, dass sich ihm dabei nicht die Nackenhaare aufstellten. »Warum?«

Margaret und Michael wechselten einen Blick.

»Es ist der Wein«, unterrichtete Michael ihn. »Etwas bei seinem Wein passt einfach nicht.«

Margaret stand daneben, beobachtete genau seine Reaktion, wenn Val das richtig deutete. Die Frau, die er eben erst geliebt hatte, und das sehr gründlich, war nervös.

Er winkte sie zu sich und klopfte sich lächelnd aufs Bein.

Sie trat dichter zu ihm und setzte sich ihm auf den Schoß. Ihre Haut roch seifenrein, ihr Haar duftete nach Rosen. Es war kein bisschen Make-up auf ihrem Gesicht, und sie war wunderschön. Nervös, aber wunderschön.

Sie nippte Kaffee aus seiner Tasse und goss nach, während Michael redete.

Der Geschmack von Alonzos Wein war ihm vertraut, behauptete Michael. So vertraut, dass er zweifelte, ob er wirklich aus der Region stammte, die Alonzo genannt hatte. Als Michael Val von seinem Gespräch mit einem Mann erzählte, der sich mit Wein besser auskannte als Val mit Luxusferienanlagen und italienischen Mamas, die sich überall einmischten, fand er sich mit der Frage konfrontiert, warum Michael und Margaret den ganzen Weg nach Italien geflogen waren, bloß wegen einer Vermutung.

»Das ist alles, was wir haben«, sagte Margaret, während sie ihm ein mit Butter bestrichenes Hörnchen hinhielt.

»Alonzos Wein schmeckt wie ein anderer, den du kennst, also fliegt ihr nach Übersee, um der Sache auf den Grund zu gehen?«

Michael und Margaret wechselten wieder einen Blick.

»Ich mag ihn nicht«, platzte Margaret heraus. »Ich glaube nicht, dass er der richtige Mann für deine Schwester ist. Und ich denke, er verbirgt etwas.«

»Er verbirgt etwas, weil du ihn nicht magst?«

Margaret stand von Vals Schoß auf und ging zu den Vorhängen, die die Sicht auf Rom versperrten. Sie öffnete sie, und Tageslicht flutete ins Zimmer. »Ich kann ihn nicht leiden, darum habe ich Ermittlungen über ihn angestellt.«

Das ließ Val innehalten. »Ermittlungen über ihn?«

Sie drehte ihm weiter den Rücken zu. In langen Hosen und einem Seidenshirt, die Füße nackt, war sie unglaublich sexy. »Er gibt mehr Geld aus, als er verdient«, verriet sie ihm.

Val merkte, dass er mit dem Finger auf den Tisch trommelte. Er wusste, Alonzo führte ein extravagantes Leben. Er hatte den Lebensstil des anderen Mannes mitberücksichtigt, als er seinen Wunsch, seine Schwester zu heiraten, akzeptiert hatte. Gabi verdiente einen Mann, der gut für sie sorgen konnte.

Sie verdiente auch Privatsphäre, und das hatte Val davon abgehalten, einen kompletten Hintergrundcheck von ihrem Verlobten machen zu lassen. Ein Muskel an seinem Auge begann zu zucken. »Woher weißt du das?«

»Weil ich ihn überprüft habe.« Margaret drehte sich um, richtete ihren ruhigen Blick auf Val. »Der Mann verbirgt etwas, Masini, und wir sind hier, um herauszufinden, was das ist.«

Er umfasste die Kaffeetasse fester, ehe er sie abstellte. »Selbst wenn das stimmt, was hat das mit den Fotos von euch beiden zu tun?«

Margaret zuckte die Achseln. »Es hat vielleicht gar nichts mit uns zu tun. Oder der Mann weiß, wir sind ihm auf die Schliche gekommen, und möchte eine Handhabe, um unser Schweigen zu gewährleisten. Daher die Fotos.«

»Alonzo war gar nicht auf der Insel, als die Bilder gemacht wurden.« Doch noch während die Worte seinen Mund verließen, erinnerte sich Val, dass jemand von seiner Besatzung es auf jeden Fall gewesen war. Und sein zukünftiger Schwager und seine Crew unterliefen nicht die gleiche rigorose Überprüfung wie seine Angestellten oder auch seine Gäste.

»Falls wir uns irren, verlassen wir Italien mit vollem Magen und ein oder zwei Kisten Wein. Wenn wir aber recht haben ...« Michael blickte zu Margaret.

»Bewahren wir eine Freundin davor, einen Riesenfehler zu begehen.«

»Du meinst Gabi.« Val fand sein Lächeln wieder. Der Umstand, dass Margaret keine Mühe scheute, um sicherzustellen, dass seine Schwester nicht den falschen Mann heiratete, erfüllte ihn mit einem Gefühl der Wärme.

»Gabi ist zu vertrauensselig, zu gutgläubig. Entweder ist Alonzo irre gut im Bett, oder sie ist ...«

»Ich möchte nichts über das Sexleben meiner Schwester hören«, unterbrach Val sie.

Margaret kam zu ihm zurück, setzte sich ihm wieder auf den Schoß und küsste ihn fest auf den Mund. »Lass uns dafür sorgen, dass deine Schwester nicht den größten Fehler ihres Lebens begeht.«

Val legte die Hände um Margarets Taille, liebte, wie sie sich anfühlte, wie sie roch. »Und wenn mit Alonzo alles stimmt, wir aber hier sind und nach seinen Fehlern suchen?«

»Woher sollen sie davon erfahren? Sie sind auf seiner Jacht, vollauf beschäftigt mit ...«

Er biss die Zähne aufeinander. »Wieder das Liebesleben meiner Schwester.«

Margaret erbarmte sich seiner. »Sie wird es nie erfahren, es sei denn, wir finden etwas. Und selbst wenn sie dahinterkommt, kann ich es auf meine Kappe nehmen. Du bist mir hierher gefolgt und hattest keine andere Wahl, als mitzukommen. Oder du kannst heimreisen und hast dann nichts hiermit zu tun.«

»Und lasse dich in Italien ohne jegliche Sprachkenntnisse? Was erwartest du herauszubekommen, wenn du gar nicht verstehen kannst, ob jemand dir einen wichtigen Hinweis gibt oder dich einfach nur eine dumme Touristin schimpft?«

Michael winkte in ihre Richtung. »Er hat recht. Du, Val, kannst so tun, als würdest du kein Italienisch sprechen, und wir können die typischen Touristen spielen.«

»Und zur gegebenen Zeit kannst du dann den Einheimischen all die richtigen Fragen stellen. Das ist einen Versuch wert. Schlimmstenfalls ...«

»Reisen wir mit vollem Magen und ein paar Kisten Wein wieder ab«, beendete Val den Satz für sie.

Kapitel 21

Der Mann war sexy, selbstbewusst … und vollkommen in seinem Element, während er mit den Angestellten der Mietwagenagentur verhandelte, bevor sie vom Hotel aufbrachen. Wie es schien, hatten Michael und Val etwas gemeinsam, wenn es um schnelle Autos ging.

Natürlich bedeutete das, dass Meg sich auf dem Rücksitz eines Wagens wiederfand, der eigentlich keinen besaß, der diese Bezeichnung verdient hätte, während Val über die Autobahnen und Schnellstraßen Italiens raste. Zwar waren ihr die Straßenschilder nicht vollkommen fremd, sie brauchte aber einen oder zwei Augenblicke, bis ihr Gehirn sie richtig zugeordnet hatte. Val hingegen schaltete und schwenkte nach rechts und links, als wäre er hier zu Hause.

Es dauerte nicht lange, bis die Stadt hinter ihnen lag und sich das Land öffnete, sich vor ihnen erstreckte … und die ersten Weinberge auftauchten.

Michael hatte nicht aufgehört zu grinsen, seit sie das Hotel verlassen hatten.

»Es ist wie Mittelkalifornien, nur besser«, erklärte Meg vom Rücksitz.

Michael nickte. »Optimale Traubenproduktion. Kalifornien

produziert über achtzig Prozent des amerikanischen Weins. Aber das hier ist, wo der Wein geboren wurde ... Na ja, hier und in Frankreich.«

»Aber niemand mag die Franzosen.« Über Vals Witz mussten sie alle lachen.

Meg kannte keine Franzosen, hatte daher dazu auch keine Meinung.

»Es ist die Geschichte, die Jahre des Weinanbaus, die jede Region einzigartig machen. Neue Winzer studieren sie, machen es sich zur Aufgabe, die subtilen Unterschiede zu kennen.«

Val fuhr gerne schnell. Er navigierte die scharfen Kurven der Straße, als wäre er dafür geboren, unterwarf das temperamentvolle Sportcoupé seinem Willen. »Du bist ein Schauspieler, was weißt du von den subtilen Unterschieden?«, erkundigte sich Val.

»Hollywood.«

Val gelang es, kurz zu Michael zu schauen, ehe er seine Augen wieder auf die Straße richtete.

»Bevor ich alt genug war, um trinken zu dürfen, hat mir Hollywood alles angeboten. Ich war zwanzig, als ich meinen ersten Film gedreht habe. Als wir mit der Produktion fertig waren, warteten auf uns an der Bar Kokslinien und Tequila.«

Diese Geschichte kannte Meg noch gar nicht. Und wusste, dass auch ihre Freundin Judy sie definitiv noch nicht gehört hatte. Sie beugte sich vor, um keine Silbe zu verpassen.

»Koks war keine Option. Dem habe ich keinen zweiten Blick gegönnt, aber der Tequila, der stand auf einem ganz anderen Blatt.«

Meg lachte. »Das hast du bereut, oder?«

Michael schüttelte den Kopf, als erinnerte er sich an die Schmerzen. »Ich weiß nicht, was Leute an dem Mist finden. Ich war eine Woche lang krank. Danach ging es mit den After-

Partys weiter, und mir fiel Wein und Champagner auf, immer zusammen angeboten mit Drogen und hartem Zeug. Ich wollte erwachsen sein, wollte aber nicht eine Woche danach leiden müssen. Hollywood konnte sich vernünftigen Wein leisten. Ich habe bald gelernt, was mir schmeckt und was nicht.«

Meg lächelte, erfreut, dass Michael ihnen etwas so Persönliches erzählte. »Also, warum machst du so ein Geheimnis aus deiner Liebe für Wein? Dein Weinkeller ist voll, und doch trinkst du in der Öffentlichkeit Bier.«

»Mein Image trinkt Bier.«

Meg schnaubte abfällig. »Vielleicht ist es an der Zeit, dein Image zu ändern. Bier ist das Getränk armer Männer. Wein oder sogar exklusiver Tequila sind für Leute mit Geld.«

Michael schien über ihre Worte nachzudenken.

»Es sei denn, du magst Bier«, erwiderte Val.

»Ich kann es nicht ausstehen.«

»Das Leben ist zu kurz, um etwas zu trinken, das du nicht magst.«

Dem stimmte Meg zu. Sie war hier direkt in der Heimat des Weins, und sie konnte das Zeug nicht ausstehen. Ein starker Whiskey war okay, aber Wein?

Bah!

Sie fuhren weiter durch die wunderschöne Landschaft, bis sie nach Umbrien kamen und zu dem Weingut, wo das produziert wurde, was, wie Michael steif und fest behauptete, exakt wie Alonzos Wein schmeckte.

Als sie in den Verkostungsraum gingen, war ihnen schon an der Haltung anzusehen, dass sie auf einer Mission waren.

Glücklicherweise war Michaels Gesicht überall auf der Welt bekannt. Die Angestellten überschlugen sich förmlich, um ihnen zu helfen, baten um Autogramme und schenkten ihnen mehr Aufmerksamkeit als allen anderen im Raum.

Es dauerte nicht lange, bis die Besitzer des Weinguts sich zu Michael vorgearbeitet hatten. Seine natürliche, umgängliche Art und sein Charme öffneten Türen, wie Meg es noch bei keinem anderen erlebt hatte.

»Meine Freunde«, bezog Michael sie in die Unterhaltung mit ein, »Miss Rosenthal und Mr Masini.«

Val schüttelte dem Besitzer die Hand und sprach ihn auf Italienisch an. Der Plan, nicht zu verraten, dass er die Sprache beherrschte, galt erst ab dem Zeitpunkt, wenn sie in die Gegend kamen, in der sich angeblich Alonzos Weingut befand. Hier hatte Val freie Hand, zu sagen, was er sagen musste, um die Antworten zu erhalten, die sie suchten.

»Also wollen Sie mehr über unseren Wein erfahren«, bemerkte ihr Gastgeber.

»Ich fürchte, im Gegensatz zu unserem berühmten Freund sind wir nicht sehr bewandert, was Wein betrifft. Er behauptet, Sie wären der Beste. Wir hoffen, Sie können uns weiterhelfen.«

Luciano, von allen nur Luc genannt, nahm die drei mit in den hinteren Teil des Verkostungsraums, um ihnen eine Privatführung zu geben. Meg fragte sich kurz, ob irgendjemand jemals Michael kurz abfertigte.

Die Wände aus grob gehauenem Stein öffneten sich zu einem größeren Gewölbe, in dem ein paar Tische standen und Hunderte von Weinflaschen. Hier war es kühl, und es unterschied sich stark von dem Raum oben, wo die gewöhnlichen Kunden im Stehen Wein kosteten.

Luc erzählte ihnen, wie alt das Weingut war, sprach von seinen Vorfahren, die das Anwesen vor ihm besessen hatten. Immer wieder wandte er sich an Val und sagte etwas auf Italienisch zu ihm, fuhr dann fort, als ob alle ihn verstanden hätten.

»Null vier war ein fantastisches Jahr.« Luc griff in das oberste Regal des kühlen Kellers und wischte eine Flasche ab, die eigentlich schon staubfrei war. »Das ist der Jahrgang, von dem Sie gesagt haben, er hätte Ihnen besonders gut geschmeckt, *si*?«

Michael studierte das Etikett kurz, ehe er dem Winzer die Flasche zurückgab. »Ich habe mehrere Flaschen davon in meiner Sammlung.«

Luc neigte den Kopf, als billigte er, dass Michael zu seinen Kunden zählte. »Sagen Sie mir, was Sie wissen möchten, *signore*. Sie mögen meinen Wein ja bereits.« Er legte sich eine Hand auf die Brust. »Kann es sein, dass Sie hergekommen sind, um vielleicht einen neuen Lieblingswein zu finden?«

»Ich würde natürlich liebend gern mehr probieren, aber ich möchte auch meinen Freunden die Vielfalt Ihres Angebots vor Augen führen und ihnen zeigen, was sie von den anderen italienischen Weinen unterscheidet.«

Luc streckte eine Hand aus, lud sie ein, sich zu setzen, während er eine einfache Gegensprechanlage benutzte, um einen Angestellten herunterzubitten. Ehe Meg richtig auf dem Stuhl hatte Platz nehmen können, betraten schon drei Mitarbeiter den Raum und begannen Weingläser vor ihnen aufzustellen. Luc zog Flaschen aus seiner Sammlung hervor, gleichzeitig wurden auch andere aus dem Raum oben heruntergebracht. Ein Teller mit Crackern, Käse und Oliven sowie ein paar Sachen, die Meg auf den ersten Blick nicht identifizieren konnte, wurden vor ihnen auf den Tisch gestellt.

»2004 war das Wetter perfekt. Wir hatten gehofft, das darauffolgende Jahr würde ebenso gut werden, aber leider hat der Regen der nächsten Saison uns allen eine geringere Ernte beschert.« Während Luc sich über Wetterbedingungen ausließ, schenkte er eine kleine Menge Wein in drei Gläser ein.

Statt das Glas zu nehmen und Michaels und Vals Beispiel zu folgen, wandte Meg ihre Aufmerksamkeit wieder Luc zu. »Ich würde mich am liebsten durch die Weinprobe schummeln, Luc, aber das wäre irgendwie eine Schande. Bitte sagen Sie mir, worauf ich achten, was ich riechen sollte.«

»Das ist mir ein großes Vergnügen, *signorina.*« Luc redete über Farbe und Vollmundigkeit des Weins. Sie erwartete, dass er seine Nase tief in das Weinglas stecken würde, aber stattdessen hielt er es sich einfach nur darunter und atmete den Duft ein. Luc sprach davon, worauf man achten musste, wenn man an Wein roch, auf jeden Fall auf die schlechten Sachen. »Aber davon wird man hier nichts finden«, erklärte er. »Also, können Sie die Eiche riechen?« Meg war sich nicht sicher, ob sie Eiche erkannte oder nicht. »Wir lassen diesen Jahrgang in unseren ältesten Fässern reifen.«

»Verwenden Sie sie mehrmals?«, wollte Meg wissen.

»Ja, viele Male. Neue Fässer haben einen völlig anderen Geruch.«

Als sie schließlich bereit waren für den ersten Schluck, konnte Meg es praktisch kaum erwarten, den nach Eiche duftenden, nicht zu dicken, roten, aber nicht purpurroten Wein zu kosten.

Sie und Michael schluckten beide den angenehm schmeckenden Wein herunter, während Val das Spuckgefäß benutzte, das dafür vorgesehen war.

Sie probierten mehrere verschiedene Cuvées und Rebsorten, knabberten jedes Mal zwischendurch Cracker. Schließlich wurde die Frage gestellt, die ihnen allen unter den Nägeln brannte.

»Was macht diesen Wein für diese Region so typisch, Luc?«, erkundigte sich Michael.

»Ich würde es mir liebend gerne als Verdienst anrechnen, aber die Wahrheit ist zu bekannt, als dass ich damit durchkäme. Der einzigartige Geschmack kommt von der Sagrantino-Traube. Sie wächst in dieser Region beinahe exklusiv.«

»Enthalten all Ihre Cuvées diese Traube?«, fragte Val.

»Nicht alle, aber während dieses Produktionsjahrs haben

wir mehr davon verwendet.«

Es wurde Zeit für Meg, die offensichtliche Frage auszusprechen. »Also werden wir keinen Wein, der so schmeckt, sagen wir in … Kampanien finden, oder?«

Luc lächelte sie an. »Das ist nicht möglich, *signorina*. Manche Weine mögen nahe herankommen, aber sie werden nicht genau so schmecken. Nicht für die geschulte Zunge jedenfalls. Für jemanden wie Sie, der noch nicht die subtilen Unterschiede kennt, mag es schwierig sein, verschiedene Anbauregionen herauszuschmecken.«

»Ich wette, Michael könnte den Unterschied erkennen«, erwiderte sie.

Luc richtete seine Augen auf Michael. »Sollen wir Sie testen?«

»Sehr gerne.«

Luc legte den Kopf schief und sprach mit gedämpfter Stimme mit einem seiner Angestellten, der kurz darauf verschwand, nur um mit mehreren Flaschen in Stoffhüllen zurückzukehren.

Val und Meg lehnten sich zurück und beobachteten, wie die Gläser abgeräumt und neue an ihren Platz gestellt wurden.

Michael schwenkte, wirbelte, nippte und spuckte aus, ohne ein Wort von sich zu geben. Er schrieb seine Antwort mit der Region auf und legte den Zettel umgedreht vor die unkenntlich gemachte Flasche, ehe er sich der nächsten zuwandte.

»Er sieht zumindest so aus, als wenn er wüsste, was er da tut«, flüsterte ihr Val ins Ohr.

Meg zuckte die Achseln. Sie konnte den Unterschied zwischen verschiedenen Whiskeysorten herausschmecken, daher schien es ihr nicht unmöglich, dass Michael das bei Wein konnte.

Michael zögerte bei der letzten Flasche, probierte zweimal, ließ sich die Flüssigkeit die Kehle hinablaufen, statt sie auszuspucken. »Netter Versuch«, sagte er an Luc gewandt.

»Lassen Sie uns sehen, wie Sie sich geschlagen haben.« Luc zog die Hülle von der ersten Flasche, stellte sie so, dass Michael das Etikett sehen konnte. »Aus Venetien.« Er drehte Michaels Antwort um und lächelte. »Stimmt.«

Die zweite Flasche war aus der Toskana und die dritte eine von Lucs Weingut, die vierte aus Kampanien und die fünfte aus Sizilien. »Und die letzte?«, fragte Luc mit einem seltsam stolzen Ausdruck im Gesicht.

»Napa.« Michael lachte.

»Ich denke, wir können mit Sicherheit sagen, dass Michael sich mit Weinregionen auskennt«, bemerkte Meg zu Val.

Nachdem Michaels Geschmacksknospen den Test bestanden hatten, war es in der Tat Zeit, Alonzos Wein anzuzweifeln.

Luc brachte sie aus dem privaten Verkostungsraum nach oben zurück und lud sie zum Dinner ein. In Anbetracht der Zeit, die er ihnen gewidmet hatte, wäre es eine Beleidigung gewesen, abzulehnen.

Sie blieben zum Essen, tranken mehr Wein, und als sie schließlich aufbrachen, hatten Michael und Val größere Mengen bei Luc bestellt, zur Lieferung in die Vereinigten Staaten.

»Und was jetzt?«, wollte Meg wissen, als sie zurück zum Hotel fuhren.

»Morgen geht es in den Süden.«

»Zu Alonzos Weingut?« Meg war sich nicht sicher, ob das eine gute Idee war.

»Zu den angrenzenden Betrieben. Mal sehen, was wir bei seinen Nachbarn in Erfahrung bringen können«, schlug Val vor.

In seine Augen trat ein besorgter Ausdruck, und Meg strich ihm mit der Hand über den Oberschenkel, während er fuhr. Er küsste ihre Finger, ehe er ihre Hand wieder zurücklegte.

Warum gab Alonzo fremden Wein als seinen eigenen aus?

Megs Gedanken wanderten zu Gabi. Etwas sagte ihr, dass

ihre Freundin doch nicht so bald ein Brautkleid tragen würde. Vals Miene nach zu schließen, und wenn auch nur die Hälfte ihrer Vermutungen stimmte, würde er Gabi eher in einen Elfenbeinturm einsperren, als zuzulassen, dass seine Schwester einen Lügner heiratete.

* * *

Die Zeremonie hatte nur ganz kurz gedauert. Gabi wollte glauben, dass das deswegen war, weil im Leben die guten Sachen oft viel zu schnell vorüber waren. Von der Sonne, dem Meer und der Bedeutung dessen, was sie tat, wirbelte ihr der Kopf. Als der Kapitän Alonzo sagte, er könne die Braut jetzt küssen, schlang ihr Ehemann die Arme um sie und drückte sie.

Ein Besatzungsmitglied machte während der kurzen Feier ein paar Fotos und dann wieder, als sie auf ihr Eheversprechen anstießen.

Gabi erinnerte sich daran, ein Papier unterzeichnet zu haben, und wunderte sich, wo Alonzo mitten auf dem Meer eine Heiratslizenz herbekommen hatte. Dann hatte er sie in seine Kabine gebracht.

Stunden später erwachte sie mit Kopfschmerzen und unruhigem Magen. Wie zuvor war Alonzo nirgends zu sehen. Die Sonne ging gerade unter, und es wehte eine kühle Brise, die ihr half, einen klaren Kopf zu bekommen, als sie das Bett verließ.

Alonzo stand an der Reling und blickte über das Wasser, während die Sonne sich dem Horizont näherte. »Da bist du ja«, sagte sie und schlang ihm die Arme um die Mitte.

Er bedeckte ihre Hand mit seiner und küsste sie auf den Scheitel. »Du sahst so friedlich aus, Mrs Picano. Es war meine Pflicht als Ehemann, dich schlafen zu lassen.«

»Und den Sonnenuntergang verpassen?«

Er zog sie enger an sich.

So von seinen Armen gehalten, sagte sie: »Wir sind also wirklich verheiratet.«

»Ganz genau.«

»Ich denke, das muss das Spontanste sein, was ich je getan habe«, verriet ihm Gabi mit einem Seufzen.

Alonzo lehnte sich zurück, und sein Lächeln verblasste. »Du hast immer noch Kopfschmerzen, nicht wahr?«

Sie kniff die Augen zusammen. »Ein bisschen.«

Er drückte sie auf eine Bank und trug ihr auf, auf ihn zu warten. Als er zurückkehrte, hatte er eine weitere Dosis Aspirin und ein Glas Wasser.

»Du kümmerst dich so fürsorglich um mich«, bemerkte sie.

»Das habe ich ja auch versprochen, oder?«

Gabi konnte sich nicht wirklich erinnern, ob das Teil des Eheversprechens gewesen war. Sie machte sich Vorwürfe, dass sie die Worte so schnell vergessen hatte. Vielleicht würde sie sich klarer an alles erinnern können, wenn es ihr erst einmal besser ging.

Alonzo setzte sich neben sie und zog ihren Kopf an seine Schulter. Das leise Schaukeln der Wellen zusammen mit der Medizin machte kurzen Prozess mit ihrem Unwohlsein. Sie begann sich zu fragen, ob vielleicht Alonzos Arznei aus Italien ein Wundermittel war. Nie zuvor in ihrem Leben waren Schmerzen so schnell vergangen. Genau genommen fühlte sich ihr Kopf fast ein bisschen schwerelos an.

»Schon besser?«, fragte Alonzo, nachdem die Sonne untergegangen war.

»Das musst du sein«, antwortete sie.

Er stand auf und griff nach ihr. »Dann komm mit mir. Ich habe ein Dinner vorbereiten lassen, wie es meiner jungen Braut würdig ist und das jetzt auf uns wartet.«

Sie hatte das Gefühl zu schweben, so wie auch der Schmerz

verflog, während sie speisten, tranken und sogar tanzten. Die Nacht war magisch. Alles, was sich Gabi je von ihrem Hochzeitstag erwünscht hatte.

Am nächsten Morgen stand ein Arzneifläschchen neben einem Glas Wasser.

Alonzo war wieder irgendwo anders und nicht an ihrer Seite.

KAPITEL 22

»Das ist unser drittes Weingut, und niemand spricht mit uns.« Margaret steckte ihren Kopf zwischen den Sitzen nach vorne. Alles, was Val wahrnahm, war der Duft ihres Haares. Das Hotel hatte Shampoo mit Traubenkernöl … Das Parfum betörte ihn. Oder vielleicht war es auch die Frau, die es benutzte.

»Es ist beinahe, als ob sie absichtlich nicht redeten.«

Michael sprach die Worte aus, die auch Val durch den Kopf gingen. Sie waren zu dem Weingut östlich von Alonzos gefahren, und Margaret und Michael hatten sich als Paar ausgegeben. Val war kurz darauf in den Verkaufsraum gekommen und hatte sich in ihrer Nähe aufgehalten, während sie Wein tranken und Fragen stellten. Sobald sie das Gespräch auf das Weingut Picano brachten, war es, als würde ein Vorhang fallen, und niemand lächelte mehr.

Auf dem zweiten Weingut südlich davon erging es ihnen nicht anders. Im Weingut nördlich von Alonzos war man etwas weniger zugeknöpft, aber auch hier fiel kein Wort über ihren Nachbarn. Das Anwesen war in den vergangenen Jahren durch verschiedene Hände gegangen, aber mehr war nicht zu erfahren. Trotzdem hatte Val den Eindruck, dass da eine Kommunikation ablief, die er nicht vernehmen konnte, nicht mal mit seinen Italienischkenntnissen.

»Ich schlage vor, wir ändern unsere Taktik«, schlug Margaret vor. »Beim nächsten Mal bleibst du im Auto«, erklärte sie Michael. »Val und ich gehen rein. Ich werde ein bisschen beschwipst sein, und mein italienischer Lover wird versuchen, bei mir zu landen, indem er mich zu Alonzos Weingut bringt.«

Alonzo bot keinen Direktverkauf an, was an und für sich nicht völlig ungewöhnlich war, aber mit so vielen Weingütern in der Umgebung war das vielleicht für das Geschäft nicht die günstigste Vorgehensweise.

Margaret öffnete die oberen Knöpfe ihrer Bluse, bis die warme italienische Luft über die Haut in ihrem Ausschnitt strich.

»Was tust du da?«

»Ich mach mich ein bisschen zurecht«, erwiderte sie, bevor sie Lipgloss auftrug. Sie zerzauste sich leicht das Haar und warf Val eine Kusshand zu.

Sie war wunderschön. Selbst in ihrem Versuch, wie jemand auszusehen, der leicht zu haben war. Val kannte die Frau darunter. Sie war frustrierter als er, dass sie bislang gegen so viele Mauern gerannt waren. Gabi war ihr wichtig. *Lass uns dafür sorgen, dass deine Schwester nicht den größten Fehler ihres Lebens begeht.* Ihre Worte hallten Val in den Ohren wider. Er war so in sein eigenes Leben verstrickt gewesen, in seine Arbeit, dass er die Aufgabe, seine Schwester zu beschützen, vernachlässigt hatte. Er hätte Alonzo genauer überprüfen müssen. Aus dem Wunsch heraus, die Privatsphäre seiner Schwester zu wahren, hatte er alles, was Alonzo ihm präsentiert hatte, einfach für bare Münze genommen.

Val hatte überprüft, ob Alonzos Name tatsächlich zu dem Weingut gehörte. Aber das war auch schon alles gewesen.

Jetzt, Monate später, fuhr er durch die italienische Landschaft, um die Wahrheit über seinen zukünftigen Schwager aufzudecken. Dem Mann, der mit seiner Schwester schlief.

Val wand sich innerlich. Seine Schwester war genau in diesem Moment allein mit ihm.

Ein Kurzurlaub, hatte Alonzo es genannt. Ein Weg, mit seiner zukünftigen Braut wieder vertrauter zu werden … Warum musste ein Verlobter mit seiner zukünftigen Braut wieder vertrauter werden?

Michael fuhr auf den Parkplatz, und Val half Margaret vom Rücksitz.

Sobald sie das Auto verlassen hatte, begann Margaret zu kichern und gegen ihn zu stolpern.

»Alles okay?«

Sie sandte ihm einen vorwurfsvollen Blick. »Spiel mit, Val.«

Er setzte ein Lächeln auf und führte sie in den Probierraum.

Laut und amerikanisch war eine Kunstform, und Margaret beherrschte sie perfekt.

»Oh, das ist aber hübsch«, rief sie, als sie den klimatisierten Raum betraten.

»Der Letzte war auch schön.«

Es gab ein paar Kunden, die an der Theke zum Probieren standen, den Wein schwenkten und kosteten. Die meisten tranken ihn, ein paar spuckten ihn aber auch wieder aus.

Margaret lief schnurstracks auf einen der Angestellten zu und klimperte mit den Wimpern. Val hielt sich nicht unbedingt für einen eifersüchtigen Mann, und er wusste, Margaret gab ihre beste Hollywood-Vorstellung, aber trotzdem störte ihn die Aufmerksamkeit, die sie dem jungen Mann hinter der Theke schenkte.

»Für welchen Wein ist dieses Gut bekannt?« So begann sie die Unterhaltung?

Der andere Mann richtete seine Augen auf Val.

»Wir sind heute schon den ganzen Tag in der Region unterwegs«, erklärte er dem Mann auf Englisch.

»Unsere Weine sind preisgekrönt«, antwortete der andere ebenfalls auf Englisch. »Nicht dass Sie einen Unterschied bemerken würden, angesichts der Menge, die Sie bereits intus haben«, fügte er auf Italienisch hinzu.

Val sparte es sich, so zu tun, als hätte er den Mann nicht verstanden.

Sie lachten beide und lächelten Margaret an.

»Was hat er gesagt?«, wollte sie wissen, während sie eifrig wie ein junger Hund auf Vals Schoß kletterte.

»Er sagte, du wärest schön, *cara*.«

Der Angestellte lachte erneut leise.

»Bringen Sie uns bitte eine Auswahl Ihrer prämierten Weine«, trug Val dem Mann auf Italienisch auf.

Der stellte Gläser vor sie und begann einzuschenken.

Margaret wirbelte den Weißwein und lächelte breit. »Mach ich's richtig?«

Val hätte sich am liebsten auf die Lippe gebissen, verkniff es sich aber. »Nur mit rotem, *bella*. Riech einfach dran.«

»Oh. Okay.«

Margaret roch und schluckte.

»Schmeckt wie Rosen.«

Val wandte sich zu dem Angestellten um, der kaum merklich den Kopf schüttelte.

Dann war Val an der Reihe, spuckte den Wein aber aus. In der Cuvée war nicht mal der Anflug von irgendwas Blumigen. Wenigstens nicht für seinen Geschmackssinn.

Beim dritten Schluck rief Margaret: »Eiche … Ich rieche Eiche.«

Wieder schüttelte der Angestellte den Kopf. »Unsere Weißweine lagern wir nicht in Eichenfässern.«

Margaret schob schmollend die Unterlippe vor und gab sich

große Mühe, die leicht dümmliche Blondine perfekt zu spielen. »Mist. Ich dachte, diesmal hätte ich's. Ich wette, das nächste Weingut an der Straße hat Eiche. Wie hieß es noch einmal?«

»Picano. Dahin fahren wir als Nächstes, *cara*. Mach dir keine Sorgen.«

Der Mann schüttelte den Kopf. »Da gibt es keine Weinproben«, teilte er ihnen mit.

Margaret verzog die Lippen noch mehr zum Schmollmund. »Warum nicht? Das hier ist Italien, oder etwa nicht? Die Heimat von Wein und Liebe?« Sie rieb ihre Lippen lang genug über Vals Hals, dass der Mann hinter der Theke unruhig wurde.

»Ich bin mir nicht sicher, warum sie das nicht anbieten.« Der Angestellte holte einen Rotwein hinter der Bar hervor und hielt ihn Val hin. »Für die Dame?«

Val nickte knapp und sagte: »Ich weiß, ich habe ihren Wein in den Staaten getrunken. Gibt es eine Stelle, wo man ihn kaufen kann?«

Falls das Gespräch über das Angebot eines anderen Winzers den jungen Mann hinter der Theke störte, so konnte Val davon nichts erkennen. »Nicht hier in der Gegend. Ich glaube, sie exportieren alles.«

Margaret nippte vom Wein und hörte zu.

»Ist das normal?«, wollte Val wissen.

Der Junge senkte seine Stimme zu einem Flüstern. »Ich glaube, sie sind eingeschüchtert von all den großen Namen um sie herum. Die neuen Besitzer sind selten da, und es ist nicht auszuschließen, dass die Qualität nicht so toll ist.«

Margaret schob ihr Glas zu Val. »Der hier ist gut.«

Val kostete und musste ihr zustimmen. Nachdem sie ein paar Flaschen von dem Rotwein gekauft hatten, von dem Margaret gesagt hatte, er hätte ihr geschmeckt, gingen sie zurück zum Auto.

Sie erzählten Michael, was sie herausgefunden hatten, während sie zu dem letzten Weingut weiterfuhren, das an Alonzos angrenzte.

»Wer macht italienischen Wein und verkauft ihn nicht in Italien?«, fragte Margaret in die Runde.

»Das habe ich auch noch nie gehört.« Michael bog in die Zufahrt zum nächsten Weingut ein. »Was haben wir hier vor?«

»Ich denke, du solltest in den Verkostungsraum gehen und für Ablenkung sorgen. Val und ich können einen kleinen Spaziergang durch den Weinberg machen und vielleicht sogar einen Blick auf Alonzos Betrieb werfen.«

»Unbefugtes Betreten?«

»Versehentlich von einem Weinberg in den nächsten geraten. Die sehen doch alle gleich aus«, sagte Margaret zu Val mit einem leichten Flattern ihrer Augenlider.

»Ich wusste, dass du durchtriebener bist, als bei meiner Überprüfung ersichtlich war«, teilte Val ihr mit.

»Das Leben ist zu kurz, um die ganze Zeit auf dem rechten Weg zu bleiben.«

Michael lachte. »Das kannst du laut sagen.«

Auf dem Parkplatz standen mehrere Autos. Sie fuhren an ihnen vorbei und fanden im hinteren Teil eine freie Stelle im Schatten eines Baumes. Michael setzte seine Brille auf, ehe er die Tür öffnete. »Gebt mir fünf Minuten.«

»Geh und reiß sie von den Sitzen, Mr Hollywood.« Margaret tätschelte ihm die Schulter, bevor er ausstieg.

Sie schauten beide zu, bis er den Probierraum betrat und ihren Blicken entschwand. »Ich mag deine Freunde«, erklärte Val.

»Michael ist ein herzensguter Mensch. Die ganze Familie ist bodenständig, ehrlich … Es ist schwer zu erklären.«

»Weiß seine Familie über ihn Bescheid?« Sie hatten über Michaels sexuelle Orientierung noch nicht gesprochen, und Val wollte damit auch jetzt nicht anfangen.

»Meinst du den Ryder-Faktor?«

Selbst Margaret redete um den heißen Brei herum.

»Ja.«

»Die meisten schon. Seine Eltern jedoch sind immer noch ahnungslos genau wie seine jüngere Schwester. Aber es ist nur eine Frage der Zeit.«

»Warum sagst du das?«

Sie zuckte die Achseln. »Ich kann es schwer an etwas festmachen, warum ich das Gefühl habe. Er hat sich in den letzten paar Jahren sehr verändert, nachdem er es seinem Bruder und zwei seiner Schwestern erzählt hat. Wir haben darüber geredet. Er weiß, dass es eine Familie belastet, seine Geheimnisse voreinander zu hüten. Keiner von ihnen möchte derjenige sein, dem versehentlich was rausrutscht und der dann alles ruiniert, verstehst du?«

»Die Lügen müssen schwierig sein.«

Margaret richtete ihre Augen auf sein Gesicht. »Ich hasse es, dass wir in einer Gesellschaft leben, wo er es als notwendig empfindet, jemanden zu spielen, der er nicht ist.«

»Die Dinge ändern sich.«

»Nicht schnell genug.«

Da war sie wieder, die Leidenschaft für Richtig und Falsch, die Margaret zeigte, wenn es um Menschen ging, die ihr am Herzen lagen. Val streckte eine Hand aus und umfing ihre Wange. »Deine Freunde können sich glücklich schätzen, dich zu haben«, murmelte er.

Sie errötete unter dem Kompliment. »Keiner meiner Freunde hat mich gehabt ... obwohl ich sicher bin, dass manche sich das gewünscht haben.«

Die Frau brachte ihn zum Lachen, wenn er es am wenigsten erwartete. »So bescheiden, *bella*.«

»Man muss zeigen, was man hat, Masini.«

Er beugte sich vor und küsste sie, als besäße er dazu jedes

Recht. Als er sich wieder von ihr löste, hatte sie einen verträumten Ausdruck in den Augen. »Ich lass dich zeigen und erinnere jeden, der es versucht, daran, dass er dich nicht haben kann.«

»Oh?«

Er legte seinen Kopf schief, fasste an Margaret vorbei und stieß die Autotür auf. »Ich teile nicht.«

* * *

Ich teile nicht … Ich teile nicht …

Meg musste sich darauf konzentrieren, einen Fuß vor den anderen zu setzen und so zu tun, als hätte sie den Tag über mehr getrunken, als nur zu probieren. In Wahrheit hatte sie einen winzigen Schwips, und Val machte die Sache mit diesem »Ich teile nicht«-Gerede auch nicht besser.

Diese drei Worte sandten eine unerwartete Welle der Lust durch ihren Körper. Seit wann stand sie auf so was? Geteilte Freude ist doppelte Freude … oder etwa nicht?

Monogamie bedeutete Verbindlichkeit.

Und warum war »Verbindlichkeit« ein Wort, das so schwer zu schlucken war?

Etwas an »Ich teile nicht« berührte und beglückte sie zur gleichen Zeit.

Sie waren ein paar Meter in den Weinberg gegangen, als Val sie aufhielt. »Stell dich da drüben hin«, wies er sie an.

Aus ihren Gedanken aufgeschreckt, sah sie ihn aus schmalen Augen an. »Was?«

Er zeigte nach rechts, und sie bemerkte ein paar Arbeiter, die zu ihnen schauten.

Val holte sein Smartphone heraus und deutete auf sie, als wollte er ein Bild von ihr machen. »Lächle, *bella*.«

Ach richtig, sie waren ja auf einer Mission. Teilen, Verbindlichkeit, Anzüge, Künstler und alle Gedanken dazwischen würden warten müssen. Genau in diesem Moment mussten sie dafür sorgen, dass Gabi sich nicht an einen Kriminellen band.

Meg warf sich in Pose, und die Männer, die zu ihnen geblickt hatten, wandten sich ab.

»Sind sie noch da?«, wollte Val wissen.

»Nicht mehr.«

Val nahm ihre Hand und begann, den Berg weiter zu erklimmen, tiefer in die grün bewachsenen Hänge. Sie benötigten nicht lange, um die Kuppe zu erreichen und aus dem Sichtbereich des Verkostungsraumes, des Parkplatzes und der Arbeiter zu verschwinden.

»Ist das die Straße zu Alonzos Weingut?«

Ein asphaltierter Weg verlief am Weinberg entlang, den sie auch schon auf der Karte gesehen hatten.

»Ich denke schon«, sagte Val.

Sie folgten der Straße, verbargen sich immer wieder zwischen den Reben, um nicht bemerkt zu werden.

»Was genau, glaubst du, werden wir hier finden?«, erkundigte sich Val.

»Vermutlich nichts. Es scheint, als ob es hier nicht gerade von Menschen wimmelt.«

»Ich frage mich nur, wie das möglich ist. Jedes Weingut, das wir besucht haben, hat überall Arbeiter. Je näher die Ernte rückt, desto mehr Helfer werden gebraucht.«

Langsam stieg der Weg vor ihnen wieder an, und die Straße schlängelte sich von ihnen fort. Die Grenzlinie zwischen den beiden Besitzungen war nicht mehr als eine Reihe Olivenbäume und Rosenbüsche.

»Lass uns annehmen, Michael hat recht damit, dass Alonzo Wein als seinen eigenen ausgibt, der gar nicht von diesem Weingut stammt«, begann Meg.

Val führte sie um eine Reihe Reben herum. »Sieht mir immer noch nach einer Menge Arbeit aus. Und was macht er mit all diesen Trauben, wenn er daraus keinen Wein herstellt?«

Alonzos Land bestand aus endlosen Reihen von Rebstöcken, genau wie bei allen anderen in der Gegend.

»Vielleicht ist es nicht genug ... Vielleicht wird der Wein einfach nichts.«

Val schien über ihre Worte nachzudenken, während der Weg steiler wurde.

Meg wurde langsamer, passte sich seinen Schritten an.

»Zeit für den Grenzübertritt«, bemerkte Val.

»Nach dir.«

Sie betraten Alonzos Land und entfernten sich von der Straße, behielten sie aber im Blick.

»Wie lange gehört ihm das Land jetzt schon?«

»Wenigstens fünf Jahre, vielleicht sogar mehr«, antwortete Val. »Die meisten dieser Anwesen, die lukrativen wenigstens, wechseln selten den Besitzer.«

»Könnte Alonzo eine Fehlinvestition getätigt haben, sodass er es nötig hat, sich mithilfe von gefälschtem Wein zu sanieren?«

»Und es riskieren, ins Gefängnis zu kommen? Das kann ich mir nicht vorstellen.«

Vielleicht konnte Val das nicht, Meg aber schon. Wie es aussah, war der Mann im einen Moment bitterkalt und zuckersüß im nächsten. Ihre Erfahrung mit Leuten, die sich so verhielten, war nie gut gewesen.

Auf der Straße hörten sie einen Wagen. Sofort blieben sie stehen und duckten sich zwischen die Reben. »Sieht aus, als wäre jemand da.«

»Falls dort Leute arbeiten, drehen wir um«, entschied Val, als sie sich wieder in Bewegung setzten, nachdem der Laster vorübergefahren war.

»Ich bin diejenige, die diesen verrückten Einfall hatte, und jetzt glaubst du auf einmal, es wäre eine schlechte Idee, wenn ich dabei bin?«

»Ich weiß nicht, ob ich je dachte, das hier wäre eine gute Idee.«

Meg ging um ihn herum, erklomm den Hügel. »Es ist die einzige Idee.«

Val bemühte sich, sie einzuholen, fasste sie an der Hand und nötigte sie, langsamer zu gehen.

Es gab eine große Scheune und ein kleines Haus. Viel kleiner als die Villen, die sie den ganzen Tag über besucht hatten. Nicht, dass die Größe des Hauses entscheidend wäre.

Je näher sie zur Scheune kamen, desto weniger sprachen sie.

Der kleine Laster, dem sie gefolgt waren, war nun vor dem größten Gebäude geparkt. Meg bezeichnete es im Kopf als Scheune, aber es war vermutlich der Ort, wohin die Trauben zur Weiterverarbeitung gebracht wurden.

Sie waren an keinem besonders guten Aussichtspunkt, aber sie konnte trotzdem klar genug erkennen, was unten geschah. Die Unterhaltung zu belauschen erwies sich jedoch als unmöglich.

Es wurde irgendeine Art schwerer Ausrüstung zu dem Lieferwagen gebracht, mit der viele Fässer ausgeladen und auf einen Aufzug befördert wurden. Die drei Männer, die diese Arbeiten ausführten, gingen vorsichtig mit den Fässern um. Es war offensichtlich, dass sie voll waren.

»Seit wann lässt ein Weingut sich volle Weinfässer liefern?«

Val sagte nichts, schaute nur zu.

Diese Prozedur wurde mehrere Male wiederholt, und dann kamen die Kisten. Weinkisten wurden auf die Lastkarren geräumt und in die Scheune gebracht.

»Genug gesehen?«, fragte sie.

Vals Kiefermuskeln verkrampften sich sichtlich, ehe er ihr mit einem knappen Nicken antwortete.

Vorsichtig machten sie sich auf den Rückweg, bis die

Scheune außer Sicht war, und dann gingen sie schneller den Hügel hinab, um die Olivenbäume herum und zurück zum Auto.

Val war sehr still, während er das Gesehene verarbeitete. Um ihm zu zeigen, dass sie mit ihm fühlte, wusste, wie schwer es für ihn sein musste, zu akzeptieren, dass sein zukünftiger Schwager ihn getäuscht und ihm weisgemacht hatte, jemand zu sein, der er eindeutig nicht war, hielt Meg weiter seine Hand.

Er drückte sie.

Und sie drückte zurück.

KAPITEL 23

»Ich muss wissen, wo sie sind, Lou.«

Zurück im Hotel erwartete Val eine unangenehme Überraschung.

»Mr Picano hat gesagt, es wäre nur ein kurzer Ausflug.«

»Wohin? Haben wir irgendeine Ahnung, wohin?« Val kannte die Antwort zwar, aber er konnte nicht anders und musste trotzdem fragen.

»Es ist eine private Jacht. Es ist völlig unklar, wo sie sind. Sie könnten nur wenige Meilen von unserer Küste entfernt sein. Vor Kuba.«

In Vals Kopf begann sich ein pochender Kopfschmerz breitzumachen.

»Unsere absolute Priorität ist jetzt Gabi. Wir müssen sie finden.«

»Sollen wir sie als vermisst melden? Entführt?«

Ja … Nein! »Noch nicht. Wir sollten erst herausfinden, was wir können, ohne die Behörden einzuschalten.«

»Wird gemacht, Boss. Sonst noch irgendetwas, was ich tun kann?«

»Nein. Rufen Sie an, jederzeit.«

Vals Angestellter legte auf, und ihm blieb nur noch, sich weiter Sorgen zu machen.

Margaret trat hinter ihn, frisch aus der Dusche, und ließ ihre Hände über seine Schultern gleiten. »Wir werden sie finden.«

Ein Klopfen an der Tür kündigte den Zimmerservice mit ihrem Essen an.

Val drückte Margarets Hand und verschwand selbst kurz im Bad, während sie zur Tür ging. Sie waren beide völlig zerzaust und staubbedeckt aus den Weinbergen zurückgekommen.

Unter anderen Umständen hätte Val das Abenteuer gefallen. Die Tatsache, dass er nicht über das tägliche Leben auf seiner Insel nachgedacht hatte, seit er Meg hinterhergeflogen war, fand er merkwürdig erleichternd. Erst als Margaret ihn über die wahre Natur von Alliance aufgeklärt hatte, hatte er verstanden, was auf dem Spiel stand.

Jetzt allerdings machte er sich über etwas anderes Gedanken, über jemanden, der sehr viel wichtiger war.

Nur mit seiner seidenen Pyjamahose und einem Morgenmantel vom Hotel bekleidet gesellte sich Val zu Michael und Margaret ins Wohnzimmer ihrer Suite.

Die beiden aßen gerade schon Salat und hatten eine der vielen Flaschen Wein, die sie während des Tages gekauft hatten, geöffnet.

»Fühlst du dich jetzt besser?«, fragte Margaret.

»Zumindest sauberer.«

Sie lächelte ihn verständnisvoll an.

Michael goss ihm Rotwein ein. »Wir spekulieren über das Motiv.«

Val zögerte, als er das Glas hob. »Wie kommt es, dass ein Schauspieler, ein Hotelier und die Office Managerin einer Heiratsvermittlung über Motive sprechen?«

»Weil wir die Mitspieler kennen«, teilte Margaret ihm mit.

»Und wenn das Motiv erst mal klar ist, hat man eine Chance, den Bösewicht zu schnappen.« Michael wedelte mit der Gabel durch die Luft. »Ich habe in genug Filmen mitgespielt, in denen es genau so passiert ist.«

»Filme.« *Nicht das wahre Leben*, überlegte Val.

»Vergessen wir Judy nicht«, sagte Margaret zu Michael.

Michaels Gesichtsausdruck wurde ernst.

»Was ist mit Judy?«, erkundigte sich Val.

Margaret stocherte in ihrem Salat herum, bevor sie ihn zur Seite schob und sich dem Hauptgang zuwandte. »Vor einigen Jahren hatte Judy einen Stalker.«

Das war nicht die Antwort, die Val erwartet hatte.

»Der sie schließlich entführt hat.«

Vals Gabel verharrte über seinem Essen.

Michael und Margaret wechselten einen Blick. Jeder Anflug eines Lächelns war verschwunden.

»Ich habe Judy getroffen. Sie ist Ricks Ehefrau, oder?«

Margaret nickte. »Sie hat überlebt. Aber … Nun, das ist nicht wichtig. Was wichtig ist, ist, dass wir logisch vorgehen müssen. Was hat Picano zu gewinnen, wenn er deine Schwester heiratet? Was hat er zu gewinnen, wenn er den Wein von jemand anderem als seinen eigenen ausgibt? Der Mann hat Geld, aber nicht genug Einkommen, als dass es seine Ausgaben deckt. Wie kommt das?«

Margaret sprach weiter. »Ist er Amerikaner? Ist er Italiener? Könnte er Gabi wegen der Staatsbürgerschaft brauchen? Hat sie Geld, an dem er interessiert ist? War er der Mann hinter den Fotos? Brauchte er etwas, mit dem er dich erpressen kann?«

Val sah den Schmerz in Margarets Augen, und ihm wurde klar, dass sie all das schon einmal durchgemacht hatte.

Statt sie zu zwingen, das erneut zu durchleben, versuchte Val, die Fragen zu beantworten, auf die er eine Antwort hatte.

»Alonzo ist Italiener. Meine Schwester zu heiraten würde es ihm letztendlich leichter machen, amerikanischer Staatsbürger zu werden, aber er hat nie gesagt, dass er das will. Wenn überhaupt, hat es ihm gefallen, dass sie Amerikanerin ist, während er hier in Italien zu Hause ist.«

»Aber wenn er nicht auf dem Weingut wohnt, wo lebt der dann, wenn er hier ist?«, überlegte Michael.

Margaret seufzte und nahm wieder ihre Gabel auf, hörte weiter zu.

»Ich habe keine Ahnung«, erwiderte Val zwischen zwei Bissen.

»Ich rufe Rick und Judy morgen an, um sie auf den neuesten Stand zu bringen«, sagte Margaret. »Vielleicht kann Rick das herausfinden.«

»Was das Geld betrifft … Ich habe mich immer um Gabi gekümmert. Ich habe die Insel mit dem Erbe meines Vaters aufgebaut. In Wirklichkeit gehören die Insel und alles, was wir damit verdienen, zu einem Drittel ihr. Auch wenn es nichts ist, worüber wir sprechen. Sie weiß, dass sie sich nie über Geld Sorgen machen muss.«

»Weiß das auch Alonzo?«, erkundigte sich Michael.

»Ich habe nie mit ihm darüber geredet. Keine Ahnung, ob Gabi das getan hat.« Wenn Gabi ihm von diesem Arrangement erzählt hätte, wäre das ein weiterer Punkt, der gegen den Mann sprechen würde.

»Also könnte Geld durchaus ein Motiv sein.«

Es gelang ihnen allen drei, etwas von dem Essen zu sich zu nehmen, und sie leerten eine Flasche Wein, bevor sie sich zurückzogen.

Weniger als eine halbe Stunde später lag Margaret in Vals Armen. Die einzige Helligkeit im Raum stammte von den Lichtern Roms.

»Erinnere mich daran, später noch einmal herzukommen«,

sagte sie, während er ihren nackten Arm streichelte. »Die Stadt sieht wunderschön aus.«

»Du bist noch nie hier gewesen?«

Margaret lachte leise. »Ich bin im regnerischen Staat Washington aufgewachsen. Die einzigen Reisen, die ich bisher unternommen habe, waren wegen meines Jobs. Nun, und wegen Judy. Ich bin in ihrer Heimatstadt gewesen, die meine wie New York aussehen lässt.«

»So klein?«

»Ich habe über Kleinstädte gelesen. Aber das ist nichts im Vergleich zu Hilton, Utah. Ich kann verstehen, warum drei der fünf Gardner-Kinder weggezogen sind.«

»Gardner?«

»Das ist Michaels Nachname. Wolfe ist nur für die Filme.«

Val erinnerte sich an etwas über einen anderen Namen für den Schauspieler, aber hatte es sich nicht gemerkt.

»Rom ist wunderschön. So voller Geschichte. Architektur. Judy würde ihre linke Brust dafür geben, durch diese Straßen zu laufen.«

Val lachte. »Ihre linke Brust, wirklich?«

»Sie ist ein totaler Geek, wenn es um Architektur geht. Ich kann dir nicht sagen, durch wie viele Museen sie mich während unserer Collegezeit geschleppt hat.« Margaret erzählte ihm mehr über ihre Erlebnisse mit Michaels Schwester. »Ich habe sie gezwungen, einige Bars mit unglaublichen Bands zu besuchen, und was tut sie? Sie spielt Pool und zockt alle ab. Aber echt.« In ihren Worten klang keine Spur von Bissigkeit an.

»Hört sich an, als wärt ihr beste Freundinnen.«

»Sind wir. Ich hab so viel Glück. Und sie scheint auf mich abgefärbt zu haben. Ich habe wahnsinnige Lust, den Vatikan zu besuchen und Michelangelos Werke anzusehen. Und dabei gefällt mir so was nicht mal.«

Val küsste sie auf den Kopf. »Dann werden wir wiederkommen. Sehen uns die Stadt an und alles was dein ›Gefällt mir nicht mal‹-Herz begehrt.«

Margaret seufzte, als wenn sie etwas sagen wollte, es sich dann aber anders überlegt hätte. Schließlich sprach sie es doch aus. »Nun, ich habe wirklich Glück, Judy zu haben. Das wurde mir sehr bewusst, als Gabi mir erzählt hat, dass sie keine enge Freundin hat. Wenn ich deine Schwester gekannt hätte, bevor sie Alonzo getroffen hat, hätte ich ihr vom ersten Tag an erklärt, dass sie etwas Besseres finden kann.«

Val schloss die Augen bei den Worten. »Ich hätte …«

»Nein, Val. Das ist ein Mädelsding. Männer sehen die Dinge nicht auf die Art, wie Frauen es tun. Du hast zu einem Portfolio Ja gesagt, Frauen sagen zu einer Person Ja und fragen sich erst dann, ob der Mann finanziell solide ist.« Margaret stöhnte. »Gott, das hört sich oberflächlich an.«

»Du brauchst dich nicht zu entschuldigen. Ein Mann sollte die finanziellen Bedürfnisse seiner Frau, seiner Familie erfüllen können.«

Sie schüttelte den Kopf. »Du bist so ein altmodischer Mann. Ich finde nicht, dass das wichtig ist. Was wichtig ist, ist, dass zwei Leute gemeinsam daran arbeiten, dass ihre Leben aus den richtigen Gründen zusammen funktionieren. Es würde nicht gut für Gabi aussehen, am Ende mit einem Mann dazustehen, der den ganzen Tag auf der Couch sitzt und darüber redet, sich irgendwann eines Tages einen Job zu suchen.«

»Oder mit einem Mann, der sein Geld vielleicht auf illegale Weise verdient.«

Die Worte hingen schwer zwischen ihnen im Raum.

»Wir werden sie finden«, erklärte Margaret. »Wir werden sie finden und Alonzo befragen, bis wir alles aus ihm rausgequetscht haben. Wir werden kritischer sein, als Gabi es je war. Die Chancen stehen gut, dass allein die Fragen sie dazu veranlassen werden, es sich noch einmal gründlich überlegen, ob er wirklich der Richtige für sie ist.«

Er hoffte das. Nach all den Fragen in seinem Kopf wollte Val Alonzo nirgendwo in der Nähe seiner Schwester haben. Wie hatte er so blind sein können? Gabi war jetzt mit diesem Mann zusammen. Irgendwo. Allein.

»Val, hör auf!«

Margaret setzte sich auf und sah ihn an.

»Was?«

»Du gibst dir die Schuld. Hör auf.«

»Du bist ganz schön fordernd.«

»Sagt der Mann, der vorgestern Nacht ohne Einladung in meinem Bett aufgekreuzt ist.«

War es wirklich erst vor zwei Tagen gewesen? Es war so viel geschehen, dass es ihm länger her zu sein schien.

»Die beste Idee überhaupt.«

Margaret schien über seine Worte nachzudenken, bevor sie sich über ihn lehnte, ihre Lippen einen Zentimeter über seinen. »Es war nicht ganz schlecht.«

Sie küsste ihn. Drückte ihre weichen Lippen gegen seine und vertrieb alle Gedanken an staubige Weinberge, Spionage und seine Schwester weit aus seinem Kopf.

Ich bin oberflächlich, so oberflächlich. Er war sofort hart, sein Körper vibrierte förmlich vor Verlangen. Er hätte müde sein sollen, sofort einschlafen sollen, statt sich mit Margaret auf einen Flug mit dem magischen Teppich zu begeben. Und seit wann nannte er Liebe machen »Flug mit dem magischen Teppich«? Dass die Frau ihn küsste, wurde langsam Teil seines Lebens, und zwar einer, der ihm gefiel. Sehr sogar.

Die Frau verführte ihn. Während er in der Kirche sein sollte und beten, dass seiner Schwester nichts zustieß, wurde er hier verführt. Alles, weil Margaret sich einen Weg in sein Leben erschlichen und die Hauptrolle darin übernommen hatte.

Sie strich ihm mit den Fingerspitzen über die Brust, spielte kurz mit seinen Brustwarzen, bevor sie sich weiter abwärts bewegte. Es war nichts Schüchternes an ihrer Berührung, ihrem Kuss.

Und doch lauschte er jede Sekunde auf ihren Atem. Ging er zu schnell, schlug ihr Herz zu heftig? Würde er ihre Verführung beenden müssen?

Diese Gedanken verschwanden, als sie ihren talentierten Mund über sein Kinn bewegte. »Ich liebe die Bartstoppeln, so sexy ...«, murmelte sie.

»Ich werde meinen Rasierapparat wegschmeißen.« Ihr seidiges Bein schob sich zwischen seine und gegen seinen Schritt. »*Merda!*«

Sie kicherte und ließ ihre Finger in seine Unterhose schlüpfen. »Ich bin mir nicht sicher, ob du fluchst oder mir süße Worte ins Ohr flüsterst.«

Fluchen, aber nur wegen seines eigenen Mangels an Selbstkontrolle.

Margaret trat die Decke ans Fußende des Bettes und zog ihm vorsichtig die Unterhose aus. Die Frau war auf einer Mission, er erkannte ihre Absicht, lange bevor sie sich über ihn kniete.

»Das ist ziemlich beeindruckend, Masini.«

Er ballte seine Fäuste in den Laken, als sie ihn mit den Fingern liebkoste. Sie fand eine dicke Vene und folgte ihr. Val verbiss sich eine Reihe von Flüchen.

Als ihr Mund ihre Hand ersetzte, hoben sich seine Hüften vom Bett.

Sie nahm ihn langsam, neckte ihn mit der Zunge, einem sanften Kratzen ihrer Zähne. Als sie stöhnte, durchzuckte ihn die Lust so machtvoll, dass er fühlte, wie sich eine Welle aufbaute bis kurz vor der Explosion.

Er bat sie, sich zurückzuhalten, bat sie, aufzuhören, während er mit den Hüften ihrem Rhythmus folgte. Als er kam, wurde ihm zu spät klar, dass er Italienisch sprach.

Margarets Blick begegnete seinem und hielt ihn, während er seinen Höhepunkt erreichte.

Der Raum drehte sich um ihn, bis er seine Augen schließen musste. »Es tut mir leid, *bella*. Ich hätte warten sollen.«

Als er die Lider wieder öffnete, grinste sie ihn an und strich sich mit dem Zeigefinger über die feuchten Lippen.

»Sich zu entschuldigen, die Kontrolle zu verlieren, ist nicht erlaubt. Ich mag es.«

Ohne Vorwarnung legte er ihr den Arm um die Taille und rollte sie unter sie sich. »Jetzt bin ich dran.«

»Oh, oh …«

Er zog ihr das Nachthemd über den Kopf, bemerkte, dass sie kein Höschen trug, und dankte welchem Gott auch immer, der sie zu ihm geschickt hatte. »Du solltest Angst haben«, neckte er sie, seine Lippen ganz dicht an ihrem Ohr.

Sie wand sich unter ihm, vor allem als er mit seinem unrasierten Kinn über ihren Hals rieb.

Er ließ sich Zeit, huldigte ihr mit seinen Lippen, seiner Zunge, bis er genau da war, wo er sein wollte. Sie war warm, wunderschön, und das sagte er ihr mit Worten und zeigte es ihr mit seinen Taten.

Margaret fluchte und öffnete sich ihm weiter, damit er sie schmecken und erkunden konnte.

Das tat er, bis sie keine Worte mehr hatte. Als sie ihren Höhepunkt erreichte und seinen Namen rief, holte er sie langsam zurück, legte sich dann auf sie und nahm sie ein weiteres Mal.

Er schob sich zwischen ihre Beine, liebte das Gefühl, wie sie die Knöchel hinter seinem Rücken verschränkte. »Ich will, dass du noch einmal meinen Namen stöhnst, *cara*.«

»Fordernd.«

Er küsste sie, schmeckte sich selbst auf ihren Lippen, wusste, dass seine Zunge ihren Geruch trug. Es war nicht leicht, wie er sich auf ihr bewegte. Er fasste sie an den Hüften und brachte sie bis an den Rand eines Orgasmus.

Ihre Nägel gruben sich ihm in den Rücken, griffen seinen Hintern, dirigierten ihn dorthin, wo sie ihn am meisten brauchte, und sie wölbte sich ihm mit jedem Stoß entgegen. Sie kam ein weiteres Mal, schloss sich eng um ihn, und zwang ihn, ihr zu folgen.

»Ich … Gott«, murmelte sie.

Er griff zum Nachttisch, fand ihr Asthmaspray.

Sie lachte an seiner Schulter. »Es geht mir gut.« Sie ließ die Arme zur Seite aufs Bett fallen. »So gut.«

Sie kamen langsam wieder auf die Erde zurück. Er rollte sich genug von ihr herunter, dass sie sich in seine Arme schmiegen konnte.

»Langsam wird das zur Gewohnheit«, stellte sie fest.

»Wenn es nach mir geht, gerne.«

»Das können wir auf jeden Fall ziemlich gut.«

Erschöpfung setzte ein, während sie sich langsam in den Schlaf redeten. »Wir sind auch gut bei anderen Dingen. Wir haben bisher nur noch nicht viele davon ausprobiert.«

»Hmm …« Ihr Atem kam jetzt langsamer. »Ich bleibe nie über Nacht.«

Er schloss die Augen. »Das ist aber schade.«

»Oh?« Sie war schon fast eingeschlafen.

»Einer von uns wird tief enttäuscht werden.«

»Hmm …«

Und das werde ganz bestimmt nicht ich sein.

* * *

Ein klingelndes Telefon, das einen nachts weckte, hatte noch nie etwas Gutes verheißen. Michael streckte den Arm aus und ging an sein Handy.

»Ja?«

»Heilige Scheiße, Michael, wo bist du?«

Toni! Sein Manager, persönlicher Assistent und was immer Michael einfiel, was er tun könnte, schrie ins Telefon.

»Irgendwo, wo es jetzt mitten in der Nacht ist. Was brauchst du?«

»Bist du wirklich in Italien? In der E-Mail hieß es Italien.«

Michael drückte sich im Bett hoch, machte die Nachttischlampe an und schloss die Augen gegen das grelle Licht. »Welche E-Mail?« Er hatte Toni nichts geschickt. Die Entscheidung, ins Flugzeug zu steigen, war extrem spontan gewesen.

»Das könnte schlecht sein. Sag mir, dass du mit einer Frau da bist.«

»Wovon redest du überhaupt, Toni? Mach mal langsam, und fang am Anfang an.«

»Jemand hat mir eine E-Mail geschickt. Hat mir gesagt, dich schnellstens aus Italien rauszuschaffen, wenn du auf deine Karriere wert legst. Sie haben behauptet, sie hätten Fotos, Michael. Haben gesagt, du und dein Freund würden sich nach neuen Jobs umsehen müssen, wenn du nicht sofort nach Hause fliegst und deine Nase aus den Angelegenheiten anderer Leute heraushältst.«

Michael war sofort hellwach.

»Jesus. Du bist mit einer Frau dort, oder?«

»Irgendwie schon. Meg ist hier.«

Toni stieß den angehaltenen Atem aus.

»Mit ihrem neuen Freund.«

»So eine …«

Michael hatte sich immer gefragt, ob Toni irgendetwas vermutete. Keiner von ihnen sprach darüber, sie versuchten nie, zusammen auf Vierer-Dates zu gehen. Nichts in der Richtung.

Er deutete an, dass, wenn Michael Kontrolle über die Medien brauchte, er daran arbeiten würde, das, was in der Klatschpresse auftauchte, in eine für ihn günstige Richtung zu drehen.

»Hast du irgendwelche Fotos gesehen?«

»Nein! Könnte es denn Fotos geben?«

Michael hasste es, diese Frage beantworten zu müssen. »Weiß man nicht. Die Insel war ziemlich verrückt.«

»Okay. Wir werden uns darum kümmern. *Ich* werde mich darum kümmern.«

Michael schob die Decke beiseite, trat an den Schrank und griff nach seinem Koffer. »Ich muss wissen, was du weißt, wenn es passiert. Egal, was es ist.«

»Alles klar. Kommst du nach Hause?«

»Bald. Ich muss erst in Utah vorbei.« Jesus. Leider hatte er sich das ja nicht ausgesucht. Aber wenn Fotos zirkulierten, würde Michaels Vater sie zu sehen bekommen.

»Ich muss auflegen«, sagte er zu Toni.

»Los. Steig ins Flugzeug. Gibt es hier irgendjemanden, den ich anrufen muss, irgendjemanden, der mit uns arbeiten kann, um das hier zu unserem Vorteil zu drehen?«

Das kann nicht passieren! »Ja, ruf Karen und Zach an. Sag ihnen, was du mir erzählt hast. Schick Rick die E-Mail, vielleicht kann er sie zurückverfolgen. Sprich mit niemand anderem als meiner Familie. Und nur der Familie, die in Kalifornien ist.«

»Mach ich. Okay.«

Der arme Toni würde einen Herzinfarkt bekommen oder einen Schlaganfall. Oder vielleicht auch er selbst.

Michael blickte hoch und warf das Handy aufs Bett, begann, seine Kleidung in den Koffer zu stopfen.

Er wusch sich das Gesicht, putzte sich die Zähne und packte hastig seine Toilettenartikel zusammen, bevor er den Raum verließ.

Val stand im Wohnzimmer der Suite, gekleidet in einen

Bademantel. »Ich hab gedacht, ich hätte dich gehört.«

Michael blieb stehen, ließ den Koffer fallen und strich sich mit der Hand durchs Haar. »Mein Assistent hat mich angerufen.« Er nahm sich eine Minute, um die Unterhaltung wiederzugeben, und sah, wie Vals Augen kalt wurden. »Ich weiß nicht, wer die Nachricht geschickt hat. Aber irgendjemand weiß, dass wir hier sind, weiß, dass wir suchen.«

Vals Augenbrauen kamen zusammen. »Das ist meine Schuld.«

Michael schüttelte den Kopf. »Dies ist die Schuld des Mannes hinter der Kamera.«

»Alonzo.«

»Das wissen wir nicht sicher.«

»Ist egal. Du bist in Gefahr, weil ich mein Versprechen nicht gehalten habe.«

Es wäre so einfach, jemand anderem die Verantwortung zuzuschieben. Aber das war nicht die Art, auf die Michael erzogen worden war. Und er konnte nicht Val die Schuld für das hier übernehmen lassen.

»Ich bin schwul. Ich habe diese Tatsache vor allen Fans geheim gehalten, meinen Eltern, meinen Freunden. Bisher ist alles gut gegangen. Ich kann das hier überleben, ich *werde* das hier überleben.« Als die Worte über seine Lippen kamen, wusste Michael, dass sie wahr waren. »Es wird Ryder am Boden zerstören und mein Vertrauensverhältnis zu meinen Eltern erschüttern. Ich brauche vierundzwanzig Stunden, um das mit den Personen, die ich liebe, zu klären. Dann können wir es so hinstellen, dass es für uns alle funktioniert.«

Val sah nicht überzeugt aus.

»Geh zurück ins Bett«, riet Michael seinem neuen Freund. »Morgen findest du deine Schwester und holst sie weg von diesem Mann. Wenn er derjenige hinter all dem hier ist, ist er bereit, sich mit Hollywood, Florida und einigen Orten in Großbritannien anzulegen, um zu bekommen, was er will.«

»Mich fertigzumachen ist nicht eine Million wert.«

»Und ich bin nichts im Vergleich zu Alliance.«

»Alliance?«

»Megs Chefin. Der Mann legt sich mit einem Herzog an. Blake liebt seine Frau, und wenn jemand ihr Schwierigkeiten macht, dann gnade ihm Gott.«

»Hört sich an wie jemand, den ich kennenlernen sollte.«

Michael lächelte zum ersten Mal in dieser Nacht. »Mach Meg glücklich, und das wirst du.« Er streckte die Hand aus und schüttelte Vals. »Ruf mich an, wenn es etwas Neues gibt.«

»Gleichfalls.«

Michael nickte ihm knapp zu, nahm seinen Koffer und verließ Italien ohne einen Blick zurück.

KAPITEL 24

Gabi wollte vom Boot runter.

Sie hatte seit vier Tagen Alonzos Aspirin nehmen müssen, um überhaupt die Augen öffnen zu können. Falls ihm auffiel, wie schlecht es ihr ging, behielt er es für sich. Er versorgte sie mit Essen, steckte sie ins Bett und bot an, ihre Kopfschmerzen zu lindern, unter denen sie ständig litt, seit sie verheiratet waren.

Vielleicht war sie allergisch auf die Ehe?

Sie hätte gerne gedacht, dass es die Jacht war. Was auch nicht gut gewesen wäre, aber immerhin besser als der Mann.

Sie stand an Deck, einen großen Hut in der Hand, und eine dunkle Sonnenbrille schützte ihre Augen vor der Sonne. Die Insel, die Alonzo für ihre privaten Flitterwochen ausgesucht hatte, kam langsam näher. Er wollte ihr Zeit an Land geben, um festzustellen, ob ihre Kopfschmerzen besser werden würden.

Als sie näher kamen, erkannte sie, dass die Insel nicht bewohnt war. Alonzo hatte ihr erzählt, dass er sie auf einem seiner vielen Törns in der Gegend entdeckt und gedacht hatte, sie wäre der perfekte Ort, um sich über Nacht auszuruhen und festzustellen, ob ihre Kopfschmerzen so endlich verschwinden würden.

»Seekrankheit äußert sich nicht immer als Übelkeit«, hatte er ihr gesagt.

Zu diesem Zeitpunkt war sie bereit, alles auszuprobieren.

Der Kapitän manövrierte die Jacht in die kleine Bucht, wie er es offensichtlich schon viele Male zuvor gemacht hatte.

»Wo genau sind wir?«, erkundigte sich Gabi, während Alonzo ihr in das kleine Beiboot half, das sie an Land bringen würde.

Alonzo zögerte und sagte dann: »Südlich von Kuba.« Sie setzte sich hin und hielt ihre Hand in das warme Wasser. »Ich dachte, wir sind auf dem Weg zu den Bahamas.«

Alonzo schüttelte den Kopf und lächelte sie besänftigend an. »Dies war von Anfang an unser Ziel. Ich wollte dir das unbedingt zeigen.«

Gabi war sich ziemlich sicher, dass man nicht vier ganze Tage und Nächte brauchte, um um Kuba herumzusegeln, stellte aber keine weiteren Fragen.

Das kleine Boot brachte sie zusammen mit zwei Mitgliedern der Crew ans Ufer.

Wenige Minuten später half Alonzo ihr auf den Strand. Vom Aufstehen wurde ihr schwindlig. Hätte sie sich nicht an ihren Ehemann lehnen können, wäre sie hingefallen.

»Ich fühle mich immer noch, als wäre ich auf der Jacht.«

»Das gibt sich bald, mach dir keine Sorgen. Lass uns in den Schatten gehen, während meine Männer das Lager aufbauen.«

Der schmale Strand war nicht gepflegt wie der auf der Insel ihres Bruders, und sie musste sich vorsichtig ihren Weg suchen, um zu verhindern, dass sie sich die Füße an Muscheln aufschnitt.

Sie erreichten den Grüngürtel, und Alonzo breitete eine Decke aus. Als sie sich hingesetzt hatte, ging er zurück zum Boot, um eine kleine Kühlbox zu holen und sie zu ihr zu bringen. »Hier.« Er öffnete etwas, was wie ein Elektrolytgetränk aussah, und reichte es ihr.

Sie nippte daran und verzog das Gesicht. »Salzig.«

»Du bist wahrscheinlich dehydriert. Das sollte helfen.«

»Du bist so nett zu mir. Normalerweise bin ich nicht so.«

Er wischte ihre Sorge beiseite, zwinkerte ihr zu und entfernte sich. Nachdem er einige Worte mit seiner Crew gewechselt hatte, ließen die anderen Männer sie am Strand allein.

»Wie groß ist diese Insel?«, fragte Gabi, als Alonzo zu ihr zurückkam.

»Etwa drei Kilometer im Durchmesser, denke ich.«

»Wie hast du sie entdeckt?«

Alonzo lehnte sich zurück auf seine Ellenbogen und schaute seinen Männern hinterher. »Als wir vor einigen Jahren einem Sturm ausgewichen sind. Lange bevor ich dich kennengelernt habe.«

»Aber du bist seitdem schon wieder hier gewesen.«

Er wandte seine Aufmerksamkeit ihr zu. »Ein- oder zweimal.«

»Der Kapitän schien genau zu wissen, wo er ankern konnte. Ich würde denken, dass es schwierig ist, im Riff zu manövrieren.«

Gabi konnte Alonzos Augen nicht sehen, aber sein Lächeln verschwand.

»Mein Kapitän ist einer der besten.« Die Worte klangen barsch, als wenn er dachte, sie würde ihm nicht glauben.

»Das ist er bestimmt.«

Alonzo stand auf und hielt ihr die Hand hin. »Lass uns spazieren gehen.«

Sie trank aus und zog sich ihre Sandalen an.

Die üppige Vegetation verschluckte sie nach wenigen Metern. Weil die Insel klein war, machte Gabi sich keine Sorgen, sich zu verirren, und ließ sich von Alonzo führen. Doch das unablässige Pochen in ihrem Kopf weckte in ihr den Wunsch,

Alonzo würde ihr mehr von seiner Medizin anbieten. Statt danach zu fragen, folgte sie ihm weiter ins Inselinnere.

* * *

»Ich glaube, ich habe etwas gefunden.« Meg hatte Rick in der Minute kontaktiert, in der sie von dem nächtlichen Anruf bei Michael und dessen darauffolgender Abreise erfahren hatte.

»Gott, das hoffe ich«, sagte sie zu ihm.

»Schon mal den Namen Steve Leger gehört?«

»Kann mich nicht … Nein. Keine Ahnung. Wer ist das?«

»Und wie ist es mit Stephan Léger?«, fuhr Rick fort, mit einem Akzent auf dem Nachnamen, aber sie kannte auch den nicht.

»Noch nie gehört, Rick. Wer ist Stephan Léger?«

Val, der mit halbem Ohr der Unterhaltung folgte, hob fragend die Augenbrauen. »Stephan? Was ist mit Stephan?«

Meg hielt eine Hand hoch. »Moment, Rick. Es scheint, dass Val den Namen kennt. Ich stell dich auf Lautsprecher.« Nachdem sie das getan hatte, legte sie das Telefon in die Mitte des Tisches.

»Sag mir, was du weißt«, verlangte Val etwas lauter, als er normalerweise sprach.

»Du kennst Stephan Léger, alias Steve Leger?«

Val umfasste hart die Kanten der Tischplatte. »Warum braucht der Kapitän meines Charterbootes ein Alias?«

»Das ist eine gute Frage. Eine sogar noch bessere wäre: Wie lautet der wahre Name des Mannes? Steve Leger starb vor etwa zwanzig Jahren an natürlichen Ursachen in einem Pflegeheim in Milwaukee. Ich habe mir die Freiheit genommen, die Sozialversicherungsnummern deiner vertrauenswürdigsten Angestellten zu checken. Stephans Nummer gehört einem Toten.« Ricks Stimme wurde durch ein Rauschen in der Leitung verzerrt. »Ich arbeite daran, herauszufinden, wer er wirklich ist. Da muss ich etwas gröber werden.«

»Benutze Vitamin B: Eliza und Carter«, schlug Meg vor.

»Das hat Blake schon getan. Ich habe noch ein paar mehr Leute, an die ich mich wenden kann. Wir werden dem auf den Grund gehen. In der Zwischenzeit lass Stephan nicht wissen, dass wir irgendwas vermuten.«

»Ich habe dem Mann vertraut.«

»Etwas sagt mir, dass er darauf gebaut hat. Weißt du, was du ihm zahlst?«

Val schüttelte den Kopf. »Carol hat all die Informationen.«

»Sag ihr, dass sie mir alles geben soll, wenn ich anrufe. Ich glaube, seine Ausgaben sind deutlich höher als sein Einkommen, aber das weiß ich erst, wenn ich die Zahlen habe.«

Val hatte schon sein Telefon in der Hand.

»Du rufst Carol an, und ich werde Rick erzählen, was mit Michael passiert ist«, sagte Meg zu ihm.

Er nickte kurz, hob das Handy ans Ohr und ging weg.

Meg stellte den Lautsprecher aus und erklärte, was in den letzten vierundzwanzig Stunden geschehen war.

»Ich weiß, dass das deinem neuen Freund nicht gefallen wird, aber mein Gefühl sagt mir, dass dieser Alonzo-Typ Dreck am Stecken hat, genau wie Stephan.«

Meg fühlte, wie ihr die Brust eng wurde. »Ich weiß. Ich wünschte, Gabi wäre jetzt nicht mit diesem Mann zusammen. Val sucht nach ihr, aber das Meer dort draußen ist groß. Man hat keinen Empfang, außer man ist nah am Ufer.«

»Ja.« Rick machte eine Pause und fing dann an zu lachen.

»Das ist nicht lustig.«

»Mir ist gerade etwas eingefallen. Wen kennen wir, der etwas von Warentransport versteht? Wenn Alonzo seinen Wein, der gar nicht seiner ist, nach Übersee versendet, wohin geht der dann? Wer kauft ihn und warum?«

Meg zögerte. »Blake.« Blake Harrison, der Herzog selbst, besaß und betrieb eines der größten Transportunternehmen in den USA und Großbritannien.

»Ich ruf ihn an.«

»Bevor du das tust, sprich mit Karen und Zach. Michael will, dass sein Bruder weiß, was hier geschieht. Es hört sich so an, als wenn Michael sich outen wird. Wenigstens vor seinen Eltern. Er wird Zachs Unterstützung brauchen.«

Rick seufzte. »Okay. Ich ruf sie an.«

Sie redeten noch kurz über ihre Pläne, in Italien zu bleiben, und wo sie von dort aus hinfahren würden.

Auch wenn Meg nachdenklicher war als vor dem Anruf, fanden sie jetzt wenigstens Dinge heraus.

Nicht unbedingt gute Dinge … aber wenigstens etwas.

* * *

Gabi schaffte es gerade noch zurück zu dem kleinen Lager, das Alonzos Mannschaft aufgebaut hatte, bevor sie sich hinter einem Busch übergeben musste.

»Es geht mir nicht gut«, stellte sie das Offensichtliche fest, als sie sich zurück zu Alonzo geschleppt hatte.

»Vielleicht sollten wir dich zurück an Bord …«

»Nein. Bitte. Eine Nacht.« Allein der Gedanke, auf die Jacht zurückzukehren, verursachte ihr wieder Übelkeit.

»Okay, Schatz. Eine Nacht. Vielleicht kann Captain Alba helfen. Er hat eine Ausbildung als Sanitäter.«

Die Sonne ging unter, aber Gabis Körpertemperatur war brennend heiß. »Vielleicht.«

Alonzo half ihr, sich hinzulegen. »Wir hätten diesen Spaziergang nicht machen sollen.«

»Ich dachte, es ginge mir besser. Es ist nicht deine Schuld.«

Er küsste sie auf die Stirn, bevor er wegging.

Als Gabi die Augen wieder öffnete, saß der Kapitän neben ihr und rieb ihr mit der Hand über den Arm. »Nur eine kleine Injektion, Mrs Picano.«

Sie fühlte den Nadelstich und eine plötzliche Welle der Wärme. Die sofortige Übelkeit, die, was auch immer er ihr gespritzt hatte, verursachte, verschwand schnell, genau wie die Schmerzen.

Dann schwebte sie.

An einen friedvollen Ort, wo Wellen keine Kopfschmerzen verursachten und die Sonne nicht so intensiv strahlte. Auf irgendeine Art wusste Gabi, dass Medikamente, die ihr helfen könnten, nicht funktionierten wie das, was ihr gegeben worden war. Aber es war ihr egal. Sie fühlte sich so viel besser. Ihr Puls verlangsamte sich zu einem gleichmäßigen Rhythmus, und in ihrem Kopf tanzte eine immerwährende Yogaklasse.

Namaste.

Captain Alba betrachtete sie genau, blickte dann zu Alonzo. »Sie wird sich für einige Stunden besser fühlen.«

Eine harsche Stimme klang hinter ihr. »Das ist alles, was ich brauche.«

* * *

Hilton war eine kleine Stadt. Es würde unmöglich sein, dass Michael ankam, ohne Aufsehen zu erregen, vor allem da er der berühmteste Sohn der Stadt war. Sie hatten sogar ein Schild an der Autobahn, auf dem stand, wie stolz die Stadt auf seinen Erfolg war.

Er fragte sich, ob es abgebaut werden würde, wenn sie alle die Wahrheit über ihn erfuhren.

Nachdem er sich gezwungen hatte, im Flugzeug zu schlafen, wachte Michael mit genug Energie auf, um ein Auto zu mieten und vom Flughafen in seine Heimatstadt zu fahren. Die Bürgersteige wurden meist vor acht hochgeklappt, am Sonntag vor sechs, wenn die Geschäfte überhaupt öffneten.

Es kam ihm jetzt alles irgendwie niedlich vor. Aber als Jugendlicher hatte er sich nur eingeengt gefühlt.

Ryder lebte außerhalb der Stadt, aber nicht weit genug weg, dass es kein Aufsehen erregen würde, wenn eine Berühmtheit wie Michael ihn besuchte.

Er hatte seine Ankunft so getimt, dass es schon fast dunkel war. Die meisten der Nachbarn würden ein vorbeifahrendes Auto nicht bemerken und auch nicht herauskommen, um zu schauen, außer der einsame Wagen verursachte irgendeinen Lärm.

Ryders Bungalow stand auf einigen Hektar Farmland, die das Unkraut übernommen hatte, seit Ryder das Anwesen gekauft hatte. Das Flackern eines Fernsehers war durch das vordere Fenster zu sehen, die Geräusche eines Baseballspiels drangen aus den Lautsprechern.

Michael zögerte, war sich nicht sicher, wie er Ryder erklären sollte, dass sein Leben kurz davor stand, auf den Kopf gestellt zu werden, weil er sich den falschen Lover ausgesucht hatte.

Er reckte die Schultern und klopfte an.

Der Fernseher wurde leiser gestellt, und Michael klopfte wieder.

In dem Moment, in dem Ryder die Tür öffnete, lächelte er sofort. Ein »Gott, bin ich froh, dich zu sehen«-Lächeln. Er könnte sich daran gewöhnen, nach einem Tag harter Arbeit zu diesem Lächeln nach Hause zu kommen. Dann holte ihn die Wirklichkeit ein.

Ryders Lächeln verschwand langsam und schmerzhaft. »O nein ...«

»Kann ich reinkommen?«

Ryder öffnete die Tür weit, und Michael ging hinein in das, was sein Leben gewesen wäre, wenn er in Hilton geblieben wäre.

»Es tut mir leid.«

Ryder schaltete den Fernseher aus, trat an die Minibar und goss sich etwas in ein Glas. Er stürzte es herunter, goss sich wieder ein, bevor er ein zweites für Michael herausholte.

»Wann wird es bekannt werden?«

Michael nahm das Glas und leerte es genauso schnell, wie Ryder das getan hatte. »Ich weiß es nicht. Aber es ist wohl mit ziemlicher Sicherheit damit zu rechnen, dass es passieren wird … Irgendwann. Jesus, Ryder. Ich wollte nicht …«

»Hör auf, okay? Ich bin ein großer Junge. Ich hab das Risiko gekannt.«

»Aber …«

»Mike. Stop!« Ryder stellte sein Glas hart auf die Oberfläche der Bar und ging weg, zog die Vorhänge zu. Ein kleines Lachen kam über seine Lippen und wurde immer lauter.

Michael fing an, sich Sorgen zu machen, ob Ryder den Verstand verloren hatte.

»Ich bin erleichtert.« Ryder blickte Michael direkt an. »Ich kann hier nicht mehr … Ich kann so nicht mehr leben.«

Nicht die Reaktion, die Michael erwartet hatte. »Dein Job?«

»Es ist bald Sommer. Ich bin raus. Ich werde mir was anderes suchen.«

Die Worte waren einfach zu verstehen, aber Michael glaubte sie nicht. »Du liebst Utah.«

»Liebe ist ein so starkes Wort. Ich bin an Utah gewöhnt. Ich bin nicht weggegangen, als ich achtzehn war. Die meisten von euch haben das getan, und sei es nur für eine kurze Zeit.« Ryder schenkte ihnen beiden nach und ging zur Couch. Michael folgte ihm. »Weißt du, in wie vielen Staaten schwule Ehen legal sind?«

»Zwanzig.« Die Antwort kam schnell. Wenn es ein Thema gab, das leicht zu unterstützen und zu verfolgen war, dann war es alles, was mit Homosexualität zu tun hatte.

»Zwanzig. In mindestens elf weiteren gibt es Anstrengungen, sie ebenfalls einzuführen, inklusive Utah.« Ryder stellte sein Glas beiseite und nahm Michaels Hand. »Es wird in Kleinstädten wie hier ewig dauern, bis es angekommen ist, nachdem es legal ist. Ich will nicht darauf warten. Ich möchte leben, Mike.«

Das war der Moment, in dem Michael wusste, was kam.

Die Wahrheit.

»Ich weiß nicht, ob ich mich wirklich outen kann.« So sehr er auch gerne etwas anderes gesagt hätte, Michael glaubte nicht, dass das für ihn funktionieren würde.

»Dann tu es nicht. Ich kann in deine Welt kommen. Einen Job finden. Was bei uns zu Hause passiert, ist unsere Angelegenheit. Niemandes sonst.«

Michaels Herz machte einen Satz. »Bei uns zu Hause?«

Ryder lächelte ihn sanft an. »Wenn deine Einladung noch steht ...«

Michael konnte an zwei Fingern abzählen, wann er das Gefühl gehabt hatte, wie ein Baby weinen zu müssen. Das eine Mal war an dem Tag gewesen, an dem ihm klar geworden war, dass Frauen ihm nichts bedeuteten. Der zweite Mal war, als er und Karen sich entschlossen hatten, ihre Scheidung durchzuziehen. Es war egal, dass Karen nicht seine Ehefrau im wahrsten Sinne des Wortes gewesen war, aber er hatte gewusst, dass ihre Beziehung, die Freundschaft tagein, tagaus dann nicht mehr da sein würde.

Dennoch fühlte er, wie ihm die Augen feucht wurden. »Die Einladung ist sozusagen in Gold graviert.«

Ryder warf ihm das Lächeln zu, das ihn schon beim ersten Mal umgehauen hatte, als es ihm aufgefallen war.

»Wir tun es.«

Michael nickte. »Ja. Wir tun es.« Er lehnte sich vor, küsste Ryder auf die Lippen und wusste, dass die Zeit gekommen war, sein Leben neu zu gestalten.

KAPITEL 25

»Denkst du, es interessiert mich einen Scheiß, was du willst? Du steckst hier genauso tief drin wie ich. Jetzt mach, dass du da reinkommst, und gib dir Mühe, dass es gut aussieht.« Alonzo nickte Richtung Bett. Seine Frau, so kurz ihre Ehe auch sein mochte, war völlig high und wand sich auf dem Bett.

Alba riss sich das Hemd von den Schultern, stieg aus seinen Hosen, ließ aber die Boxershorts an. *Weichei*.

Sie so zu sehen machte ihn krank. Nicht emotional natürlich, denn er hatte die Frau nie geliebt, aber wie schwach sie in so kurzer Zeit geworden war. Tag zwei auf Drogen, und er konnte mit ihr machen, was er wollte. So leicht. Wenn er seinen Lebensunterhalt damit verdienen könnte, unschuldige Frauen drogenabhängig zu machen, würde er sich nicht mehr beweisen müssen.

Aber wenn das hier funktionierte, wäre diese Frau nur die erste von vielen, die durch ihn drogenabhängig wurden.

Alba stieg ins Bett, bedeckte sich bis über die Hüften mit der Decke und legte seinen Kopf an Gabis Schulter. Alonzo begann, Fotos zu schießen.

Gabi wandte sich zu ihm, ihr Blick unfokussiert, aber mit

lächelnden Lippen. »Hey, was tust du da?«

»Lächeln, Süße.«

Das tat sie, und er machte eine Aufnahme, die Val für immer den Mund stopfen würde.

* * *

Val wünschte sich, das endlose Meer unter ihm würde endlich Land weichen. Dann wüsste er, dass er Gabi näher war.

Näher daran, all das zu beenden.

Margaret streckte eine Hand aus, legte sie zum x-ten Mal auf seine, seit das Foto in seinem E-Mail-Posteingang gelandet war.

»Er braucht sie«, flüsterte Margaret.

»Das sah so gar nicht nach ihr aus.«

Margaret schaute weg. »Ich wünschte, es wäre nicht Gabi, aber wir wissen beide, dass sie es war.«

Es waren zwei Fotos, eines mit Gabi, wie sie ihren Arm einer wartenden Nadel hinhielt, und ein anderes von ihr im Bett mit einem Mann, den Val nicht kannte. Von dem Bild wurde ihm körperlich schlecht, und es weckte Mordgelüste in ihm. Die Bilder waren mit einer schlichten Anweisung versehen: *Wenn du weißt, was für euch beide am besten ist, verlasse Italien.*

»Wie konnte das passieren?«, fragte er niemand Bestimmtes. Wie sollte er seiner Schwester jemals wieder in die Augen sehen können?

»Es ist nicht deine Schuld, Val. Du wusstest es nicht.«

Der Privatjet, zur Verfügung gestellt von Margarets Chefin, brachte sie nach Hause. »Ich bin für sie verantwortlich. Sie ist meine Schwester.«

»Dann gib mir die Schuld. Michael und ich haben uns auf die Insel gedrängt, und dann begannen die Probleme.«

»Das ist lächerlich.«

Margaret zog ihre Hand weg. »Gibst du deiner Schwester Drogen?«

»Nein!«

»Hast du dafür gesorgt, dass von ihr Bilder gemacht werden, wie sie mit einem Fremden im Bett ist?«

Val spürte, wie sein Blut zu kochen begann. »Nein!«

»Dann hast du das hier nicht getan. Und jetzt hör auf, Mitleid mit ihr zu haben oder mit dir, und lass uns einen Plan schmieden. Wir sind noch drei Stunden von Miami entfernt, und wir haben praktisch keine Vorstellung, was wir tun werden, wenn wir dort ankommen.«

Val verließ den weich gepolsterten Ledersitz der Maschine und begann, in der Kabine auf- und abzulaufen.

All diese Zeit in einem Flugzeug ließ ihm zu viele Stunden der Tatenlosigkeit, in denen ihm nichts anderes zu tun übrig blieb, als sich zu fragen, warum er das nicht hatte kommen sehen.

Selbst mit all den Bildern, den Ermittlungsergebnissen, die Margaret und ihre Freunde ihm zur Verfügung gestellt hatten, gab es immer noch wenig bis gar keine stichfesten Beweise, dass Alonzo wirklich dahintersteckte. Außer, dass der Mann seine Schwester in seiner Gewalt hatte. Val hatte Nachrichten für Gabi auf ihrem Handy hinterlassen, sie eindringlich gebeten, ihn anzurufen. Und eine Nachricht auf Alonzos, dass Val nicht damit gerechnet hätte, dass sie so lange weg sein würden. Und wenn er nicht binnen vierundzwanzig Stunden von ihm hören würde, er die Seenotrettung einschalten würde und der Küstenwache eine möglicherweise gesunkene Jacht melden würde.

Aber wem machte er was vor? Alonzo war die einzige Verbindung zwischen allen Punkten. Der Wein, das Weingut, das eine Sorte vertrieb, die nicht von ihm stammte, die Crew-Mitglieder, die auf Sapore di Amore geblieben waren und möglicherweise Bilder gemacht hatten. Wenn Captain Stephan jemand war, den Alonzo kannte, würde endgültig alles zusammenpassen.

»Es gibt da ein fehlendes Verbindungsstück«, sprach er es für Margaret laut aus.

»Mehr als eines. Lass uns unsere Verdächtigen mal in die Rolle des Schurken stecken. Stephan ... Was wissen wir über ihn?«

»Er befördert Passagiere zu meiner Insel und bringt sie wieder von dort weg.«

»Das hört sich erst mal ziemlich harmlos an, finde ich. Wie lange arbeitet er schon für dich?«

»Ein paar Jahre, würde ich sagen.«

»Also schon bevor Alonzo auf der Bildfläche erschienen ist?«

»Ja«, antwortete Val. »Laut dem, was Lou behauptet, ist keiner meiner Angestellten nicht zur Arbeit erschienen, seit die Bilder von dir und mir aufgetaucht sind. Und Stephan befördert immer noch Passagiere.«

»Könnte er Alonzo kennen? Mit ihm zusammenarbeiten?«

»Es ist möglich. Vermutlich schon. Warum?«

Während sie sprachen, machte sich Margaret Notizen auf einem Zettel. »Wir wissen, Stephan ist ein Alias. Das macht ihn zu einem Verdächtigen, für was auch immer. Jedenfalls nicht für das, was gerade Gabi passiert, da er bei seinen Pflichten auf der Insel nicht vermisst wird. Aber er könnte jemand sein, der mit den Bildern zu tun hatte.«

»Das ist wahrscheinlicher als ein Zimmermädchen.«

Margaret machte einen schwarzen Strich auf ihrem Zettel und begann wieder, Fragen zu stellen. »Wann hat Gabi Alonzo kennengelernt?«

»Vor einem Jahr. Vielleicht ein bisschen mehr. Wir waren auf dem Festland bei einem Fundraising. Ich hab Alonzo getroffen und ihn ihr vorgestellt.« *Ich habe ihn ihr vorgestellt.*

Val kniff die Augen zu, als eine neue Welle der Übelkeit in ihm aufstieg.

»Konzentrier dich, Masini. Wie hast du ihn kennengelernt?«

Val schüttelte die Schuldgefühle ab. »An der Bar, nach der Auktion ... Ach, ich erinnere mich nicht mehr genau. Wir sind irgendwie ins Gespräch gekommen. Er hat mir erzählt, er wäre im Weingeschäft, und gefragt, wer meine schöne Frau sei. Ich hab ihn korrigiert, und Alonzo brachte meine Schwester zum Erröten. Ich fand es süß. Er hat Blumen geschickt, Wein, und sie sind dann miteinander ausgegangen. Es hat nicht lange gedauert, dass er bei mir um ihre Hand angehalten hat.«

»Wie unfassbar altmodisch.«

»Nicht für mich. Ich hab das so erwartet. Alonzo wusste, dass ich seit vielen Jahren der Mann im Haus bin. Ich vermute, Gabi und ich fühlten uns beide durch dieses Vorgehen geehrt, dass er mich um Erlaubnis gebeten hat, sie zu heiraten.«

»Aber nicht deine Mutter«, bemerkte Margaret.

»Meine Mutter hat ihn nie gemocht. Hat gesagt, er sei zu glatt, irgendwie verdächtig.« Wann hatte Val eigentlich aufgehört, auf das zu hören, was seine Mutter sagte?

»Also mochte Gabi ihn, du mochtest ihn ... Und dann?«

Val zuckte die Achseln. »Von da aus hat es sich dann ganz natürlich weiterentwickelt. Ich hab darum gebeten, dass er die Hochzeit nicht überstürzt, und zwar wegen meiner Mutter. Damit schien er nicht glücklich zu sein, war aber einverstanden. Er legt oft im Hafen der Insel an. Er versteht, dass seine Crew sich nicht frei bewegen darf, und hat das stets beachtet. Um, wie ich glaubte, meiner Schwester den Hof zu machen, begann er, kistenweise Wein mitzubringen, ohne etwas dafür zu berechnen. Meinen Gästen hat er geschmeckt, daher habe ich seine Auswahl auf die Karte gesetzt.«

»Aber der Wein ist gar nicht von ihm. Also gibt er den Wein von einem anderen Weingut als seinen eigenen aus, um sich bei deiner Schwester beliebt zu machen?«

»Das werden wir nicht wissen, bis wir herausfinden, ob es andere Käufer für seine Weine gibt. Der Verbrauch auf der Insel ist hoch, aber ich glaube nicht, dass wir seine gesamte Produktion bekommen.«

»Gibt es keine internationalen Handelsbeschränkungen, um einfach direkt aus Italien zu kaufen?«

Val nahm auf dem Sitz gegenüber von Margaret Platz. »Ich hasse es, wenn es so klingt, als würde ich mich nicht darum kümmern. Aber ich habe Leute, die das für mich tun. Und im Fall von Alonzo war der Wein ja geschenkt. Ich habe also nie irgendetwas für seine Flaschen bezahlt. Der Wein ging durch Hände in Italien, wurde dann auf seine Jacht geladen oder auf die seiner Lieferanten, die manchmal mit Kisten von dem Zeug in den Hafen kamen.«

»Kennst du die Namen der Schiffe, auf denen Wein kam? Oder ihre Kapitäne?«

Val hasste es, dass alles, was er tun konnte, darin bestand, Margaret aus schmalen Augen anzuschauen.

»Lass mich raten«, sagte sie. »Du hast Leute dafür.«

»Alles gute Fragen, *cara*. Welche, die ich stellen werde, wenn wir zu Hause sind.«

Sie nahm ihren Stift und kritzelte etwas auf das Papier. »Falsch etikettierter Wein reist von Italien … Wohin? Dann gelangt er auf deine Insel. Und alles, um ein Mädchen zu beeindrucken? Das kann ich nicht glauben. Da muss mehr dahinterstecken.«

»Weinschmuggel ist ein großes Geschäft.«

»Nicht, wenn man ihn umsonst hergibt«, erinnerte ihn Margaret. »Nein, Alonzo braucht dich, Gabi und die Insel. Ich gewinne allmählich den Eindruck, dass der Wein völlig bedeutungslos ist. Oder ein Ablenkungsmanöver für irgendetwas anderes.«

Val sah sofort wieder das Bild vor sich, das sich für alle Ewigkeit in seinen Verstand eingebrannt hatte, das, in dem Gabi bereitwillig ihren Arm für eine Nadel hinhielt.

»Die Insel ist natürlicherweise vor fremden Augen geschützt. Wie hast du dich mit den Behörden arrangiert? Wer kontrolliert dich?«

»Das Gesundheitsamt prüft uns jährlich. Das Gleiche gilt für den Hotelverband und andere Aufsichtsbehörden. Bei mir gibt es keine Beschwerden, daher habe ich auch keine Probleme.«

Margaret lehnte sich in ihren Sitz zurück und trommelte mit den Fingerspitzen auf die Armlehnen. »Also könntest du beinahe alles auf der Insel tun, und niemand würde davon erfahren. Du hast jegliche Internetaktivität unter Kontrolle, deine Gäste zur Geheimhaltung verpflichtet, Fotoaufnahmen untersagt, die ein alltäglicher Bestandteil des Lebens im einundzwanzigsten Jahrhundert sind. Du könntest also Sklaven schmuggeln oder Drogen, Sex … ohne dass es bekannt wird.«

Val begann das Gefühl in den Fingern zu verlieren, während er die Armlehnen umklammerte. »Jesus.«

»Alonzo schmuggelt irgendwas, und zwar etwas, das besser ist als ein paar Flaschen Wein. Wenn er deine Schwester heiratet, wird sie ihn nicht auffliegen lassen. Wenn er dich erpresst, musst du tun, was er will.«

»Den Teufel muss ich!«

Margaret lächelte das erste Mal seit einer Stunde. »Oder wenigstens glaubt er das. Schlussendlich denkt er, er ist in Sicherheit, wenn er zur Familie gehört. Dann, bevor er deine Schwester heiraten kann, kreuzen auf einmal Michael und ich auf und bemerken etwas, das an dem Wein komisch ist.«

»Alonzo verliert die Nerven«, spann Val den Gedanken weiter. »Er sieht, wie sein Plan in sich zusammenfällt.« Verschiedene Möglichkeiten begannen in Vals Kopf Gestalt anzunehmen.

»Er hat einen Plan, Fotos zu machen, um deine Bemühungen auf der Insel zu vereiteln.«

Val kniff die Augen zusammen, fluchte auf Italienisch. »Einer von Alonzos Männern sagte, er wäre krank, und zwar in der Woche, in der du auf der Insel warst. Behauptete, er könne nicht auf der Jacht weiterreisen, bis es ihm besser ging.« Val schaute Margaret in die Augen. »Er blieb, als Alonzo nicht dort war.«

»Der Typ, der mich auf dem Korridor in die Ecke gedrängt hat?«

»Vielleicht.«

Val fuhr sich mit der Hand über die Bartstoppeln in seinem Gesicht. »Und dann bist du mit Gabi abgereist.«

»Nachdem Gabi und Alonzo sich gestritten hatten.«

Das war ihm neu. »Sie haben sich gestritten?«

»Sie hatte plötzlich Zweifel an der Heirat. Genau bevor wir die Insel verließen, hat er sie geküsst und es wieder eingerenkt. Ein paar Tage später greift Alonzo zu der großen Geste, sie auf ein romantisches Wochenende zu entführen. Und das dauert inzwischen schon eine Woche. Zur selben Zeit folgen wir der Spur des Weines. Jemand sieht uns und erzählt ihm davon, oder vielleicht bringt auch eine Suche im Netz zutage, dass Michael sich in Italien aufhält.«

»Verdammt, Margaret … Das ist ziemlich viel Spekulation.«

»Ach wirklich? Welcher Teil stimmt nicht?«

»Wir wissen nicht einmal, ob Alonzo Gabi überhaupt in seiner Gewalt hat. Es könnte ihnen beiden auch etwas völlig anderes zugestoßen sein.«

Margaret lachte, ein Lachen aus vollem Halse, bei dem sie

den Kopf schüttelte. »Ich weiß ganz genau, dass Alonzo mehr Geld ausgibt, als er einnimmt. Ich weiß, das Weingut bringt praktisch keinen Gewinn. Wenn er auf legale Weise Einnahmen erwirtschaftet, dann steht es nicht in seinen Geschäftsbüchern. Wonach klingt das für dich, Val? Und Gabi ist mit ihm fort, und jetzt tauchen hässliche Fotos von ihr auf, gepaart mit der Forderung, dass wir Italien augenblicklich verlassen sollen. Es gibt nur einen, der sich dadurch bedroht fühlen könnte, dass wir dort waren. In diesem Fall ist er schuldig, bis seine Unschuld bewiesen ist.«

Val begann zu zittern. »Ich habe sie miteinander bekannt gemacht, *cara*.«

Margarets Stimme wurde sanfter. Sie ging zu dem Platz neben ihm, nahm seine Hände in ihre.

»Der Mann hat euch beide getäuscht. Ich vermute, er wusste, wer ihr wart, bevor ihr euch auch nur begrüßt habt. Da draußen gibt es eine Menge kranker Leute.«

Wenn seiner Schwester irgendetwas zustieße … Nach den Bildern zu schließen, war das bereits geschehen. »Ich bringe ihn um.«

»Nein, Val. Du bist kein Mörder.«

»Wart's nur ab.«

Margaret schüttelte den Kopf. »Es gibt keine gemeinsame Unterbringung im Gefängnis. Ich wäre deine Komplizin, das könnte problematisch werden.«

Val versuchte zu lächeln, aber es gelang ihm nicht. »Du bleibst nicht über Nacht.«

»Das tue ich wirklich nicht, besonders nicht mit Bertha im Bett über mir. Also lass uns darauf verzichten, weiter übers Töten zu sprechen. Lass uns sie erst finden und unsere Kräfte darauf konzentrieren, Gabi von ihm wegzuholen.«

»Meine Mittel sind beschränkt. Ich kann Lösegeld bezahlen, Leute, die uns helfen, sie zurückzubekommen …«

Margaret legte ihren Kopf schief. »*Unsere* Mittel, Val. Rick hat sich da rein verbissen und wird nicht lockerlassen. Warum? Weil er mit Blake zusammenarbeitet. Die Bilder von Michael können auch Samanthas Geschäft gefährlich werden, wovon Alonzo überhaupt nichts ahnt. Er ist da in etwas hineingeraten, das weiter reicht, als er bereit ist zu begreifen. Ich weiß nicht, ob Alonzo mit irgendjemand anders zusammenarbeitet, aber ich bezweifle, dass ihr Einfluss bis in die Ebene reicht, in der sich meine Chefin und ihre Freunde bewegen. Ich kann ernsthaft Strippen ziehen, und was am allerbesten ist: Es sind alles anständige Leute, die ernsthaft sauer werden, dass eine unschuldige Frau wegen irgend so eines Idioten in Gefahr geraten ist.«

Er wollte so sehr glauben, dass Gabi unversehrt heimkehren würde, aber das erschien ihm immer unwahrscheinlicher.

* * *

Michael hatte den Eindruck, dass jedes Mal, wenn er nach Hause kam, das Heim seiner Kindheit geschrumpft war. Das zweistöckige Haus mit den vier Schlafzimmern war ihm völlig ausreichend vorgekommen, während er hier aufgewachsen war. In der ruhigen Straße wohnten noch immer dieselben Leute wie seit seiner Kindheit. Gelegentlich, wenn jemand alt geworden war, übernahm entweder eines der Kinder das Haus oder holte ein Elternteil zu sich in die Nachbarstadt.

In Hilton, Utah, änderte sich nichts.

Was der Grund war, warum Michael sich entschieden hatte, die Stadt zu verlassen, sobald sich die Gelegenheit dazu ergab.

Er war vor seinen Dämonen davongelaufen und hatte der Realität den Rücken gekehrt.

Jetzt war es an der Zeit, den beiden Menschen die Wahrheit zu erzählen, die sie vor allen anderen zu erfahren verdienten.

Er stieg aus seinem Mietwagen und ging zur Eingangstür, hatte dabei das Gefühl, als watete er durch Treibsand.

Er hatte extra gewartet, bis sein Vater den Eisenwarenladen für den Abend geschlossen hatte, damit er dieses Gespräch nur einmal würde führen müssen. Es zweimal durchzustehen könnte sich leicht als unmöglich herausstellen.

Innen knipste jemand das Licht auf der Veranda an, ehe er die Tür erreichte. Er zögerte, nicht sicher, ob er klopfen sollte oder einfach hineingehen. Seine Eltern lebten hier jetzt allein. Hanna, das jüngste ihrer Kinder, war ans College gegangen. Michaels älteste Schwester Rena wohnte mit ihrem Ehemann und ihren beiden Kindern am anderen Ende der Stadt.

Das Haus war praktisch leer.

Er verweilte bei diesem Gedanken, als seine Mutter die Eingangstür öffnete und überrascht nach Luft schnappte. »Mike!« Sie eilte zu ihm und schlang die Arme um ihn. »Sawyer«, rief sie ins Haus. »Sieh nur, wer hier ist.«

»Hey, Mom.«

Sie zog ihn ins Haus, und ihr Lächeln war aufrichtig, aber überrascht. »Ich kann gar nicht glauben, dass du hier bist. Warum hast du uns nicht erzählt, dass du kommst? Ich hätte dein Bett frisch beziehen können.«

Sie betraten das Wohnzimmer, das sich seit den Achtzigerjahren nicht im Geringsten verändert hatte. Die Couch mit der schlechten Federung stand immer noch in der Mitte des Zimmers, der Lieblingsstuhl seines Vaters daneben. Der Fernseher, den Michael ihnen gekauft hatte und den er und Zach gemeinsam über dem Kamin aufgehängt hatten, war eine der wenigen modernen Sachen im Haus.

So gefiel es seinen Eltern. Gemütlich und vertraut.

»Es war eine spontane Entscheidung«, erklärte er.

Schwere Schritte kamen die Treppe hinunter. Michaels Vater war immer schon ein robuster Mann gewesen, ein echter

Kerl, der mit seinen Händen arbeitete, es liebte, unter Autos zu kriechen. Er würde zweifelsohne Michaels sexuelle Orientierung missbilligen.

Die beiden hatten in den letzten Jahren einen stillschweigenden Kompromiss geschlossen. Sein Vater war vor allem anfangs nicht begeistert von seiner Berufswahl gewesen, schien sich damit aber nach Michaels Fake-Ehe mit Karen ausgesöhnt zu haben.

Seit seiner Scheidung war Michael ein paarmal nach Utah gekommen. Feiertage und Hochzeiten waren der Anlass für diese Besuche gewesen, und es war immer jede Menge Familie anwesend gewesen, um irgendwelche Unstimmigkeiten aufzufangen.

Jetzt war nichts davon hier.

»Hi, Dad.«

Eine Begrüßung, die früher aus einem schlichten Handschlag bestanden hatte, war nun eine kurze Umarmung. »Was bringt meinen jüngsten Sohn unangekündigt nach Hause?«

»Kann ich nicht mal einfach so vorbeischauen?«

Sawyer schüttelte den Kopf. »So spontan? Tun Filmstars das?«

»Ich bin schon viel länger euer Sohn, als ich auf der Leinwand zu sehen bin. Ich hoffe, es ist okay, dass ich hier bin. Ich würde nur sehr ungern einen Pokerabend stören.«

»Der ist mittwochs«, antworteten seine beiden Eltern gleichzeitig.

Sie lachten, setzten sich, und seine Mutter fragte, ob er etwas zu trinken wolle … und nein, er war auch nicht hungrig. Die gewohnten Höflichkeitsfloskeln wichen rasch Schweigen, sodass die Grillen von draußen im Zimmer zu hören waren.

Janice fragte als Erstes. »Ist alles in Ordnung, Süßer? Du siehst so aus, als bedrückte dich etwas.«

»Ja, da ist was, aber ich bin nicht sicher, wie ich es sagen soll.«

Seine Mutter griff nach der Hand ihres Ehemannes. Sie waren kein Ehepaar, das sich ständig berührte oder küsste, sodass ihm die Geste nicht entging.

»Du bist nicht krank, oder? Zach? Judy?«

»Nein, mir fehlt nichts. Uns geht es allen gut.« Wenigstens soweit er wusste.

Sawyer betrachtete ihn aus schmalen Augen. Auf seinem Gesicht war kein Lächeln.

»Erinnert ihr euch noch, weshalb Karen und ich geheiratet haben?«

Sie nickten in dem stillen Zimmer.

»Ich habe euch nur den halben Grund genannt.« Michael musste an den Moment denken, als sein Vater ihn gefragt hatte, ob das Geld, das er mit seiner Karriere verdiente, es wert war, seine Seele zu verkaufen. Damals war es leicht gewesen, seinen Vater auf seinen Platz zu verweisen. Karen verdiente seine Missbilligung nicht, und Michael war mehr als willens gewesen, den Puffer für sie zu spielen.

Michael stand auf, unfähig, während dieses Gesprächs sitzen zu bleiben. Er durchquerte den Raum zum Kaminsims, blickte auf die Fotos dort. Es war nur noch eine Frage der Zeit, bevor seine Geschwister die Enkelschar vergrößern würden. Aber er würde es nicht sein, der das tat, nicht auf die traditionelle Weise wenigstens. »Ich wollte euch beide nie enttäuschen, keinen von euch.«

»Das hast du doch auch nicht«, erwiderte Janice.

Er sah sie nicht an, während er einen schief stehenden Bilderrahmen gerade rückte. *Aber ich werde es gleich tun.*

»Karen und ich haben uns für eine Ehe auf dem Papier entschieden, weil Hollywood es schätzt, wenn berühmte Schauspieler sich mit einer schönen Frau am Arm zeigen. Eine Ehe war die perfekte Ablenkung von der Wahrheit.«

Im Raum nahm das Zirpen der Grillen von draußen eine drückende Schwere an. Waren sie wirklich lauter geworden?

»Welche Wahrheit?«, wollte Sawyer wissen.

Michael drehte sich um, schaute seinem Vater in die Augen. Wie sie auch aussehen mochte, er musste die Reaktion seines Vaters auf seine Worte sehen. »Hollywood möchte die Helden gerne heterosexuell. Und das bin ich nicht.«

Es dauerte zwei Sekunden, bis die Worte angekommen waren. Sawyers Nasenflügel bebten, als er scharf einatmete. »Was willst du damit sagen?«, fragte er mit zusammengebissenen Zähnen.

»Ich bin schwul, Dad. Das wusste ich schon lange, bevor ich Utah verlassen habe.«

Seine Mutter drückte die Hand seines Vaters, und ein seltsam ruhiger Gesichtsausdruck legte sich auf ihre Züge.

Sie wusste es … die ganze Zeit schon.

»Jesus.« Sawyer stand von seinem Stuhl auf und ging geradewegs zu dem Schrank mit den Spirituosen auf der anderen Seite des Zimmers.

Wortlos schenkte sein Vater zwei Gläser Whiskey ein und reichte eines davon Michael, ohne ihn anzusehen. »Janice?«, erkundigte er sich.

»Danke, ich brauch nichts.«

Okay, sie schreien mich nicht an. Und niemand sagt mir, ich solle abhauen und schauen, dass ich ihnen nie wieder unter die Augen komme.

Der Whiskey hinterließ eine brennende Spur hinten in seiner Kehle, was sich gut anfühlte.

Dann sagte seine Mutter: »Nach deiner Scheidung, da haben wir uns … gewundert.«

»Ihr wusstet es?« Michael verschluckte sich fast an seinem Drink.

»Wir haben uns gewundert«, verbesserte Sawyer ihn.

»Dein Vater wollte es nicht diskutieren«, erklärte Janice.

Sawyer nahm einen großen Schluck, schenkte sich nach und kehrte dann an die Seite seiner Ehefrau zurück. »Bevor du mich so anschaust … Ich wollte es nicht ›nicht diskutieren‹, weil ich dich deswegen geringer schätzen würde. Ich wollte nur nicht dieses Leben für dich. Vielleicht hätte ich, als du noch ein Jugendlicher warst, versucht, es aus dir herauszuprügeln …«

Sein Vater hatte nie eine Hand gegen eines seiner Kinder erhoben, daher war das Unsinn.

»Man kann nicht …«

»Ich weiß.« Sawyer schaute ihm in die Augen. »Das weiß ich.«

Sie tranken schweigend, ließen die Worte sinken.

Mit einem Seufzen klopfte Janice auf den Platz neben sich auf der Couch. »Das hier muss wirklich schwer für dich gewesen sein.«

Michael atmete lang gezogen aus, setzte sich neben sie. »Du hast gar keine Ahnung. Ihr nehmt das wirklich gut auf.«

Seine Mutter lehnte sich zu ihm. »Dein Vater hat diese Flasche seit Weihnachten nicht angerührt.«

Michael lachte.

Sawyer brummte. »Warum jetzt? Was ist passiert?«

Mit nur den nötigsten Details berichtete Michael ihnen von Vals Insel und den Bildern, die niemals veröffentlicht werden sollten, aber möglicherweise eben doch in den Medien auftauchen konnten. Er streifte auch kurz, dass Gabis Verlobter hinter den Fotos steckte.

Meg hatte Michael eine Nachricht geschickt, dass sie auf weitere Informationen zu Gabi und ihrem Verlobten warteten und dass sie und Val auf dem Rückweg nach Florida seien. In der Zwischenzeit musste Michael mit seinem eigenen Drama fertig werden, bevor er zurückkehren konnte und helfen, wo auch immer seine Freunde ihn brauchten.

»Also, lass mich das zusammenfassen. Jemand hat vielleicht Bilder von dir und …«

Ryder. Aber das war nicht seine Geschichte, noch nicht wenigstens. »Du wirst es bald genug erfahren«, sagte Michael seiner Mutter.

Sie lächelte und tätschelte ihm die Hand. »Okay. Aber der Mann, der diese Aufnahmen hat, der versucht, dich zu erpressen? Und auch deinen Freund Mr Masini?«

Michael dachte an Gabi. Er kannte sie nicht gut genug, aber er konnte sich kaum vorstellen, was Meg ihm in ihrer kurzen E-Mail beschrieben hatte. »Ich denke, er möchte einfach nur, dass ich aufhöre, meine Nase in seine Angelegenheiten zu stecken. Es ist Masinis Schwester, die im Moment in Schwierigkeiten steckt.«

»Du hast diesen Masini und seine Familie doch gerade erst kennengelernt. Wie kommt es, dass du in ihre Angelegenheiten verstrickt bist?«, wollte Sawyer wissen.

Michael leerte sein Glas und stellte es beiseite. »Es begann mit der Drohung, mich zu outen. Aber inzwischen ist es so viel mehr. Val und seine Familie sind gute Menschen. Dieser Idiot, der ihnen so übel mitspielt, das ist der ultimative Schuft. Der perfekte Bösewicht für einen Film, nur dass es kein Drehbuch ist. Und genau jetzt schwebt Gabi in Gefahr.« Michael ersparte seinen Eltern die Details.

»Und doch bist du hier und sprichst mit uns.«

Michael beugte sich vor, stützte die Ellbogen auf seine Knie. »Ich konnte nicht zulassen, dass ihr Einzelheiten zu meinem Liebesleben aus der Regenbogenpresse erfahrt. Das wäre nicht richtig.«

In den Augen seiner Mutter standen Tränen, als sie ihm eine Hand auf den Rücken legte und ihn in ihre Arme zog.

Wurde man der Liebe einer Mutter je überdrüssig? Das glaubte er nicht.

»Danke«, sagte sie. »Dafür, dass du uns den Vorrang einräumst.«

Und in den Augen seines Vaters stand Stolz, als Michael ihn anschaute.

»Gleich morgen früh«, erklärte sein Vater, »schaust du, dass du hier wegkommst und deinen Freunden hilfst.«

Michael lächelte.

Ein enormes Gewicht war von seinen Schultern gefallen. »Ist alles in Ordnung?«

Sawyer hob sein Glas in Michaels Richtung. »Es könnte sein, dass ich zu Thanksgiving eine neue Flasche hiervon brauche. Achte darauf, nur das gute Zeug zu schenken.«

»Das werde ich tun.«

KAPITEL 26

Val war mit den Nerven am Ende, und Meg erging es nicht viel besser. Am Rande der Verzweiflung, geplagt von Jetlag und Angst, verließen sie das Flugzeug kurz vor dem Morgengrauen und fielen wie tot ins Bett. Sie gestanden sich drei Stunden Schlaf zu, ehe sie sich zwangen, die müden Augen zu öffnen und den Tag in Angriff zu nehmen.

Meg duschte und ging barfuß durch Vals Haus.

An der Kaffeekanne lehnte eine handgeschriebene Notiz. *Ich bin in meinem Büro. Rick wird gegen Mittag hier sein.* Sie war unterschrieben mit *Val.*

Das würde ein Tag mit Unmengen schwarzem Kaffee werden. Meg schenkte sich ihre erste Tasse ein und öffnete das Notizbuch, in dem sie und Val während des langen Heimflugs alles Mögliche vermerkt hatten. Sie schickte eine SMS an Val, während sie Kreise auf den Block kritzelte. Irgendwelche Neuigkeiten?

Nichts.

Nicht das, was Meg hören wollte. Soll ich Rick am Rollfeld abholen?

Er kommt mit dem Charterboot aus Key West.

Das Ultimatum, das Val Alonzo gestellt hatte, würde um drei heute Nachmittag ablaufen. Wenn Rick und seine Leute nicht widersprachen, würden sie danach die Küstenwache verständigen und eine Vermisstenanzeige aufgeben.

Meg glaubte nicht, dass das passieren würde. Alonzo steckte hinter all dem hier, das sagte ihr ihr Bauchgefühl. Des Bauchs, der sich in Sorge um Gabi immer wieder schmerzhaft zusammenzog.

Statt zuzulassen, dass ihre Gedanken sich dem zuwandten, was vielleicht gerade Vals Schwester passierte oder auch nicht, wählte Meg Sams Nummer und lauschte dem Klingeln.

»Hey, Boss«, sagte sie, als Sam ranging.

»Gibt's irgendwelche Neuigkeiten?«, erkundigte sich Sam, noch bevor sie Hallo sagte.

»Nichts.« Meg blickte auf die Uhr, die an der Küchenwand tickte. »Drei Stunden bis zum Ablauf des Ultimatums. Habt ihr irgendetwas rausgefunden?«

»Blake und seine Leute folgen einer merkwürdigen Spur. Wie es aussieht, liefert Picano den Hauptteil seines Weins nach Mexiko.«

»Was ist daran merkwürdig?«

»Ich habe bisher noch keinen Händler gefunden, der den Wein an Restaurants oder Geschäfte weiterverkauft.«

»Warum schafft er seinen ganzen Wein nach Mexiko, wenn ihn dort niemand trinkt?«

Sam seufzte. »Das ist der seltsame Teil. Blake müsste spätestens mittags von seinen Leuten in dem Teil der Welt gehört haben. Ist Rick schon angekommen?«

»Nein. Begleitet ihn jemand?«

»Neil. Allerdings bleibt der in Key West und chartert ein Boot, um Alonzo zu folgen, falls der auftaucht.«

Es klang, als ob etwas passierte, aber trotzdem, ohne Nachricht von Gabi zählte das nicht. »Habt ihr von Michael was gehört?«

»Um drei Ecken. Karen hat angerufen, um mich wissen zu lassen, dass die Unterhaltung mit seinen Eltern gut gelaufen ist. Und er hat ein PR-Team bereit, um auf alle Eventualitäten vorbereitet zu sein und unverzüglich reagieren zu können.«

Die Vorstellung, dass Michaels Leben auseinanderfiel, schmerzte sie. »Was ist mit Alliance?«

»Hör auf, Meg. Mir geht's gut, und wir werden das alles überstehen. Konzentriere dich auf Gabi.«

»Das macht mich nur noch mehr verrückt. Ich kann sie nicht erreichen, Sam. Es ist fast so, als müsste ich zuschauen, wie jemand einen halben Kilometer vom Ufer entfernt ertrinkt, während ich bis zu den Knien im Sand feststecke.«

»Es ist furchtbar. Ich weiß. Bleib stark, und mach dir um nichts hier Sorgen. Und ruf mich an, wenn du mich brauchst.«

»Ich schulde dir bereits so viel.« Privatflugzeuge auf der ganzen Welt, endlose Stunden Security und all die Ermittlungen, die Sam und Blake insgeheim für Meg anstellten.

»Mach dich nicht lächerlich. Wir bleiben in Verbindung.«

»Danke, Sam.«

* * *

Schwäche, Alonzo verabscheute Schwäche.

Trotzdem zitterten seine Hände, als er ans Telefon ging. Es gab nur zwei Männer, von denen ihm schlecht wurde, und derjenige, der jetzt in der Leitung war, hatte einen schweren Latino-Akzent und genug Geld und Macht, um jeden vom Angesicht der Erde zu tilgen, den Alonzo kannte.

»Señor Diaz. Wie nett, dass Sie anrufen.«

»Ach ja?«

Alonzo begann, heiß zu werden, und Schweiß bildete sich auf seiner Stirn. »Ich wollte mich heute ohnehin bei Ihnen melden.«

Bei dem kehligen Lachen des Mannes fing Alonzo an, unruhig hin und her zu rutschen. »Warum glaube ich Ihnen nicht? Meine Lieferung, Picano. Wo steckt sie?«

»In Sicherheit.« Aber das war nicht das, was Diaz hören wollte. »Ich werde einen Transport veranlassen.«

»Das habe ich schon zuvor gehört.« Jetzt klang in der Stimme des Mannes kein Lachen mehr mit. »Sie haben zwölf Stunden. Von da an wird eine Reihe unseliger Unfälle ihren Anfang nehmen und sich stündlich fortsetzen, bis ich habe, was ich will. Haben Sie mich verstanden, Picano?«

Alonzo schluckte Galle. »Ich … Ich brauche mehr Zeit.«

»Elf Stunden und fünfundfünfzig Minuten.« Ohne ein weiteres Wort legte Diaz auf.

* * *

Meg nahm Vals Platz an seinem Telefon im Büro ein, während er sich mit Rick am Anleger traf. Weil Stephan der Mann am Steuerrad des Charterbootes war und niemand ihn misstrauisch machen wollte, bestand Val darauf, seine neuen Gäste wie gewohnt zu begrüßen.

Val beobachtete das Gefährt mit anderen Augen. Es war größer als die meisten Passagierboote. Es gab Zeiten, in denen das Schiff benutzt worden war, um in letzter Minute Nachschub auf die Insel zu liefern, daher gab es eine Laderampe im Hafen. Heute war die Rampe hochgezogen, und die Passagiere standen an der Reling, warteten darauf, einen ersten Blick auf die Insel zu erhaschen.

Das Boot legte an, wie es das jedes Mal tat. Drei Gästegruppen gingen von Bord, und Vals Angestellte standen bereit, um die Neuankömmlinge in Empfang zu nehmen. Val begrüßte sie persönlich mit Namen, wobei Rick der Letzte war.

Val tat so, als sei der ein völlig normaler Gast, ließ ihn bei einem seiner Angestellten zurück und begab sich für einen kurzen Austausch mit Stephan an Bord.

Die Hände in den Taschen, um zu verhindern, dass er sie dem Kapitän um den Hals legte und zudrückte, um jede mögliche Information aus dem Mann herauszuquetschen, zwang Val ein Lächeln auf seine Lippen, während er an Deck kam. »Captain Léger«, rief Val ihm zu.

Ein Lächeln folgte auf einen kurzen verwirrten Moment. »Mr Masini, welchem Umstand verdanke ich das Vergnügen Ihrer Gesellschaft?«

Als zählte er den Mann zu seinen Vertrauten, statt zu seinen Gegnern, bedeutete Val ihm, dass er ihn unter vier Augen sprechen wolle. »Einen Moment, Captain.«

Léger gab einem seiner Männer Anweisungen und stellte sich dann zu Val an den Bug des Schiffes. »Wie kann ich Ihnen helfen?«

Val sprach mit leiser Stimme. »Es sieht leider ganz so aus, als hätten wir eine weitere undichte Stelle.«

Besorgnis legte sich über die Züge des Captains. »Was für eine undichte Stelle?«

Val machte eine unbestimmte Handbewegung. »Nichts aus Ihrem Bereich, das glaube ich wenigstens nicht. Ich möchte es möglichst nicht an die große Glocke hängen, aber ich will, dass Sie über meine Sorge bezüglich unerwünschter Eindringlinge informiert sind.«

»Nicht auf meinem Schiff, das versichere ich Ihnen.«

Val zwang sich, eine Hand aus der Tasche zu nehmen, und klopfte Léger auf die Schulter. »Halten Sie bitte einfach die

Augen offen. Melden Sie es mir direkt und unverzüglich, wenn Sie etwas Verdächtiges bemerken.«

»Selbstverständlich.«

Val verließ das Boot, während neue Passagiere von der Insel an Bord kamen.

Rick war bereits außer Sichtweite.

Val fand ihn und Lou im Lager. Adam führte sie herum und zeigte ihnen den Platz, der für Lebensmittel und Getränke bestimmt war, die kühl aufbewahrt werden mussten.

»Wer liefert den Wein?«, fragte Rick gerade, als Val zu ihnen trat.

Adam nannte ihm den Namen der Firma, die dafür verantwortlich war. »Mr Picano bringt oft persönlich Kisten. Aber dann begannen auch zwischen seinen persönlichen Lieferungen Paletten einzutreffen. Wir haben hier eine ganz schöne Menge liegen.«

Rick zog sein Handy hervor und sandte eine Nachricht. »Wie lange bleibt er im Lager?«

»So kurz wie möglich.«

Zu viert folgten sie Adam, der sie zum Weinkeller brachte. Picanos Kisten allein füllten eine Fläche von vier mal acht Metern.

Val kannte natürlich das System zur Lebensmittelbelieferung, aber ihm war nicht bewusst gewesen, dass Alonzos Wein in so großer Menge vorhanden war.

Rick schlüpfte aus seiner Jacke, obwohl es in dem Keller knapp unter zehn Grad kalt war. »Das hier wird etwas dauern.«

Val kniff seine Augen zusammen. »Was wird etwas dauern?«

Rick zeigte auf die Paletten. »Wir müssen jede Kiste öffnen.«

Lou nahm ein Teppichmesser und begann, die Plastikfolie aufzuschneiden, in die die Weinkisten eingeschweißt waren.

»Was hoffst du zu finden?«, wollte Val wissen.

»Antworten.«

Da er nichts Besseres zu tun hatte, legte auch Val seine Jacke ab und entledigte sich seines Schlipses. »Adam, bringen Sie eine Palette, auf die wir räumen können, was wir bereits durchgesehen haben. Aber erwähnen Sie niemandem gegenüber, was wir hier tun.«

»Ja, Sir.«

Eineinhalb Stunden später waren sie bei der letzten Palette angekommen, jede Kiste war geöffnet, der Wein und das Füllmaterial herausgenommen, dann wieder zurückgeräumt und auf den Stapel gestellt. Sie arbeiteten schweigend, jede Kiste eine Enttäuschung, da sie nichts fanden als falsch etikettierten Wein.

Der Zeitpunkt, an dem Val in sein Büro gehen musste und den Anruf tätigen, um seine Schwester bei den Behörden als vermisst zu melden, rückte näher. Die letzte SMS von Meg besagte, dass sein Telefon noch nicht geklingelt hatte.

Val riss die letzte Holzkiste auf und holte hastig jede einzelne Flasche heraus. Eine zerbrach, aber er durchwühlte die Kiste weiter, entfernte das Stroh, das zur Polsterung verwendet worden war. Als alles, was er fand, ein hölzerner Boden war, hob er die leere Kiste mit beiden Händen hoch, rief: »Nichts. Wir haben nichts.«

Er schleuderte sie gegen den Haufen, den sie bereits kontrolliert hatten, und schaute zu, wie das Holz zersplitterte. »Verdammt!« Er schloss frustriert seine Augen, rieb sich mit den Fingern über die Stirn, um das schmerzhafte Pochen zu lindern.

Gabi ist dort draußen, leidet, und ich habe nichts in der Hand.

»Ach du Scheiße!«, sagte Rick mit tiefer, grollender Stimme.

»Was?« Val drehte sich um und sah, dass Rick und Lou zu der zerbrochenen Kiste starrten.

Er drehte sich um und schaute ebenfalls dorthin.

Die Kiste war mit der Unterseite aufgeprallt, die dabei

zerbrochen war. Man konnte einen Hohlraum zwischen dem Boden der Flaschen und dem Boden der Kiste erkennen. Darin war ein Stauraum von etwa zweieinhalb Zentimetern Höhe. Aber diese Zentimeter enthielten etwas anderes als Luft.

Vorsichtig traten sie zu dritt zu der zerbrochenen Kiste.

Rick erreichte sie als Erster, hob den Hammer, den sie benutzt hatten, um Deckel zu öffnen, und entfernte damit das nicht zerbrochene Holz, enthüllte einen falschen Boden. Darin befand sich ein eng eingewickeltes flaches Päckchen. Mit seinem Taschenmesser stach Rick durch die Folie und holte etwas Schwarzes hervor. Er hielt es sich unter die Nase und roch daran. »Jesus.«

»Was ist es?«

»Ich brauche ein Testset, um sicherzugehen, aber …«

»Was glaubst du, ist es?«, fragte Val.

Lou antwortete: »Heroin. In einer Vorstufe.«

Das Bild von Gabi, wie sie ihren Arm für die Nadel hinhielt, überwältigte Val.

Lou und Rick machten sich sofort an die Arbeit. Sie gingen zu unterschiedlichen Paletten, holten wahllos eine Kiste hervor, rissen den Deckel auf, kippten den Wein und das Füllmaterial aus und alles andere, was sich darin befand, in den Mülleimer, dann zerbrachen sie die Kisten, und fanden überall mehr von dem Zeug.

»Sieht ganz so aus, als hätten wir hier endlich den Grund, warum Picano seinen Wein umsonst hergibt.«

Zu dritt schauten sie auf die ganzen Paletten. »Jemand wird das zurückhaben wollen«, erklärte Lou. »Es ist genug, um jemanden dafür umzubringen.«

»Drogenbaron-Mengen, wenn ihr mich fragt«, fügte Rick hinzu.

»Gabi«, flüsterte Val.

Rick legte Val eine Hand auf die Schulter. »Solange wir das

hier haben, wird er sie am Leben lassen. Sie ist das Einzige, mit dem er Druck ausüben kann.«

Val klammerte sich an diese Worte, sie waren sein Anker. Er durfte nicht die Hoffnung verlieren, nicht jetzt. Nicht, wo sie so dicht vor der Antwort standen.

KAPITEL 27

Nachdem sie stundenlang Vals Telefon angestarrt hatte und es durch reine Willenskraft dazu hatte bringen wollen zu klingeln, zuckte Meg zusammen, als plötzlich ihr eigenes Handy vibrierte. Ohne aufs Display zu schauen, ging sie ran, bereit, jeden, der sie jetzt anrief, abzuwimmeln, um weiter neben einem Telefon zu warten, das sich nicht rührte. »Ja«, meldete sie sich kurz angebunden.

Es gab eine kleine Pause, etwas Rauschen, dann Gelächter. »Hallo?«

Als ihre Begrüßung nur auf Stille stieß, hielt sie das Handy weg vom Ohr und warf einen Blick aufs Display. *Unbekannte Nummer.*

Dann hörte sie ein Stöhnen, ein weibliches Stöhnen. »Gabi?« Ihr lief ein Schauer über die Haut, und das Herz klopfte ihr wild in der Brust.

Die schwache Stimme war fast nicht zu verstehen. »M-Meg?«

An die Festnetznummer von Vals Telefon war ein Rekorder angeschlossen, um das Gespräch aufzuzeichnen, aber nicht an Megs Handy. Sie hatte keine Möglichkeit, den Anruf zurückzuverfolgen oder aufzunehmen. Alles, was sie tun konnte, war zu reden. »Gabi, mein Gott. Geht's dir gut?«

»Es tut weh, Meg. Er will mir nicht helfen.« Gabis Stimme brach, und sie begann zu weinen.

»Wo bist du?«

»Bitte …« Es erklang Geraschel am Telefon, und Gabis Stimme schien jetzt von weiter weg zu kommen. »Bitte, Alonzo. Ich brauche es.«

»Gabi, wo bist du?« Meg hörte den panischen Klang ihrer eigenen Stimme.

»Ja … Ja …« Gabis Tonfall veränderte sich von fast hysterisch zu erleichtert.

»Nein!«, rief Meg ins Telefon. »Nicht, Gabi. Es ist Gift. Hör auf!« Jetzt schrie sie. »Du Bastard. Stopp!«

Gabi war immer noch da, in der Ferne. »Danke …« Sie wiederholte das Wort wieder und wieder.

»Du kranker Bastard. Geh sofort ans Telefon, du Scheißkerl.«

Carol rannte in Vals Büro, ein Mann vom Security-Team direkt hinter ihr. Meg hob eine Hand, bemerkte, wie sehr sie zitterte. »Was wollen Sie? Ich weiß, dass Sie noch da sind.«

Meg drehte sich von Vals Angestellten weg und hielt sich das andere Ohr zu.

Alonzos Stimme war eiskalt, seine Worte eine Drohung. »Treten Sie raus auf die Veranda, Miss Rosenthal.«

Ohne Zeit zu verlieren, rannte sie zu den Glastüren von Vals Büro. Sie blieb in den Schatten, falls jemand nah genug war, um sie als Zielscheibe zu benutzen. »Wo ist Gabi?«

Alonzo machte eine Pause. »Rot steht Ihnen.«

Meg blickte auf ihre rote Seidenbluse hinunter, trat dann einen Schritt weiter nach draußen. Das Meer war nur wenige Schritte entfernt, aber sie sah keine großen Schiffe. Einige Segelboote trieben eine gute Meile entfernt vom Strand, doch sie konnte nicht sagen, ob Alonzo oder Gabi an Bord waren.

Hinter ihr sammelten sich Leute, unterhielten sich, rannten umher. Meg ignorierte sie alle und sprach weiter mit dem Monster, das Gabi als Geisel genommen hatte. »Ich denke, ein orangefarbener Overall wird sehr gut zu Ihrem Teint passen.«

»Aber, aber, Miss Rosenthal. Kein Grund, so feindselig zu sein. Sagen Sie Ihrem Freund, ich will meine Ladung innerhalb der nächsten Stunde auf seinem Charterboot haben.«

»Ladung. Wovon reden Sie?« Der Wein? Sprach er von seinem dummen Wein?

»Sie haben nicht das Recht, Fragen zu stellen. Eine Stunde. Sie werden den Captain begleiten, wenn er ablegt.«

»Damit Sie dann zwei Geiseln haben? Wohl kaum.«

Das Telefon wurde wieder weitergereicht. »Was meinst du, Süße? Du willst mehr? Alles für meine Braut.«

»Hören Sie auf! Sie werden sie umbringen.«

Hinter Meg keuchte jemand auf.

»Warum sollte ich meine Ehefrau umbringen? Sie ist lebend sehr viel mehr wert für mich als tot.«

Ehefrau? Braut?

»Eine Stunde, Miss Rosenthal. Ich habe überall meine Augen auf Masinis armseliger Entschuldigung für eine Privatinsel. Sie und Sie allein mit meiner Ladung. Oder die arme Gabriella wird einen tragischen Unfall erleiden. Ich glaube nicht, dass sie sich in ihrem jetzigen Zustand sehr lange wird über Wasser halten können.«

»Sie sind krank«, zischte Meg.

Eine Hand legte sich ihr auf die Schulter. Sie drehte sich um und fand sich Val gegenüber, der sie anstarrte.

»Eine Stunde.«

Val riss ihr das Telefon aus der Hand, und eine Reihe von italienischen Worten kam ihm über die Lippen. Seine Augen wurden schmal, als er Alonzos Namen wiederholte. Er hielt sich gerade noch zurück, das Telefon gegen die Wand zu werfen, und zog Meg an sich.

»Sie lebt«, sagte Meg schwach. *Gerade so.*

»Du hast mit ihr geredet?«

Meg nickte, sah an Val vorbei zu den ganzen Leuten, die zusammengeeilt waren. »Sie sollen gehen, bitte«, flüsterte sie.

Rick kam dazu, als Val gerade alle rausschickte.

Als nur noch sie drei im Zimmer waren, erzählte sie ihnen von dem Anruf, von Gabi. »Alonzo hat gesagt, seine Ladung muss in einer Stunde auf dem Charterboot sein. Welche Ladung? Redet er von dem Wein?«

Val und Rick wechselten einen Blick.

»Was?«

»Heroin. Die Kisten sind mit unverschnittenem Heroin ausgekleidet«, teilte Rick ihr mit.

»Drogen? Wirklich? Alonzo ist ein Drogenschmuggler?«, fragte Meg.

»Scheint leider so.«

»Nun, er will sie zurück. Wenn wir nicht anfangen, den Wein auf das Boot zu laden, wird ihm das jemand verraten. Gabi hörte sich nicht so an, als könnte sie eine weitere Dosis überleben.« Meg stand auf und wandte sich zur Tür.

»Warte, wir brauchen einen Plan. Wenn wir Alonzos Anweisung folgen, spielen wir ihm direkt in die Hände.«

»Er hat mir aufgetragen, nach draußen zu kommen, und hat mir dann die Farbe meiner Bluse genannt. Entweder kann der Mann uns sehen, oder er hat jemanden in der Nähe, der uns für ihn beobachtet. Überlege dir einen Plan, während wir das Charterboot mit dem Wein beladen. Wir haben schon zehn Minuten der Stunde vertrödelt.«

Rick hielt eine Hand hoch und stoppte sie. »In dem Moment, in dem wir beginnen, das Boot zu beladen, werden wir Drogenschmuggler.«

»Welche Wahl haben wir?«, fragte Val. »Er hat meine Schwester.«

Meg sah zu, während Val und Rick diskutierten. Sie hatte ihnen noch nicht von Alonzos Forderung erzählt, dass auch sie an Bord sein sollte.

»Wenn ihr Jungs damit fertig seid, euch zu streiten, findet ihr mich im Lagerhaus.« Ohne ein weiteres Wort verließ Meg das Büro und ging aus dem Gebäude.

* * *

Val holte sie zwei Minuten später ein. Er hatte Rick zurückgelassen, damit der Neil anrufen und irgendeine Art von Plan entwickeln konnte.

Aber Margaret hatte recht. Herumzusitzen, als würden sie sich nicht fügen, würde die Chancen schmälern, dass sie Gabi überhaupt zurückbekämen.

Val lief um Margaret herum und zog sie auf eine Abkürzung zum Lagerhaus, auf der sie nicht ständig Gästen begegnen würden. »Hier entlang.«

Sie folgte ihm, hielt seine Hand fest und sah über die Schulter zurück. »Ich hasse es, dass uns jemand beobachtet.«

»Ich werde alle entlassen. Von vorne anfangen.«

»Das ist verrückt. Er ist verrückt. Seine Worte klangen ruhig und einstudiert, aber ich konnte die Panik darunter hören.«

»Ich wünschte, wir wüssten, ob er auch Dealer ist oder nur Schmuggler. Wenn er die Kisten bloß transportiert, dann sucht der Dealer seine Drogen.«

Margaret wurde langsamer und sah ihn an. »Und wie kommt es, dass du dich so gut mit dem ganzen Drumherum des Drogengeschäfts auskennst?«

Val grinste humorlos. »Ich bin in New York aufgewachsen. Jeder kannte jemanden. Kleine Dealer werden große Dealer, wenn sie nicht ihren eigenen Mist nehmen. Wenn Alonzo nur der Lieferant ist, dann bedroht ihn vermutlich jemand.«

»Und das macht ihn verzweifelt«, sagte sie.

»Verzweifelte Männer sind gefährlich.«

Sie kamen um die Ecke zum Lagerhaus und wurden langsamer.

»Etwas anderes, was Alonzo gesagt hat, verwirrt mich. Er hat Gabi immer ›seine Ehefrau‹, ›seine Braut‹ genannt. Nicht in dem Sinn, dass sie seine zukünftige Braut ist, sondern als wenn sie schon verheiratet wären.«

Val blieb stehen.

Meg tat es ihm nach.

»Gabi würde nicht …«

»Gabi ist total high. Wir können nicht wissen, was sie getan hat.«

Val fuhr sich mit einer Hand durch sein dichtes Haar. »Warum?«

»Ich weiß es nicht. Vielleicht denkt er, wenn sie an ihn gebunden ist und er seinen Dreck zurückbekommen hat, dann kann er sie, dich, uns alle zwingen, dichtzuhalten? Wer weiß schon, was so ein Irrer denkt?«

»Wir brauchen mehr Zeit, *cara*. Zeit, seinen Plan herauszufinden.«

Margaret warf einen Blick auf ihre Armbanduhr. »Wir haben noch vierzig Minuten. Denk schnell.«

Val zog sie hinter sich her und fing in der Minute, in der seine Worte die Ohren seiner Angestellten im Lagerhaus erreichen konnten, an, Befehle zu brüllen.

Das Charterboot lag am Steg. Captain Stephan stand an der Seite der Gangway, über die Passagiere aufs und vom Schiff herunter gelangten. Nur dass keine Passagiere kamen oder gingen. Tatsächlich war das Charterboot zu dieser Zeit normalerweise nie am Landesteg.

»Bleib hier«, sagte Val zu Margaret und ließ ihre Hand los. Sie sah das Boot an und wurde blass.

Es erforderte übermenschliche Selbstbeherrschung, Stephan nicht einfach in das türkise Wasser der Keys zu stoßen.

Stephan verfolgte Vals Herannahen mit den Augen, ein arrogantes Lächeln auf den Lippen.

Ohne nachzudenken, griff Val in dem Moment, in dem er vor dem Mann stehen blieb, mit der Hand nach Stephans Kehle und drückte zu. »Ich weiß nicht, was er Ihnen versprochen hat, aber ich werde Ihnen das hier versprechen: Ich werde Sie finden, und Sie werden dafür bezahlen.«

Etwas Hartes presste sich gegen Vals Seite. Er sah nicht hin, lockerte aber seinen Griff. Natürlich hatte der Captain eine Pistole. Drogen und Pistolen gehörten irgendwie zusammen, oder?

»Gute Entscheidung, Valentino.« Nachdem Val ihn losgelassen hatte, bewegte Stephan den Kopf auf seinen Schultern hin und her. »Und jetzt … Haben Sie nichts zu verladen?«

Val juckte es in den Fäusten. Aber er schlug nicht zu. Es war jetzt wichtig, die Kontrolle zu behalten. Das wusste er.

Er begab sich zurück zu Margaret. Ihre Haut hatte noch nicht wieder ihre normale Farbe angenommen, und sie starrte das Boot an, als hätte es Hörner bekommen.

Zusammen gingen sie zurück zum Lagerhaus und in den Weinkeller. Dort war Rick schon und koordinierte das Verladen.

Rick rief Anweisungen, und Vals Männer befolgten sie.

Margaret setzte sich ans Ende des Kellers, ihr Handy in der Hand.

Val winkte Rick zu sich und sagte leise: »Wenn wir ihm das geben, hat er keinen Grund mehr, Gabi am Leben zu lassen.«

Rick lehnte sich vor und flüsterte: »Sieh genauer hin.«

Die Angestellten beluden die Paletten, aber während sie das taten, platzierten sie Weinkisten, die nicht Alonzo gehörten, in die Mitte und umgaben sie mit Kisten, die Drogen enthielten. Es würde etwa ein Drittel der Drogen fehlen.

»Verhandlungsmasse?«

Rick nickte. »Neil stellt die Verstärkung zusammen. Er ist vor der Küste.«

Val ballte die Fäuste. »Fühlt sich wie eine Falle an. Mir gefällt das nicht.«

»Hast du eine andere Idee?«

»Die Polizei rufen?«

Rick lächelte ihn an und zwinkerte ihm zu. »Neil hat was Besseres auf Lager.«

Val hoffte wirklich, dass Rick und seine Freunde nicht nur eine große Klappe hatten.

Seine Aufmerksamkeit wandte sich wieder Margaret zu. Sie zitterte. Er wollte sie nicht aus den Augen lassen, nahm sein Jackett, das er vor einigen Stunden auf ein Weinregal geworfen hatte, und legte es ihr über die Schultern.

»Danke«, brachte sie heraus.

Er küsste sie auf die Stirn. Sie war eine starke Frau, aber es war offensichtlich, dass dies alles jetzt seinen Tribut forderte. »Brauchst du dein Asthmaspray?«

Sie schüttelte den Kopf. »Mit meinen neuen Medikamenten geht es mir viel besser. Mach dir um mich keine Sorgen.«

Das wäre nicht möglich. Val kniete sich vor sie und nahm ihre kalten Hände in seine.

»Es tut mir leid, dass das hier passiert, Val.«

»Nichts davon ist deine Schuld.«

Sie sah nicht überzeugt aus.

Die letzten der Kisten wurden auf eine Palette gepackt und mit Folie umwickelt, bevor ein kleiner Gabelstapler sie wegfuhr.

Val lehnte sich vor und küsste Margaret kurz auf die kalten Lippen. »Du solltest hierbleiben.«

Ihre Augen wurden groß. »Nein. Das geht nicht.«

Er verstand den Drang, mit eigenen Augen mit anzusehen, was auch immer passieren würde, aber er wollte Margaret auf keinen Fall in der Nähe von Stephan haben. Andererseits wollte er sie auch nicht durch einen Weinkeller wandern lassen, der immer noch mit illegalen Drogen gefüllt war. Wenn irgendjemand, der ihnen beim Zusammenpacken des Weins geholfen hatte, zu Alonzos Männern gehörte, würden sie auffliegen, bevor Stephan ablegen konnte.

Margaret ging zwischen Rick und Val zum Charterboot. Draußen herrschten über dreißig Grad, doch sie zitterte immer noch. Als Val von ihr wegtrat, um mit Stephan zu sprechen, stolperte sie, und Rick fing sie auf.

»Es geht mir gut. Sorry.«

Sie sah krank aus, und es gab nichts, was Val dagegen tun konnte.

Er hielt den Fahrer des Gabelstaplers zurück, bevor er die letzte Palette auf das überladene Boot brachte.

»Kommen Sie, Masini. Schaffen Sie sie her.« Stephan hatte eine Hand in der Tasche, die mit der Pistole, wie Val wusste.

»Nur wenn ich einen Beweis bekomme, dass Gabi in Sicherheit ist.«

»Sie können keine Forderungen stellen.«

»Nehmen Sie Ihr Handy, und rufen Sie Ihren Boss an. Oder Sie legen mit nur einem Teil der Ladung ab. Wenn Gabi in Sicherheit ist, bekommen Sie den Rest.«

Nach dem Ausdruck auf Stephans Gesicht zu schließen, hatte er nicht mit Widerstand gerechnet.

»Nach allem, was ich weiß, könnte Gabi schon tot sein.«

Ein Handy begann zu klingeln.

Alle drehten sich um und starrten Margaret an. Sie ging ran. »Gabi?«

»Schaffen Sie die Kisten aufs Schiff, Masini«, brüllte Stephan.

Val versuchte, Margarets Unterhaltung zu folgen, und blickte zu ihr zurück, um einen Hinweis zu bekommen, was er tun sollte.

»Wo bist du?«, schrie Margaret ins Handy.

»Die Zeit läuft Ihnen davon«, erklärte Stephan mit einem hässlichen Lachen.

»Siehst du die Insel? Kannst du Leute sehen?« Margaret drehte sich weg von Rick und blickte über den Ozean.

Stephan bewegte sich von da weg, wo er stand, behielt das Schiff im Rücken und zog die Pistole aus der Tasche. Er wedelte damit in Richtung des Gabelstaplerfahrers. »Beweg dich!«

Die Männer auf dem Pier duckten sich.

Margaret trat näher an den Rand des Piers. »Gabi sagt, sie ist in einem kleinen Boot und kann viele Leute am Strand sehen«, berichtete sie. »Nein! Tu das nicht. Wir finden dich. Du kannst nicht so weit schwimmen.«

Val sank das Herz. Hatte er seine Schwester gerettet, nur damit sie ins Wasser sprang, high von Gott weiß was, und ertrank?

Der Gabelstapler begann sich zu bewegen.

Vals Handy klingelte in seiner hinteren Hosentasche.

Rick ging langsam auf Margaret zu, die nichts von dem sich entfaltenden Drama auf dem Pier mitzubekommen schien.

»Sie sollten diesen Anruf auf jeden Fall entgegennehmen, Masini«, schlug Stephan vor.

Das Letzte, was Val brauchte, war eine Unterbrechung.

Ohne den Blick von Stephan und der Pistole zu wenden, die zwischen ihnen hin und her zeigte, nahm Val den Anruf an, ohne hinzusehen. »Ja?«

»Deine Stunde war vor zehn Minuten um. Ich hatte eigentlich erwartet, dass du meine Forderung ernster nimmst.«

Der Mann, den er früher einmal in sein Heim gelassen hatte, dem er das Privileg zugestanden hatte, seine Schwester zu umwerben, hörte sich jetzt tödlich an.

»Wo ist Gabi?«

»Auf dem Wasser. Nah genug, dass du mit ansehen kannst, wie sie in die Luft fliegt, wenn du nicht schneller machst.«

Die letzte Palette wurde an Bord gebracht, der Gabelstapler fuhr weg, und die Männer, die den Wein abgeladen hatten, flohen.

»Meg?«, rief Rick ihren Namen.

Bevor Val Alonzo sagen konnte, dass die Kisten auf dem Schiff waren, warf sich Stephan zwischen Margaret und Rick.

Rick hatte seine Pistole in der Hand und zielte damit auf Stephans Kopf. »Verschwinden Sie.«

Stephan schüttelte den Kopf, langsam und entspannt. »Das ist nicht Teil des Deals. Sie kommt mit mir.«

Alles Blut verließ Vals Gehirn. »Nein!«

Margaret hielt ihr Handy locker in den Fingern. Die Brise vom Meer wehte ihr das kurze Haar in die Augen, traurige, bernsteinfarbene Augen, die mehr ausdrückten, als alle Worte das konnten.

»Lassen Sie die Waffe fallen«, befahl Rick.

»Erschießen Sie mich, und Gabi ist tot.«

Val war gar nicht aufgefallen, dass Alonzo noch immer ins Telefon brüllte. Er hob es ans Ohr. »Du verschwendest meine Zeit, Masini«, sagte er gerade. »Pass gut auf. Das Nächste wird in fünf Minuten in die Luft fliegen, wenn meine Lieferung noch immer nicht unterwegs ist. Mit deiner Frau.«

»*Andare all'inferno!*«

»Ich gehe sowieso zur Hölle, Val.« Kaum waren Alonzos Worte verklungen, als eine Explosion ihrer aller Aufmerksamkeit auf den Ozean lenkte.

»Gabi?«, schrie Margaret in ihr Handy. »Gabi?«

Rick lud durch, trat einen Schritt näher.

Val war übel, er sah sein Leben vor seinen Augen wie einen Film ablaufen.

Margaret keuchte, und die Knie gaben beinahe unter ihr nach. »Nein, Süße. Halte durch. Wir kommen.« Ihr standen Tränen in den Augen. Ihre Lippen zitterten.

»Hast du meine Nachricht bekommen, Val?«, fragte Alonzo.

»Vier Minuten, dreißig Sekunden«, erinnerte ihn Stephan. »Los geht's, Blondie.« Er nickte in Richtung des Bootes.

»Jesus.«

Margarets Füße bewegten sich, nur dass sie auf das Boot zuging, nicht davon weg.

»Margaret, nein!«

»Er wird sie umbringen, wenn ich es nicht tue.« Sie warf Rick einen schnellen Blick zu. »Frag Judy, in welchem Sport ich im College besonders gut war.«

Als sie den Fuß aufs Boot setzte, wusste Val, dass er sie nicht lebend wiedersehen würde. Seine Schwester … Oder die Frau, der sein Herz gehörte?

Rick sicherte seine Waffe, nahm sie runter.

»Falls uns irgendjemand folgt«, sagte Stephan, während er hinter Margaret aufs Boot stieg, »ist sie tot.«

Völlig hilflos stand Val neben Rick, während Stephan das Boot losmachte und an Deck sprang.

Stephan packte Margaret grob am Arm, riss ihr das Handy aus der Hand und warf es auf den Pier. »Wir wollen ja nicht, dass jemand das GPS-Signal verfolgt.«

Rasch schubste er sie zum Steuer, von wo aus er das Schiff vom Pier weglenkte. Er brauchte nicht lange, um vom Landesteg wegzukommen und zu beschleunigen.

Rick verschwand, und alles, was Val tun konnte, war starren.

Alonzo war immer noch am Handy.

Frustrierte Wut baute sich auf und kochte über. Wieder brüllte Val ins Handy. »Tu ihr etwas an, und du bist tot.«

»Mord ist ein schmutziges Geschäft, Masini. Nicht dass mich das stört. Jetzt geh und rette meine Frau, und pass gut auf sie auf. Ich melde mich wieder.«

KAPITEL 28

So heiß. Es war unmöglich, der Sonne zu entkommen. Und wie war sie eigentlich in diesem kleinen Beiboot gelandet?

Ihr Kopf schmerzte, aber das war nicht so schlimm. Nicht so schlimm, wie es werden würde.

Gabi fasste ihren Kopf mit beiden Händen und begann, sich vor und zurück zu wiegen. Wenn sie nur schlafen könnte. Das wäre besser, als darauf zu warten, dass der Schmerz schlimmer wurde.

Sie stand auf und fühlte, wie das Boot unter ihren nackten Füßen schwankte. Das weiße Kleid, das sie zu ihrer Hochzeit getragen hatte, hing ihr lose von den Schultern. Wann hatte sie sich das letzte Mal umgezogen?

Und eine Dusche. Sie wollte duschen.

Das Boot schwankte wieder. Sie glitt zu Boden, rollte sich zu einem Ball zusammen und schloss die Augen.

* * *

»Haben wir eine Spur?«, fragte Rick ins Telefon.

Val sprang neben ihm ins Golfcart und löste die Bremse.

Sie rasten in Richtung des Inselflughafens.

Lou blieb zurück mit der Anweisung, darüber zu wachen, dass keiner der Angestellten die Insel verließ. Es war offensichtlich, dass Alonzo mehr als einen Komplizen unter ihnen hatte. Wer sie waren und was sie ihnen sagen konnten, könnte den Unterschied zwischen Leben und Tod für Margaret bedeuten.

Rick sprach sehr schnell, und Val verstand nur wenig. Dann legte Rick auf und teilte ihm seinen Plan mit.

»Ich habe einen Peilsender auf dem Charterboot platziert, als ich rübergekommen bin. Es gibt einen weiteren in einer der Kisten. Wenn Boot und Drogen getrennt werden, werden wir sie beide verfolgen.«

Die Spannung in Vals Kopf ließ etwas nach. »Woher sollen wir wissen, wo Margaret ist?«

Rick, der sonst immer ein Lächeln parat hatte, zeigte jetzt nicht mal einen Anflug davon. »Sie ist die beste Freundin meiner Frau. Sie zu verlieren ist keine Option.«

Das konnte Val noch toppen. »Sie ist meine Zukunft.«

Rick nickte. »Wie gut kannst du schießen, Masini?«

»Gut genug. Aber ich würde nicht schießen, wenn jemand, der mir wichtig ist, in der Nähe ist.«

Sie kamen mit quietschenden Reifen neben dem Rollfeld zum Stehen und sprangen aus dem Cart. Rick griff sich in den Rücken und blieb stehen. Er tastete seinen Gürtel entlang, zog das Jackett aus und enthüllte das Holster, das er an den Schultern trug. »Ach du Scheiße.« Jetzt lächelte Rick.

»Was?«

Er hielt ein Finger hoch und zog sein Handy hervor. »Hey, Süße. Keine Zeit für lange Erklärungen. Sag mir, in welchem Sport Meg im College besonders gut war.«

Mit wachsender Ungeduld verfolgte Val, wie Rick seiner Frau zuhörte. Er fing an zu lachen, das Geräusch ein harter Kontrast dazu, wie es in Val aussah.

Das Geräusch eines Hubschraubers, der sich schnell näherte, übertönte alles andere.

»Hab dich auch lieb.« Rick blickte auf und lächelte. »Man lernt doch jeden Tag etwas Neues.«

»Was?«

Der Wind nahm zu, während der Helikopter über ihnen drehte, um zu landen. Val trat zurück und wandte sich etwas zur Seite, um dem aufwirbelnden Sand zu entgehen.

»Meg war Teil der Scharfschützenmannschaft in ihrem ersten und zweiten Jahr im College«, rief er. »Das wusste ich gar nicht.«

»Was nützt das ohne Pistole?«

Rick lächelte immer noch, griff um seinen Rücken und zog das leere Holster hervor. »Sie ist eine recht talentierte Taschendiebin.«

Zum ersten Mal seit Stunden fühlte Val, wie ihm leichter ums Herz wurde.

Der Pilot winkte ihnen aus dem Fenster zu, an Bord zu kommen.

Erst als sie ihre Sitzgurte geschlossen hatten und schon in der Luft waren, fiel Val auf, dass sie sich in einem Militärhubschrauber befanden.

Neil saß neben dem Piloten und reichte Val Kopfhörer.

Als die Geräusche vom Hubschrauber gedämpft und die Stimmen der Männer an Bord zu verstehen waren, ohne dass man schreien musste, sagte Val: »Ich dachte, ihr seid beide pensionierte Marines.«

Es war der Pilot, der antwortete: »Einmal Marine, immer Marine.«

»Kommen Sie, finden wir Ihre Schwester«, sagte Neil.

Val blickte in die Richtung, in die Margaret weggefahren war. »Und was ist mit Margaret?«

Rick tippte auf ein Gerät, das in der Mitte des Helikopters stand. Es erinnerte Val an einen Tiefenmesser beim U-Boot oder vielleicht an etwas, das die Luftüberwachung benutzte, um zu verfolgen, was im Luftraum los war. Es gab Linien und blinkende Punkte. »Der Rote ist Meg.«

»Die anderen?«

»Diese zwei sind Blakes, so positioniert, dass man sie nicht entdeckt. Und diese drei«, Rick blinzelte ihm zu, »Freunde.«

»Sieht aus wie eine kleine Armee.«

»Kommt in etwa hin«, erwiderte Neil.

Rick drückte Val ein Fernglas in die Hand, und sie alle begannen, das Meer abzusuchen.

Die Zeit verging langsam.

Val ließ seinen Blick schweifen, betrachtete jedes Boot, jede noch so kleine Nussschale. Die einzige Erleichterung war, dass er kein leeres fand. Auch wenn er vor Frustration mit dem Fuß tippte, suchte er weiter. Gabi war irgendwo da draußen.

Nach etwa einer Stunde zeigte Neil nach unten und rief: »Da.«

Der Pilot wendete und flog näher.

Alles, was Val entdeckte, war ein kleines Boot und ein Häufchen Weiß, das darin auf dem Boden lag. Je näher sie kamen, desto mehr Hoffnung schöpfte er.

In ein dreckiges weißes Kleid gekleidet, die Haut sonnenverbrannt, lag Gabi dort mit dem Arm über dem Kopf. Sie bewegte sich nicht.

»Wie tief können wir runter?«

Der Pilot entfernte sich wieder von dem kleinen Fahrzeug, aber trotzdem brachten die Wellen das Boot genug ins Schaukeln, dass Val sich Sorgen machte, es könnte kentern. Ohne einen weiteren Gedanken nahm Val die Kopfhörer ab und zog sich sein Hemd über den Kopf.

Sie wechselten einen Blick, und Val sah, dass Rick ihn verstand.

Val kickte sich die Schuhe von den Füßen und nahm den Gurt ab.

Rick reichte ihm ein großes Sprechfunkgerät. Val nahm an, dass es wasserfest war, und hielt es fest.

Val spürte den Wind, als Rick die Schiebetür öffnete.

»Wir fliegen näher ran«, rief Rick.

Val schätzte die Höhe ein, kannte seine Grenzen. Wenn es eine Sache gab, die er bei seinem Leben auf der Insel gelernt hatte, dann war es Klippenspringen. Mit den Füßen auf den Kufen des Hubschraubers, sprang er ab und tauchte wenige Sekunden später ins Wasser.

Als er wieder die Oberfläche durchstieß, gab er den Männern im Helikopter eine Daumen-hoch-Geste, nahm das Sprechfunkgerät zwischen die Zähne und schwamm zu seiner Schwester.

Er war außer Atem, als er über die Seite des Bootes sah. »Gabi? *Tesoro?*«

Sie stöhnte.

Er stemmte sich hoch, rutschte zweimal ab, bevor er es schaffte, ins Boot zu klettern.

Wasser tropfte auf sie, als er sich über sie beugte, um sie genauer anzusehen.

Ihr Gesicht war verhärmt, rot, und sie hatte dunkle Ringe unter den Augen. Sie war in der Woche, in der er sie nicht gesehen hatte, um zehn Jahre gealtert.

Ihre Lippen waren aufgeplatzt und bluteten, ihr Haar dreckig und zerzaust. »Was hat er dir angetan?«

Val hob ihren Arm, fühlte ihren Puls und bemerkte die vielen blauen Flecke. Einige waren rot und geschwollen, andere gelb und schon wieder am Verschwinden.

Sie stöhnte wieder, öffnete aber nicht die Augen.

»Wie sieht's da unten aus?«, hörte Val Rick über das Sprechfunkgerät.

Er hob das Gerät und drückte den Knopf. »Sie lebt. Gerade so. Sie muss sofort ins Krankenhaus.«

»Siehst du irgendwelche Sprengkörper?«

Merda, das hatte er ganz vergessen. Er blickte unter den Sitz und bemerkte etwas, das auf der Unterseite befestigt war. Er wusste nichts über Bomben, nahm aber an, dass sie das war. »Ja. Ungefähr zehn Zentimeter im Durchmesser, einige Kabel. Ein Licht.«

Val streichelte Gabi die Stirn, während er sprach.

»Ich komme runter.«

Eine Ewigkeit später wurde Rick in einem Gurt heruntergelassen. Das Boot war nicht für drei Personen ausgelegt, aber Val bildete das Gegengewicht, wo immer Rick stand, um ein Kentern zu verhindern.

»Das soll ja wohl ein Witz sein.« Rick lachte, als er den Sprengkörper sah. Er griff danach.

Val hielt ihn zurück. »Vorsicht.«

Rick drückte seine Hand zur Seite. »Ich hab schon als Teenager Besseres in unserer Garage zusammengebastelt.« Er zog zwei Kabel heraus, und das Licht erlosch. »Amateur. Alonzo schmuggelt vielleicht Drogen, aber hat absolut keine Ahnung von Bomben.«

Val hatte gar nicht gemerkt, wie schnell er atmete, bis zu diesem Moment.

»Lass uns von hier verschwinden.«

Val folgte Ricks Anweisungen und half ihm, seine bewusstlose Schwester an Rick zu schnallen.

Als sie fertig waren, sagte er: »Komm nicht zurück, um mich zu holen. Bringt sie ins Krankenhaus.«

»Wir sind dir schon einen Schritt voraus, Masini. Es ist ein Boot für dich auf dem Weg hierher.« Rick griff in seine Tasche und gab Val sein Handy zurück. »Falls Alonzo dich direkt anruft.«

»Alles klar.« Val küsste seine Schwester auf den Scheitel. »Sorgt dafür, dass sie überlebt.«

Rick zwinkerte ihm zu, zeigte mit dem Daumen nach oben und war verschwunden.

* * *

Zu sagen, dass sie panische Angst hatte, wäre noch untertrieben.

Meg sah zu, wie Vals Insel verschwand, ohne irgendein Anzeichen, dass jemand ihnen folgte. Sie ging im Geiste ihre Möglichkeiten durch. Sie könnte über Bord springen und wegschwimmen, aber einer Kugel würde sie nicht entkommen können. Und mehr als einige hundert Meter zu schwimmen wäre keine gute Idee, nicht mit ihren Lungen. Und dann war da noch die Tatsache, dass sie keine Ahnung hatte, ob Gabi in Sicherheit war.

Meg vertraute Rick und Neil, kannte ihre Fähigkeiten, Leute aufzuspüren und zu retten. Sie musste sich darauf verlassen, dass Alonzo und seine Männer nichts über ihre Freunde wussten.

Wie würde Alonzo die Zwei-Drittel-Lieferung aufnehmen? Würde er sie sofort erschießen oder eine Übergabe verhandeln? Rick hatte angedeutet, wie viel jede Palette wert wäre. Fast eine Million Dollar im derzeitigen Zustand, und etwa dreimal so viel, nachdem es weiterverarbeitet worden war.

»Wo bringen Sie mich hin?«, fragte sie schließlich, nachdem Vals Insel am Horizont verschwunden war. Jetzt über Bord zu springen wäre glatter Selbstmord.

Sollte sie den Kapitän erschießen und das Boot übernehmen?

Vielleicht wenn er sie mit mehr bedrohte als nur einem Blick. Eine kaltblütige Killerin war sie nicht.

»Das werden Sie schon schnell genug herausfinden.«

Mistkerl.

»Wie fühlt es sich an, zu wissen, dass Ihre Freunde Frauen misshandeln?«

Stephan schwieg und steuerte das Boot unbeeindruckt durchs Wasser.

Die Stille brachte sie um, also redete sie weiter. »Alonzo scheint ein völliger Idiot zu sein. Viel zu dumm, um all das hier durchzuziehen.«

Der Kapitän bewegte sich unruhig hin und her.

»Ich wette, da ist jemand anderes, der auf die Lieferung wartet. Sie vielleicht sogar aus der ganzen Sache raushält.«

Stephan blickte sie an, dann zurück aufs Meer.

»Wie gut kennen Sie Alonzo denn überhaupt? Ich wette, er ist nicht mal Italiener.«

»Sie reden zu viel.«

Und Sie sind nervös.

»Diese Entführt-werden-Sache ist neu für mich. Soll ich einfach rumsitzen und Angst haben? Ist es das, was Gabi getan hat?«

»Gabi war schlau genug, Angst zu haben.«

Das tat weh.

Die süße, unschuldige Gabi würde nie wieder dieselbe sein. »Das haben Sie ihr angetan, oder? Jetzt gibt es keine Chance, dass sie je wieder irgendjemandem vertraut. Sie müssen wirklich stolz auf sich sein.« Meg spuckte die letzten Worte aus.

»Ich habe Gabi nie angefasst.«

»Und das macht es für Sie irgendwie okay? Manche Männer finden wirklich für alles eine Entschuldigung.« Es war merkwürdig, wie Wut ihre Angst verschwinden ließ. Und mit der Wut kamen Klarheit und die Fähigkeit zu denken.

Das Funkgerät rauschte, und dann hörte sie eine männliche Stimme. »Alpha an Beta, sind Sie da?«

341

Stephan nahm das einfache Funkgerät und antwortete. »Ich bin hier. Mit der Ladung in Richtung Treffpunkt unterwegs.«

»Irgendwelche Verfolger?«

»Keine, die ich sehen kann. Bei Ihnen?«

»Wir sind sauber. Fahren Sie weiter bis zum Ziel, und halten Sie die Position, wenn Sie da sind.«

Stephan beendete das Gespräch.

Meg bewegte sich unruhig hin und her.

»Alpha und Beta? Das macht ihn zum Boss und Sie zum Helfershelfer.«

Sie sah den Schlag nicht kommen, bis er sie traf. Sie ließ sich mittragen, so gut es ging. Schmerz explodierte in ihrem Kiefer, ihre Zähne schnitten ihr innen in die Wange.

»Halt's Maul.«

Ja. Das hörte sich gut für sie an.

Kapitel 29

Val zog sich die trockenen Kleider an, die man ihm reichte, schlüpfte in die schlecht passenden Schuhe und begab sich auf die Brücke des Schiffes, das ihn aufgelesen hatte. Er war sich nicht sicher, was für eine Sorte Boot es war. Es fuhr mit der Geschwindigkeit eines Schnellbootes, hatte aber Platz für ein Dutzend Besatzungsmitglieder und Passagiere sowie Ladung. Die einzigen anderen Schiffe, die er gesehen hatte, die ähnlich waren, wurden von der Küstenwache benutzt. Dieses Schiff jedoch wirkte nicht, als gehörte es der Küstenwache.

Jemand reichte ihm eine Flasche Wasser. »Danke.«

»Wir sind froh, dass wir helfen können.«

»Irgendwelche Neuigkeiten über meine Schwester?«

»Sie befindet sich in den Händen der Polizei von Miami.« Der Kapitän kam ihm zuvor, ehe er fragen konnte. »Mehr als das weiß ich nicht. Neil und Rick sind wieder in der Luft.«

Eins geschafft, eins noch auf der Liste.

Der Kapitän deutete auf eine Karte, die an die erinnerte, die Val im Helikopter gesehen hatte. »Sie ist dort, wir hier.« Manche Punkte auf der Karte leuchteten, andere blinkten.

»Was sind die hier?«

»Neuankömmlinge? Jemand auf einer Vergnügungskreuzfahrt? Das ist schwer zu sagen ohne Sichtkontakt.«

»Wie können wir Sichtkontakt bekommen, ohne selbst gesehen zu werden?«

Der Kapitän betätigte ein paar Schalter, und ein Monitor zu seiner Linken flackerte kurz, ehe ein Bild erschien. »Größere Spielzeuge.«

Val schaute genauer hin, merkte, dass er das Meer aus einer Höhe von mehreren tausend Metern vor sich sah. »Satellitenfotos?«

»Big Brother. Wir müssen nur unsere Position eingrenzen und heranzoomen.«

Val trat einen Schritt zurück. »Wer, zur Hölle, sind Sie?«

»Brenson, Küstenwache, Abteilung DEA. Ich habe kurz zusammen mit Neil bei den Marines gedient.«

»Sie arbeiten zufällig in Florida?«

Der Kapitän schüttelte den Kopf. »Eigentlich in Kalifornien. Aber er sagte, es gäbe hier Ärger, und daher habe ich ein paar Beziehungen spielen lassen.«

Einer der Männer des Kapitäns stand auf der anderen Seite neben Val, hatte sein Fernglas vor den Augen, während er den Horizont absuchte. »Wir folgen der Spur von einem von Mexikos übelsten Drogendealern. Sein Name lautet Diaz. Wir haben ein paar seiner Männer gefasst, aber keiner von ihnen hat uns verraten, wie die Drogen ins Land gelangen.«

»In Weinkisten verpackt.«

Brenson schüttelte den Kopf. »Wer hätte das gedacht?«

»Ich jedenfalls nicht. Alonzo hat sechs Monate lang Wein auf meine Insel gebracht. Der Himmel allein weiß, wie viel direkt unter meiner Nase geschmuggelt wurde.«

»Diese Typen sind gut darin, Unschuldige ohne deren Wissen zu Komplizen zu machen. Die Angst vor dem Gefängnis lässt sie schweigen, sobald sie dahinterkommen, was in Wahrheit vor sich geht.«

Das hörte sich genau nach ihm und Gabi an. Nicht, dass Val Angst vor dem Gefängnis hatte. Es mochte es am Ende sogar wert sein, Alonzos elendes Leben zu beenden. Val dachte an seine Schwester, wie sie ausgesehen hatte, als Rick ihren schlaffen Körper in den Himmel hochgezogen hatte.

Und wie erging es Margaret? Hatte sie die Waffe benutzt? Wusste der Mann, der sie in seiner Gewalt hatte, davon? Hatte irgendjemand ihr ebenfalls Drogen injiziert?

Er zitterte.

Gefängnis. Er konnte eine Weile absitzen, wenn das hieß, dass Margaret überlebte.

Val konnte sich nicht entscheiden, ob er einen Deal mit Gott oder dem Teufel eingehen. Vermutlich beides.

* * *

Meg versuchte, nicht in Panik zu geraten, als Alonzos Jacht in Sicht kam.

Die Fahrt hatte zwei Stunden gedauert, und obwohl sie den Mann am liebsten nie wiedergesehen hätte, besaß die Vorstellung, dass sie Gelegenheit erhalten würde, ihm persönlich ins Gesicht zu spucken, doch eine gewisse Befriedigung.

Die beiden Boote drehten bei, manövrierten, bis sie dicht nebeneinander lagen. Alonzo kam mit drei seiner Männer an Bord.

»Warum ist sie nicht gefesselt?«, wollte Alonzo wissen, gestikulierte in ihre Richtung.

»Was soll ich wohl tun, Idiot? Ins Wasser springen?«

Ihr Kopf ruckte nach hinten, als Alonzo ihr hart mit der offenen Hand ins Gesicht schlug. Wenigstens würde sie jetzt eine Schwellung auf beiden Seiten ihres Gesichtes haben. »Ich wusste, Sie würden Ärger machen, schon in der Minute, in der Sie auf der Insel zum ersten Mal Ihren frechen Mund aufgemacht haben. Ihre Nase in die Angelegenheiten anderer zu stecken ist schlecht für Ihre Gesundheit, Miss Rosenthal.«

Meg wollte ihm keinen Anlass liefern, ihr die Hände zu fesseln. Sie umklammerte die Reling. »Gabi *geht* mich etwas an.«

»Weil Sie ihren Bruder vögeln? Oder betrachten Sie sie als eine Art Schwester?«

Er dachte, laut auszusprechen, was zwischen ihr und Val passierte, würde sie aus dem Konzept bringen. Das tat es nicht. »Ja und ja«, erwiderte sie.

Er lachte. »Das würde mich dann ja wohl zu Ihrem zukünftigen Schwager machen, nicht wahr?«

»Warum sie erst heiraten, dann unter Drogen setzen und schließlich zum Sterben zurücklassen?«

Er zuckte die Achseln, ging von ihr fort, um die Weinkisten zu inspizieren. »Um Drogen über die Insel zu schmuggeln und sicherzustellen, dass Val und Gabriella mir verbunden sind, das würde ihr Schweigen garantieren. Gabi würde keinen Tag im Gefängnis überstehen, und Val weiß das.«

»Sie ist stärker, als Sie ahnen.«

Er ging um die Kisten herum, und Meg bewegte sich an der Reling entlang, um ihn abzulenken. Sie wollte nicht, dass er jetzt schon die fehlende Drogenmenge bemerkte. Stephan und einer von Alonzos Männern richteten Pistolen in ihre Richtung.

Sie hielt Abstand und hob die Hände. Das Letzte, was sie wollte, war, dass sie entschieden, es wäre eine gute Idee, sie auf Waffen abzutasten.

»Mein Plan hätte funktioniert, wenn Sie nicht einen Abstecher zu meinem Weingut unternommen hätten. Gabi könnte noch am Leben sein, wenn Sie nicht wären.«

Zum ersten Mal seit Stunden spürte Meg, wie ihre Lungen enger wurden.

Nein, bitte, nein. Gabi kann nicht tot sein. Nicht nach allem, all den Risiken, die sie auf sich genommen hatten.

»Vergießen Sie keine Tränen, Miss Rosenthal. Sie war so high, sie hat vermutlich nichts gemerkt.«

»Sie Bastard.« Sie stürzte sich auf ihn, nur um von zwei Männern festgehalten zu werden. Als Alonzo dieses Mal vor sie trat, spuckte sie ihm ins Gesicht.

Sein tödlicher Blick beunruhigte sie, während er ein Taschentuch aus der Hosentasche zog und sich das Gesicht abwischte. »Ich sollte Ihnen ins Bein schießen und Sie genau hier über Bord werfen, und dann zusehen, wie die Haie ein Festmahl halten.«

Meg musste sich dazu zwingen, langsamer zu atmen. Ein leichtes Keuchen begann sich zu bilden.

Alonzo fuhr ihr mit einer Hand über das Gesicht und fasste ihr Kinn mit Daumen und Zeigefinger. »Aber Sie sind mein Geschenk. Diaz mag Blondinen.«

Die Männer, die sie festhielten, lachten, als hätte Alonzo einen Witz gemacht.

Er schob sie von sich und ging an Bord seiner Jacht.

Stephan übernahm wieder das Steuer, folgte Alonzos Boot.

In den nächsten zehn Minuten näherten sie sich einer Insel. Von ihrem Standpunkt aus waren keine Bewohner zu erkennen.

Sobald sie in der Bucht waren, warf Stephan den Anker, und Alonzo wies ihn an, sie zu ihm an Bord zu bringen. Es waren zu viele von ihnen, um sich wirksam zu wehren, und von der körperlichen Anstrengung wurde sie atemlos.

Alonzo schubste sie über sein Deck und zwang sie mit vorgehaltener Waffe auf die andere Seite zu einem kleineren Beiboot. Stephan und alle Männer von Alonzo kamen ebenfalls an Bord und legten ab.

Das Boot mit den Drogen ließen sie hier zurück.

Was bedeutete, jemand würde herkommen und es holen.

Diaz? Der Alpha hinter dem Beta Alonzo? Und wann würde diese Übergabe stattfinden? In einem Tag, in einer Stunde?

Konnte sie hinausschwimmen zu dem Charterboot und um Hilfe rufen? Sie hatte keine Ahnung, ob Rick und Neil wussten, wo sie war. Ihre Gedanken überschlugen sich, auf der Suche nach einem Ausweg.

Einer von Alonzos Schlägertypen zog sie aus dem Boot, sobald sie den Strand erreichten. Ehe sie auf die Füße kommen konnte, stellte er ihr einen Fuß auf den Po und zückte ein Messer.

Sie schrie auf, als er ihr den rechten Oberschenkel aufschlitzte.

Er drückte sie in den Sand und sprang wieder in das kleine Boot.

Blind vor Schmerz rollte sie sich auf den Rücken und hielt sich das Bein.

»Schauen Sie sich gut um, ehe Sie sich ins Wasser wagen, Miss Rosenthal«, rief Alonzo und deutete auf das Meer. »Diese Rückenflossen gehören nicht Delfinen. Und sie lieben frisches Blut.«

»Zur Hölle mit Ihnen!«

Alonzo lachte, blickte seine Männer an, während sie wieder zu seiner Jacht fuhren. »Heute verfluchen mich ziemlich viele Menschen. Das muss am Vollmond liegen.«

Meg kam auf die Füße und flüchtete sich in den Schutz der Bäume.

Zum ersten Mal, seit sie Ricks Pistole hinten aus ihrem Hosenbund gezogen hatte, betrachtete sie die Waffe genauer. Eine 1911 mit einem Zwölfermagazin. Perfekt, verlässlich, zielgenau wie die Hölle.

Ohne sich um den Schmerz in ihrem Bein zu kümmern, hielt sie den Blick auf das sich entfernende Boot gerichtet. Sobald das Beiboot voller Idioten dichter an den Flossen in der Bucht war und es für die Insassen zu weit war, um an den Strand schwimmen zu können, zielte Meg. Drei aufeinanderfolgende

Schüsse ließen das Holz splittern, erschreckten die Passagiere, und Wasser begann ins Boot zu laufen.

Eine Kugel zischte an ihr vorbei, aber nicht dicht genug, um irgendwelchen Schaden anzurichten.

Sie veränderte ihre Position und entdeckte den Verschluss des Treibstofftanks am Charterboot.

Während Alonzo und seine Männer sich über Wasser zu halten bemühten, waren die auf der Jacht damit befasst, dichter zu ihrem Boss zu gelangen. Ein Mann vom Beiboot ging über Bord und begann, zu dem größeren Schiff zu schwimmen. Meg ignorierte ihre Bemühungen und konzentrierte sich auf ihre eigenen. Es war eine Weile her, seit sie eine Waffe in der Hand gehalten hatte. Und das Charterboot war vermutlich ohnehin außer Reichweite, aber sie musste es versuchen.

Wenn das Charterboot in die Luft flog, würde das jemand sehen.

Oder wenigstens hoffte sie das.

Sie kniff ein Auge zusammen und zwang sich, ruhig zu atmen. Es kam wieder zu ihr zurück, all das Training … Der Grund, weshalb sie Schießen als Sport gewählt hatte.

Das Pfeifen in ihren Lungen ließ langsam nach, während sie rückwärts zählte.

Abdrücken.

Verfehlt.

Sie hob den Lauf, spürte den Wind auf ihrem Gesicht und zielte noch etwas höher.

Abdrücken.

Holz splitterte. Nichts explodierte.

»Für Gabi.«

Abdrücken.

* * *

Sie kamen näher, endlich.

Val konnte genug auf dem Satellitenfeed erkennen, um zu wissen, dass zwei Schiffe nebeneinander trieben, und ein drittes dicht hinter ihnen war. Gerade als er begann, aufzuatmen, verschwand der Leuchtpunkt auf dem Radarschirm.

»Verdammt!«, rief Brenson.

»Wo ist es hin?«

Val drehte sich zu der Satellitenansicht, die das Geschehen mit guten dreißig Sekunden Verzögerung nach dem anderen Monitor zeigte.

Das Charterboot wurde zu einem weißen Blitz, und selbst aus Meilen Entfernung hörte Val die Explosion.

Brenson nahm sein Funkgerät. »Alle Einheiten vorrücken.«

Die Männer auf dem Schiff begannen sofort, den Befehl umzusetzen. »Volle Kraft voraus.«

Val schaute nach oben und entdeckte einen Helikopter über ihnen. Er hörte, wie Rick per Funk Anweisungen brüllte.

Als sie an das im Wasser treibende Wrack kamen, drosselten sie die Motoren abrupt.

Sein Charterboot brannte noch, aber der Großteil des Rumpfes wurde bereits ein künstliches Riff.

Mindestens zwei Leichen trieben zwischen den Trümmern. Val hielt nach seiner Jacke oder Margarets roter Bluse Ausschau, konnte aber keines von beidem entdecken.

Alonzos Jacht hatte versucht zu fliehen. Der Helikopter stand über dem Schiff in der Luft, ließ die an Bord Verbliebenen wissen, dass sie nicht entkommen konnten.

Es dauerte nicht lang, bis sich ein offizielles Schiff der Küstenwache so positioniert hatte, dass Alonzo der Fluchtweg abgeschnitten war … Falls der sich überhaupt an Bord aufhielt. Val musste ihn erst noch an Deck erspähen.

Statt nach seinem Feind zu suchen, ließ Val den Blick über die Schiffe und das Ufer wandern.

Eine dröhnende Stimme erfüllte die Luft. »Hier spricht die Küstenwache der Vereinigten Staaten. Lassen Sie die Waffen fallen.«

Die Luft vibrierte von dem Klang weiterer Unterstützung aus der Luft, das Meer getüpfelt mit Booten mit Verstärkung. Aber nichts von alledem zählte ohne Margaret.

Val umklammerte die Reling, wollte zur Jacht schwimmen und sie finden.

Alonzos Männer an Deck ließen langsam ihre Pistolen fallen, immer einer nach dem anderen, bis alle sechs ihre Hände in die Luft streckten.

Sie waren inzwischen dicht genug, um an Bord der Jacht zu gehen. Val ließ der Küstenwache den Vortritt, ließ sich von ihnen aber nicht mehr zurückhalten, sobald die Waffen von Alonzos Männern sicher verwahrt waren.

Alonzos Kapitän, der Mann von den Fotos mit seiner Schwester, und Stephan waren unter denen an Deck.

Val ballte die Hände zu Fäusten und drängte sich an den Männern der Küstenwache vorbei. »Wo ist Margaret?«

Stephan lächelte selbstgefällig, und Val schlug zu. Etwas knirschte, er war nicht sicher, ob es seine Knöchel waren oder Stephans Kieferknochen.

»Welcher ist Picano?«, fragte Brenson.

Val schaute noch einmal hin. »Keiner.«

»Was ist mit denen dort draußen?«

Die beiden Männer, die tot im Wasser trieben, erkannte Val als Julio, Alonzos zweiten Kapitän, und als einen seiner eigenen Kellner. »Nein, auch nicht.«

Sie hatten die Jacht binnen weniger Minuten durchsucht, aber dabei nur den Koch gefunden, den man von unten in Handschellen hochbrachte. Jedoch keine Spur von Margaret.

Vals Blick wanderte zu dem brennenden Boot.

Er war noch nicht bereit, zu glauben, dass sie an Bord war.

»Margaret!« Seine Stimme hallte über das Schiff, lenkte die Aufmerksamkeit von allen auf ihn, die ihn hören konnten. »Margaret!«

Ein roter Fleck hinkte auf den Sandstrand.

Vals Herz tat einen Satz.

Margaret winkte wild mit den Armen. »Ich bin hier.«

Brenson deutete auf sie, während die Besatzung sich beeilte, einen Jetski auszuklinken.

Val blinzelte zweimal und hörte einen Schuss.

Alle erstarrten, duckten sich. Als Val erneut hinschaute, hielt Margaret eine Waffe und zielte auf die Felsen am Rand der Bucht.

Alonzo stand da, die Waffe ebenfalls im Anschlag, dann kam eine Reihe Schüsse von oben.

Val konnte nicht sicher sagen, ob Alonzo sprang oder verwundet war und stürzte. Er trieb im Wasser, und die Küstenwache ließ ein Boot zu Wasser, um zu ihm zu gelangen.

Tot oder lebendig, das war egal. Das Einzige, was zählte, war Margaret, dass sie am Leben war, sicher und unversehrt.

Er fuhr auf einem Jetski zur Insel, erreichte den Sand und rannte zu ihr.

Sie schlang die Arme um ihn, und die Waffe in ihrer Hand fiel zu Boden. »O *bella*, ich dachte, ich hätte dich verloren. Gott sei Dank.« Val streichelte ihr übers Haar, hörte sie an seiner Brust schluchzen. »Weine nicht, *cara*. Ich hab dich ja.«

»Lausiger Schütze.«

Er lehnte sich ein wenig zurück, um ihr ins Gesicht sehen zu können, ihr verfärbtes, aufgeschürftes und geschwollenes Gesicht. »Was?«

»Lausiger Schütze. Alonzo war ein lausiger Schütze.« Sie lächelte und schnitt eine Grimasse.

Vals Anspannung ließ nach, und ihm wurden die Knie weich.

Margaret hielt ihn fest.

»*Ti amo, cara.* Ich dachte, ich hätte dich verloren.« Er berührte mit den Lippen ihre Stirn, die offenbar einzige Stelle ihres Gesichtes, die unverletzt war.

Neue Tränen traten in Margarets Augen. »Was ist mit Gabi?«

Val legte ihr vorsichtig eine Hand an die Wange. »Im Krankenhaus. Am Leben.«

Nun war Margaret damit an der Reihe, gegen ihn zu sinken.

»Lass uns schauen, dass wir dich von hier wegschaffen«, erklärte Val.

Als Margaret ein paar Schritte ging, bemerkte er den Schnitt an ihrem Bein. Wortlos hob er sie auf seine Arme und trug sie.

Und Margaret ließ ihn.

KAPITEL 30

Meg saß die ganze Woche, die Gabi auf der Intensivstation verbringen musste, an ihrem Bett und sorgte dafür, dass jede Krankenschwester und jeder Arzt alles nur Menschenmögliche für sie tat.

Mrs Masini brachte täglich Essen und blieb so lange, wie sie konnte. Aber ihre Tochter in diesem Zustand zu sehen, forderte seinen Tribut von der Frau. Es sah ganz so aus, als ob jeder sich selbst die Schuld für Alonzos Betrug gab.

Für Val war es jedoch am schwersten. Er konnte nicht aufhören, sich bei Gabi zu entschuldigen, egal, wie oft sie ihm sagte, dass es nicht seine Schuld sei. Nachts, wenn Meg in das Hotelzimmer zurückkehrte, das sie nun schon seit zwei Wochen ihr Zuhause nannte, fand sie oft genug Val in ihrem Bett vor, wo er auf sie wartete.

Am Tag, bevor Gabi entlassen wurde, saß sie in einem Stuhl und schaute auf Miami. Ihr Schweigen stand in direktem Kontrast zu ihrem freundlichen und aufgeschlossenen Wesen vorher. Die Therapeuten sagten, es würde noch etwas Zeit brauchen, bis sie wieder Vertrauen fassen konnte, Zeit, bis ihr Herz zu heilen begann.

Meg zwang ein Lächeln auf ihre Lippen, als sie das Privatzimmer betrat und die Tür hinter sich schloss. Ein Tablett mit nicht angerührtem Essen stand neben Gabi. Sie hatte zehn Pfund abgenommen und machte keine Anstalten, sie wieder anzusetzen.

Sie hatte Alonzo überlebt, nur um eine leere Hülle zu werden.

Meg stellte eine Reisetasche aufs Bett und konzentrierte sich auf das Positive. »Es sieht ganz so aus, als dürftest du morgen nach Hause.«

Gabi richtete ihren Blick vom Fenster auf die Hände, die sie im Schoß verschränkt hatte. »Das hat der Arzt gesagt.«

»Ich hab dir eine Tasche gebracht, um dir zu helfen, deine Sachen zu packen.«

»Danke«, murmelte sie.

Meg zog einen Stuhl näher und senkte die Stimme. »Wie fühlst du dich heute?«

Es dauerte eine ganze Minute, bevor Gabi antwortete. »Alt.« Der Schmerz in ihren Augen traf Meg wie ein Messer ins Herz. »Ich fühle mich alt.«

In den zwei Wochen, die Gabi gebraucht hatte, um ihre kurze Drogenabhängigkeit zu überwinden, hatten sie nicht wirklich darüber gesprochen, was geschehen war. Unterlagen waren auf der Insel angekommen, die bestätigten, dass Alonzo in der Tat Gabi auf dem Meer rechtsgültig geheiratet hatte. Wenn Val und Meg die Ärzte zu Gabis Zustand befragten, erhielten sie Auskünfte wie, er sei stabil oder verbessert, aber keine Details. Auf näheres Nachhaken teilten die Ärzte ihnen mit, Gabi wolle nicht, dass ihr gesundheitlicher Zustand mit ihrer Familie besprochen werde. Um ihr die Privatsphäre zu lassen, die sie so offenbar brauchte, fragte Meg nicht weiter, und Gabi erzählte von sich aus nichts.

»Ich kann nicht zurück auf die Insel«, sagte sie auf einmal unvermittelt.

Megs Gedanken überstürzten sich. Wenn nicht auf die Insel, zu ihrer Familie …

»Ich kann es nicht ertragen, dass alle mich anstarren, sich wundern … und Fragen stellen.«

»Ja, das wäre Mist.«

War das ein Lächeln auf Gabis Lippen? Gütiger Himmel, Meg hoffte es.

»Wohin möchtest du denn gehen?«

»Irgendwohin, wo ich neu anfangen kann.« Sie stand auf, und das Nachthemd umwallte ihre schmal gewordene Figur. »Irgendwo, wo ich ihn vergessen kann, wo ich lernen kann, mich selbst wieder zu respektieren.«

Meg wollte Gabi verzweifelt sagen, dass sie niemandem etwas beweisen musste. Aber offenbar musste sie es … und sei es nur sich selbst.

»Ein Ort, an dem du wieder die Kontrolle über dein Leben erlangen kannst.«

Gabi nickte. »Ja.«

Meg dachte an die starken Frauen in ihrem Leben. Sam hatte ihr Geschäft auf der Asche ihrer zerrissenen Familie aufgebaut. Eliza hatte ihre Eltern verloren, als sie selbst noch jung war, und es überlebt. Jede von ihnen hatte in ihrem Leben an einem Scheideweg gestanden und sich über alle Widrigkeiten erhoben, um am Ende zu triumphieren.

»Dann komm mit mir.«

Gabi blinzelte.

»Nach Kalifornien. Wir werden Sam wegen eines Jobs fragen müssen. Aber wir können bei Alliance immer Hilfe gebrauchen.«

Etwas von dem Schmerz in Gabis Augen verblasste. »Ein Job?«

»Eine Beschäftigung. Sein eigenes Geld zu verdienen gibt einem ein Gefühl von Stärke. Du wirst so viel zu tun haben, dass du keine Zeit haben wirst, aus dem Fenster zu schauen und zu grübeln.«

»Die Therapeutin hat gesagt, ich müsse mich dem stellen, was geschehen ist, um es zu überwinden.«

Meg nickte. »Und das wirst du. In der Zwischenzeit musst du aber die Kontrolle über dein eigenes Leben übernehmen.«

»Mit einem Job.«

Meg stand auf und fasste nach der Hand ihrer Freundin. »Ein neues Leben.«

Gabi ergriff sie und drückte sie.

Und lächelte.

* * *

In der Nacht packte Meg ihre Taschen und stellte fest, dass es jetzt sie war, die aus einem Fenster schaute und nachdachte.

Wie genau sah ihr Leben jetzt eigentlich aus? Sie hatte mehr als einen Monat mit den Schwierigkeiten von Val und seiner Familie verbracht. Entführung, Drogen … geschmuggelter Wein. Alles hatte sich geändert, und abgesehen von dem Offensichtlichen konnte Meg nicht wirklich sagen, warum.

Zu sehen, wie langsam wieder ein Leuchten in Gabis Augen aufglomm, erinnerte Meg daran, dass man das Leben leben sollte. Die ganze Geschichte mit Alonzo, Stephan und den Drogen hätte auch tödlich ausgehen können. Die DEA hatte den Rest des Zeugs in Vals Kellern beschlagnahmt. Zwei weitere unter den Angestellten waren aufgeflogen und angeklagt worden. Stephan würde eine längere Zeit im Gefängnis verbringen, und wenn es ihm je gelingen würde, da wieder herauszukommen, stünde er vermutlich ganz oben auf der Liste der Leute, mit denen der mexikanische Drogenbaron, der immer noch frei war, eine Rechnung offen hatte.

Dann war da Alonzo. Der Mann war nicht mehr bei Bewusstsein und halb tot gewesen, als die Küstenwache ihn aus dem Wasser gefischt hatte. Für Meg war es irgendwie befriedigend zu wissen, dass Val dem Mann trotz allem noch einen Kinnhaken verpasst hatte. Er hatte bis ins Krankenhaus durchgehalten und war notoperiert worden, aber die Verletzungen durch die Schüsse von Rick, Neil und mindestens zwei anderen aus den Reihen der Küstenwache waren einfach zu viel für ihn gewesen. Er klammerte sich zwar noch ans Leben, aber es war unwahrscheinlich, dass er je wieder ohne künstliche Beatmung auskommen würde.

Es gab nicht viele Leute, denen Meg wirklich den Tod wünschte, aber Alonzo gehörte zu ihnen.

Er hatte Gabi zerbrochen, und es würde eine lange Zeit dauern, bis sie wieder die lächelnde, glückliche Frau sein würde, die sie vor nur einem Monat gewesen war.

Die Tür zu ihrem Zimmer ging auf und Val kam herein. Er hatte sein Jackett über einem Arm, und der Schlips hing ihm lose um den Hals. Den ganzen Tag über hatte er hart gearbeitet, neue Leute eingestellt, seine Sicherheitsmechanismen ausgebaut, seine Schwester, seine Mutter – und auch Meg – gestützt und getröstet.

»Hey«, begrüßte sie ihn leise.

»Hey.« Val ließ sein Jackett aufs Bett fallen und durchquerte das Zimmer. Er zog sie in seine Arme und hielt sie. Das tat er oft, hielt sie einfach nur, als wäre sie das Kostbarste auf der Welt.

»Ich … Ich habe gepackt.«

»Ich möchte nicht daran denken, dass du gehst.«

»Mein Flug geht heute Mittag.« Der Kloß in ihrem Hals ließ ihre Stimme brechen. Sie war normalerweise nicht so nah am Wasser gebaut, also warum brannten ihr die Augen von unvergossenen Tränen?

Er lehnte sich zurück und küsste sie auf die Stirn. »*Ti amo, bella*. Wir werden hierfür eine Lösung finden.«

Ein trauriges Lächeln begleitete seine leisen Worte. Sie hatte nie gefragt, was sie bedeuteten, mochte einfach ihren Klang und seinen Tonfall, wenn er sie aussprach.

»Gabi begleitet mich.«

Erst hielt Val den Atem an, dann seufzte er und zog sie auf das Sofa. »Ist das klug? Sollte sie nicht mit ihrer Mutter zusammen sein?«

Meg hielt seine Hand, sah den Schmerz in seinen Augen. »Sie muss heilen, Val. Die Insel wird sie ständig an ihn erinnern, an alles. Mit der Zeit wird sich das vielleicht ändern. Ein anderer Ort, andere Leute um sie herum. Sie muss ihr Schicksal kontrollieren und sich auf niemand anders verlassen als sich selbst.«

Val wirkte nicht überzeugt.

»Sie hat heute gelächelt. Nachdem sie die Entscheidung getroffen hatte, mit mir zu kommen. Sie wird bei mir wohnen. Sam hat ihr bereits einen Job angeboten. Ich denke, dass das das Richtige ist.«

»Ich würde dir gerne widersprechen, aber ich glaube, du könntest recht haben.«

»Sie kann jederzeit zurückkommen, sollte das nicht so sein«, erwiderte Meg.

Er hielt den Kopf schief, fuhr sich mit der Hand über den Fünf-Uhr-Schatten, der nie völlig verschwunden war, seit sie ihm gesagt hatte, dass sie den Look mochte. Er war wirklich einer der schönsten Männer, die ihr je unter die Augen gekommen waren. Ihn nicht täglich zu sehen, würde furchtbar sein. Ihr brach das Herz mit jeder Stunde, die bis zu ihrem Aufbruch verging, ein bisschen mehr.

»Verdammt, Val. Du wirst mir so fehlen.« Sie versetzte ihm einen spielerischen Klaps gegen die Brust.

Er fing ihre Hand ein und küsste ihr die Finger. »Wir mögen durch endlos viele Kilometer getrennt sein, aber nicht hier.« Er drückte ihre verschränkten Hände an seine Brust.

»Fernbeziehungen sind nichts für mich, und erst recht nicht über solche Distanzen.« Sie wischte sich die Augen. Die verdammte Mascara würde sie wie ein Zombie aussehen lassen.

Val lachte leise. »Du bleibst ja auch nicht über Nacht.«

Sie verdrehte die Augen. Sie hatten seit Italien in einem Bett geschlafen.

»Komm her«, sagte er und zog sie an sich. Er senkte seinen Kopf zu ihrem, und seine Lippen vertrieben ihre Tränen.

Er kostete sie, langsam, brannte die Erinnerung an diesen Kuss tief in ihre Seele. Meg öffnete sich ihm und gab sich dem Kuss hin, bis er ihr den Atem raubte.

Das leichte Kratzen seines Bartes zog eine Spur des Verlangens über ihr Kinn und ihren Hals. Nach nur ein paar Wochen kannte der Mann ihren Körper besser als jeder andere. Die Stelle hinter ihrem Ohr, der Fleck zwischen ihren Schlüsselbeinen, das Streifen seiner Finger über ihre Brustspitzen, genau bevor er eine in den Mund nahm.

Er liebte sie langsam, zog sie zum Bett und legte sie darauf, begann ganz von vorne. Vom Kopf bis zu den Zehen mit vielen Zwischenstopps. Als er in sie kam, sich mit ihr bewegte und sie beide an den Punkt brachte, wo die Leidenschaft sie mit sich forttrug, wurde Meg eines klar: Sie liebte ihn.

Verzweifelt.

Ganz und gar.

Aber ihm das jetzt zu sagen, würde es nur so viel schwerer machen zu gehen. Stattdessen spürte sie, wie ihr wieder Tränen in die Augen traten, hörte, wie Val ihr Dinge sagte in einer Sprache, die sie nicht verstand, und liebte ihn bis in die frühen Morgenstunden.

Am nächsten Tag schwiegen sie, liebten sich ein letztes Mal unter der Dusche, zogen sich an und fuhren ins Krankenhaus, um Gabi abzuholen und sich zu verabschieden.

Val hielt ihre Hand, sagte ihr immer wieder, dass alles gut werden würde.

Meg konnte das nicht glauben. Sein Leben war in Florida und ihres am anderen Ende des Landes.

* * *

Gabi erwachte vor Sonnenaufgang. Die Krankenschwester machte ihre Runden und entfernte alle Spritzen, Injektionsnadeln und Medikamente aus Gabis Zimmer.

Sie duschte, zog sich an und wartete auf die letzte Visite des Arztes. Es tat ihr immer noch alles weh. Zwei Wochen, und ihr Körper war um zehn Jahre gealtert.

Alonzo hatte sie unter Drogen gesetzt. Die Tabletten, von denen er behauptet hatte, es wäre Aspirin, waren genau das nicht gewesen. Die starken Opiate hatten ihr Kopfschmerzen bereitet. Der Alkohol, den er ihr gegeben hatte, hatte alles noch schlimmer gemacht. Dann hatte der Schmerz nachgelassen. Sie erinnerte sich an ihre Hochzeit, wie Alonzo alles sorgfältig eingefädelt hatte. Sie war high gewesen, auch da, aber sie konnte nicht sagen, dass sie nicht gewusst hätte, was sie tat. Und das war das Schlimmste daran. Danach war alles nur noch verschwommen. Das erste Mal, als die Nadel ihre Haut durchstochen hatte, hatte die Euphorie unverzüglich eingesetzt. Sie erinnerte sich flüchtig daran, gedacht zu haben, dass das nicht richtig war. Nichts konnte so wirksam gegen Schmerz helfen wie das, was er ihr gegeben hatte. Nichts Legales wenigstens. Er hatte sie eine Woche auf der Jacht gefangen gehalten. Sie erinnerte sich an zwei Tage davon.

Sobald sie im Krankenhaus eingetroffen war, war alles, was sie getan hatte, um mehr Drogen zu betteln. Das Pflegepersonal hatte sie fixieren und ihr immer schwächere Drogen geben müssen, bis sie sie schließlich ganz absetzen konnten. Ihr war das so peinlich, sie war beschämt und am Boden zerstört.

Gabi schüttelte die Gedanken ab, merkte da erst, dass sie nicht mehr allein im Zimmer war. »Dr. Hoyt. Es tut mir leid …« Sie machte eine unbestimmte Handbewegung.

»Abgelenkt. Das ist okay, Miss Masini. Ich wollte nach Ihnen sehen, bevor Sie uns verlassen.«

Sie sprachen darüber, wie sie sich fühlte, ihr Verlangen nach dem Rauschgift, nach dem sie so kurz süchtig gewesen war. Sie erzählte ihm von ihrem Umzug nach Kalifornien, und er gab ihr eine Liste mit Ärzten dort, die ihre weitere Behandlung betreuen konnten.

Dr. Hoyt musterte den Boden oder vielleicht auch seine Schuhe, aber er wich ihrem Blick aus und räusperte sich. »Ich … äh, ich weiß, Sie haben die Hölle durchgemacht. Aber ich benötige Ihre Einwilligung zu etwas.«

Ärzte stotterten selten, und Dr. Hoyt, der Ende sechzig sein musste, schien erfahren genug, um in kompletten Sätzen zu sprechen.

»Meine Einwilligung?«

»Es geht um Ihren Ehemann.«

Sie erschauderte. »Nennen Sie ihn nicht so.«

»Tut mir leid. Es geht um Mr Picano.«

Sein Bild, wie er lächelnd die Nadel in ihre Haut stach … »Was ist mit ihm?«

»Seine Gehirnaktivität ist nicht mehr messbar, die künstliche Beatmung ist das Einzige, das verhindert, dass seine Organe versagen. Ohne die Schläuche wird er sterben.«

Gut. Ohne ihn würde die Welt ein besserer Ort sein. »Was wollen Sie von mir?«

»Die Erlaubnis, die Beatmung abzustellen. Seine Familie ist in Italien und weigert sich, mit uns zu sprechen. Wir können eine gerichtliche Anordnung einholen, aber es wäre besser, wenn Sie uns erlauben würden, die künstliche Beatmung zu stoppen.«

Sie müssen es verarbeiten, um es ein für alle Mal hinter sich zu lassen, Gabriella. Die Worte der Therapeutin gingen ihr durch den Kopf.

Ein Abschluss.

Entschlossen erhob Gabi sich. »Bringen Sie mich zu ihm.«

Dr. Hoyts Augen wurden groß. »Das halte ich für keine gute Idee.«

»Sie wollen, dass ich den Stecker ziehe, darum geht es doch, oder?«

»Im Grunde genommen ja.«

»Dann bringen Sie mich zu ihm.«

Dr. Hoyts Körperhaltung ließ keinen Zweifel daran, dass er sich nicht sicher war, was er tun sollte.

Gabriella ging neben Dr. Hoyt über den Flur zum Fahrstuhl, wieder hinauf zur Intensivstation, wo sie selbst die erste Woche im Krankenhaus verbracht hatte. Sie war zu der Zeit zu desorientiert gewesen, um sich darüber im Klaren zu sein, dass der Mann, der dafür gesorgt hatte, dass sie hier landete, nur wenige Meter von ihr entfernt lag, dass das gleiche Personal, das sie versorgte, sich auch um ihn kümmerte.

Der Mistkerl verdiente es nicht.

Als die Schwestern und Pfleger sahen, dass sie den Raum betrat, wurde es still. Ein weiterer Arzt stand hinter einem Schreibpult und folgte ihnen rasch in den abgetrennten Raum mit den großen Fenstern auf allen Seiten.

Sie wappnete sich, war sich nicht sicher, was sie erwarten sollte, als sie den Mann anschaute, der sie beinahe umgebracht hatte.

Er war an mehr Maschinen angeschlossen, als sie für möglich gehalten hätte.

Sein Gesicht war geschwollen, beinahe unkenntlich, seine fahle Haut schweißnass. Im Zimmer roch es nach einer Mischung starker Reinigungsmittel, mit denen der Boden gewischt wurde, und nach Tod.

Sie trat näher, bemerkte, wie sich das Personal hinter ihr versammelte, sie beobachtete.

Jede Verbindung zu dem Mann, den sie sich einmal zum Ehemann gewünscht hatte, zum Vater ihrer Kinder, war fort. Wie konnte das sein? Sie hatte damals gedacht, dass sie ihn liebte. Das Gefühl war nie erwidert worden, das wusste sie jetzt, aber für sie war es echt gewesen.

Oder vielleicht war das auch nur eine Illusion.

Er verdiente dies. In einem Stadium zu leben, in dem er nicht lebendig war und auch nicht tot.

Der rachsüchtige Teil ihres Wesens wünschte sich, dass er sich bewusst war, wenigstens ein bisschen, in welchem Zustand er sich befand.

»Kann er mich hören?«

Eine der Krankenschwestern antwortete: »Es heißt, das Gehör ist der letzte Sinn, der im Tod versagt.«

Sie trat näher, beugte sich über das Bett und spürte, wie ihre Haut prickelte. Er konnte ihr jetzt nichts mehr tun, aber sie erschauderte trotzdem.

»Kannst du mich hören, Alonzo?«

Nichts.

»Möge Gott sich deiner Seele erbarmen.« Sie machte eine Pause, und sprach dann aus, was sie wirklich fühlte. »Denn wenn es nach mir ginge, würdest du für immer in der Hölle brennen.«

Sie machte auf dem Absatz kehrt, nahm das Formular, das eine Krankenschwester ihr reichte, und unterschrieb. »Ziehen Sie den Stecker, Dr. Hoyt.«

Kaum hatten die Worte ihre Lippen verlassen, da schaltete jemand hinter ihr die Maschine aus.

Im Raum wurde es ganz still, und Gabi ging.

Zwanzig Minuten später wurde Alonzo Picanos Tod festgestellt.

Kapitel 31

Gabi war ein Naturtalent. Zumindest nachdem sie ihr Lächeln wiedergefunden hatte.

Wer hätte gedacht, dass eine Frau, die umsorgt, verwöhnt und ihr ganzes Leben lang verhätschelt worden war, sich so einfach an einen Vollzeitjob gewöhnen würde.

Meg wusste, dass es nur darum ging, sie abzulenken, aber es schien zu funktionieren. Wie ihre neue Freundin sich wieder zurück ins Leben tastete, war ein langsamer, manchmal schmerzlich mit anzusehender Prozess.

In den ersten paar Wochen in dem Haus in Tarzana gab es tägliche Anrufe von Val oder Mrs Masini. Wenn Meg nicht da war, um mit Val zu reden, schickte er ihr SMS. Um sie daran zu erinnern, dass er an sie dachte.

Er bot an, zu ihr zu kommen und sie zu besuchen, aber Meg hielt ihn immer wieder hin. »Gabi braucht einen kompletten Bruch und einen sauberen Neuanfang. Sie wird dich schon wissen lassen, wenn du sie besuchen kannst.«

»Ich möchte dich wiedersehen.«

»Ich will keine Fernbeziehung«, erinnerte sie ihn, ohne die Worte wirklich zu meinen, die ihre Lippen verließen.

»Hast du mir deshalb gestern drei SMS geschickt, eine mit

einem Bild von Michael und Ryder, wie sie Wein trinken?«

»Ich dachte einfach, du würdest gerne wissen, dass alles gut ist«, verteidigte sie sich. Ryder war bei Michael eingezogen, auch wenn sie sich »Freunde« nannten. Meg hatte Michael nie glücklicher gesehen.

»Du willst deinen Tag mit mir teilen, *cara*. Ich kenne das Gefühl. Ach übrigens, Jim sendet Grüße.«

Meg lächelte ins Telefon. »Hat er wieder einen Heiratsantrag gemacht?«

Val knurrte. *Es ist so leicht, ihn zu ärgern.*

»Hat er, oder?«

»Du bist vergeben.«

»Ach tatsächlich?«

»Ja.«

Sie wollte auch ihn verzweifelt sehen. Aber sie hatte Angst, dass es ihr unmöglich sein würde, ihn wieder zu verlassen. Ihr Leben war in Kalifornien, sagte sie sich. Seines nicht.

Meg hörte, wie Carol im Hintergrund sprach, bevor Val erklärte: »Es gibt irgendwelchen Ärger in der Küche. Ich muss mich darum kümmern.«

»Na, dann los. Ich hab hier noch einige Last-Minute-Angelegenheiten wegen Elizas Babyparty zu regeln.«

»*Ti amo, bella.* Denk an mich, wenn du heute Abend die Augen schließt.«

Der Mistkerl, nun würde sie nur noch an ihn denken können. Seine Lippen. Seine Berührung. »Gute Nacht, Val.«

* * *

Ein Haus, in dem einem nicht ständig Kinder vor die Füße liefen, war leicht für eine Babyparty zu dekorieren und vorzubereiten. Sam und Eliza hatten darauf bestanden, die Party in dem Haus in Tarzana abzuhalten. Zusammen mit Gabi und Meg hatten sie einen riesigen Topf selbst gemachte Pasta zubereitet, und die Soße köchelte auf dem Herd vor sich hin, lange bevor die ersten Gäste eintrafen.

Blaue und pinkfarbene Ballons füllten die Ecken des Raumes, und auf jedem Tisch standen Blumen, Süßigkeiten und Kuchen. In zwei verschiedenen Glasschalen gab es Punsch, einmal mit und einmal ohne Alkohol. Es war albern und süß und perfekt für eine Schwangere. Die Gästeliste für die Party war beschränkt auf direkte Freunde und Familie. Nicht dass Eliza eine hätte, aber ihre Schwiegermutter Abigail begleitete die werdenden Eltern. Direkt nach ihnen trafen Karen und Judy mit Gwen ein. Das kleine Haus war mehr als übervoll mit weniger als einem Dutzend Gäste.

Alle redeten zur selben Zeit, wollten dringend Elizas Babybauch anfassen und lachten. Selbst Gabi.

Die zwei, bei denen es am wahrscheinlichsten war, dass sie Elizas Beispiel bald folgen würden, waren Judy und Karen, die sich große Mühe gaben, der Frage nach dem Wann aus dem Weg zu gehen. Meg wusste, dass Judy noch nicht so weit war, aber Karen schien Elizas Bauch voller Sehnsucht zu betrachten.

»Wie findest du Kalifornien, Gabi?«, erkundigte sich Gwen.

»Trocken. Es gefällt mir.«

»Die Ostküste ist ziemlich schwül«, stimmte Eliza zu.

»Aber grün«, fügte Meg hinzu. Nicht zu erwähnen, dass es dort war, wo Val lebte. Was er wohl im Moment tat?

»Hmm …«

»Was?«, fragte Meg Judy.

»Nichts«, antwortete sie.

Meg schüttelte den Kopf und warf Gabi einen Blick zu. Doch die beobachtete Karen, die gerade eine Hand auf Elizas Bauch gelegt hatte, um das Baby treten zu fühlen. Sehnsucht? Hatte Gabi Kinder mit Alonzo gewollt? Hatte er auch diese Träume zerstört?

Meg nahm Gabis Arm. »Lass uns nachsehen, ob ich das Rezept deiner Mutter ruiniert habe.«

Die Ablenkung funktionierte. Als sie das Essen auftischten, lächelte Gabi wieder.

Sie aßen, spielten alberne Spiele und schauten zusammen zu, wie Eliza Dutzende Geschenke für ihr ungeborenes Kind auspackte.

Auch Meg verfolgte das Geschehen mit Interesse, aber sie war nicht mit dem Herzen dabei, und ihre Gedanken schweiften ab. Es war inzwischen über einen Monat her, dass sie Val gesehen hatte. Sie kam nicht über ihn hinweg. Vielleicht sollte sie ihm sagen, dass er kommen sollte. Vielleicht sollte sie in ein Flugzeug steigen. Als sie in diesem Raum voller glücklicher Frauen saß – die meisten von ihnen verheiratet mit wundervollen Männern, die sie liebten –, wollte Meg das auch.

»Erde an Meg?«, sagte Judy und wedelte mit einer Hand vor ihrem Gesicht.

Der Raum war still geworden, und alle starrten sie an.

»Wo bist du?«, fragte Sam mit einem Lächeln.

Meg stiegen die Tränen in die Augen. »Ich … ich glaube, ich bin in Florida.«

Gabi streckte die Hand aus und nahm ihre. »Warum bist du dann hier?«

Meg lächelte sie traurig an. »Wegen dir. Wegen Alliance. Hier ist es, wo ich lebe.«

»Aber dein Herz ist woanders.« Sam war genauso weise, wie sie schön war.

»Ich versuche, aufzuhören, an ihn zu denken. Fernbeziehungen funktionieren nicht.«

Sam lachte. »Blake ist gerade in Europa. Er wird erst in zwei Wochen nach Hause kommen.«

»Ihr seid verheiratet, das ist etwas anderes.«

Die Atmosphäre im Raum wurde intensiver, und die Aufmerksamkeit bewegte sich weg von der Schwangeren zu Meg. »Du wirst nie erfahren, ob Val der Richtige ist, wenn ihr nicht mehr Zeit miteinander verbringt«, stellte Judy fest.

Nur dass Meg schon wusste, dass er der Richtige war. Sie liebte den Mann, hatte aber zu viel Angst, es ihm zu sagen. Leider gehörte sie zu den Frauen, die die Worte zuerst vom Mann hören wollten. Vielleicht würde sie dann glauben, dass eine Fernbeziehung funktionieren könnte. Oder ein anderes Arrangement finden.

Gabi drückte ihr die Hand. »Du hast mir jede Menge gute Ratschläge gegeben, die ich hören musste, von dem Moment an, als wir uns getroffen haben, also werde ich dir jetzt auch was sagen: Mein Bruder liebt dich.«

Meg schnaubte.

»Und du liebst ihn.«

Meg schnaubte wieder, versuchte, es abzustreiten. Die Frauen im Raum schüttelten den Kopf und verdrehten die Augen.

»Alles andere ist unwichtig.«

»Du bist wichtig. Mein Job.«

Gabis trauriges Lächeln ließ Meg innehalten.

»Es geht mir gut, Meg. Ich weiß deinen Wunsch, mir zu helfen, den Sommer zu überleben, zu schätzen, aber was denkst du, wie ich mich fühlen würde, wenn ich wüsste, dass ich deine Chance zerstört habe, die Liebe zu finden?«

O Gott. Gabi hatte recht.

»Und wegen des Jobs ... Eliza hat erfolgreich Klienten gefunden und geholfen, das Geschäft von Sacramento aus zu managen. Gwen scoutet immer noch Klienten, wenn wir in Europa sind und während gesellschaftlicher Anlässe.«

Karen trank ihren Punsch aus. »Ich hab die ganze Zeit Telefondienst gemacht und Kunden geholfen, während du in Florida warst.«

»Der Punkt ist doch«, fuhr Sam fort, »Alliance hat vielleicht sein Hauptquartier hier, aber wir arbeiten überall auf der Welt. Ein zweites Büro auf den Keys hört sich gut für mich an. Ich liebe diesen Teil des Landes.«

Judy stieß Meg an. »Also, hast du noch weitere Ausreden, oder sollen wir die Fluggesellschaft anrufen?«

Megs Finger kribbelten, das Herz schlug ihr heftig in der Brust. »Ich … ich muss packen.«

Gwen lehnte sich zurück und verschränkte die Hände hinter dem Kopf, als hätte sie gerade einen Multimillionen-Dollar-Deal unterschrieben. »Nicht wirklich. Vielleicht ein paar Dessous.«

»Und Kondome. Außer du willst das hier.« Eliza strich sich über den Bauch.

Meg stand auf, fühlte Zweifel in sich aufsteigen. »Was, wenn es ein Fehler ist?«

»Und wenn schon? Du wirst es nicht wissen, wenn du's nicht versuchst. Seit wann gibst du so leicht auf?« Judys herausfordernder Tonfall hatte die gewünschte Wirkung, und Meg setzte sich in Bewegung.

Zwanzig Minuten später hob Elizas Fahrer Megs Gepäck in den Kofferraum der Limousine, und sie umarmte ihre Freundinnen zum Abschied.

* * *

Gabi sah zu, wie Meg wegfuhr, und war die Letzte, die ins Haus zurückkehrte.

Ihre neuen Freundinnen versammelten sich wieder um Eliza, um ihr zu helfen, die Geschenke auszupacken und den Kuchen aufzuessen. Sie lachten, erzählten Geschichten und gaben Gabi Tipps wegen der Nachbarschaft. Was noch wichtiger war, in den letzten Stunden hatte sie kein einziges Mal an Alonzo gedacht.

Sie wuschen gerade ab, als es an der Tür klopfte.

Gabi hörte, wie geöffnet wurde und jemand sagte: »Oh, wow.«

»Tut mir leid, hier so reinzuplatzen.«

Gabi stellte den Teller, den sie in der Hand hatte, ab und griff nach einem Handtuch. Sie kam um die Ecke und lächelte strahlend. »Val!«

Die Frauen fingen an zu lachen.

Gabi öffnete die Arme und umarmte ihren Bruder, doch er war in seiner Bewegungsfreiheit durch die Rosen, die er in der Hand hielt, stark eingeschränkt. »Du siehst wunderschön aus, *tesoro*.« Er küsste sie auf beide Wangen.

»Was machst du denn hier?« Als wenn sie das nicht wüsste.

Er schaute über ihren Kopf und runzelte die Stirn. »Ich suche Margaret.«

Judy fing zuerst an zu lachen, dann steckte sie damit alle an, bis der ganze Raum von fröhlichem Gelächter widerhallte.

»Hört auf«, kicherte Eliza. »Sonst mach ich mir in die Hose.«

Das führte nur zu noch heftigeren Heiterkeitsausbrüchen.

Sam warf einen Blick aus dem vorderen Fenster. »Ist das Ihr Taxi?«

»Ja.«

»Sie möchten es vielleicht aufhalten, bevor es abfährt«, sagte Gwen zu ihm.

Judy drängte sich durch die Leute hindurch, die vor der Tür standen, und trat nach draußen, um das Taxi wieder zurückzuwinken.

»Was geht hier vor? Wo ist Margaret?«

»Auf dem Weg zu Ihnen«, erklärte Sam.

»Was?«

Gabi warf einen Blick auf die Uhr an der Wand. »Ihr Flug geht in einer Stunde. Du kannst es vielleicht noch schaffen, wenn du sofort aufbrichst.«

Judy kam zurück ins Haus und klopfte Val auf den Rücken. »Wissen Sie, Romeo, es wäre vielleicht eine gute Idee, anzurufen, bevor Sie hergeflogen kommen. Das wird zur Gewohnheit.«

Val schlug sich den Blumenstrauß gegen das Bein und machte auf dem Absatz kehrt. »Nett, Sie alle kennengelernt zu haben.«

Als sich die Tür schloss, fragte Sam: »Das ist dein Bruder?«

»Ja.«

Eliza zog eine Augenbraue hoch. »Na, dann mal los, Meg!«

* * *

Der Last-Minute-Flug hatte Verspätung. Dennoch konnte Meg nicht aufhören zu lächeln. Sie sah vermutlich aus, als wäre sie auf Drogen, aber dagegen konnte sie jetzt nichts tun. Sie nahm ihr Telefon in die Hand und dachte darüber nach, Val anzurufen, um ihm zu sagen, dass sie auf dem Weg zu ihm war.

Ihr Display blinkte, als eine SMS eintraf.

Steig nicht in das Flugzeug. Die SMS war von Val.

»Flug 1568 nach Miami steht jetzt zum Einsteigen bereit.«

Meg warf einen Blick zu der Horde von Leuten, die sich mit ihren Boardingpässen in der Hand in eine Reihe stellten.

Ihre Hände zitterten. **Woher weißt du, dass ich am Flughafen bin?**

Hat Gabi mir gesagt.

Sie schluckte heftig. **Du willst nicht, dass ich komme?** Ihr Herz zog sich schmerzhaft zusammen.

Nein, bella. Ich will, dass du aus dem Terminal rausgehst, damit ich dich jetzt sofort in die Arme schließen kann.

Sie ließ die Tasche fallen, die umkippte. Fast der gesamte Inhalt ergoss sich über den Boden. Du bist hier?

Ja.

Meg beeilte sich, alles wieder einzusammeln, stopfte sich den nicht benutzten Boardingpass in die Tasche und sprintete durch den Flughafen.

Er stand da, natürlich in einem Anzug, das Jackett nur leicht zerknittert, den Schlips lose um seinen Hals. Sein zerzaustes Haar zeigte, dass er mit den Händen hindurchgefahren war. Beim Anblick seiner Bartstoppeln lief ihr das Wasser im Mund zusammen, die Blumen in seiner Hand entlockten ihr einen Seufzer.

Ihre Blicke trafen sich, und sie wurde langsamer, bis sie auf ihn zuging.

Es gab keine Worte, nur eine hungrige Umarmung und einen leidenschaftlichen Kuss, der für einen geschäftigen Flughafen viel zu lange dauerte.

Als er sie zum Atemholen losließ, fragte sie: »Was willst du hier, Masini?«

»Dich, *mi amore*.«

»Fast wären wir wieder aneinander vorbeigeflogen.«

Er biss ihr zärtlich in die Lippe, küsste sie, als wenn er nicht anders könnte.

»Ich habe dich vermisst«, brachte er zwischen Küssen hervor.

»Ich hab dich auch vermisst, verdammt.«

Sein strahlendes Lächeln erhellte das Terminal.

Val streckte ihr die Blumen entgegen, die er in den Händen hielt. »Die sind für dich.«

Sie waren zerrupft und leicht welk, aber für sie die schönsten Blumen der Welt. *Du bist so eine Idiotin, Meg!*

»Danke.«

Er hob einen Finger, klopfte sich dann auf die Jacketttasche. »Ich habe noch etwas anderes für dich.«

Das Lächeln auf ihrem Gesicht erstarrte, als er eine kleine Box aus der Tasche zog und sich vor ihr auf ein Knie niederließ.

Ihr Herz schlug heftig in ihrer Brust, und ihre Lungen zogen sich zusammen.

Atmen!

Meg war sich vage bewusst, dass die Leute um sie herum stehen blieben und sie anstarrten. Passierte das hier wirklich?

Val blickte sie intensiv an. »Ich habe dich am Montag kennengelernt, du hast mich am Mittwoch bezaubert und mich bis Sonntag verführt. Du hast mein Herz gestohlen, Margaret. Und dafür möchte ich ganz egoistisch jetzt deins. Aber ich weiß, ich kann nicht nehmen, was du mir nicht geben willst, also werde ich dich darum bitten. *Ti amo, bella.*« Er machte eine Pause. »Weißt du, was das bedeutet?«

Sie schüttelte den Kopf.

»Das heißt: Ich liebe dich.«

Ti amo. Diese Liebkosung, die sich wunderschön anhörte, ihr aber bisher nichts gesagt hatte, verriet ihr jetzt zu viele Dinge.

Tränen des Glückes liefen ihr über die Wangen.

»Heirate mich, *cara*. Schenk mir dein Herz.« Er öffnete die Box. Sie enthielt einen altmodischen Verlobungsring, ein runder Diamant in einem Kreis kleinerer Steine, die sich zu den Seiten der Fassung hin verengten.

Sie hob den Blick von dem Kästchen zu Vals Augen.

Er hielt den Atem an, wartete. Sie ließ ihre Tasche fallen,

hörte, wie Münzen über den Boden des Flughafens rollten und hielt ihm ihre linke Hand hin.

Val lächelte, nahm den Ring.

Im letzten Moment ballte sie die Finger zur Faust, zwang ihn dazu, sie anzusehen.

»Nur als Warnung, Masini. Wenn der da mal steckt, nehme ich ihn nie wieder ab.«

Er warf die kleine schwarze Box über seine Schulter und steckte ihr den Ring an den Finger.

Meg fiel auf die Knie, starrte ihre Zukunft an. »Ich liebe dich.«

Auch der laute Applaus ringsum hielt sie nicht davon ab, ihn wieder und wieder zu küssen.

EPILOG

Das einfache Seidenkleid stellte sich als perfekt für eine Inselhochzeit an einem warmen Wintertag heraus. Sapore di Amore hatte seine Pforten diesmal nur für Familie und Freunde geöffnet.

Megs Eltern waren am Tag zuvor eingeflogen und nur allzu glücklich, einen Schwiegersohn in ihre Familie aufzunehmen. Allerdings nicht ohne die mahnenden Worte ihrer Mutter: »Du musst doch nicht heiraten, um eine Beziehung zu führen.«

Das war der Moment, in dem Meg erfuhr, dass ihre Eltern, die Blumenkinder der Sechziger, die sie waren, offensichtlich nie geheiratet hatten. Verrückt, wie Hochzeiten und Beerdigungen Familiengeheimnisse ans Tageslicht brachten. Nicht dass es wichtig war. Ihre Eltern beteten einander an.

Val und Meg sprachen ihre Gelübde mit der Karibik als Kulisse, Judy stand neben ihr und Lou neben Val.

Ein nicht konfessionsgebundener Geistlicher führte die Trauung durch, denn wie sonst hätten sie es allen Familienmitgliedern recht machen sollen?

Als er sie zu Mann und Frau erklärte, hörte Meg ihre Großmutter Masel tov sagen und Mrs Masini Amen. Als Val sie küsste, sprach Meg stumm ihr eigenes Gebet.

Hand in Hand führte Val sie zum Empfang, wo die Party schon in vollem Gange war. Der Erste, der sie abfing, war Jim. Er zog sie von ihrem Ehemann weg und seufzte. »Ich fürchte, das heißt, ich muss mich nach einer anderen Ehefrau umsehen«, scherzte er.

Meg winkte mit der Hand mit dem Ring und schenkte Jim ein Lächeln. »Tja, tut mir leid. Ich bin vergeben.«

Dann küsste Jim sie. Voll auf den Mund.

»Hey!«, beschwerte Val sich von der Seite.

»Ich küsse nur die Braut, Val.« Jim zwinkerte ihm zu und ging weg, seine Augen schon auf Ehefrau Nummer sechs gerichtet.

Meg hinderte Val daran, den Mann zu verfolgen. »Da ist nichts, worüber du dir Sorgen machen musst, Masini.«

Er nahm zwei Gläser mit Champagner vom Tablett eines vorbeigehenden Kellners und trat ans Mikrofon, zog Meg mit sich.

Er tippte mit einem Löffel gegen sein Glas, lenkte so die Aufmerksamkeit der Gäste auf sich.

»Vielen Dank, dass ihr alle gekommen seid.«

Einige der Gäste murmelten etwas, toasteten ihnen zu und tranken.

»Ich habe gehört, dass man sagt, dass ein Mann sich eine Frau nimmt, aber die von euch, die Margaret kennen, wissen, dass sie es ist, die mich genommen hat.«

Ein Seufzen lief durch die Menge.

»Ich habe Sapore di Amore aufgebaut, ohne wirklich zu wissen, warum. In den letzten paar Monaten ist es mir klar geworden. Ich habe es für meine Familie getan, ja, aber ich habe es vor allem für dich getan.« Val sah Meg in die Augen, senkte die Stimme. »In der kurzen Zeit, in der wir getrennt waren, ist mir klar geworden: Sapore di Amore bedeutet nichts ohne dich.« Er küsste ihr die Fingerspitzen. »Danke, dass du Ja gesagt hast, *bella*.«

»Danke, dass du gefragt hast.«

Val hob das Glas zu einem Toast. »Auf meine wunderschöne Frau, Margaret Masini.«

Sie nippte an ihrem Glas und küsste ihn.

Als die Hochzeitsgäste das mit Jubelrufen quittierten, löste sie sich von ihm und flüsterte: »Ich denke, du kannst mich jetzt Meg nennen.«

DANKSAGUNG

Es gibt jedes Jahr Tausende vermeidbare Todesfälle durch Asthma. Nachdem ich einige dieser tragischen Momente mit eigenen Augen miterlebt habe, wollte ich eine Heldin schaffen, die an dieser Krankheit leidet. Obwohl Meg selbst Fiktion ist, ist die Art, wie sie mit ihrer Krankheit umgeht, es nicht. Viele ignorieren die Symptome, bis es zu spät ist. Wenn Sie Asthma haben, achten Sie auf die Symptome. Medizinischen Fortschritt gibt es jeden Tag. Achten Sie darauf, die richtigen Medikamente zu nehmen, und gehen Sie regelmäßig zum Arzt.

Jetzt ist es an der Zeit, mich bei all denen zu bedanken, die mir bei diesem Buch geholfen haben.

Sandra, auch bekannt als Angel Martinez, auch bekannt als meine wundervolle Kritikpartnerin. Du hast es ertragen, dass sich Michaels Geschichte über viele Bücher hingezogen hat, aber wie du siehst: Er hat sein Happy End bekommen. Du sollst wissen, dass du jeden meiner Michaels inspirierst. Danke, dass du mich weiter anspornst.

Jane Dystel, die mir immer den Rücken freihält.

Wieder einmal Kelli Martin, die genauso aufgeregt über jedes neue Bybee-Buch ist wie ich selbst.

JoVon Sotak, die mich nicht zwingt, eine Inhaltsangabe zu liefern. Fest daran zu glauben, dass ich etwas produzieren werde, was meine Leserinnen lesen wollen, ist eine tolle Sache.

Dem Montlake-Team für alles, was ihr tut, um meine Bücher noch besser zu machen. Vielen Dank euch allen.

Aber jetzt zurück zu Meg. Als ich dir sagte, dass ich über einen Charakter mit kurzem blondem Haar und einem frechen Mundwerk schreiben wollte, bat ich dich, mir bei der Namensfindung zu helfen. Als dir keiner einfiel, habe ich deinen genommen. Und warum auch nicht? Du singst wie ein Engel, fluchst wie ein Seemann und bist mit einem Italiener verheiratet. Wenn du jetzt nur noch eine jüdische Großmutter hättest und auf einer Privatinsel in der Karibik leben würdest …

Ich liebe dich, Süße.

Catherine

Zeitfracht Medien GmbH
Ferdinand-Jühlke-Straße 7
99095 Erfurt, Deutschland
produktsicherheit@kolibri360.de

Druck:
CPI Druckdienstleistungen GmbH
im Auftrag der
Zeitfracht Medien GmbH
Ein Unternehmen der Zeitfracht - Gruppe
Ferdinand-Jühlke-Str. 7
99095 Erfurt